D0896414

BEST SELLER

Rani Manicka nació y se educó en Malasia. Se licenció en economía en Alemania y luego se trasladó al Reino Unido, donde actualmente reside. Es autora del éxito de ventas *Madre del arroz*, una saga épica que le valió la aclamación de la crítica y de los lectores, y le mereció el Commonwealth Writers Prize. A esta le siguieron *Hermanas de la tierra* y *El amante japonés*. Sus libros han sido traducidos a más de veinte lenguas en todo el mundo.

Biblioteca

RANI MANICKA

El amante japonés

Traducción de
Laura Martín de Dios

DEBOLS!LLO

Título original: *The Japanese Lover*

Primera edición en Debolsillo: septiembre, 2012

© 2010, Rani Manicka
© 2011, Random House Mondadori, S. A.
  Travessera de Gràcia, 47-49. 08021 Barcelona
© 2011, Laura Martín de Dios, por la traducción

Printed in Spain – Impreso en España

ISBN: 978-84-9989-717-2 (vol. 598/3)
Depósito legal: B-20138-2012

Compuesto en Revertext, S. L.

Impreso en Novoprint, S. A.
Energia, 53. Sant Andreu de la Barca (Barcelona)

P 997172

A mi padre y a todos los indios malayos,
allí donde estuvieren

Dato real:
Batu Tujuh no existe, ni en Malasia
ni en ninguna otra parte del mundo.

La anciana y la escritora

Kuala Lumpur, 2008

En el interior de la enorme casa todo permanecía a oscuras, salvo la despensa, iluminada por el resplandor blanco azulado de una farola que se colaba a través de una ventana alta sin cortinas. Acurrucada en el escaño y tapada con una manta fina, Marimuthu Mami contemplaba el recuadro iluminado que se reflejaba en el suelo de cemento. Empezaba a amanecer. Y todavía no había pegado ojo.

El día anterior había observado tras los visillos del salón a la chica que aparcaba el coche junto a la verja. Bueno, no era una jovencita precisamente, pero llevaba vaqueros y, para Marimuthu Mami, de noventa y dos años, cualquiera que llevara vaqueros tenía que ser joven. El viento —estaban en plena estación del monzón— había vuelto del revés el endeble paraguas de la joven, quien había acabado cruzando la entrada asfaltada a la carrera, bajo la lluvia. Estaba apoyando el paraguas roto contra la pared del porche cuando Marimuthu Mami llegó a la puerta.

En circunstancias normales, la anciana no debía abrir la verja a nadie —la ciudad estaba plagada de inmigrantes ilegales procedentes de Indonesia que robaban y delinquían incluso a plena luz del día—, pero las riadas habían retrasado a su hija, quien la había avisado por teléfono y le había dado permiso para abrir las puertas.

La chica se sentó en el borde de un sillón de ratán. Al final resultó ser una escritora que deseaba conocer la vida de su anfitriona.

Marimuthu Mami parpadeó incrédula. ¡Su vida!

La mujer interpretó aquella reacción como una señal de reticencia.

—Le pagaré, por descontado —se apresuró a añadir la joven, mencionando a continuación una suma nada desdeñable.

No obstante, al tener la impresión de que el silencio se eternizaría, le aseguró que conocía el tipo de vida tranquila que Marimuthu Mami había llevado, la de una esposa y madre tradicionales, y que no aparecerían ni secretos sórdidos ni revelaciones morbosas. Se inclinó hacia delante.

—Lo que en realidad busco es material sobre la ocupación japonesa de la península de Malaca. Ya sabe, cosas como qué significó para usted y sus amigos. Ni siquiera aparecerá su nombre, si así lo prefiere —prometió—. En realidad, nadie la reconocerá.

Marimuthu Mami se la quedó mirando fijamente.

—O tal vez podría limitarse a hablar sobre la comunidad en general. Solo se trata de una mera colaboración —insistió, aunque cada vez con menos fe en la misión que la había llevado hasta allí.

Con todo, Marimuthu Mami siguió en silencio. No podía hablar. Las manos, fuertemente apretadas en un puño, acechaban entre los pliegues del sari. ¿Hablar sobre el pasado, allí, en la casa de su hija? Después de haber logrado dominar el arte del olvido. Ahora, que incluso tenía que anotar en una libreta si se había tomado la medicación. A veces deambulaba hasta la cocina en busca de algo que llevarse a la boca, cuando su hija le recordaba con tacto que acababa de comer. «Ah, sí, claro.»

Además, en los últimos tiempos se despertaba completamente en blanco, incapaz de recordar quién era o dónde estaba. La primera vez que le ocurrió, se puso a chillar, aterrada, hasta que su hija y su yerno acudieron corriendo a su lado.

Al verlos, recuperó el contacto con la realidad e inmediatamente recordó que vivía allí con ellos, en su casa. «Sí, sí, claro —había asegurado ante aquellos rostros preocupados—. Ya sé quiénes sois.»

Pese a todo, la llevaron al médico, quien les confirmó que la anciana estaba bien, aunque les recomendó que hiciera crucigramas para mejorar la memoria. Su yerno le dio el *New Straits Times* abierto por la página de pasatiempos y le dijo que nadie tenía por qué hacerse viejo. Los antiguos *rishis* habían observado que los humanos solo envejecen porque ven cómo lo hacen los demás. La mujer se sentó con docilidad: ella lo había visto envejecer.

—Intente recordar cosas —la animó—. Puede que el pasado le resulte más complicado, así que empiece por lo que hizo ayer.

Si él supiera… cuán hondamente enraizado en el pecho tenía aquel pasado, lo formidables que eran el tronco y las ramas. Se quedaría mudo de asombro si supiera que lo recordaba todo, hasta el más mínimo detalle. Creían que el pasado estaba muerto y enterrado porque nunca hablaba de él, ni siquiera cuando se levantó aquel revuelo generalizado tras el programa que emitieron por televisión sobre los crímenes de guerra cometidos por los japoneses.

La joven se adelantó un poco más, muy seria, suplicante.

—No le pido que me cuente intimidades sobre las demás *mamis* ni nada por el estilo.

¿*Mamis*? Y así, sin más, ahí estaban. Todas. Resucitadas, las mujeres que llegaban bajo sombrillas negras para matar el tiempo durante aquellas largas y calurosas tardes de tantos años atrás.

La chica abrió el bolso y sacó un paquete.

—No tiene que darme una respuesta ahora, pero si al final decide ayudarme, esto le vendrá bien —dijo, y dejó las cintas sobre la mesita de café.

Sonriente, se levantó y se volvió para irse, aunque luego pareció vacilar y, al darse media vuelta para mirar a Marimuthu Mami, había dejado de ser la joven suplicante al borde del sillón que fingía andar detrás de insignificantes migajas de información. Aquella mujer había olido un tesoro escondido y lo quería.

—Al menos hable de la gran cobra.

Marimuthu Mami se vio obligada a apartar la vista de la codicia que brillaba en los ojos de la visita. Se despidió, cerró la verja y se sentó a esperar en la habitación cada vez más oscura a que su hija regresara.

Sonó el teléfono. Su hija parecía angustiada.

—¿Ha ido esa mujer? ¿Ya se ha marchado? ¿Has cerrado con llave? Estás rara. ¿Va todo bien?

Marimuthu Mami le aseguró que no pasaba nada y volvió a sentarse. Cuando su hija por fin llegara a casa, seguramente la regañaría. «No volverás a estar sentada a oscuras, ¿verdad?» Aunque tal vez ese día, solo ese día, se apiadaría de su pobre y anciana madre y le tocaría el brazo con suavidad, apenas un instante. A su hija no le gustaba tocar ni que la tocaran.

El aire de la mañana era frío y Marimuthu Mami se estremeció. No deseaba remover el pasado, sino morir en paz, sin molestar a nadie. Se estiró, poco a poco, con cuidado, articulación tras articulación, pues a primera hora de la mañana era cuando las sentía más agarrotadas. Se incorporó y retorció los pies para enfundarlos en sendas chanclas de goma para no tocar el suelo. El frío aliento de la tierra no era bueno para nadie, y mucho menos para unos huesos envejecidos. La luz de la farola se apagó. A través de la ventana, la silueta de las hojas de los plátanos se recortaba contra un cielo cada vez más luminoso, saludándola sin prisa. Había plantado aquellos árboles con sus propias manos.

Arriba, oyó a su yerno ocupado en sus quehaceres. Ya era hora de que ella también se levantara. Dio los primeros y torpes pasos del día y se detuvo. Sus pobres huesos… Sintió deseos de volverse a la cama, tal vez que con una bolsa de agua calentita y otra manta del armario que había bajo la escalera. Sin embargo, incluso eso se le antojó demasiado trabajo. Volvió a tumbarse, y no había llegado a taparse con la manta cuando empezó a soñar.

Había metido la sombrilla japonesa en una bolsa de plástico y, con osadía, sin pedir permiso, había abierto la puerta para salir a la calle. Frente a la casa de su hija no discurría otra calle ni una hilera de casas, sino que se extendía una explanada infinita donde, para su asombro, había miles de mujeres de todas las formas, tamaños y colores posibles. ¡Y todas llevaban una sombrilla japonesa! Jamás habría imaginado que pudiera haber tantas, ni que se sintieran tan orgullosas de sus sombrillas. Algunas incluso las hacían girar con coquetería, como si fueran geishas. De súbito, ella también había dejado de avergonzarse de la suya. Por primera vez en su vida, la abrió en público para que todos pudieran contemplar su bello estampado de flores de cerezo.

Pensó que había tenido una vida buena, que volvería a hacer todo lo que había hecho. ¿Por qué iba a renegar de ninguno de sus momentos? La cara de pasmo que se le quedaría a la periodista si supiera que no siempre había vivido como un ratón en una despensa. Que había sido la señora de una casa llena de ventanas cuyos cristales, cientos de ellos, refulgían como las facetas de una piedra preciosa. Volvió a recordar a los hombres que la habían amado y se tocó los labios, arrugados, arrugadísimos. «¡Amor, ay, amor!» No había olvidado nada.

Los recuerdos afluyeron torrencialmente.

Una serpiente en la
Casa del Matrimonio

Vathiri, norte de Ceilán, 1916

Era un espacio pequeño que había quedado dividido en dos por una fina manta. A un lado, dos hombres fumaban en silencio sentados con las piernas cruzadas. El viejo sacerdote estaba bien alimentado, pero el otro estaba en los huesos, lo cual no dejaba de sorprender teniendo en cuenta que no había trabajado en toda su vida. Prefería sentarse en un tenderete cercano que había junto a la carretera a tomar té con los demás holgazanes del pueblo mientras su mujer se deslomaba en el campo.

Dispuestos con gran cuidado sobre el suelo enfangado, delante del sumo sacerdote había un reloj de bolsillo de importación en un estuche de fieltro, un almanaque muy usado y un cuaderno marrón. De vez en cuando, la mujer al otro lado de la cortina invocaba a su dios, «Muruga, Muruga». El sacerdote volvía la cabeza hacia la voz apagada, pero el otro hombre ni siquiera le prestaba atención. Eran cosas de mujeres y, en cualquier caso, la suya ya era una veterana en aquellos lances. Había dado a luz a cinco hijos, y uno o dos de ellos, el hombre había olvidado cuáles, los había parido mientras caminaba y habían caído al suelo.

—Ya casi está —murmuró la comadrona con voz cantarina, alcanzando la fruta del limero que había sobre el tocón y dándole un ligero empujón tras dejarla en el suelo de tierra batida.

La lima rodó por debajo de la cortina hasta los hombres para anunciarles que ya asomaba la cabeza del bebé. Ambos se volvieron de inmediato hacia el bello reloj del sacerdote, quien abrió el cuaderno por una página en blanco y anotó la hora exacta: 16.35. En el arte de la elaboración de un horóscopo, un error de cuatro minutos, tanto de adelanto como de retraso, podía malograr su interpretación. Tras consultar el almanaque, el sacerdote inició sus cálculos meticulosos mientras el otro esperaba el primer grito.

Sin embargo, este se hizo de rogar y el hombre mostró la primera señal de angustia de la noche: dejó de fumar y, como una tortuga, alargó el cuello escuálido y oscuro hacia la cortina y aguardó inmóvil en aquella postura hasta que oyó un dulce berrido sorprendentemente colmado de esperanza, como el rumor jubiloso del agua cuando discurre por un cauce seco.

Una niña, pensó maravillado incluso antes de que la voz ronca de la comadrona lo anunciara y la criatura empezara a llorar con verdaderas ganas. Con la intención de ocultar la dicha que tanto había anhelado en secreto, se apresuró a tapar la bandeja de terrones de azúcar con que habría obsequiado al sacerdote si el bebé hubiera sido un niño y, en su lugar, le ofreció la bandeja de azúcar de palma. Absorto en sus sumas, el sacerdote se llevó la ofrenda a la boca distraídamente y sin levantar la cabeza siguió con sus cálculos.

El hombre retomó el cigarrillo con toda calma, aunque con la sensación de que el corazón le brincaba dentro del pecho. No se puso a pensar en cómo iba a alimentar una boca más con los exiguos ingresos que tenían, sino que se ensimismó plácidamente en visiones enternecedoras de trenzas con lazos, pulseras de cuentas y sonrisas coquetas. No obstante, al murmullo del sacerdote, «Una repentina e inmensa fortuna», volvió la cabeza al punto, con ojos atónitos y codiciosos. El sacerdote, con todo, fruncía el ceño mientras repasaba las anotaciones.

—¿Qué ocurre? —preguntó el padre.

El sacerdote sacudió la cabeza y comprobó los cálculos mientras el padre se rascaba la espalda, hacía ruiditos con la boca sin reparos y tamborileaba los dedos con impaciencia sobre el suelo de barro.

Por fin, el sacerdote dejó de escribir. Tras un suspiro, pues odiaba dar malas noticias, alzó la cabeza y se explicó a su manera grave y pausada.

—Parece ser que la niña está destinada a casarse con un hombre de inmensa fortuna, pero dos planetas adversos, Rahu, la cabeza de la serpiente, y Kethu, la cola, se sitúan en la Casa del Matrimonio. —Se frotó la barbilla—. Esto significa que la serpiente está aposentada en la Casa del Matrimonio y que, por tanto, todo lo referente al matrimonio será un completo desastre. —Desvió la mirada antes de proseguir—. Tampoco cabe descartar «interferencias» causadas por otros hombres.

No podrían haberle dado peor noticia. ¿Qué otro sentido tenía la vida de una mujer que el de estar felizmente casada? Además, ¿a qué se refería con eso de interferencias causadas por otros hombres? ¿Cómo iba un padre a llevar la cabeza alta después de semejante anuncio? No obstante, aquel tal vez careciera de disposición para el trabajo, pero lo que era astucia le sobraba, y la revelación no pareció abatirlo ni en modo alguno avergonzarlo. Al contrario, dirigió al sacerdote una mirada taimada. Seguro que existía un modo de contrarrestar la influencia maléfica de la serpiente.

Existía.

El sacerdote aconsejó que la pobre niña vertiera leche sobre la cabeza de una estatua de una serpiente para apaciguarla mientras rezaba a Pulliar, el dios elefante, quien llevaba enroscadas serpientes domadas por todo el cuerpo a modo de brazaletes y cintos. Si lo hacía con diligencia, concentrada y de corazón, el asunto podría enmendarse.

—Así lo hará. A diario —prometió el padre.

Después de que la comadrona hubiera recogido su hatillo y se hubiera ido y el sacerdote hubiera cruzado el camino para regresar a su templo, la mujer le dio un tirón a la manta que hacía de cortina y la convirtió en una hamaca para el bebé. Anudada a una cuerda, la colgó de la viga central de la casa y empezó a mecerla hasta que le sobrevino el sueño. Tras asegurarse de que la mujer dormía profundamente, el hombre se acercó a la recién nacida, arrastrándose sobre las posaderas. Retiró la ropa que la tapaba, sosteniendo una lámpara en alto, y contempló a la niña, desnuda salvo por el vendaje del ombligo. La criatura movió los labios manchados de leche y agitó débilmente las diminutas extremidades para protestar por la falta de abrigo, pero no abrió los párpados, casi transparentes. En ese momento lo asaltó un pensamiento. En fin, si tiene que conquistar el corazón de un hombre inmensamente rico, lo más probable es que se convierta en una gran belleza. Masculló algo entre dientes. Entonces no se parecerá nada a su madre, eso desde luego.

Echó un rápido vistazo al bulto informe que dormía de lado, con la cabeza apoyada en uno de los brazos. Estaba tan exhausta que roncaba, un sonsonete que le resultó irritante, aunque pensó que lo mejor sería dejarla dormir. Más le valdría a aquella mujer que, a primerísima hora de la mañana del día siguiente, eliminara el desagradable hedor a sangre que parecía haber impregnado las paredes de su casa.

Con los ojos empañados, volvió a centrar la atención en el bebé. Su tesoro, sin duda lo más preciado que poseería jamás. Tal vez la niña acabara pareciéndose a la abuela de él. Recordaba que era una arpía, pero debía admitir que en su tiempo había sido una reputada belleza. A su parecer nada imparcial, el bebé era la criatura más bella de la tierra. Podía sacar del colegio al más zoquete de sus hijos y ofrecer sus servicios al vaquero, el viejo Vellaitham. Así a la niña no le faltaría su cazo de leche diario, quien además tendría que empezar con los rezos...

Bueno, en cuanto supiera unir las palmas de las manos. Él se aseguraría de que así fuera.

Sonrió ensoñado. La llamaría Parvathi, y así como la diosa de mismo nombre había conquistado el corazón de Shiva con sus constantes años de devoción y penitencia sinceras, su hija apaciguaría a la temible serpiente. Con placer reposado, se entregó a imaginar todo lo que las palabras «inmensamente rico» que había pronunciado el sacerdote podrían implicar: carruajes con cortinillas en las ventanas tirados por caballos, ropa de calidad, grandes tierras, una mansión en la ciudad, sirvientes a su entera disposición... No, de hecho era incapaz de hacerse una idea, aunque se daría por satisfecho con cualquiera de aquellas cosas.

Arrobado, acarició la manita de la niña con un dedo. La piel de su hija era la cosa más suave que su dedo de holgazán empedernido había tocado nunca. Ajena a las sensaciones o los pensamientos de su padre, el bebé siguió durmiendo sin inmutarse. El hombre recordó el primer grito de la criatura, distinto por completo al de sus otros hijos, frágil y al mismo tiempo extrañamente anhelante. De súbito, sin previo aviso, lo visitó un pensamiento ruin: si la niña estaba destinada a tropezar y caer por culpa de las «interferencias», él tendría que espabilar y sacar provecho antes de que aquello sucediera. E igual que una ráfaga de aire gélido cuajaría el azúcar fundido, aquel pensamiento codicioso endureció su corazón y jamás volvió a ser el mismo.

Apartó el dedo con brusquedad y, con los labios fruncidos en una fina línea, ciñó el cuerpo de la criatura, envolviéndolo en la manta vieja. Tenía que fundir los aretes de oro con que su mujer se adornaba la nariz y que le hicieran a la niña pequeños cascabeles para los tobillos, así siempre sabría dónde estaba. Frunció el ceño, la puerta no tenía cerrojo y la casa tampoco estaba vallada. Le pediría a uno de sus hijos que levantara uno de esos muros impenetrables hechos con barro y hojas de palmera. Y lo otro que también haría sería decirles a los dos mayores que talaran el árbol que crecía junto a la casa. Nadie iba a trepar por él para espiar a su tesoro. Interferencias, ¡bah!

En los ojos hundidos, clavados en la niña, había desaparecido cualquier atisbo de ternura.

La partida

E l olor de la tormenta que se avecinaba despertó a Parvathi, quien no movió ni un solo músculo hasta estar segura de que todos dormían profundamente. Retiró la manta a un lado e, incorporándose en medio de la oscuridad más absoluta, se quitó los cascabeles de los tobillos. Escondidos en el puño cerrado, pasó con sigilo por encima de los bultos de su madre, su padre y, por fin, sus cinco hermanos, quienes siguieron roncando plácidamente. Avanzó a tientas hasta que tocó algo metálico. Aquella casucha apenas guarnecida era la única de toda la aldea que tenía cerrojo. Lo descorrió sin hacer ruido y volvió el rostro, en forma de hoja de betel, para echar un rápido vistazo atrás. Todo seguía tranquilo.

Abrió la puerta y se detuvo en el umbral. Tenía dieciséis años y jamás se había aventurado sola más allá de aquella tranca de madera gastada. Ni siquiera en ese momento, en que nadie la vería ni podría reprenderla, se le ocurrió hacerlo. Tal vez fuera porque sabía que el amor de su padre, a diferencia del de su madre, era frágil y se haría añicos ante el más mínimo vislumbre de desobediencia. O porque creía el mito que su padre había perpetuado: que no había nada más importante para una mujer que su pureza, y que los hombres —demonios llenos de lujuria todos ellos— se la arrebatarían a la primera oportunidad. Al otro lado de aquella tranca de madera no tenía garantizada la protección.

El cielo se iluminó de blanco y encendió la camisa holgada y la falda larga que llevaba, ambas tan desvaídas que era imposible adivinar el color. De puntillas, se agarró al marco de la puerta con una mano, inclinó el cuerpo y el esbelto cuello hacia delante y extendió la otra mano tan lejos como pudo. Un extraño gesto ancestral más propio de una grácil bailarina tratando de atraer a su amante hacia sus aposentos que de una jovencita intentando atrapar las primeras gotas de lluvia.

El cielo volvió a iluminarse y la diminuta piedra azul que llevaba en uno de los orificios de la nariz lanzó un destello cuando la joven le dio la espalda a las nubes de tormenta para volverse hacia el viejo templo rodeado de cocoteros, cuyas hojas se estremecían al viento en un baile frenético. Bajo la lluvia y la luz alborada, la visión era espectacular.

El templo en sí casi estaba en ruinas, pero se alzaba en el interior de un recinto tosco de enormes piedras que todavía aguantaban en pie y que le concedían distinción y autoridad. Incluso se decía que la más grande de todas era una de las rocas que Hanuman, el dios mono, había arrojado al mar para que Rama y su ejército pudieran cruzar los estrechos de la India hacia Lanka. Cuando había luna llena, los fieles de otras aldeas acudían a tocar aquellas piedras mágicas y a rogarles favores, pero por el día en aquel mismo sitio se enseñaba a los niños a leer las escrituras, a escribir y a contar.

Sus hermanos entraban después de tocar las piedras con reverencia. Ella no. Su padre creía que tenía suficiente con aprender el abecedario escribiendo las letras con granos de arroz esparcidos en una *muram*. Sin embargo, las piedras no le eran desconocidas. Desde que tenía cuatro años, cada día, menos cuando menstruaban, Parvathi y su madre subían los treinta y un peldaños que las separaban de su casa.

Las miró fijamente, por un momento enlucidas de blanco. Nunca había sentido la necesidad de pedirles favores. Tal vez fuera rara o extravagante, pero tenía la sensación de que solo ella comprendía que ninguna gracia podía obtenerse de su suave y compacta superficie. La suavidad era un engaño. No siempre habían sido así, no habían rodado ladera abajo intencionadamente. Un mono gigante les había hundido sus garras afiladas y las había arrancado del vientre materno. Ahora no eran más que huérfanas en el exilio.

Se quedó mirando la cortina de lluvia hasta que se dio cuenta de que ya casi era la hora a la que su madre solía levantarse. Cerró la puerta y regresó a su sitio, contra la pared. Volvió a colocarse los cascabeles en los tobillos y se tumbó de lado, hacia la mujer, prestando atención a aquella respiración regular y conocida. Parvathi sabía que no volvería a oírla. Igual que las piedras, también ella viviría pronto en un triste exilio. Ya tenía la maleta preparada, que le esperaba en el rincón de la pequeña cabaña. Era la última vez que estaría contra la pared.

La sola idea era tan inabarcable, tan abrumadora, que tuvo que abrazarse a la cintura de su madre con un brazo tembloroso. No era más que una joven sencilla que se había pasado toda la vida sola en el jardín trasero de su casa, fantaseando despierta mientras su padre rechazaba a todos los jóvenes del lugar, uno tras otro. Hasta hacía cuatro meses, cuando por fin había aparecido el pretendiente acaudalado que habían profetizado.

Durante las negociaciones, habían enviado fuera a Parvathi, donde la joven se había sentado a esperar con una oreja pegada a la puerta, tras la que había oído al casamentero describir al «joven» como un viudo de cuarenta y dos años. Por lo visto, la esposa, pobre mujer, había muerto víctima de una misteriosa fiebre tropical. De todos modos, se apresuró a restarle importancia pues había otra muerte que el hombre consideraba de mayor relevancia, la del abuelo del joven, cuyas riquezas habían alcanzado dimensiones legendarias. Tanto era así que, a pesar de su dificultad para hilar pensamientos coherentes debido a la edad y la enfermedad, había yacido en el lecho de muerte maldispuesto o incapaz de separarse de las tierras y el dinero hasta que sus hijos le habían colocado una pepita de oro y un terrón en la boca y se la habían mantenido cerrada para instar al alma a que partiera. Parvathi se había echado hacia atrás, escandalizada ante una treta tan mezquina.

Cuando volvió a pegar la oreja junto a la puerta, el casamentero estaba explicando que el futuro novio había zarpado de Ceilán hacia una tierra lejana llamada Malaca y, fiel a las tradiciones establecidas por sus antepasados, había amasado tal fortuna en la nueva tierra que se había ganado el sobrenombre de Kasu (Dinero) Marimuthu. El intermediario alzó la voz de manera teatral.

—¿Puede creer que el hombre compró una isla solo para dar cobijo a sus pavos reales?

Parvathi abrió los ojos como platos. ¡Una isla llena de pavos reales! ¡Debía de ser algo extraordinario! Había que ver cuántas cosas ignoraba del mundo, confinada en la diminuta casa paterna. Sin embargo, en el interior de la pequeña cabaña, su padre se rió entre dientes para demostrar al casamentero que él también era un hombre de mundo y que sabía valorar la exageración por lo que era: una demostración del buen oficio del vendedor avezado. El negociador interrumpió su alborozo cuando le pidió ver a la joven.

—Por desgracia, mi mujer se la ha llevado a visitar a una tía enferma —mintió su padre con toda naturalidad—, pero ¿no había traído con usted la fotografía que le envié? Se la hicimos solo hace tres meses.

El casamentero de la ciudad se apresuró a asentir con un gesto de cabeza.

—Sí, sí, por supuesto que la tengo, y debo decir que es toda una belleza, pero mi obligación es comprobar estas cosas por mí mismo. Hay gente que intenta estafarme, ¿sabe? Además, ¿dónde quedaría mi reputación? Aunque, si quiere que le diga la verdad, en esos casos no sé qué pretende el estafador ya que la chica acaba torturada por la suegra o, peor aún, devuelta a su hogar cubierta de vergüenza. Incluso he oído de un par que se han suicidado sin haber llegado a desembarcar.

El padre de Parvathi asintió con la cabeza y sonrió. Era la beatitud personificada.

—Por fortuna para mi hija y la reputación de usted, no poseo la inteligencia necesaria para saber aprovecharme de la situación. Puede preguntarle a quien quiera, lo único que me importa es la felicidad de mi hija. Es sangre de mi sangre.

Se sucedió un incómodo y breve silencio.

—¿Cuándo regresará la señora de la casa? —preguntó el hombre al fin, fríamente.

—Espero que mañana, señor. Es muy duro cultivar la tierra y cuidar la casa sin mi mujer. Dijo que estaría de vuelta en dos semanas, pero ya sabe cómo son las mujeres cuando se juntan con sus madres. No hay día en que no rece para que vuelva lo antes posible.

El casamentero de la ciudad miró fijamente a los ojos al campesino enjuto que tenía delante, pero este le sostuvo la mirada, impávido. Si los ojos eran el reflejo del alma, entonces aquel hombre era tan puro como poco agraciado. Además, en los inicios de su carrera, el mediador había llegado a la conclusión de que Dios a veces encomendaba una gran belleza al cuidado de gente sencilla. Nadie podía ser tan avispado y seguir siendo tan pobre.

Asimismo, seguro como estaba de que los demás casamenteros estaban dejándose la piel en encontrar la esposa perfecta para Kasu Marimuthu, sabía que no podía dejar escapar a aquella y que debía zanjar el asunto ese mismo día. No podía permitirse el lujo de hacer otro viaje a aquel aldeorrio dejado de la mano de Dios para sentarse enfrente de semejante memo. Aquel trabajo le reportaría la fama con la que siempre había soñado, y, según había oído, la fortuna llamaba a la puerta de la fama. Además, a la semana siguiente estaría ocupado con los preparativos de la boda de su propia hija con un joven perfecto de Colpetty que él mismo le había encontrado en Colombo.

El casamentero sonrió.

—Tengo suficiente con su palabra —dijo, e inclinando la cabeza hacia atrás apuró el té de un trago.

Parvathi, de cuclillas en el suelo de tierra y ataviada con unos harapos que ocultaban sus formas, se tocó el suave rostro sorprendida y se preguntó si sería hermosa de verdad.

—Parvathi, hora de levantarse —le susurró su madre al oído.

La joven se incorporó de inmediato y empezó a enrollar el petate. El tintineo de los cascabeles hizo que su padre abriera un ojo y lo dirigiera en su dirección.

—Solo vamos al templo, Apa —susurró de inmediato, sintiendo aquel ojo clavado en ella en medio de la más absoluta oscuridad.

—Ya… —respondió él con un áspero gruñido, y cerró el ojo para volver a dormir.

Guardaron las esteras y salieron al patio trasero, que los hombres nunca pisaban. Aquel día no hacía falta acercarse al pozo con la lámpara vieja porque el receptáculo de arcilla con forma de cuba rebosaba de agua de lluvia. Envueltas en un manto de oscuridad, madre e hija se soltaron el pelo y se desnudaron. Parvathi se agachó y sumergió una lechera vacía en la vasija. El agua que se echó por la cabeza estaba más fría que la lluvia que tamborileaba contra su piel. Se le escapó un grito ahogado; en cambio, su madre no dijo nada. Sería la última vez. Se asearon rápidamente, en silencio. Luego, su madre partió una ramita de nim por la mitad y utilizaron las hebras que quedaron a la vista para limpiarse los dientes.

Se levantaron a la vez y se dirigieron al lado de la casa resguardado por el saliente del tejado, donde había ropa limpia colgada en un hilo de alambre. Se vistieron de espalda a la pared. Era un poco engorroso; tenían los pies embarrados y los bajos de los vestidos se les pegaban a las pantorrillas, empapados. Entre dientes, su madre rezongó de manera casi inaudible, pero Parvathi saboreó aquel momento. Era la última vez que se vestían juntas. Se limpiaron los pies como pudieron, se calzaron unas zapatillas y, encogidas bajo un paraguas, se dirigieron al templo, chapoteando en el barro.

Como siempre, al llegar a la entrada del santuario, Parvathi apretó con fuerza la pequeña lechera entre sus manos y volvió la vista atrás para mirar las piedras grisáceas. Como siempre, se alzaban en completo silencio, impertérritas entre sus lúgubres sombras. Después se quitó las zapatillas, se lavó los pies en el agua de una alberca embaldosada poco profunda y, tras rociarse la cabeza con unas cuantas gotas, entró en el templo.

El lugar estaba desierto y en silencio. Sintió el suelo helado bajo los pies descalzos. En la parte de atrás, las ventanas de los aposentos de los aprendices ya se habían iluminado con la luz amarillenta de las lámparas de aceite. Sus siluetas imprecisas iban de un lado para otro arreglándose el moño, colgándose en bandolera los cordones sagrados y pintándose rayas en la frente, los brazos y el torso con cenizas bendecidas y húmedas. De pequeña, solía asomarse a esas mismas ventanas y preguntarse cómo sería la vida de aquellos jóvenes, pero con los años y el paso de niña a mujer, se le prohibió que ni siquiera volviera la vista en aquella dirección. Ellos, por descontado, no prestaban atención a la mujer y ni a su hija.

El sumo sacerdote, sentado en los escalones del templo mientras tejía una guirnalda de albahaca morada, levantó la vista y saludó con un breve gesto de cabeza a la madre de Parvathi, quien había unido las palmas de las manos debajo de la barbilla. Volviéndose hacia la joven, abrió una boca relajada, vacía y manchada de zumo de betel y se dirigió a ella con una voz aflautada llena de afecto.

—Vaya, de modo que has venido a ver a tu viejo tío por última vez.

—*Om* —contestó Parvathi.

En Jafna, *om* simplemente significaba «sí».

—He reservado un poco de arroz para ti —dijo el hombre con una amplia sonrisa, aunque Parvathi no encontró fuerzas para devolvérsela.

Le dio la espalda y siguió a su madre, quien ya musitaba sus oraciones entre dientes mientras iniciaba el recorrido alrededor de las deidades que el rito exigía. Tres veces en torno a cada dios y nueve junto al grupo de semidioses. Cuando terminaron, tomaron asiento en el suelo, en el lugar donde solían hacerlo, y esperaron a que los aprendices entraran en el templo. Cerca del horizonte, el cielo había adoptado un tinte rosado. Al tiempo que sonaba la gran campana del exterior, el viejo sacerdote abrió las diminutas puertas de madera que daban al vestíbulo interior que albergaba la estatua negra del dios elefante, Pulliar.

El hombre hizo un gesto a Parvathi y esta le acercó la lechera sin demora. Tras añadir el contenido a un balde enorme medio lleno de leche, el sacerdote dio inicio a la ceremonia del baño del dios. Sostuvo en alto una lámpara de aceite de varias mechas sobre la estatua recién bañada y todos alzaron las manos juntas por encima de sus cabezas para rezar.

La madre no lo sabía, pero lo último que hacía Parvathi era rezarle al dios elefante. En su lugar lo hacía a la pequeña serpiente ayudante que descansaba a los pies de la estatua, algo que para la madre hubiera equivalido a rezarle al recipiente de leche que había junto a la serpiente. Ignoraba que la joven solo sentía un temor reverencial y distante por el dios todopoderoso y que, en cambio, había depositado toda su fe en aquella espiral de bronce insignificante. Sin embargo, aún le habría resultado más incomprensible saber que su hija ni siquiera pedía un buen marido y una familia en sus rezos, sino encontrar el amor de su vida, alguien que pusiera la mano en el fuego por ella sin pensárselo dos veces. Alguien que no tuviera miedo a morir por ella. No era que deseara que lo hiciera, por descontado; le bastaba con que estuviera dispuesto a hacerlo. Ignoraba la razón que la empujaba a anhelar algo así, pues nadie en la aldea había expresado jamás un deseo semejante por algo tan carente de sentido práctico, pero así era.

Tal vez aquella idea se le hubiera quedado grabada en la mente desde que, una tarde, al descorrer el cerrojo para abrir la puerta a un mendigo, este le había sonreído con complicidad antes de decirle:

—Hija mía, ¿qué haces aquí cuando tu alma intenta salir en su busca? Rápido, pídelo, pide ese amor sin límites del que no hay separación ni ausencia posibles, pues Dios siempre concede los deseos de corazón.

¿Cómo iba a saber ella que ese hombre no le hablaba de amor terrenal, sino de aspiraciones divinas?

Esa mañana, con la lluvia repicando con fuerza sobre el tejado, le confesó a su venerada cobra lo mucho que amaba a su madre y le imploró que la cuidara mientras ella estuviera fuera.

—No permitas que se sienta sola o triste —le susurró—. Vela por ella mientras esté fuera y protégenos de la ira de mi padre cuando regrese puesto que, amada cobra, puede que esté de vuelta mucho antes de lo que ella cree.

El sacerdote volcó un recipiente de latón lleno de polvo de cúrcuma roja sobre la estatua negra y más cantidad de la usual cayó sobre la cobra, que se volvió de color bermellón, el color del matrimonio. Un buen augurio. Después de todo, tal vez sus oraciones habían sido oídas.

La travesía

El tío de Parvathi apareció en cuanto escampó la lluvia para acompañarla en la larga travesía hasta Malaca.

—No olvides las penas que pasamos aquí. Envía dinero en cuanto te sea posible —le recordó su padre con severidad.

—Así lo haré, padre —contestó ella, y el hombre asintió con un gesto de cabeza y se hizo a un lado para que el resto de la familia pudiera acercarse y despedirse.

Parvathi dejó a su madre para el final. La mujer tenía los ojos enrojecidos e hinchados. Apretando los labios para impedir que temblaran, untó la frente de su hija con cenizas bendecidas.

—Muruga, Muruga —musitó en voz baja para que su marido no la oyera y se disgustara con ella—, por favor ampara a esta hija mía. Protégela, pues yo ya no voy a poder hacerlo.

Parvathi cayó de rodillas ante los pies de su madre y se los besó.

—¡Ama, no me abandones ahora! —lloró, consciente de que aquello enfurecería a su padre—. No dejes que me lleven tan lejos de ti.

El padre torció el gesto en muestra de desagrado.

—¡Ve con Dios! —chilló la madre de pronto, dirigiéndose con paso inseguro hacia la puerta abierta de la casa.

Si lo había hecho era porque le hervía la sangre y deseaba clavarle las uñas en la cara al gandul de su marido. Atravesó el interior casi a oscuras, como una exhalación, y solo se detuvo cuando se encontró en el patio trasero, a pleno sol, donde sabía que nadie la molestaría. Allí nunca iban los hombres. Le fallaron las piernas y se dejó caer al suelo, un fardo pesado y sin vida.

Miró a su alrededor desconcertada, como si fuera la primera vez que veía el patio y la cocina a la intemperie. Nunca se había fijado en lo bien construida que estaba la pared de ramitas, barro y hojas de palmera. Era imposible ver nada a través de los muros de aquella prisión en la que su pobre hija había pasado la mayor parte de su vida. Sin embargo, la mujer esbozó una sonrisa misteriosa al pensar que la joven había desbaratado los planes de su marido, al menos en aquello, ya que había hecho varios agujeros en la pared. Ella sola. Al principio, a la mujer le había desconcertado comprobar que todos estaban a más o menos medio metro de altura. Y entonces, un día, comprendió que su hija no observaba a la gente, sino a los animales que pasaban.

Con las palmas de las manos hundidas en la tierra húmeda, repasó su piel irremediablemente encallecida, los nudillos nudosos y la suciedad bajo las uñas. Las manos de su hija eran suaves, delicadas, indefensas. Cómo era posible que la joven, en toda su perfección, proviniera de un cuerpo tan derrotado y feo como el suyo. La niña solo hacía lo que todas: casarse. Un estremecimiento la recorrió de la cabeza a los pies. Pero es que era demasiado pequeña para viajar tan lejos. Si apenas le llegaba al hombro.

Apoyó todo el peso en una mano y utilizó el índice de la otra para escribir en el barro la única palabra que sabía garabatear: el nombre de su hija. Una y otra vez, hasta que formó un círculo a su alrededor, un círculo mágico, pues según un saber ancestral, transmitido de una generación a otra, de madre a hija, el círculo es una forma sagrada y una energía positiva lo invade en cuanto se dibuja. En su interior, nada malo puede suceder.

Alzó la vista hacia el cielo azul y despejado, se llevó una mano a los orificios vacíos de las ventanas de la nariz que antaño el oro había adornado y maldijo el día que nació su hija, pues ese mismo día el corazón de su marido se había convertido en piedra. ¿Y ella? Ella lo había permitido. Aunque, ¡un momento! Mucho, mucho antes de que abandonara a la niña, se había abandonado a sí misma. Su hija le había enseñado que era perfecta, alguien en quien se podía confiar. Nadie le había dicho que en aquella tierra no había cabida para la perfección. Apoyó la cabeza sobre las rodillas en un gesto derrotado y, en su desvaído mundo, se le escapó un fugaz reproche.

Nada de todo aquello habría pasado si el sacerdote se hubiera mordido la lengua. Algo más escapó, un resoplido de impaciencia. Se reprendió con dureza. Su marido tenía razón, a las mujeres debería prohibírseles pensar. ¿Qué iba a sacar echándole la culpa a un hombre de Dios? Era el destino de la niña, y ahora la niña ya no estaba y punto. La mujer atrancó la puerta a aquel dolor herrumbroso. Era ferrizo y se cerró con gran estruendo. Que quedara atrapado para siempre. Tenía que preparar la comida para los hombres antes de irse a trabajar la tierra.

Lanzó una mirada inquisitiva hacia el lado de la casa. Solo había una zapatilla apoyada contra la pared. Qué extraño. La otra no estaba por ninguna parte. Parpadeó. Qué más daba. Caminaría sobre los agrietados y endurecidos talones. Se levantó con gran pesadez y abandonó el círculo mágico.

Desde el momento en que su madre le había vuelto la espalda, Parvathi había tenido la sensación de haber entrado de repente en un sueño tan fantástico que su espíritu se había escondido en lo más hondo de su ser, hecho un ovillo. Durante cinco días, su tío y ella fueron dando tumbos y bamboleos sobre el carro cubierto tirado por bueyes hasta que los caminos de tierra dieron paso a las amplias calzadas pavimentadas de Colombo.

La ciudad era un hervidero de actividad. La gente pululaba por las calles como si fueran hormigas.

Una vez en el puerto, embarcaron en un navío y Parvathi se dirigió en silencio a la sombra, donde se reunió con las demás mujeres, al tiempo que la nave alzaba su mole lenta y majestuosamente y se separaba del muelle. El barco se cernió sobre la cresta de la ola y a continuación, de pronto, con una sacudida que provocó un balanceo de proa a popa, regresó al agua dando un bandazo tambaleante. Todas las mujeres se taparon la boca con sus viejas ropas. Mientras ellas descansaban gimoteantes y mareadas, los hombres cocinaban en grandes calderos. Sobre las cabezas, las gaviotas revoloteaban bajo un cielo despejado y abrasador, y en el agua, grupos de delfines alegres y dicharacheros acudían a jugar junto al barco. Al acabar el día, la nave surcaba noches impenetrables bajo las estrellas.

Por fin, cuando Parvathi menos lo esperaba, un pedacito parduzco: tierra. Se oyeron exclamaciones de emoción y correteos de un lado a otro. Desde las cubiertas superiores llegaron gritos de celebración. El verde apareció ante la vista y se levantó el viento. Les lanzaron una lata de galletas desde arriba y un trocito de una acabó en su mano. Dio cuenta de ella en tres lentos bocados. El barco siguió avanzando y el puerto de Penang apareció ante ellos. Atracaron; la travesía había llegado a su fin.

Parvathi miró a su alrededor, atónita. ¡Dios no había teñido a los hombres únicamente de tonos marrones! ¡Nada más lejos! En su gran jardín cultivaba toda la gama de rosas, blancos, amarillos y negros. Jamás lo habría imaginado. Producían sonidos extraños e ininteligibles, aunque después de todo no dejaba de ser un sueño y, en sus expresiones de duda, exclamaciones, asentimientos y gestos, los entendía a todos.

Qué curioso que fuera la firmeza de la tierra lo que de repente le resultara extraño. Más tarde, el monstruo negro de hierro que vomitaba humo al que subió los llevó al corazón de aquella húmeda región.

En casa de sus parientes, observó maravillada que el agua salía a chorro de los grifos y que la electricidad —después de todo, sus hermanos no le habían tomado el pelo— hacía brillar las lámparas. Allí descubrió un jabón que hacía espuma y, al caer la noche, le dieron una plataforma elevada sobre unas patas que llamaban cama. El colchón era tan blando que se pasó toda la noche dando vueltas y más vueltas intentando encontrar alguna parte firme sobre la que descansar el cuerpo. Cuánto llegó a añorar a su madre en aquella cama tan blanda.

Llegó el día de la boda. Su espíritu aterrado retrocedió aún más en su escondite, pero nadie pareció reparar en ello o, si lo hicieron, no les importó. Oh, mi amada y pequeña cobra, sálvame de mi destino. Yo, que durante tanto tiempo he depositado mi fe en ti, sálvame.

Los niños se arremolinaron junto a la puerta para contemplar con ojos desorbitados cómo las mujeres parlanchinas le teñían las manos y los pies y la enfundaban en las galas que el novio había enviado. El vestido pesaba tanto que dos mujeres tuvieron que tirar de ella para ayudarla a ponerse en pie y la acompañaron hasta un espejo infinitamente más grande que el redondito que su padre utilizaba para afeitarse. Se contempló fascinada, pero dejaron caer un velo sobre el rostro y se la llevaron a un templo abarrotado y profusamente decorado, donde un hombre alto y corpulento se sentó a su lado.

Estaba demasiado cohibida y asustada para mirarlo, pero tuvo la impresión de haber captado unos ojos encendidos vueltos hacia el techo. Solo alcanzaba a ver las manos del novio, unidas con lasitud. Grandes y cubiertas de pelo largo y oscuro, y blancas, mucho más blancas que las de ella. Parvathi estaba rígida como una estatua, apenas se atrevía a respirar, consciente del calor denso y del rugido silencioso que emanaba del cuerpo del hombre que tenía al lado, quien se volvió un breve instante hacia ella al inicio del acompañamiento de los tambores y las trompetas. Acto seguido, Parvathi sintió el pesado *thali* de oro alrededor del cuello y la lluvia de arroz con que los bañó la multitud.

En fin, ya estaba casada.

Sostuvieron una tela ante ellos, detrás de la cual el novio le levantó el velo para que los recién casados pudieran alimentarse mutuamente con trocitos de plátano empapado en leche. Parvathi se negó a mirar a su marido a los ojos. Por fortuna, pues si lo hubiera hecho habría visto la tensión que hacía palidecer unos labios fruncidos y la pobre y aturdida alma de Parvathi habría sucumbido al pánico.

—Todo ha ido bien, un buen augurio para un largo y próspero matrimonio —comentó el sacerdote, sonriendo obsequiosamente al marido de la joven.

Todo eran sonrisas y felicitaciones, pero él permaneció callado.

Sin levantar la mirada, Parvathi subió a la parte trasera de un enorme automóvil negro, en el que atravesaron la ciudad para salir a una carretera solitaria que cruzaba la selva. El aire empezó a cambiar, se volvió seco e impregnado de olor a mar. A su lado, aunque escrupulosamente apartado, como si un abismo insondable los separara, se sentaba su marido con el voluminoso cuerpo vuelto hacia un lado, glacial, mudo, furioso. A esas alturas, Parvathi tendría que haber empezado a preocuparse, pero el desconcierto, práctico como nunca antes, la mantenía a salvo, arropada en su capullo, inalcanzable.

Alguien le había dicho que la casa de su marido se encontraba junto a la playa, en un lugar precioso llamado Adari, Amado. Al final cruzaron una portalada. Parvathi levantó la vista hacia la mansión que se alzaba contra un cielo límpido y, ahogando un grito, se vio arrancada de su plácido sueño.

Adari

Situada al borde de una selva, a primera vista parecía hecha de piedras preciosas engastadas en un metal oscuro, tan irreal como algo salido directamente de un cuento de hadas. A medida que el coche fue acercándose a la casa, el sol se reflejó en varias facetas, que cobraron una vida cegadora. ¡Si su padre hubiera visto aquello, jamás se habría atrevido a hacer lo que había hecho! Al aproximarse, Parvathi comprobó que estaba hecha con vidrios de color violeta, azul y rosa unidos por hierro forjado. Sin embargo, aquella primera impresión de un palacio hecho de piedras preciosas quedaría para siempre grabada en su memoria.

Un camino de entrada circular bordeado de estatuas los llevó a un porche cubierto. Alguien abrió la puerta del coche y, para entrar en su nueva morada de manera auspiciosa, asomó primero el pie derecho. Despacio, pues las ropas y las joyas eran muy pesadas e incómodas de llevar, por fin consiguió salir del vehículo. Varias personas flanqueaban los escalones de la entrada y otras tantas se apostaban a lo largo de los balcones de ambas alas de la casa, con el cuello estirado para ver a la novia. Nerviosa, levantó la vista hacia ellos. Le parecieron una multitud, pero como más tarde descubriría, la mayoría pertenecía al personal de la casa y estaba allí para servirla.

Su marido rodeó el vehículo para ponerse a su lado y juntos ascendieron los suaves escalones blancos que conducían a la entrada de la casa, donde se levantaban seis columnas de color azul grisáceo con incrustaciones de mármol blanco que dibujaban enredaderas y flores. Partiendo a ambos lados de las columnas se extendían las verandas acristaladas hasta el final del edificio, cuyas vidrieras le conferían un aire de fábula. De sus techos colgaban cestos enormes de helechos intercalados con lámparas de cristal en forma de racimo de uvas. Descendieron los seis escalones que separaban una de las verandas de un patio abierto, donde Parvathi olvidó a toda aquella gente que la observaba con atención y miró embelesada a su alrededor, con ojos atónitos, sin palabras.

Unas columnas que se perdían en las alturas —blancas, con incrustaciones de color azul grisáceo— sostenían la terraza y el techo. Alguien con el poder de un dios tenía que haber pronunciado las palabras: «Que se haga la luz irisada», y así había ocurrido.

El sol entraba a raudales a través de las vidrieras y esparcía una miríada de traslúcidas esquirlas de colores sobre paredes, pilares, suelos, gente, animales y la criatura del estanque cubierta de musgo, con nenúfares y carpas doradas que le manaban de la boca.

En un rincón del amplio jardín crecía un árbol centenario. Tenía un tronco ceniciento grueso y suave, y sus hojas eran de color verde musgo. La casa debía de haberse construido a su alrededor pues una de las ramas más grandes atravesaba una de las ventanas superiores.

De las ramas más bajas colgaban un sinfín de jaulas doradas, vacías y con las puertas abiertas, mientras una bandada de pájaros, blancos o de una especie albina, se diseminaban por todo el árbol, posados allí donde más les placía. Más adelante se enteró de que no era por voluntad propia que permanecían en las ramas, ya que el chico que cuidaba de ellos les cortaba las plumas de tal manera que no les fuera posible levantar el vuelo. Sin embargo, en aquel momento estaba absorta, como en un sueño o en una idea, contemplando las intrincadas siluetas de tonos añil, azul y rosa que retozaban entre las bellas aves cuando estas se movían. Palomas domésticas, indiferentes por completo al ruido y la gente, se paseaban teñidas como por encanto por el suelo pavimentado. Un loro encaramado en el borde de la fuente ladeó la cabeza y clavó sus ojos redondos en ella.

En ese momento el novio habló por primera vez.

—Tú —dijo, dirigiéndose sin miramientos a un sirviente—, acompaña a la señora a uno de los dormitorios del ala oeste, y los demás, volved a vuestras dependencias.

Los músicos dejaron de tocar y se hizo el silencio. Por descontado, Parvathi sabía que aquel momento tenía que llegar, pero tal vez no esperaba que sucediera delante de tantas miradas curiosas. Sintió un calor repentino en el cuello y el rostro y se le hizo un nudo en el estómago que casi le impidió respirar. No tendría que haber salido de su estupor; así habría sobrellevado aquella humillación sin inmutarse. Después de todo, ese era el momento que tanto temía desde que el casamentero había mencionado su fotografía.

No había visto la foto que su padre le había enviado, pero sabía que ella no aparecía en la imagen. Nadie en la aldea tenía una cámara de placas. Para oír el clic del disparador, había que viajar a la ciudad y la única vez que había salido de la aldea había sido para llevar a otro pueblo no muy lejano una imagen de Pulliar, que había hecho con un puñado de estiércol de una de las vacas de Vellaitham, acompañada por su madre. Allí había dejado el pequeño ídolo en un arroyo junto con otras jovencitas y, al tiempo que lo arrastraba la corriente, había rezado para encontrar un buen marido.

Su padre había engañado al casamentero y ahora...

Una voz acarició sus oídos. Sin levantar la vista del suelo, la siguió por la escalera de forja que ascendía hasta el balcón. La puerta acristalada se abría al ala oeste de la casa y daba a un pasillo largo flanqueado por un sinnúmero de enormes puertas de dos hojas que comunicaban con otras estancias. La voz suave le preguntó educadamente si deseaba elegir un dormitorio. Parvathi sacudió la cabeza y se abrieron las primeras puertas.

—La Habitación Lavanda —anunció la voz.

Parvathi entró.

La Habitación Lavanda, Dios mío. Parvathi se detuvo en el centro del aposento, una enanita en medio de un dormitorio espléndido y majestuoso, y miró sobrecogida las paredes revestidas con paneles pintados de un color verde mar deslumbrante y profusamente decorados con aves del paraíso, pagodas y sauces llorones. Allí también entraba a raudales una bella y extática luz de tintes violeta, azul y rosa a través de los ventanales y las puertas acristaladas.

Trasladó su arrobo a una gigantesca lámpara de araña de cristales azules que colgaba en medio del techo. Debajo, sobre una alfombra de color crema, descansaba una magnífica cama de latón con dosel. La mosquitera, teñida de azul y adornada con borlas, estaba recogida con cintas de terciopelo añil. Un armario francés de finales del siglo XVIII se apoyaba contra una de las paredes y, cerca de este, había un tocador y un refinado taburete de color azul cáscara de huevo con detalles dorados. A un lado colgaba una jaula de bambú abierta y vacía, pintada con tinta china.

En la pared frente a la cama había un óleo de grandes dimensiones de un mono blanco sorprendido mientras comía una fruta, rodeado de peladuras de granada. Parvathi admiró el modo en que había sido diseñada la habitación para que solo el mono quedara bañado por una luz de un blanco puro. Se puso de puntillas y le tocó la cola. La pintura era dura y brillante.

Una ráfaga de aire frío infló las largas y vaporosas cortinas hacia el interior de la estancia. Parvathi se agachó y se acercó a gatas al balcón, desde donde observó a la gente, que se desperdigaba gesticulando y especulando sobre su matrimonio.

Se abrazó a las rodillas y esperó a que la casa estuviera en silencio. Su marido aparecería en cualquier momento y habría reproches, se le exigiría una explicación. Sin embargo, el recién casado no subió a los aposentos de la joven. En lugar de eso, Parvathi lo vio subir disimuladamente a la parte trasera del enorme coche y doblar la esquina al llegar a la portalada de la finca. ¡Kasu Marimuthu se había ido! No se atrevió a moverse, como si se tratara de una trampa y el automóvil fuera a dar media vuelta, pero el camino continuó desierto. Al ver que la habían dejado sola de verdad, se puso en pie y decidió estudiar los alrededores.

La casa daba a una playa dorada y a un mar muy azul, y allí, a unos treinta metros mar adentro, la vio: la islita de cuento de hadas únicamente habitada por pavos reales. A la sombra de un toldo de cañas, había una pequeña barca de madera que supuso que utilizaban para llegar hasta allí. No obstante, esa tarde se había retirado la marea y el agua estaba tan baja que tuvo la impresión de que cualquiera podría vadear la distancia a pie.

Inclinó algo más el cuerpo y, a izquierda y derecha, contó ocho balcones en cada una de las alas de la casa. En la parte de atrás, sin pintar y a poca distancia de la puerta trasera, se encontraban las dependencias del servicio. Dos hombres charlaban. Entre ellos, el cuerpo de una cabra, pobre bestia, colgaba de un alambre, amarilla por la cúrcuma y la sal. Sin duda era parte del festín de bodas. Más allá de los muros de la casa, una densa y exuberante vegetación se extendía hasta donde le alcanzaba la vista. Daba la sensación de estar completamente aislada en medio de la naturaleza y aquello le produjo un extraño placer.

Regresó al interior de la habitación.

Se sentó en el borde de la cama y se quitó las joyas, que acabaron en un refulgente montoncito a un lado. Lo único que conservó fue el *thali*, el símbolo de su condición de casada, un colgante compuesto por dos piezas de oro soldadas. Se suponía que representaba los pies del marido, de modo que no importaba dónde se encontrara este o lo que estuviera haciendo porque sus pies siempre estarían en contacto con el corazón de la esposa.

Parvathi se acercó despacio a la maleta, revolvió en su interior y extrajo la maltrecha zapatilla de su madre. Al verla allí delante, estuvo a punto de derrumbarse. La besó con fervor, cerró los ojos y pensó en la mujer, partiéndose el espinazo, sola, tan lejos. La echó tanto de menos que se habría puesto a llorar.

Al final dejó la sandalia a un lado y volvió a encaramarse a la cama. En la mesita de noche había una figurita de porcelana de Scaramouche. Acarició con un dedo el aparatoso disfraz y se preguntó quién sería y por qué estaría allí. El ventilador del techo daba vueltas perezosamente y Parvathi echó un vistazo melancólico al blanco tramo de tierra que se extendía detrás de ella. Lo cierto era que estaba extenuada. Se tumbaría un ratito, con los ojos abiertos, solo para descansar el cuerpo. No la sorprenderían durmiendo. No, se levantaría de un salto en cuanto oyera pasos sobre el suelo de parquet. Se hizo un ovillo alrededor del montoncito de oro y se durmió.

Se despertó inmersa en una extraña bruma azul, en guardia, hasta que cayó en la cuenta de que alguien debía de haber entrado en la habitación y había soltado la mosquitera. Miró a su alrededor, recelosa. El pequeño aplique de pared que había junto a la ventana estaba encendido. No movió ni un solo músculo y prestó atención. Algo la había despertado. El mar murmuraba a lo lejos. En ese momento, un chillido estridente rasgó la noche. Sin duda se trataba de un animal, aunque demasiado lejos para representar un peligro. Aun así, Parvathi permaneció inmóvil, atenta. Su cuerpo había reaccionado a aquel ruido como si su vida dependiera de ello. Ahí estaba de nuevo, un estruendo. Amplificado por la acústica de la casa. Había alguien abajo.

Añadió las ajorcas al montoncito refulgente que tenía al lado, retiró la mosquitera y se dejó resbalar hasta el suelo. La madera noble no crujió bajo sus pies. La puerta se abrió en silencio y Parvathi salió al pasillo, iluminado por las lámparas en forma de racimo de uvas. Se detuvo junto a la entrada del balcón y, a través de un pétalo de cristal rosado, contempló maravillada el patio, transformado en un lugar de ensueño. Unas lucecitas habían brotado alrededor de la fuente verde y dorada, y la luz de los pasillos acristalados que rodeaban la casa proyectaba ristras de lucecitas en forma de conchas reticuladas sobre paredes y suelos. También se oía un tintineo, como si llovieran monedas de plata. No había duda, allí vivían seres de otro mundo.

Sin embargo, no había acabado de formarse aquella idea escalofriante, cuando vio la figura de su marido recortada contra la luz lechosa de una lámpara de vidrio esmerilado. Subía los escalones con paso vacilante, la cabeza inclinada y, según parecía, la ayuda indispensable del pasamano. ¿Qué le ocurría? Desconcertada, se acercó a lo alto de la escalera sin hacer ruido, donde su presencia inesperada lo asustó y le hizo perder pie.

Por fortuna, el hombre consiguió asirse a la barandilla con una de las manos, que agitaba con frenesí, y el rostro con que Parvathi se topó le resultó tan laxo y grotesco que no dudó en creerlo enfermo. La joven todavía no había conseguido borrar el recuerdo del lamento mudo ni del miedo invisible y angustiante del hombre, pero bajó corriendo la escalera y le tendió la mano para ayudarlo. Sin embargo, él levantó un brazo en el aire para detenerla, antes de caer hacia atrás con dureza sobre los escalones y quedar con las rodillas separadas al trasladar todo el peso a una mano. Hizo una mueca de dolor. Tenía que haberse hecho daño por la manera tan brusca en que había acabado sentado.

Bajo la luz que proyectaba el agua agitada de la fuente, Parvathi pudo ver bien por primera vez al hombre con el que se había casado. Tenía la nariz cubierta de gruesas gotas de sudor y la cabeza ladeada en un ángulo extraño mientras los ojos hinchados parecían tener grandes dificultades para enfocarla.

—¿Qué te pasa? —preguntó Parvathi con un hilo de voz teñido de preocupación, pues poco sabía de la embriaguez y, por tanto, no había reconocido el estado en que se encontraba su marido.

Kasu Marimuthu abrió la boca —el colmillo izquierdo, de oro puro, lanzó un destello— y soltó una risotada que rebotó en las paredes, repetida hasta el infinito por el eco burlón. Se volvió hacia ella cuando las risas se disiparon.

—He dejado un vaso en el borde de la fuente. Tráemelo.

Parvathi percibió en ese momento el tufo a alcohol y quedó tan sorprendida que no supo reprimir una exclamación.

—¡Oh! ¡Pero si estás borracho!

Las duras paredes que los rodeaban actuaron con tanta crueldad con su voz como lo habían hecho antes con la risa de su esposo, e hicieron que sonara estridente, acusadora y tan desprovista de dulzura que Parvathi se tapó la boca con la mano, avergonzada.

La mirada enturbiada recuperó el enfoque. La afabilidad desapareció.

—¿Cómo quieres que no lo esté? —replicó él, con desdén—. Pedí un ave del paraíso y me han traído un pavo real raquítico.

Parvathi recordó las palabras de su madre: «Cuando estés lejos, no olvides lo siguiente: si un hombre solo te hiere con palabras, no digas ni hagas nada, porque las palabras puedes sacudírtelas de encima cuando él se haya ido a dormir, como un vestido desfavorecedor». Parvathi bajó la mirada en señal de sumisión, sin saber que aquel gesto solo serviría para avivar la furia de su marido, quien concluyó malhumorado que le molestaba absolutamente todo lo referente a su esposa. La carencia de estilo, belleza, estatura, educación, sofisticación y, ahora, aquel irritante ataque de mansedumbre. No tenía remedio.

—Date prisa con ese trago.

Parvathi se apresuró a cumplir la orden de inmediato. El hombre balanceó el vaso medio lleno en una mano.

—Por amor de Dios, ¡deja de revolotear a mi alrededor como un avestruz y siéntate! —estalló, exasperado. Parvathi se sentó de golpe, unos escalones por debajo de él—. Mañana te envío de vuelta con tu padre.

La joven asintió muy despacio. No esperaba otra cosa desde que había puesto los ojos en aquella casa. Hasta entonces había albergado una vana y alocada esperanza, aunque en realidad tampoco podía echarle la culpa a su padre. ¿Cómo iba el pobre hombre a tener ni la más mínima idea de lo que una «inmensa fortuna» significaba de verdad, viviendo como vivía? Al igual que ella, su padre debía de haberse quedado corto, muy corto, en sus imaginaciones, si no habría comprendido que aquello no tenía futuro. Estancias con nombres como Habitación Lavanda siempre exigían señoras altas, finas y educadas.

—Tú lo sabías, ¿verdad? —le preguntó.

Parvathi levantó la vista y lo miró con ojos aterrados.

—Sí, pero has de entender que yo no he tenido ni voz ni voto en el asunto. Mi deber de hija es obedecer a mi padre en todo momento.

—¿Qué clase de padre le hace algo así a su propia hija? —Una lágrima rodó por la mejilla de Parvathi—. ¿Qué ocurrirá contigo cuando vuelvas a casa? —preguntó con voz cansada y amable solo por unos instantes.

Parvathi se sorbió la nariz y se la secó con la palma de la mano.

—No lo sé. Si mi padre me acoge, ayudaré a mi madre como siempre he hecho.

El hombre sacudió la cabeza, con pesar.

—No creas que no me compadezco de ti, pero nadie, y cuando digo nadie es nadie, se burla de Kasu Marimuthu y se sale con la suya. Tu padre, o es idiota o está loco. ¿A quién más, sino, podría habérsele ocurrido algo tan disparatado? Si creía que no iba a devolverte por miedo a manchar mi buen nombre... En fin, apostó al caballo equivocado.

—Y ¿por qué no te negaste sin más a casarte conmigo cuando me viste esta mañana? —preguntó Parvathi, en voz baja.

El hombre se irguió con arrogancia.

—Y así podrías haberte casado con otro, ¿no? No me importa ser la comidilla de las chismosas, pero había gente importante en aquella sala a quienes necesito para mis negocios. No podía convertirme en el hazmerreír de todos en su presencia. —En ese momento, como si de repente hubiera recordado que él era la parte perjudicada, la fulminó con una mirada cargada de frío desdén—. Ve a pedirle cuentas a tu padre si buscas a alguien a quien echarle la culpa por haberte arruinado la vida.

Durante el silencio que siguió, el hombre clavó la vista en el vaso, como si este no tuviera fondo.

—Deberíamos ahogar juntos nuestras penas —dijo al fin con una ceja enarcada, levantando la cabeza.

Parvathi se lo quedó mirando, incrédula. Qué vergüenza. ¡Su vida había quedado arruinada para siempre y él quería que se emborracharan juntos! Sacudió la cabeza.

—Vaya, ha dicho que no a la copa del amor —observó el hombre con sarcasmo, o al menos eso era lo que había pretendido, aunque había acabado sonando derrotado y mordaz.

Kasu miró a su alrededor, atontado, antes de apoyar la cabeza sobre los fríos escalones de piedra y cerrar los ojos. Mirad ahora al gran Kasu Marimuthu. Tan rico y tan abatido. Parvathi pensó que el hombre se había dormido cuando este se incorporó y apuró el contenido del vaso de un solo trago. Lo dejó vacío en los escalones y se puso en pie.

—Pues entonces le deseo buenas noches, señora. Prepárese para partir por la mañana. ¿En qué habitación se aloja?

—En la primera a la izquierda.

—Muy bien —dijo él, al tiempo que intentaba hacer una leve reverencia, pero se tambaleó y tuvo que aferrarse al pasamano para recuperar el equilibrio.

Ya no lo soltó hasta que llegó al pie de los escalones. Había cruzado medio patio cuando se detuvo. Se volvió hacia ella como para decirle algo, pero debió de pensárselo dos veces porque acabó sacudiendo la cabeza y lanzando un manotazo al aire en un gesto de desaliento.

—Olvídalo —musitó, y continuó su camino con paso vacilante.

En cuanto lo perdió de vista, Parvathi se dio cuenta de que necesitaba ir al baño. Había visto una letrina junto a las dependencias de la servidumbre, por lo que salió de la casa por la puerta principal y siguió el ala oeste hasta los servicios. Soplaba un viento helado y la selva, tenebrosa y amenazadora, arrojaba gritos y sonidos extraños desde sus negras entrañas. En cuanto hubo terminado, abrió la puerta de un empujón y, temblando de terror, regresó a la casa como una exhalación. Sabía que no podría volver a conciliar el sueño, por lo que se sentó a esperar en el suelo del balcón. Que la mañana llegara de una vez por todas. Estaba preparada.

En la biblioteca, Kasu Marimuthu cogió una botella de whisky por el cuello y se dejó caer con tanta brusquedad en el sillón giratorio que había junto al escritorio que tuvo que agarrarse a los bordes de la mesa para detener la súbita sacudida hacia atrás. Se sirvió un trago. Estaba llevándose el vaso a los labios cuando se abrió la puerta.

—¿Qué qui...? —empezó a decir antes de interrumpirse, sorprendido.

No se trataba de la novia no deseada, sino de una mujer corpulenta que sostenía un círculo de luz. Se detuvo junto a la entrada, con la mirada incrédula del hombre monopolizada por aquella aparición. Era imposible que nadie pudiera ser tan horripilante.

La aparición avanzó por la estancia y, a la luz de la lamparita del escritorio, Kasu Marimuthu descubrió aliviado que se trataba de una de las sirvientas. Tenía el corazón desbocado. Le había dado un susto de muerte. Qué mujer más estúpida. De hecho, supuso que se trataba de la cocinera. ¿Qué diablos estaba haciendo en su biblioteca a esas horas de la noche?

—¿Qué quieres? —le gritó enojado, pues el terror inicial no lo había abandonado todavía.

En vez de detenerse delante del escritorio, la mujer lo rodeó y se quedó a su lado, cerniéndose sobre él. Ahora sí que estaba furioso. Aquello era una impertinencia. Intentó levantarse, pero se descubrió atornillado al asiento. Las axilas empezaron a transpirarle con profusión y gotas de sudor le rodaron por los costados del cuerpo paralizado. Alzó la vista hacia la mujer, hipnotizado por aquellos rasgos feroces y toscos.

—He venido a pedirle un pequeño favor, señor. —La fulminó con la mirada, atónito—. Comprendo que le resulte imposible entregarle el corazón a su esposa, pero, señor, no le corresponde a usted dejar la huella de su bota en ella.

Kasu Marimuthu no daba crédito a lo que estaba oyendo. ¿Una sirvienta? Cómo podía olvidar de aquella manera cuál era su lugar. Era inaudito.

—Pero… ¿Cómo te atreves? ¡Fuera de aquí! —barbotó, e intentó levantarse de nuevo.

—Aquí es donde el hombre guarda su karma —dijo la mujer con total naturalidad, tocándole ligeramente la nuez con el dedo índice—. Todos los pecados que acumula a lo largo de sus muchas vidas se ordenan y quedan registrados aquí. Incluso la Biblia la considera la prueba del primer pecado del hombre, ¿no es así?

¡Cómo podía ser tan presuntuosa una mujer tan, tan inferior a él! Intentó apartarla de un manotazo y descubrió que ya no era dueño de su cuerpo. Ni siquiera podía mover los dedos. ¿Acaso aquella mujer monstruosa lo había convertido en un amasijo de huesos y tendones inertes en su propia silla por obra de un maleficio?

Tuvo una reacción cómica. Nunca antes se había encontrado en aquella posición, ni lo habían amenazado. Respiró hondo e inhaló el desagradable olor a cebolla y ajo que desprendía la mano de la mujer. Entonces, sin previo aviso, la misma persona que había construido un imperio financiero de dimensiones legendarias, el adulto a quien se debía deferencia y respeto a todas horas, se convirtió de nuevo en el niño asustado y confuso que se había escondido en un armario desde el que había presenciado cómo su padre y sus tíos embutían tierra y oro en la boca de su abuelo. De repente tuvo la sensación de que el suelo había desaparecido bajo sus pies, y sintió que los ojos, ya de por sí hinchados y abiertos de par en par, estaban a punto de salírsele de las órbitas. Sin embargo, la sirvienta no extrajo ningún placer de la súbita confusión y miedo de su señor y no se echó a reír, sino que lo miró con dulzura.

—Si viera lo que yo veo en su esposa, caería de rodillas, arrepentido. Ha de saber que es un alma venerada, reencarnada para experimentar el amor en las circunstancias más inverosímiles.

—Haré que te despidan y te echen por la mañana —repuso él en tono amenazador, pues, aún paralizado y ebrio, gracias a su viva inteligencia había deducido correctamente que no iba a infligírsele ningún daño, o al menos no ella.

No era más que una cocinera que había olvidado el lugar que le correspondía y había actuado impelida por una lealtad equivocada hacia alguien a quien había considerado su nueva señora. Parte de sus deducciones carecían de sentido, pero no tenía suficientes neuronas activas para desentrañar mayores misterios.

La mujer sonrió y Kasu Marimuthu vio que tenía una boca

tan grande como la de un perro. Ciertamente no había ni un ápice de belleza en aquella mujer.

—Es usted un buen hombre. Si no vuelve a hacerle daño, le prometo que algún día no muy lejano verá lo que veo yo. —Las cejas del hombre retrocedieron hasta el nacimiento del pelo. Menudo descaro—. Ahora, duerma —prosiguió la mujer, con dulzura—, y mañana no recordará nada de esto.

Con los ojos todavía abiertos y fijos en ella, el hombre cayó en un profundo y tranquilo sueño. La mujer pasó sus grandes y poderosos dedos sobre los párpados y se los cerró con suavidad. Luego salió de la biblioteca con la misma majestuosidad con que había entrado, con la vela medio derretida en la mano. No parecía una sirvienta, sino una reina.

El buen samaritano

Kasu Marimuthu se despertó tumbado sobre la barriga. Le faltaban el cinturón y los zapatos, pero todavía llevaba puesta la ropa del día anterior. Aquello solo podía significar que entre Gopal, su ayuda de cámara, y alguno de los otros lo habían subido por la escalera y lo habían dejado en la cama. Dios, cómo le dolía la cabeza. Alargó un brazo hacia la mesita de noche y tanteó en busca de un cigarrillo. La maniobra obtuvo éxito y se dio la vuelta, lo encendió y le dio una profunda y larga calada. Mientras las volutas de humo se ensortijaban entre ellas, empezó a darle vueltas al irritante problema de haber adquirido una esposa que no tenía ningún interés en conservar.

Pensó en ella —bajita, morena, feúcha; una pobre niña desamparada— mientras veía cómo el humo se desvaía en un estremecimiento. Un escalofrío le recorrió el cuerpo ante la idea de tener que presentarla como su esposa ante la gente refinada que frecuentaba y maldijo al casamentero por enésima vez. Imbécil. Memo. Cabeza hueca. ¿Cómo se había dejado enredar con un truco tan viejo? Sin embargo, lo que en realidad le hacía rechinar los dientes con rabia era pensar que un desgraciado pueblerino creyera que podía tomarle el pelo a él, a Kasu Marimuthu.

Se obligó a detener los derroteros que estaban tomando sus pensamientos. Se había pasado el día anterior furioso y sin saber qué hacer. Aquello se acabó. Hoy no solo estaba más calmado, sino absolutamente convencido de la decisión que había tomado. No sabía qué hacer con la chica, por lo tanto, lo más sensato era encontrar a quien fuera que la hubiera acompañado hasta allí para que volviera a llevársela. Y cuanto antes mejor.

Contaba a su favor con los derechos inalienables del hombre engañado y, puesto que ni siquiera —como nadie podría haberle negado— había catado los dudosos encantos de su reciente esposa, no preveía complicaciones. Por descontado que aquello haría estallar el escándalo en la comunidad ceilandesa, ¿y qué? Que hablaran. Ya había capeado antes los chismorreos. Kasu Marimuthu había descubierto, no sin gran placer, que todo, absolutamente todo, tenía arreglo cuando había suficiente dinero de por medio.

Tiró de un cordón grueso con una borla que pendía junto a la cama y, al cabo de unos minutos, Gopal entró con una cafetera y un vaso de plata en una bandeja. Su ayuda de cámara ni siquiera hizo el gesto de dirigirse a su señor, se limitó a servir el café en el cubilete estriado y a dejarlo en la mesita de noche. A continuación, desapareció por una puerta de cuarterones y al poco se oyó correr el agua.

El café ayudó. Kasu Marimuthu sintió la cabeza algo más despejada y sus pensamientos derivaron hacia temas de trabajo. Sin embargo, casi sin darse cuenta volvió a darle vueltas a su situación personal y acabó concluyendo que no sabía qué sería lo más correcto, si buscar a alguien para que devolviera aquella mujer que él no deseaba a la gente con la que había vivido antes de la boda o si debía llevarla él mismo. Al final decidió que poco o nada le importaba lo que fuera más correcto y optó por sacársela de encima esa misma mañana de camino al trabajo.

Gopal cerró el grifo, salió del cuarto de baño y se marchó en el mismo silencio en que había llegado, después de cerrar la puerta del dormitorio detrás de él. A solas de nuevo, Kasu Marimuthu se tocó la frente con tiento. Justo en medio sentía algo raro, palpitante y caliente. Era por culpa de la bebida. Como si todo hubiera ocurrido el día anterior, esas noches que había pasado empapado en sudor frío, consciente de haber perdido el control por completo, regresaron a él con toda su fuerza. Sacudió la cabeza. Lo habían herido, de muerte. Pero se había recuperado. Ya no había ningún vacío que llenar. Había exorcizado a aquella zorra por completo y él volvía a estar entero. De eso estaba seguro. Decidió que no volvería a probar el alcohol.

Tras haber tomado aquellas dos resoluciones, Kasu Marimuthu acabó su segundo cigarrillo, se levantó de la cama e hizo el mismo camino que Gopal, se dirigió a la pequeña antecámara decorada con delicadas lacas y marquetería japonesas que cumplía la función de vestidor. Dejando con descuido un rastro de ropa, pasó junto a una imponente bañera de piedra importada de El Cairo en dirección a lo que a todas luces parecía una pared revestida de paneles normal y corriente, pero que, de hecho, era una puerta oculta que daba a un cubículo embaldosado. Kasu Marimuthu consideraba que no era apropiado que sus selectos invitados vieran aquella parte del cuarto de baño. Entró y cerró la puerta.

En la estancia solo había un grifo y una pila enorme debajo, que Gopal había llenado hasta el borde. En el agua flotaba un cucharón de madera exactamente igual al que Kasu Marimuthu usaba de niño, cuando vivía en Ceilán. Lo llenó y vertió el agua gélida sobre su cabeza. La migraña desapareció al instante. Kasu Marimuthu acabó de bañarse con grato placer, gran disfrute y chapoteos en abundancia.

Salió de la bañera y se secó vigorosamente con una toalla áspera de algodón, como la que utilizaba su padre y el padre de este antes que él. Aquellas cosas esponjosas y decorativas que pasaban por toallas en los otros baños de la casa no estaban hechas para él. Se afeitó sobre el lavamanos, pasó a la antecámara y se puso una camisa blanca de manga larga recién planchada y unos pantalones anchos de color marrón claro. A continuación, se engominó el pelo y se hizo la raya en medio. Listo: Kasu Marimuthu estaba preparado para lo que le deparara el día.

Al pasar junto al balcón que se cernía sobre el patio, echó un vistazo abajo y vio a una mujer voluminosa que subía los bajos escalones que conducían a las cocinas. Sabía que se trataba de su cocinera, pero teniendo en cuenta que jamás habían entablado conversación, ¿por qué al verla había tenido la vaga e inquietante sensación de haber cruzado alguna palabra con ella, o de que tal vez lo hubieran hecho sus caminos? Se inclinó para estudiarla mejor, o tal vez para solidificar aquel recuerdo fragmentado, pero la mujer había desaparecido entre las sombras del recoveco que conducía a las cocinas.

Frunció el ceño, tratando de forzar el recuerdo, pero este era impenetrable y, dado que ya había llegado junto a la puerta de la Habitación Lavanda, apartó de su mente aquel cabo sin atar. Entró en el dormitorio tras una breve llamada y encontró a la novia sentada en el suelo, con las maletas preparadas y, al parecer, lista para partir. La joven se sobresaltó y se puso en pie al instante. Santo Dios, era como una niña abandonada.

Morena, un color de piel espantoso. Miró aquellos hombros esqueléticos que soñaban con comida, tanto daría de lo que se tratara, y aquel cabello rigurosamente peinado hacia atrás y comprendió que la joven encajaba a la perfección en la imagen que él tenía de una sirvienta. La idea de que él, que habría podido elegir a la mujer más bella de la buena tierra de Jafna, hubiera acabado casándose con aquella criatura insignificante volvió a dejarlo perplejo. Qué alivio sentiría cuando lo último que viera de ella fuera la espalda.

—He devuelto todas las joyas al joyero y lo he dejado ahí —comentó la joven, señalando el tocador.

Bien, porque había estado a punto de preguntárselo.

—¿Estás preparada para partir? —dijo, malhumorado.

La joven asintió.

Abrió la boca para decirle que lo siguiera, pero para su completo asombro descubrió en sus propios labios, en el aire que los separaba y en la mirada atónita de la joven, palabras que jamás había tenido la intención de pronunciar.

—Bueno, bueno —se oyó decir—, parece ser que ha habido un ligero cambio de planes. A la persona que debía reservarte el billete de vuelta le ha sido imposible gestionarlo todo tan rápido, así que si quieres puedes pasar aquí los próximos días, junto al mar. Considéralo unas pequeñas vacaciones.

Era obvio que la muchacha se había quedado estupefacta ante el ofrecimiento, pero su deseo manifiesto de permanecer allí quedó claro con los vigorosos y prolongados asentimientos de cabeza.

—Tienes pinta de que te vendría bien algo de comer. Desayuna y luego ve a pasar el día a la playa, o ve a explorar la casa y los jardines si te apetece.

La joven sonrió con timidez. Él no le correspondió, sino que se acercó con paso apresurado a la campanilla que había junto a la cama y tiró del cordón para llamar al servicio.

—Si tiras de aquí, siempre vendrá un sirviente —le explicó—. Pídele a quien sea que te enseñe a usar el baño. Supongo que nunca habrás visto uno como este. Tiene cisterna. —Se palpó la frente con cautela. Estaba un poco caliente y le palpitaba ligeramente—. Bueno, te dejo —concluyó de modo cortante, pues estaba muy molesto consigo mismo después de que las palabras que jamás se había propuesto pronunciar hubieran escapado de sus labios y ya no hubiera marcha atrás posible.

Se acercó al tocador y casi barrió el joyero de un manotazo. ¿Cómo demonios se le había ocurrido decir algo semejante?

Sin embargo, a medida que descendía la escalera se sentía menos contrariado con aquella invitación impulsiva. No le cabía la más mínima duda de que al devolverla, todo el mundo la consideraría la pobre desgraciada que no había sido capaz de conservar a su marido. ¿Por qué iba a castigarla él? La muchacha no tenía la culpa de haber nacido feúcha, ni de tener a un sinvergüenza como padre. Que se quedara unos días. ¿Qué mal podía hacerle? Después de todo, apenas la veía. Estaba devolviendo el joyero a la caja fuerte cuando su mirada pasó rozando su gemelo, el estuche de su primera esposa. Desvió la vista de inmediato. Para cuando cerró de golpe la pesada puerta de la caja fuerte, ya había olvidado el otro joyero por completo y salió del despacho desbordante de gratitud ante su propia generosidad. Había hecho una buena obra.

Subió al asiento trasero del coche y, por un instante, barajó la idea de enviar un mensaje a los parientes de la chica para informarles sobre su intención de devolvérsela en breve, pero ni siquiera a él le pareció correcto; se preguntarían por la razón del retraso y llegarían a la conclusión de que estaba aprovechándose injustamente de la situación. No, en todo caso enviaría un telegrama al cafre del casamentero. «Chica equivocada. En devolución. Informe al padre.» Imaginando el alboroto que causaría aquel telegrama, Kasu Marimuthu reposó la espalda en el cómodo asiento del Rolls Royce y sonrió por primera vez desde la boda.

El buen samaritano mintió

Parvathi se quedó mirando la puerta cerrada. La noche anterior, aquel hombre estaba completamente decidido a enviarla de vuelta a la menor oportunidad. ¿A qué se debía aquel aplazamiento? Con todo, la invadió una irreprimible oleada de emoción solo de pensar en el pequeño indulto.

Alguien llamó a la puerta. Parvathi se puso derecha.

—Adelante —dijo.

Entró una mujer, que unió las palmas de las manos bajo la barbilla y anunció que se llamaba Kamala. Era de caderas anchas y piernas muy finas, que asomaban por debajo del sari, el cual se había anudado a la cintura para que le permitiera una mayor libertad de movimientos. No pasaría de los treinta, pero tenía la boca hundida como la de una anciana.

—Sí, el señor quería que me enseñaras cómo funciona el baño —dijo Parvathi—. Me ha dicho que es distinto…

—Sí, Ama, en esta casa funcionan diferente —corroboró la sirvienta en tono grave—. Los han traído de Inglaterra. Es lo que utilizan los blancos. No hay que agacharse, sino sentarse en una taza, y cuando se ha terminado hay que tirar de una palanca y el agua cae a chorros desde un tanque que hay encima y, no sé cómo, en vez de desbordarse de la taza, lo aspira todo, la orina, la mierda y el agua, a través de una tubería que lo vierte en el mar. La verdad es que es algo sorprendente.

Kamala era india, por lo que hablaba tamul sin apenas entonación y Parvathi, que lo único que había conocido era el acento suave de sus paisanos, descubrió que debía concentrarse para entender lo que decía.

—Por aquí, por favor, Ama —dijo Kamala, abriendo una puerta oculta en la pared revestida de paneles.

Acompañó a Parvathi a través de un vestidor que conducía a un cuarto de baño de mármol gris. Parvathi rezó en silencio una oración de gratitud por no tener que volver a utilizar de noche las letrinas que había junto a la selva. Mientras tanto, Kamala había abierto un armario situado debajo del lavamanos y había extraído un pequeño cucharón de madera.

—Puede que los blancos sean listos, pero limpios seguro que no. No utilizan el agua para lavarse como nosotros, sino que rompen pedacitos de papel de un rollo que han fabricado especialmente para eso y se limpian con él. Aunque he descubierto que nosotros también podemos darle un buen uso: si tira un poco en la taza, luego, cuando caen los excrementos, el agua no salpica y no se moja el culo —dijo, asintiendo en dirección a Parvathi con picardía. Se volvió hacia la bañera y señaló los grifos—. Puede coger agua de ahí —dijo, tendiéndole el pequeño cucharón—. Bueno, pues entonces, Ama, la espero fuera, ¿de acuerdo?

Había toallas mullidas en un toallero y una barra de jabón perfumado en un plato. Parvathi se agachó dentro de la bañera y se bañó, recogiendo el agua en el cucharón y tirándosela por encima. En cuanto volvió a vestirse, abrió la puerta y encontró a Kamala sentada en el suelo, con un codo apoyado en una de las rodillas y con la otra pierna doblada y pegada al cuerpo. La mujer se levantó apoyando las manos en el suelo y elevando el trasero antes de enderezarse por completo. La madre de Parvathi se ponía en pie exactamente de la misma manera y una sorda melancolía inundó el pecho de la joven.

—Vamos, Ama —dijo Kamala—. Le enseñaré dónde está el comedor.

—Gracias.

Aparte del trozo de plátano empapado en leche que había comido detrás del velo, Parvathi no había vuelto a probar bocado desde el día anterior. Había estado a punto de atacar el enorme tarro que había en la mesita de noche lleno de *ladus*, unos dulces deliciosos, pero al final no había roto el precinto por miedo a que alguien entrara y la regañara. Detrás de Kamala, pasó junto a la escalera donde se había sentado de madrugada y había conversado con Kasu Marimuthu, y llegaron a otra escalera, en el lado contrario.

—¿Tuvo un buen viaje, Ama?

—Sí, gracias.

—¿De verdad? Cuando vine yo, fue espantoso. El mar estaba tan agitado que se mareaban hasta los hombres, y además murió alguien, y envolvieron su cuerpo en una mortaja blanca y lo tiraron por la borda, y nunca lo creerá, en fin, ni siquiera yo lo creería si no lo hubiera visto con mis propios ojos, pero unos tiburones enormes aparecieron de la nada ¡y se lanzaron sobre el cuerpo incluso antes de que llegara a tocar el agua! Las mujeres se pusieron a gritar. Algunas estaban completamente histéricas. Si quiere que le diga la verdad, incluso yo estaba un poco asustada, y soy de las valientes. Jamás lo olvidaré. Por aquí, por favor, Ama.

Doblaron hacia el pasillo que daba al ala norte.

El comedor era la primera estancia del ala. Como muestra de respeto, Kamala se hizo a un lado para dejar pasar a Parvathi. El sol de la mañana entraba a raudales por infinidad de altos ventanales. En la pared del fondo había dos puertas de hojas dobles que daban a un césped inmaculado que a su vez desembocaba en arenas blancas. Uno de los extremos de la mesa alargada que dominaba el centro de la estancia había sido cubierto con un mantel blanco sobre el que había dispuesto un servicio de porcelana, cubiertos de plata y todo tipo de manjares extraños.

Parvathi se volvió insegura hacia Kamala.

—¿Qué es todo eso?

—Oh, Ama, claro, ¿cómo va a saberlo? En la India tampoco tenemos de estas cosas. Es lo que comen los blancos. —Se acercó a la mesa y destapó una bandeja de plata—. Mire, esto de aquí es su pan, que de hecho no está tan mal. Nos lo traen recién horneado cada mañana de una panadería que el señor tiene en la ciudad. Por la tarde traen todos los bollos que no han vendido y así los probamos. Los que más me gustan son los de coco. Para serle sincera, Ama, no sabe lo afortunada que me siento de vivir en esta casa. —Se interrumpió y dobló una servilleta en forma de cestita, que empezó a cargar con varias rebanadas de pan de la bandeja de plata—. ¿Sabe, Ama? —prosiguió—, antes de venir aquí era tan pobre que una vez aparté a un perro para quitarle un trozo de carne podrida de un cubo de basura. Mi marido era un hombre muy cruel. Fue él quien me dejó sin dientes a base de golpes. Me pegaba incluso estando embarazada. Yo no quería acostarme con él y seguir trayendo niños a este mundo, pero cada tantos meses aparecían los dolores y tenía que dejar los campos para parir. Tres veces bebí veneno. Sí, Ama —recalcó—, tres veces. Bien sabe Dios que, de lo desdichada que era, ni siquiera pensaba en los niños. El dolor era indescriptible. Te ardían todas las tripas, como si les hubieran prendido fuego. Ahora ya no tolero las especias. Me ponen mala. Pero vivir aquí es como vivir en el paraíso. Todos tenemos habitación propia, una cama sobre patas para dormir y un armario donde guardar nuestras pertenencias. No sabe el lujo que es eso. Y el señor es tan bueno que ha ordenado que siempre haya un buen puchero sobre las brasas de la cocina para que el personal tenga leche caliente todo el día. Nunca antes me había topado, ni había oído hablar, de tanta generosidad. Daría mi vida por él. Y ahora ha ido a casarse con usted, Ama, y sé que usted también es una buena persona. Nunca me equivoco con la gente. Soy tan feliz que estoy a punto de echarme a llorar. —Se sorbió la nariz sin reparos y se llevó la orilla del sari a la cara para limpiarse los ojos secos—. En fin, esto de aquí es mermelada de fresa. Se hace con los frutos de un árbol que solo crece en Inglaterra —la informó erróneamente—. Eso otro de allí también es mermelada y está hecha con una especie de naranja amarga que, creo, solo crece en climas fríos. En ese tarro marrón encontrará miel que Kupu, el vaquero, va a buscar a la jungla, y debajo de esta tapa de ahí, mantequilla. Eso de allí es queso, pero debo advertirle que es queso de blancos y que no se parece en nada a nuestro *paneer.* —Señaló una tetera de plata—. Ahí tiene café, y en esa redonda, té. Aunque ninguna de las dos lleva ni leche ni azúcar. Eso se lo añade usted, según lo cargado o dulce que le guste. Veamos… ¿qué más? Ah, sí, si quiere huevos, dígame cómo le gustan y Maya se los preparará.

—No, no —dijo Parvathi, sacudiendo la cabeza—. Tengo más que suficiente.

—Muy bien, Ama, pues entonces voy a que le tuesten este pan. Solo será un minuto —dijo, y se fue con la cestita de pan.

Parvathi escogió un asiento que daba a la playa. Miró el mar, refulgente bajo el sol, y supo que sus grandes y bonitos sueños no eran más que un lagarto repulsivo en el techo de una casa. Había llegado el momento de renunciar a sus fantasías infantiles de encontrar el amor y la pasión, pues ahora comprendía que esa clase de amor no salía al paso de pavos raquíticos. Ni siquiera se le había pasado por la cabeza hasta que su marido lo había dicho. Hasta ese momento había creído ser como cualquier otra persona. En su aldea no había bellezas de renombre; todo el mundo era normal y corriente.

Pensó en el momento en que tuviera que volver a casa y enfrentarse a la ira y a la vergüenza de su padre y sintió miedo. Ojalá Kasu Marimuthu le permitiera quedarse, aunque fuera de sirvienta, como Kamala. De hecho, se quedaría aunque solo fuera a cambio de la comida y el alojamiento. No obstante, sabía que él no transigiría. Por su expresión, era obvio que lo asqueaba la sola idea de tenerla como esposa.

Kamala regresó con dos portatostadas. Parvathi cogió una rebanada. Todavía estaba caliente y olía tan bien que le rugieron las tripas. La dejó en medio del plato y dispuso a su alrededor, en semicírculo, una cucharada de mermelada de naranja amarga, un poco de miel y un trocito de mantequilla. Luego partió una esquina de la tostada con los dedos y estaba a punto de mojarla en la mermelada cuando no solo oyó, sino que también sintió, el silencio intencionado de Kamala. Levantó la vista y vio que la mujer la miraba como si estuviera a punto de reventar si no le dejaban decir lo que pensaba.

—¿Qué ocurre? —preguntó Parvathi.

—Ama, estas cosas se comen de otra manera.

—¡Ah!

—Primero tiene que extender la mantequilla sobre la tostada con un cuchillo y luego la mermelada. La miel va directamente sobre el pan. La primera mujer del señor solía no ponerse nada, tan solo manchaba un poco la tostada con mantequilla. Quería guardar la línea, ya ve. Y luego la cogía entre los dedos, así —unió el pulgar y el dedo índice delante de la boca desdentada con mucho remilgo—, y le daba unos mordisquitos la mar de finos. Es que comía igual que hacía todo lo demás, con elegancia. Y siempre, siempre mantenía la boca cerrada mientras masticaba. Por lo visto es algo que hacen todos los blancos. Ni siquiera hablan si se han llevado algo a la boca. Dicen que es de mala educación, ya ve. Y ese trozo de tela doblado junto a su plato, eso es una servilleta. Utilizaba los bordes para limpiarse la comisura de los labios de vez en cuando, con unos golpecitos. ¿Y sabe qué otras cosas no debe hacerse cuando uno está sentado a la mesa? No se puede echar tragos largos de nada, sino que debe beberse a sorbitos, apoyando el borde del vaso en los labios. Imagínese si hicieran eso en la India. Las castas tendrían que empezar a llevar sus propios vasos a todas partes, ¿no le parece?

Mientras Kamala reía a carcajadas de su ocurrencia, Parvathi siguió sus consejos. Masticar con la boca cerrada le resultó raro e incómodo, aunque no lo suficiente para no saber apreciar que la mantequilla y la mermelada sobre una rebanada de pan occidental era lo más delicioso que había probado nunca.

—¿Quiere un poco de café? —preguntó Kamala.

—Sí, gracias. ¿Le apetece una taza?

—Oh, qué generosidad la suya. Que Dios le conceda una larga vida. Iré a buscar la mía.

—Sírvase en una de estas tazas —se apresuró a decir Parvathi.

—*Aiyoo*, Ama, ¿está segura?

Parvathi asintió.

—Es usted muy amable, Ama. La primera mujer jamás me ofreció café, y ya no digamos permitirme beber en una de estas tazas tan caras. —Se sirvió dos cucharaditas de azúcar—. He oído que no procedía de buena familia, que cuando decidían mudarse de sitio, todas las plantas que no habían florecido durante años, de repente empezaban a echar flores. Era angloindia, muy altiva, y atea. Ya ve, en todo el tiempo que estuvo aquí, no la vi entrar en el oratorio ni una sola vez y... —Kamala alzó la barbilla para demostrar su propia irreprochabilidad— la vi comer ternera en lata. Si no lo hubiera visto con mis propios ojos durante uno de sus famosos bailes, jamás habría creído algo semejante. ¡Qué vergüenza!

—¿Famosos bailes?

—Ella los llamaba «bailes». Grandes ocasiones en que la gente venía a comer, beber y bailar en el gran salón al final de esta ala. Y vaya si bebían. Al final de la noche, habían dado cuenta de cientos de botellas de vino y otras bebidas alcohólicas. Yo solía esconderme entre los arbustos para ver llegar a los invitados vestidos con sus mejores galas. A veces llevaban máscaras, unas preciosidades con joyas incrustadas y plumas. La primera mujer siempre se ponía una máscara de raso que representaba a un lobo y una cinta de terciopelo rojo en el cuello. Una vez le oí decir a uno de los invitados que daba los mejores bailes de toda Asia. Solía venir hasta la realeza. A esos siempre era fácil distinguirlos. Cuando ellos asistían, nadie más podía vestir ni de amarillo ni de blanco, y siempre se presentaban con grandes séquitos que estaban pendientes de sus deseos.

Se interrumpió unos segundos para sorber el café ruidosamente.

—Aquellas eran las únicas veces que la veía reír y que parecía feliz, el resto del tiempo se aburría. Nunca bajaba antes de las diez de la mañana. También es justo decir que seguramente no tenía nada mejor que hacer durante el día más que pintarse las uñas y hojear revistas occidentales en busca de algún vestido que le gustara para pedirle a Ramu, nuestro sastre, que le hiciera una réplica, aunque nunca exacta a la de la foto. No podía soportar que otra persona tuviera lo mismo que ella. ¿Sabe que el sari más caro del mundo se hizo para ella? Estaba cosido con hilo de oro puro y llevaba tantas piedras preciosas que se necesitaron más de quince mil ganchos de un telar de Jacquard para que no se movieran. Se invirtieron un total de tres mil horas en su concepción, diez jóvenes estuvieron trabajando en él las veinticuatro horas del día. Y también he oído que incluso uno de ellos se quedó ciego. ¿No es un pecado llevar un sari así?

Kamala sacudió la cabeza con pesar.

—Además, no es que le hicieran falta ese tipo de adornos precisamente. Era tan blanca como una bengalí y muy, muy guapa. Se pusiera lo que se pusiera, le sentaba bien. No creerá lo que voy a decirle, pero por la mañana aparecía con la bata de estar por casa y estaba tan resplandeciente que cualquiera diría que la mismísima diosa Laksmi bajaba la escalera. Podría haberme sentado a contemplarla durante horas. Aunque, para qué quiere uno tanta belleza, ¿eh? Quite, quite, pobre señor. No se lo merecía. En absoluto. Además, aquello estuvo a punto de matarlo, pero eso ya no importa ahora. Esperaré fuera a que termine, Ama.

—Espere. Esto… ¿Ya ha desayunado?

—¡Oh, Ama, pero qué buena es usted! En verdad que es usted muy amable. No suelo tomar nada por la mañana, pero bueno, ya que me lo ha ofrecido, supongo que podría pasar con una rebanada de pan a secas para mojarla en el café. —Alargó la mano para coger una tostada—. En realidad, seguro que está mejor con un poco de mantequilla, ¿verdad? —La untó a placer—. La mantequilla está tan buena… —dijo entusiasmada mientras cogía otra como si tal cosa y la embadurnaba sin miramientos—. Me encanta. De hecho, creo que es mi comida preferida. Supongo que vendría a ser nuestro *ghee*, pero más salada.

Parvathi invitó a Kamala a que se sentara a la mesa, pero esta sacudió la cabeza con vigor, escandalizada de corazón ante el ofrecimiento.

—¡Oh, de ninguna manera! —exclamó—. De todas formas, lo de sentarse a la mesa no va conmigo. Estoy acostumbrada a comer en el suelo, y lo prefiero.

Se retiró hasta un rectángulo de luz junto a uno de los ventanales y, en cuclillas, dobló una rebanada de pan por la mitad antes de embutírsela en la boca con avidez.

Ciertamente no estaba bien chismorrear con el servicio, pero…

—¿Qué es eso que dijo que estuvo a punto de matar al señor? —preguntó Parvathi.

—*Aiyoo*, Ama, ¿por qué lo pregunta? Se armó tal escándalo que se enteró todo el mundo. Si le soy sincera, ella arrastró por el barro el buen nombre del señor. Qué mujer le hace eso a su marido, ¿no le parece? No seré yo quien le reproche al señor que quemara sus fotos y le prohibiera a todo el mundo que volviera a mencionar el nombre de esa mujer en su presencia. Pero luego se dio a la bebida, Ama. Se emborrachaba todas las noches. Alguna vez acababa con todo el alcohol que había en la casa y se iba a la bodega a por más en mitad de la noche. Ama, a veces se ponía a lanzar maldiciones a voz en grito, como un poseso. Se le oía desde nuestras dependencias. Todos estábamos muy preocupados por él. Un día, Maya empezó a ponerle algo en la comida sin que él lo supiera y el señor dejó la bebida como cosa de medio año después, de repente. Ahora tiene tanta fuerza de voluntad que no guarda bajo llave las botellas de whisky, y en las fiestas que da en el jardín, y de esas se celebran muchas en esta casa, sirve él mismo a los invitados, pero no prueba ni gota. Aunque Maya dice que si el señor vuelve a las andadas, no podrá hacer nada por él.

Parvathi se había quedado helada. No estaba familiarizada con algunas palabras que Kamala había utilizado y era obvio que algunas otras tenían un significado algo distinto, pero ¿era posible que la palabra ceilandesa para «abandonar» significara «morir» en la India?

—¿Qué le ocurrió a la primera mujer? —preguntó.

La boca de Kamala se convirtió en una fosa abierta, llena de alimentos masticados.

—¿No se lo ha contado nadie? —repuso la sirvienta, incrédula.

Parvathi negó con la cabeza.

—*Aiyooo*, Ama, esa mujer, si es que se le puede llamar así, se fugó a Argentina con un jugador de polo. He oído que ese tipo había venido a entrenar al equipo del príncipe, pero sé que se conocieron en uno de esos bailes que ella daba. Un hombre alto y muy apuesto. Al principio, solo venía a las fiestas del señor, pero poco a poco empezó a aparecer también de día, cuando el señor no estaba, y se iba con la señora a la playa. Ya ve, le enseñaba a nadar. Solían reírse mucho. Pero si ella me hubiera preguntado, Ama, le habría dicho que se anduviera con cuidado. Esos hombres blancos no son como los nuestros. Son fáciles de atrapar, pero también muy fáciles de perder. Los conozco muy bien. Ya ve, antes había trabajado para una familia blanca de Delhi.

»Llevaba allí cerca de un mes, cuando un día que salí a tender la ropa me caí a la piscina y casi me hundí hasta el fondo. Por suerte, el jardinero estaba allí y me sacó con una pértiga. Después, el memsahib le dijo que vaciara la piscina y que la limpiara, y cuando el sahib llegó a casa, me pagó el sueldo completo del mes y me dijo que me fuera. Creo que tenían miedo de que pudiera volver a caerme dentro y ahogarme. —De repente, sonrió de oreja a oreja—. Pero gracias a ellos ahora hablo inglés —aseguró, y se puso a soltar un monólogo racheado de palabras extrañas. «*Take that silly mask off your face. Pick that up now. It's too damn hot in this country. Be a dear and fix a G&T.*»

Parvathi dejó la tostada en el plato y se limpió la comisura de los labios con golpecitos suaves y parsimoniosos, pero había dejado de escuchar. La mujer de Kasu Marimuthu no había muerto de una misteriosa fiebre tropical. ¡Se había fugado con un hombre blanco!

—Kamala —la llamó de súbito, interrumpiendo la cháchara de la mujer—. ¿Qué es una bodega?

—Es una habitación grande que hay debajo de la casa, donde se guardan las botellas caras de alcohol.

—¿Cree que sería posible verla?

—Siempre está cerrada, pero creo que Maya tiene una llave. ¿Por qué no se lo pide a ella?

Parvathi asintió.

—Eso haré. ¿Quién es Maya?

—Ah, Maya es la cocinera, aunque es mucho más que una simple cocinera, mucho, mucho más. Es curandera.

—¿De verdad?

Kamala asintió muy seria.

—No puedo decirle nada más. Tiene que verlo por sí misma —contestó, y se sumió en un inusitado silencio.

Para cuando Parvathi hubo terminado la segunda tostada, Kamala había engullido dos tazas de café y había dado cuenta de cinco rebanadas de pan: tres con mantequilla y dos con miel y mermelada de fresa. Parvathi se levantó de la silla dejándose resbalar del asiento y Kamala se puso en pie.

—¿Qué le apetece hacer ahora, Ama?

—Voy a dar una vuelta por ahí.

—¿Quiere que le enseñe la casa?

—No, puede irse, vaya a hacer sus cosas. Prefiero estar sola.

—¿Está segura? Porque llevo en esta casa incluso más que Maya y sé todo lo que hay que saber sobre ella. Incluso los detalles más insignificantes. Por ejemplo, todos los cristales de colores vienen de Inglaterra, pero el arquitecto y los constructores eran indios. El arquitecto tuvo que firmar por contrato que no se quedaría ninguna copia de los planos para que ni su familia ni él pudieran volver a utilizar el mismo diseño en ninguna parte.

—Gracias, pero me gustaría pasear sola un rato —insistió Parvathi, y dio media vuelta.

—Ama.

—¿Sí?

—No le dirá a nadie que le he hablado de la primera mujer, ¿verdad? Se supone que no debemos mencionarla nunca, pero pensé que usted debía saberlo.

Parvathi sonrió.

—No se preocupe. No se lo diré al señor. Por cierto, ¿sabe a qué se dedica?

—Claro, por supuesto, es dueño de la panadería y la tienda de comestibles de la ciudad. También posee varias fincas de caucho por toda Malaca. Y sé que tiene grandes tierras en Ceilán y en la India. Una vez incluso oí decir que había hecho inversiones en Inglaterra y en Estados Unidos. Y Gopal asegura que buena parte de sus ingresos proceden del contrato de monopolio que tiene con el sultán para fabricar y distribuir *toddy* en todo el país.

La curandera

Había cuarenta habitaciones en el piso superior, veinte por ala. Diez daban al mar y las otras diez a la selva que se extendía detrás de la casa, aunque muy pocas cedieron cuando Parvathi intentó abrir sus puertas, y en las que logró entrar, la joven deambuló distraída, sin apenas reparar en los detalles. Sus manos se demoraban en lacas venecianas y objetos de hueso, cuerno, porcelana y ónice, pero no conseguía apartar su mente de un pensamiento persistente: «Kasu Marimuthu mintió, su esposa no está muerta», mientras sus ojos buscaban sin descanso algún testimonio de la mujer.

Se detuvo delante de la vitrina llena de cristalería veneciana del salón y se preguntó para qué servirían todos aquellos recipientes de tan diversos tamaños y formas. Todavía ignoraba que cada bebida exigía una forma determinada. Se quedó mirando una vasija, distinta a todas las que había visto: un pájaro de mármol destinado a contener agua fría. Había tantas cosas, que no salía de su asombro. Sillas estilo Luis XVI, poncheras chinas, armarios con decoración foliar. Era como estar en un sueño.

Tomó asiento en el banco forrado de terciopelo violeta de la sala de música, delante de un piano de cola de color verde claro y amarillo sobre el que descansaban unas partituras. Se maravilló al descubrir que, al apretar las teclas, este emitía bellos sonidos. Habría seguido tocándolo, pero se levantó y llegó junto a unas puertas imponentes, la entrada al gran salón de baile.

Al pasearse por la sala oscura y resonante, descubrió los interruptores y observó sin palabras cómo cinco impresionantes lámparas de araña cobraban vida. Las paredes eran un puzle de vidrios de colores. Era hermoso, aunque triste en cierto modo, como si se aferrara al recuerdo de tiempos mejores, en que la realeza pisaba aquellos suelos. Cerró las puertas y continuó explorando la casa.

Las paredes de la biblioteca de Kasu Marimuthu estaban pintadas de color verde oscuro y la habitación olía a tabaco. Una vez en el centro de la estancia, Parvathi descubrió un verdadero almacén de miles y miles de libros encuadernados en cuero y colocados en estantes que llegaban hasta el techo. No esperaba encontrar allí la foto de su predecesora, pero tal vez averiguaría más secretos sobre el hombre altivo que, por uno de esos extraños caprichos del destino, había acabado siendo su marido por medio del engaño.

Podría haberse acercado al imponente escritorio y haberse sentado en el descomunal sillón de cuero oscuro, incluso podría haber intentado abrir los cajones, de no haber sido por el cuadro de enormes dimensiones que colgaba detrás de la mesa. Se quedó clavada en el suelo, sin poder apartar la vista de él. Tiempo después se enteraría de que el hombre maquillado de aquella manera tan extraña, que rodeaba suavemente con su brazo el cuello curvo de un cisne, era un payaso. Su trabajo consistía en hacer reír a la gente. Sin embargo, aquella mirada dura e intensa hizo que Parvathi retrocediera y aquellos ojos, como si tuvieran vida propia, la siguieron en su retirada.

De camino a la cocina se topó con el oratorio. Un humo aromático pendía en el aire. Las paredes estaban revestidas de imágenes de deidades y en un altar elevado se erigía la estatua de mármol blanco de Mahaletchumi, la diosa de la abundancia, que sonreía con benevolencia. Las monedas se derramaban de su piel y sus ropas. Parvathi recordó haberle oído decir a su madre que en todos los hogares tendría que haber una Mahaletchumi sedente, pues se creía que una diosa erguida era una diosa a punto de marcharse y llevarse consigo su prosperidad. Aunque ¿qué iba a enseñarle su madre, que vivía en una casucha de barro, al gran Kasu Marimuthu sobre la abundancia?

Parvathi tocó el suelo con la frente y, al levantarla, se encontró cara a cara con una diosa de ocho brazos, quince centímetros de alto y rasgos toscos. Sobre la cabeza se alzaban en abanico seis cobras en actitud desafiante. Se le habían caído dos brazos, que había tirados a un lado, ridículos palillos de barro con la pintura medio desconchada. No podía existir mayor contraste entre la magnífica diosa de mármol y aquel adorno barato, pero era evidente que alguien la veneraba, y mucho. Se necesitaba verdadera fe para rezarle a una cosa así.

Parvathi supo de inmediato que aquel ídolo era lo único de toda la casa que no pertenecía a su rico marido. Se preguntó quién sería el dueño y sintió una afinidad extraña con esa persona. Parvathi sabía qué era ponerse delante de un dios gigantesco e imponente y, en cambio, tener deseos de rezarle a aquella cosa insignificante que descansaba a sus pies. Se embadurnó la frente con ceniza bendecida y salió de allí.

Una mujer de dimensiones considerables estaba sentada en el suelo de una cocina inmaculada, con las piernas estiradas delante de ella y cruzadas a la altura de los tobillos. Ocupaba las poderosas manazas en clasificar una pila de hojas en tres montoncitos y sujetaba un puro cortado por ambos extremos entre los dientes. Al ver acercarse a Parvathi, la mujer dejó el puro en el borde de un plato resquebrajado que utilizaba como cenicero y levantó el rostro rollizo.

Llevaba aretes de oro del tamaño de monedas en las orejas y las ventanas de la nariz, y una concha colgaba de su cuello, ensartada en un cordón negro. Se inclinó hacia un lado y se levantó con una facilidad y una agilidad sorprendentes para una mujer de su tamaño. Ataviada con un sarong malayo y una blusa descolorida, era una mujerona de una fealdad y una corpulencia intimidantes. Parvathi alzó la mirada hacia sus grandes ojos oscuros y supo que había encontrado a la dueña del ídolo maltrecho.

La cocinera le dirigió una sonrisa que dejó a la vista unos dientes que casi tiraban a granate.

—Espero que no le importe, he acabado todo el trabajo que tenía y estaba tomándome un breve descanso —se explicó.

—No pasa nada —se apresuró a contestar Parvathi—. ¿Quién es usted?

—Maya, la cocinera —le informó la mujer.

Ah, la curandera.

—¿Es suya la diosa del oratorio?

—Sí, el señor me dio permiso para ponerla ahí ya que él casi nunca visita esa habitación.

—No la conozco. ¿Quién es?

—Es Nagama, la diosa serpiente.

—¿Qué les ha pasado a los brazos?

—Un santón me la dio cuando solo era una niña. Todo el mundo creía que estaba loco porque cuando le hablaban él sonreía por debajo de sus rastas y agitaba las uñas delante de ellos, unas garras retorcidas y asquerosas de color entre gris y marrón y casi cuarenta centímetros de largo. Vivía debajo de un árbol y, cada vez que yo pasaba por su lado de camino a la escuela, me saludaba con un gesto de cabeza. Un día me llamó y me dijo que tenía un regalo muy especial para mí, pero que debía ir a verlo al día siguiente antes de que la sombra de la tarde tocara cierta piedra que había al lado o tendría que partir sin haberme entregado el regalo.

»Cuando me presenté al día siguiente, me señaló un hueco entre las raíces aéreas del árbol, donde había metido la estatua de Nagama. Dijo que la había hecho él mismo y que yo debía viajar por todo el mundo con ella hasta que se le cayera uno de los brazos. En ese mismo lugar debía esperar hasta que se le cayera el tercero. Cuando le aseguré que así lo haría, me dijo que me acercara un poco más y levantó las manos con las palmas hacia mí, así.

Maya levantó las manos con los dedos bien abiertos.

—«Acércate y entrelaza tus dedos con los míos», dijo, pero no quise. Aquellas uñas eran horripilantes y retrocedí. «Ven», susurró y me miró de tal modo que todo el asco que sentía desapareció de repente y fui hacia él por voluntad propia. Me arrodillé delante de él y entrelazamos los dedos. Tenía una piel increíblemente suave, como los pétalos de una flor. A mí me parecieron solo unos segundos, pero debí de caer en un profundo sueño o entrar en trance porque no volví a despertarme hasta que él se desplomó sobre mí. El asco que había sentido en un primer momento regresó en ese mismo instante, esta vez acompañado del miedo por el peso muerto que me aplastaba. Salí de allí debajo como pude y su cuerpo se golpeó contra el suelo. No paré de correr hasta llegar a casa. Esa noche deliraba de fiebre. Creía que miles de insectos me correteaban por el cuerpo.

Maya se interrumpió unos segundos.

—Estuve enferma una semana y cuando me recuperé ya lo habían enterrado, pero allí, entre las raíces estaba la diosa. Me la llevé a casa. No sucedió de pronto, pero de cuando en cuando miraba a alguien y conocía el remedio para su dolencia. O veía una planta o unas hierbas que crecían junto al río y sabía al instante qué enfermedades curaban. El deseo de partir no tardó en visitarme y mi diosa y yo empezamos a viajar por todo el mundo, sin dinero ni rumbo fijo. Me limité a esperar junto a un muelle, mirando al mar, y de repente un hombre se acercó corriendo a una persona de aspecto importante y le explicó que su hija estaba demasiado enferma para viajar, y esa persona importante se volvió hacia mí y dijo: «Tú, niña, sí, tú, ¿quieres trabajar para mí?». «Sí», contesté yo, y así partí para Egipto. De este modo viajé por todo el mundo hasta el día que llegué a esta casa y a la diosa se le cayó el primer brazo.

—¿Por qué aquí?

—No lo sé, pero de una cosa estoy segura: esta casa se construyó sobre suelo sagrado. Existen muy pocos lugares como este en el mundo.

—¿Cuándo se le cayó el segundo brazo?

Maya la miró con una expresión impenetrable.

—Ayer, después de que usted llegara.

—¿Ah, sí? Y ¿qué significa eso?

—No lo sé. Tendremos que esperar a ver qué pasa.

Se miraron fijamente. Parvathi, quien solo estaba acostumbrada a compartir los silencios con su madre, tomó la iniciativa y rompió el momento.

—¿Qué dejó atrás, en la India? —preguntó.

Maya abrió la espeluznante y enorme bocaza y rió con naturalidad.

—Solo una casa de barro con un techo de hojas de cocotero.

—¿Y sus padres?

—Mi madre murió cuando yo era muy pequeña y mi padre se casó con otra mujer, quien se alegró mucho de perderme de vista.

Ambas callaron mientras Parvathi se debatía entre hacerle o no la pregunta que pugnaba por salir.

—¿Mi marido es un…? Es decir, ¿sigue bebiendo mucho?

Maya enarcó las cejas al comprobar con qué alegría Kamala le daba a la lengua. Se quedó mirando a su señora con aire pensativo.

—En realidad, ayer fue la primera vez después de más de un año. —Sonrió de pronto, llena de vitalidad—. Pero usted no tiene la culpa. Si le dio a la botella fue porque buscaba una excusa. Si no hubiera sido usted, habría sido cualquier otra cosa. Tenga paciencia. Es un buen hombre. Ya lo dejó una vez y puede volver a hacerlo si quiere.

Incómoda, Parvathi traspasó todo su peso a un solo pie. Ya volvía a hablar de su marido con una sirvienta, y aquella mujer le había contestado con una dignidad tan abrumadora que hacía que su inapropiada curiosidad pareciera aún peor y más bochornosa. En ese momento comprendió con toda claridad que había sido una tonta al quedarse escuchando las alegres críticas de Kamala disfrazadas de abundantes halagos. Tendría que haber sabido estar a la altura. Para empezar, nada de aquello era asunto suyo. Él ni siquiera quería ser su marido y se pondría furioso si supiera que le había agradecido su amabilidad chismorreando sobre sus asuntos privados.

Maya volvió sus ojos oscuros hacia los fogones antes de volver a hablar, como si hubiera notado que algo había cambiado en Parvathi.

—Estoy preparando *varuval* con sangre de cabra para la cena.

—No como carne —dijo Parvathi.

Maya sonrió.

—Pues entonces solo para el señor. Prepararé algo muy especial para usted. ¿Va a ir a la playa?

—Sí, creo que sí.

—Haré que le lleven algo de almuerzo —dijo Maya en el tono en que una sirvienta se dirigiría a su señora.

—De acuerdo, eso estaría bien. Gracias —contestó Parvathi con frialdad, asumiendo tardíamente el papel de señora de la casa.

—Se lo envolveré en un trapo, pero asegúrese de dejarlo a buen recaudo. Los monos de por aquí son ladrones expertos y los machos pueden llegar a ponerse violentos.

—Así lo haré —contestó Parvathi, y salió de la cocina por la puerta de atrás.

Se topó con las dependencias del servicio al doblar la esquina, junto a las que vio la quesería. Estaban haciendo queso o *ghee* y el olor era muy fuerte. La ropa tendida en las cuerdas se mecía bajo el sol, frente al establo. Encontró el cobertizo del generador cerca del límite de la propiedad, un edificio cuadrado, de ladrillos. Un ruido espantoso procedía de su interior.

A pocos pasos de allí, un hombre con botas de agua andaba en sus quehaceres, intentando pasar desapercibido. Una larga cicatriz le recorría la mejilla izquierda de arriba abajo. Tenía unos ojillos pequeños, vítreos, bondadosos. El hombre levantó ambas manos en señal de deferencia hacia Parvathi y dijo que se llamaba Kupu. Mientras hablaba, le dio un tic en uno de los ojos. Ah, el que atendía las vacas y recogía la miel, aunque él le confesó que su verdadero trabajo consistía en cuidar el generador y asegurarse de que nunca le faltara gasolina a aquel chisme. Retrocedió y desapareció en el ruidoso interior del cobertizo. Haciendo visera con la mano para protegerse del sol, Parvathi vio los establos de las vacas un poco más lejos y a un hombre que se dirigía a la quesería con un cubo de leche en equilibrio sobre la cabeza.

Rodeó aquel lado de la casa y pasó junto a un invernadero lleno de hileras de orquídeas exóticas, algunas tan altas como ella.

Delante de la casa había una chica descalza con la falda larga arremangada y recogida en la cintura que barría las baldosas con una escoba hecha de espinas de hojas de cocotero. Un agua jabonosa caía en cascada por los escalones de piedra. Al ver a Parvathi, la joven dejó la escoba en el suelo y se acercó a saludarla del mismo modo en que lo había hecho Kupu. Parvathi tenía tan cerca la cabeza inclinada de la chica que incluso pudo ver los piojos que correteaban entre el pelo. La joven alzó unos ojos grandes y agraviados hacia Parvathi y esbozó una sonrisa triste, reverente, como si Parvathi no fuera humana, sino una diosa ante quien desahogar sus problemas en silencio.

Parvathi asintió con la cabeza y se alejó a toda prisa.

Pasó junto a las puertas de la finca, custodiadas a ambos lados por toros de bronce de tamaño real. Ni siquiera había reparado en ellos el día anterior, a pesar de lo que relucían y lo grandes que eran. Volvió la vista hacia la casa, refulgente en su envoltura de vidrio y luz. Dentro de poco, ella ya no estaría allí.

Se quitó las sandalias de una patada en cuanto llegó a la playa y sintió la arena, cálida y placentera, bajo sus pies. Caminó hasta donde el suelo recuperaba consistencia y se resquebrajaba bajo su peso y siguió la orilla hasta llegar a las afueras de una pequeña aldea de pescadores de casitas de madera construidas sobre pilotes. Había metros y metros de redes de pescar rojas dispuestas sobre la arena, para secar.

Un niño envuelto en un sudario blanco corría detrás de un pequeño grupo de chiquillos que se desperdigaban en todas direcciones gritando «*Hantu, hantu!*». Al verla, se detuvieron en seco. Enseguida se acercaron a ella y empezaron a hablarle en malayo, pero incapaces de comunicarse, retomaron el juego y Parvathi volvió sobre sus pasos en dirección a la casa. En cuanto la propiedad apareció ante la vista, se sentó a la sombra de un árbol que había junto a una pequeña alfombra de flores violeta y arrancó una despreocupadamente. Para su sorpresa, las hojas se marchitaron ante sus ojos. Tocó otra hoja con suma delicadeza y esta también se enmustió al instante. Parvathi se preguntó cómo conseguía sobrevivir una planta tan delicada.

Las golondrinas retozaban volando contra el viento en un cielo azul. Parvathi se tumbó de espaldas, cerró los ojos y vio con claridad su deshonroso regreso. Sería la comidilla de la aldea. Todo el mundo se reiría de su padre por ser tan tonto y querer engañar a alguien con el timo de la fotografía. Incluso Parvathi, a pesar de la existencia aislada que había llevado, había oído contar un caso similar. De hecho, la chica en cuestión había vuelto a casa tan cubierta de vergüenza que se había suicidado. Parvathi abrió los ojos y se quedó mirando el mar, tan gris y deslumbrante que parecía metal fundido. El sol calentaba cada vez más y, a la sombra, la joven empezó a adormecerse. No volvería a casa. Seguro que había otros hogares por los alrededores donde necesitaban sirvientas. Así podría enviar dinero a su familia todos los meses y nadie tendría por qué saber la verdad.

Se despertó cerca del mediodía. Alguien le había llevado una fiambrera con la comida, agua incluida, y la había cubierto de tal manera que parecía un trapo dejado de cualquier manera a su lado. Dio cuenta del almuerzo con avidez. Estaba cerrando la tapa de la fiambrera cuando se fijó en algo milagroso: las hojas que había dado por muertas habían vuelto a la vida. Se distrajo un rato tocándolas, viendo cómo se cerraban los filamentos y volvían a desplegarse al cabo de un rato. Cuando se cansó de aquel juego, arrancó un puñado de flores violeta, las envolvió en uno de los extremos del sari y echó a andar en dirección contraria a la que había tomado antes.

Dio un paseo, el mar a un lado y la selva impenetrable al otro. Delante, a lo lejos, se alzaban unas gigantescas rocas grises. Se encaramó a lo alto de ellas y desde allí contempló las olas rompiendo a sus pies. El rocío que le golpeaba el rostro era frío y refrescante. Se entretuvo en aquel lugar todo lo que pudo; no deseaba echarlo en falta más adelante.

Al regresar a la casa, vio algo que antes se le había pasado por alto: una pieza de madera rectangular unida a dos cuerdas que colgaban de la rama de un árbol de gran envergadura. Supo que se trataba de un columpio por las historias que su madre solía contarle: el lugar donde la heroína se sentaba a esperar el regreso de su amado, ensimismada en sus ensoñaciones. Se agarró a las cuerdas, inclinó el cuerpo hacia delante y se dio impulso con los pies, primero despacio y luego, a medida que ganaba confianza, cada vez más rápido. Pronto aprendió a estirar las piernas cuando el columpio oscilaba hacia delante y a recogerlas en el sentido contrario. Al inclinar la cabeza hacia atrás, vio la copa verde del árbol en las alturas y, a través de esta, remiendos de nubes y cielo azul. No importaba que tuviera que volver. No importaba que no volviera a casarse jamás ni a tener hijos. No importaba. No importaba.

Al cabo de poco había alcanzado una altura que ni hubiera imaginado. Por primera vez desde que había dejado su hogar, olvidó qué era tener miedo, olvidó los nervios y las preocupaciones y empezó a reír, henchida de alegría. El sol se ponía cuando finalmente bajó del columpio. Le dolían los brazos y tenía una sensación rara en las piernas, pero no exageraba al decir que nunca se lo había pasado mejor en la vida.

Maya salió al patio, a su encuentro, y le llevó un recipiente de cristal para que pusiera las flores en agua. Parvathi las dejó junto a la cama y le gustó cómo quedaron. Esa noche cenó sola en el gran comedor.

Le había pedido a Maya que comiera con ella, pero la mujer se había excusado diciendo que hacía ayuno y que solo comía una vez al día, nunca después de haberse puesto el sol.

Tras la cena, Parvathi paseó por la veranda, triste y sola. Era una noche oscura de luna nueva. Tan oscura que ni siquiera llegaba a distinguir la espuma de las olas. Su madre había dicho una vez que, en noches como esa, la diosa Kali se unía a Shiva.

Maya estaba fumando en una mecedora en el rincón más alejado y había hecho el gesto de ir a levantarse al ver acercarse a Parvathi, cuando la nueva señora de la casa echó a correr hacia ella y, colocando ambas manos en el ancho regazo de la mujer, se arrodilló a sus pies.

—Por favor, ya no puedo seguir fingiendo —gimió Parvathi con voz avergonzada—. Me siento perdida y sola, y tú eres la única persona con quien puedo hablar. No soy tu señora. Nada más lejos de la realidad. Provengo de una familia muy pobre. Vivimos en una casucha destartalada con un tejado lleno de goteras, pero mi padre y mis hermanos son tan vagos que no piensan arreglarlo. Por una de esas extrañas casualidades del destino, mi padre se salió con la suya y le tomó el pelo a tu señor al darle el cambiazo con una fotografía, pero ahora que tu señor ha visto que soy morena y fea, está tomando las medidas necesarias para devolverme a casa. Dentro de poco ya no estaré aquí.

Maya descansó su manaza sobre la cabeza de Parvathi. A pesar de su tamaño, era muy delicada. Cuán profundamente asustada y triste estaba. La joven sollozó sobre las rodillas de la mujer mientras el viento murmuraba entre los árboles y la cocinera intentó consolarla con dulces sonidos que acabaron con un *da*. Cuando se dirigía aquella palabra a un niño o a un hombre, se hacía con intención despreciativa y grosera, pero cuando Maya la usó con ella, se convirtió en la mayor y más afectuosa expresión de cariño que Parvathi hubiera recibido jamás y deseó poder quedarse para siempre en aquel acogedor y generoso regazo.

—Eres muy joven y guapa —dijo Maya al fin— y los dioses deparan dones especiales a ese tipo de personas.

Parvathi levantó la cabeza como impulsada por un resorte.

—Pero yo no soy guapa.

Maya sonrió.

—Hija mía, todo es según el color del cristal con que se mira. Tu marido se ha convencido de que solo existe un tipo de belleza. Créeme, eres hermosa.

—¿De verdad? —dijo Parvathi, confusa.

—De verdad. Todavía no lo sabes porque has vivido a resguardo, pero pronto lo descubrirás en las miradas de los hombres.

—No lo entiendes, Maya. El señor no me quiere. Me ha dicho que me va a devolver a casa, estoy segura, y tiene razón. ¿Cómo va a ser la señora de una casa como esta una campesina sin educación como yo? Sin embargo, tampoco puedo volver, o mi padre será el hazmerreír de toda la aldea. No sabes cómo es. Jamás me perdonará y castigará a mi madre para hacerme sufrir. Le echará la culpa por no haberme sabido criar y no haberme enseñado a tener a mi marido contento. Solo veo una solución: escaparme y buscar trabajo de sirvienta. Tiene que haber otras casas como esta. Tenía la esperanza de que conocieras algún sitio donde pudieran necesitar ayuda con las tareas domésticas. Puedo cocinar y limpiar tan bien como cualquiera.

Maya se rió entre dientes.

—Hija, ten fe —repuso—. ¿Recuerdas que te dije que habías llegado a uno de los pocos centros de poder de la tierra? Estás en pleno corazón de uno de ellos. El tiempo, tal como lo conoces, no existe. Aquí puedes encontrar la eternidad en un instante o puede pasar por tu lado tan rápido que desaparezca en un abrir y cerrar de ojos. Y aunque tal vez hayas renunciado a tu gran sueño por el momento, en realidad has venido aquí en busca de lo que ha de suceder y, por tanto, no puedes irte hasta que conozcas la razón por la que estás aquí.

—No entiendo qué quieres que haga.

—Si quieres un consejo, olvida la belleza pasajera de esta casa y siéntate apoyando la espalda contra ella, con firmeza. De ese modo, nadie podrá moverte. Ni siquiera el sol, la luna o las estrellas, a los cuales no les queda más remedio que girar a tu alrededor. Quédate muy quieta en este lugar sagrado y tu petición será oída.

El gran reloj de pie de la casa marcó la hora con estruendo y Parvathi miró a Maya, desconcertada. ¿De qué estaba hablando aquella mujer? ¿Cómo iba a sentarse de espaldas a la casa? Necesitaba algo más sólido que aquello. Una lechuza ululó en la oscuridad.

—¿Qué es eso? —preguntó Parvathi.

Maya sonrió y empezó a cantar con una inesperada voz infantil.

> *Eres la que brilla.*
> *Eres la que brilla,*
> *Ahora caminas,*
> *Pero pronto bailarás.*

Se hizo el silencio.

—Recuerda que toda mujer posee en su interior la capacidad de atraer al hombre que quiera —dijo en voz baja—. El hombre nace con la facultad de empujar y la mujer con la de atraer. Ella atrae a los hombres hacia su cuerpo y, con la semilla de estos, lleva vida a su interior. Espera tranquila y atraerás todo lo que quieras. Ahora ve a dormir. Debo aguardar aquí a que vuelva el señor.

Parvathi se levantó obedientemente, pero se detuvo junto a una columna y dio media vuelta.

—¿A qué hora regresará mi marido? —preguntó en voz baja.

Maya no volvió la cabeza, ni apartó la mirada de la profunda oscuridad, ni detuvo el lento balanceo de la mecedora.

—Hoy vendrá tarde, muy tarde —murmuró.

—¿Qué harás hasta entonces? —preguntó Parvathi.

—Me quedaré aquí sentada, en silencio —contestó Maya, misteriosamente.

Parvathi dio media vuelta y cruzó el patio. Los pájaros, ahora mudos, dormían. Se dirigió a su dormitorio, donde alguien había encendido la lamparita que había junto a la puerta. Parvathi salió al balcón y se entretuvo largo rato mirando el brillo de la brasa del puro de Maya en la oscuridad. Acabó tumbándose en la cama, con los ojos abiertos, igual de desconcertada que antes. Volvió la cabeza hacia el mar, que la arrulló hasta quedar dormida. Si su marido le permitía quedarse, sería cualquier cosa que él quisiera o deseara; aquel fue su último pensamiento.

El dios del sexo

Soñó que sabía qué debía hacer con toda exactitud para sentarse con la espalda apoyada contra la casa y pedir su mayor deseo. Y él surgió del mar. Bañado por la luz. Un dios. No le veía la cara, pero sabía que era de una belleza sin par. El dios le acarició el rostro con una mano fría y firme. «No te reprimas», le susurró con una voz musical.

Ya casi había amanecido cuando Parvathi abrió los ojos y lo encontró al final de la cama, vestido con ropas occidentales y oliendo a alcohol, pero sobrio. No como la noche anterior.

—¿De verdad te llamas Parvathi? —preguntó.

—¿Por qué lo dudas?

—Mi primera mujer se llamaba Parvathi y me preguntaba si tu padre…

—No, me llamo así de verdad —contestó la joven en voz tan baja que él tuvo que acercarse para oírla.

El hombre miró el jarrón de balsaminas, pero no hizo ningún comentario. El silencio se impuso sobre sus cuerpos inmóviles. Las cortinas fueron las únicas que se movieron para dar paso a la brisa marina.

—Siento mucho que mi padre intentara estafarte —dijo al fin Parvathi con un hilo de voz—. No es mala persona. Lo que ocurre es que somos muy pobres. La gente como tú no puede ni llegar a imaginar qué significa ser tan sumamente pobre.

Sin embargo, él siguió mirándola con ojos fríos e implacables.

—¿Es que nunca has hecho algo que no estuviera bien? —acabó gritándole Parvathi.

El hombre retrocedió como si lo hubiera abofeteado.

—No eres como ella y no te mereces ese nombre —le espetó él con crueldad—. Ella era alta y blanca, una belleza cautivadora. No pienso dirigirme a ti por ese nombre.

Se lo quedó mirando muda de asombro. Pretendía que creyera que seguía estando tan enamorado de la mujer que se había fugado con otro que no podía soportar llamarla por el mismo nombre. ¿A qué clase de mundo al revés había ido a parar?

—En las antiguas leyendas, los personajes intrascendentes tienen varios nombres y, puesto que es obvio que no eres la protagonista de esta historia, durante el resto de tu estancia aquí responderás al nombre de Sita —dictaminó él.

Parvathi estaba sentada encima de la cama, con las piernas cruzadas y los codos apoyados en ellas, pero se movió un ápice y un talón quedó a la vista. Algo cambió en la mirada de su marido, que se volvió repentinamente ávida. Volvía a oír la llamada de la juventud. En aquella piel suave vio la belleza y la inocencia que había perdido y quiso recuperarla. Parvathi cubrió con su ropa el paraíso que el hombre acababa de divisar y eso lo obligó a devolver la mirada al rostro de la chica. En ese momento comprendió que tal vez esa mañana se había precipitado al desestimar unos labios tan carnosos tras considerarlos ridículamente infantiles. Tersos, tenía unos labios tersos cuando adoptaba aquel mohín. Y, para ser justos, ese esbelto cuello de cisne era de una belleza asombrosa. Y tenía una voz extraordinaria. Al fin y al cabo… Al fin y al cabo estaba en su derecho.

—Sita —susurró.

—¿Sí?

—Enséñame los talones.

—¿Qué?

—Enséñame los talones —repitió con voz mudada.

¿Qué significaría una petición tan estrambótica en aquel

mundo al revés? Sin apartar la vista del rostro del hombre, la joven levantó el borde del sari apenas unos centímetros y, acompañados del tintineo de los cascabeles, los tobillos asomaron por debajo. El hombre hizo una profunda inspiración y la atrajo hacia él con sus poderosas manos.

La brusquedad de aquel avance inesperado la indujo a forcejear, pero él era mucho más fuerte, muchísimo más. Al final dejó de resistirse y se quedó estirada, muy quieta, como le había visto hacer a su madre, tan quieta como Maya había dicho que debía quedarse una mujer para atraer hacia sí todo lo que quisiera. Parvathi recordó la única advertencia que le había hecho su madre: tal vez hubiera sangre la primera vez. El hombre enterró la boca en la depresión del cuello de la joven e inspiró su perfume: Esencia de Nada. «No te reprimas», había dicho el dios del mar. Él la había llamado Sita. Sí, podía ser Sita a ratos o todo el tiempo que fuera necesario. Además, qué alivio, era soportable. Después volvió a juntar las rodillas y se dio la vuelta.

Esperó a oírlo roncar suavemente para arrastrarse hasta el otro extremo de la cama. Se lo quedó mirando mientras pensaba: «Tu mujer no murió, se fugó con otro hombre». Siguió contemplándolo, joven, dolorida, inescrutable, triunfante. ¡Lo había atraído hacia su cuerpo! Sin embargo, una parte de su ser que todavía no era por completo mujer era incapaz de aceptar la potencia de aquella nueva convicción; necesitaba más. Se arrodilló, cruzó las manos sobre la cama y, descansando la barbilla sobre ellas, lo observó con atención.

Permaneció así largo rato, mientras él dormía abandonado a un sueño profundo donde solo reinaba la oscuridad en un lugar tan remoto que la joven no albergaba la esperanza de alcanzarlo jamás. Estaba un poco confusa. Pensó que tal vez la piel del hombre podría servir de puente y, con gran delicadeza, le pasó una uña a contrapelo por el dorso de la mano. Él estaba tan lejos de allí que ni siquiera se movió. La joven vio cómo los pelillos se erizaban y regresaban a su posición. El dedo prosiguió su camino y descubrió una piel sedosa, como el pelo de un animal. Una mascota. Aunque, por el momento, indómita y peligrosa.

Estaba enfadado, y con razón. Tal vez también fuera un buen hombre, pero su padre y él habían echado por tierra sus sueños de un plumazo con total indiferencia. La brisa infló la cortina, que se agitó tristemente, y de repente la joven comprendió cuán frágil era su destino en las manos crueles de aquel hombre altivo. Se apartó de él y tuvo miedo de aquella casa y de sus secretos desgarradores, de Maya y de sus palabras misteriosas. Acababa de aprender que las noches en aquella casa eran distintas. Ocurría algo. Se abría una puerta a una dimensión paralela y a través de ella entraban espíritus nocturnos invisibles, maestros del disfraz que lanzaban conjuros que cambiaban la apariencia, pero incluso ellos sabían que la esencia de las cosas era inmutable y por eso siempre se escabullían antes de que despuntara el alba. Sabía que su marido despertaría vacío de alcohol y magia y que una vez más aquella mirada le ajaría la ropa y volvería a considerarla fea. Tendría que luchar cada noche para ganárselo de nuevo. Con su cuerpo.

Aquellos en quienes confiaba, quienes tendrían que haber acudido a su lado sin demora con los brazos abiertos para ofrecerle consuelo, la habían traicionado y empujado a aquel callejón sin salida. ¿Para qué fingir que no había sido así?

—¿También tú me has abandonado, mi adorado dios serpiente? —susurró.

Al oír su propia voz, tan indefensa y desamparada, empezó a retroceder, a gatas, sin rumbo, alejándose del hombre dormido, enredándose en el borde del sari, cayendo con dureza sobre un codo, gritando, mirando atrás asustada, arrastrándose hacia atrás sobre las nalgas, impulsándose con las manos, hasta que se golpeó la espalda contra el rincón de la habitación.

Recogió las rodillas contra el pecho. Aterrorizada, miró al hombre, hecha un ovillo. Se le escapó un gimoteo, un lastimero quejido animal. La espantó el volumen. Se tapó la boca con las manos, pero los sonidos pujantes aumentaron y se abrieron camino a través de las endebles barreras que había erigido. Sin embargo, de nada servía tanta preocupación, porque su marido siguió roncando con total tranquilidad incluso después de que ella empezara a sollozar y a llamar a su madre.

Poco después, descansaba sumida en un aturdimiento exhausto, escuchando el eco apagado de algo metálico que se había soltado del tejado y batía contra el viento. Empezó a convencerse de que todo saldría bien. Su padre no la había traicionado. El hombre había hecho lo que creía mejor. No se le podía echar la culpa, ni a él ni a nadie. Era su destino. Se quedaría sentada, en silencio, y esperaría a que la diosa Nagama le revelara los planes que tenía para ella.

Ya debían de ser las cinco, porque oyó que Maya entraba en la casa a preparar la ofrenda de arroz para los dioses. Se sentía dolorida, vacía, rara y hambrienta. En realidad, famélica. Se levantó con dificultad y fue a lavarse la sangre y las lágrimas. Luego se metió en la cama, cansada, y soñó que su madre se había caído a un pozo. Desnuda y tiritando, sollozaba llamando a Parvathi, pero Parvathi se limitaba a apoyarse en el brocal y le decía que ahora ya no contestaba a otro nombre que no fuera el de Sita, ante lo que su madre respondió: «Hija mía, ¿tan pronto has deshonrado a la familia?».

Cómo se mide un *vipala*

Parvathi abrió los ojos y se alegró de no toparse con la mirada de él, sino con hermosas esquirlas de colores proyectadas sobre las paredes y el techo. Lo mejor sería que solo se vieran durante la magia de la noche. Solo entonces ambos serían capaces de fingir. «Enséñame los talones», le había dicho. Parvathi apartó la manta de una patada y se miró los pies. No parecían nada del otro mundo. Tenía que haber sido cosa de los espíritus nocturnos y sus ingeniosos espejismos. Sin embargo, ni siquiera ellos habían logrado persuadirlo para que dijera: «Quédate, quiero que seas mi mujer». Tendría que esperar a la noche para comprobar si las horas más oscuras le reportarían la necesidad de tenerla a su lado.

Entonces recordó que de nada valía que ya no fuera virgen. Aquella otra chica también había yacido con su marido, pero la vergüenza y el pesar le habían provocado un aborto en el viaje de vuelta.

Después de desayunar, Parvathi visitó la biblioteca y se acercó a los libros encuadernados en cuero, tratando de evitar la mirada penetrante del payaso. Parecía que apenas los habían tocado. Escogió uno y lo abrió. Estaba abarrotado de miles de palabras diminutas. Volvió a dejarlo en su sitio y sacó otro. Este contenía ilustraciones de árboles. Se sentó en una silla para mirarlas.

—¿Sabes leer?

Parvathi se puso en pie de un salto, sintiéndose culpable. Creía que se había ido a trabajar. Parecía enfadado, pero le había dicho que podía explorar la casa y los alrededores.

—No —admitió, alejándose del libro—. Solo miraba los dibujos, y tenía mucho cuidado.

—Ya —dijo él y, adelantándose, echó un vistazo a la página—. He decidido que te quedarás hasta que tengas el período. Por si hubiera un bebé de por medio. —Cerró el libro y la miró con curiosidad—. No sé qué haces durante el día. Debe de ser aburrido.

—No me aburro —aseguró ella, y sacudió la cabeza con vehemencia.

—¿Has ido alguna vez a la escuela?

—No. Mi padre dice que las escuelas son solo para chicos.

—¿Te gustaría aprender algo mientras estés aquí? Podría buscarte un tutor.

Parvathi no daba crédito a lo que estaba oyendo. ¡Un profesor para ella sola! ¡Alguien con carrera! Siempre había soñado con ir a la escuela y recibir clases de un profesor de verdad en vez de tener que apañárselas con sus hermanos, quienes le enseñaban mucho menos de lo que ellos habían aprendido ese día y sin poner demasiado empeño. Asintió con la cabeza, entusiasmada.

—¿Qué te gustaría aprender?

Recordó a Kamala farfullando en aquel idioma extranjero.

—Inglés —contestó—. Me gustaría aprender inglés.

La respuesta pareció divertir a Kasu Marimuthu.

—De acuerdo —dijo, afable—. Lo dispondré todo para que mañana venga un profesor.

Parvathi sonrió con timidez.

—Gracias.

—Te veré a la hora de cenar, sobre las ocho —dijo él, y se fue.

Kasu Marimuthu sabía muy bien que era una pérdida de tiempo, pero pensó que sería interesante ver qué progresos hacía en un mes. No parecía muy espabilada, pero no podía negársele la disposición. Se rió entre dientes al pensar en la reacción del campesino cuando su hija le hablara en inglés.

Parvathi se quedó junto a la entrada del comedor sin saber qué hacer, observando con gran aprensión los cuchillos, tenedores, cucharas y otros utensilios desconocidos dispuestos sobre la mesa. Kasu Marimuthu llegó a las ocho y cuarto. Maya no estaba, pero un criado revoloteaba detrás de él.

—Puedes retirar los cubiertos de mi esposa, Gopal. Comerá con las manos. —Se volvió hacia ella—. Mañana aprenderás a utilizar los cubiertos para que te comportes como un ser civilizado, al menos mientras estés aquí.

A continuación, tomó asiento en un extremo de la mesa. Parvathi continuó de pie en medio de la estancia, sin saber qué se esperaba de ella. Se suponía que las esposas debían servir a sus maridos.

—Siéntate —le ordenó él de manera cortante, señalándole la silla que había a su lado.

La comida la sirvió el hombre cuya conversación nunca se aventuraba más allá de un respetuoso asentimiento de cabeza.

—¿Es mudo?

—No, pero prefiero que no hable.

—Ah —musitó Parvathi, nerviosa.

—¿Eres vegetariana? —preguntó Kasu, mirando el plato de su esposa.

—Sí —contestó ella en voz baja.

—¿Por qué?

—Me hice vegetariana a los cinco años. Estaban matando a una cabra unas puertas más allá de mi casa y sus chillidos se parecían tanto a los de un niño que después fui incapaz de comer ningún tipo de carne. A mis hermanos les pareció de maravilla.

—Me lo imagino —dijo Kasu Marimuthu, muy serio.

Parvathi observó furtivamente cómo pinchaba sin vacilación pequeños trozos de carne con el tenedor, se los metía en la boca y los masticaba sin abrirla. Tal como él había dicho, todo parecía bastante civilizado.

—¿Qué has hecho hoy? —preguntó, cortando más carne para pincharla con el metal.

—He estado en la playa.

—¿Todo el día? Bueno, supongo que no tenías nada mejor que hacer. No importa, espero que el profesor de inglés te mantenga ocupada mañana —dijo, displicente.

Parvathi se mordió el labio. ¿Dónde estaba el don para atraer a aquel hombre? ¿Cómo había que sentarse de espaldas a aquella casa para hacer que la luna, las estrellas y el sol giraran alrededor? Agachó la cabeza.

—Hoy me he llevado un susto de muerte —le confesó a su marido—. Una vaca llamada Letchumi vino hacia mí y pensé que iba a embestirme, así que me puse a chillar. Estaba a punto de echar a correr cuando las mujeres de la quesería me gritaron que me quedara quieta. Solo quería lamerme la mano. No sabía que tenían una lengua tan rasposa.

Kasu Marimuthu se echó a reír. Parvathi lo observó con atención. De súbito, aquel extraño que tan poca simpatía sentía hacia ella, parecía más joven. Al ver cómo lo miraba, el hombre recobró la compostura de inmediato. No deseaba que lo sedujeran ni lo conquistaran.

—Con los pavos es con lo que has de andarte con cuidado. Tienen muy mal genio, esos bichos. No vayas a la isla en barca —le advirtió, antes de devolver la atención al plato.

—¿Sabías que Maya era curandera?

Kasu Marimuthu alzó la vista, claramente sorprendido.

—¿Maya?

—La cocinera.

—Mi cocinera, ¿es curandera?

—Sí. Esta tarde se formó una cola de gente enferma aquí fuera y con solo colocar dos dedos en sus muñecas era como si supiera qué les pasaba. También les preparó medicinas.

—¿Medicinas? ¿Qué tipo de medicinas?

—Raíces y hierbas, creo. Era impresionante, allí sentada con toda esa gente agradecida haciendo reverencias. Debe de ser buena.

—No me digas —comentó él, en tono desaprobador.

Parvathi titubeó.

—Sí. A una mujer le dio caracolas de mar y le enseñó a colocarlas sobre el cuerpo, con las espirales apuntando hacia el interior. Según dijo, aquello disiparía las sombras invisibles responsables del dolor.

Kasu Marimuthu sacudió la cabeza, asombrado ante el desvarío de aquella gente. Le hizo una señal al criado y este volvió a llenarle el vaso de inmediato. En medio del silencio, Parvathi comprendió que había cometido un error al contarle aquello y decidió que lo mejor sería continuar hablando.

—También vino un hombre que tenía problemas con la cosecha. Maya le dijo que mirara en las telarañas y le trajera los insectos que encontrara atrapados en ella, que luego le diría lo que tenía que hacer. ¿No es sorprendente?

El hombre se volvió hacia ella, con aire regio.

—Esa gente no entraría en la casa, ¿verdad?

—No, no —se apresuró a contestar Parvathi, reprendida por aquella mirada severa—. Maya los recibió a todos bajo ese árbol, el narra.

—Entonces no pasa nada —dijo él al cabo de unos instantes y, para gran alivio de la joven, volvió a concentrarse en la comida.

Ella también cerró la boca, contenta de no haberle comentado lo del té de jengibre que Maya había distribuido de manera gratuita. Continuaron comiendo en silencio, acompañados por el tic-tac del reloj de pared del salón.

—Bueno, ¿qué te parece la casa? —preguntó él, de pronto.

—Es muy bonita.

El hombre sonrió, como si no le diera importancia. Era la respuesta que esperaba.

—¿Qué significa el cuadro del payaso? —preguntó ella a su vez.

Kasu Marimuthu dejó el tenedor en la mesa y la miró como si lo hubiera sorprendido o impresionado.

—¿Qué crees tú que significa?

—No lo sé.

—Vaya. —Parecía decepcionado. Levantó la copa de vino, le dio un sorbo y la miró por encima del borde de cristal—. No se pregunta el significado de una obra, ni siquiera al artista. Los cuadros son lenguas secretas que se hablan con el corazón. Los artistas intentan mostrar el interior de su alma y es de mala educación demostrarle que no lo ha conseguido. —Se inclinó hacia delante, apoyándose en los codos, y la miró con curiosidad, olvidando por completo el tenedor que había dejado en el plato—. ¿Qué sientes al verlo, Sita?

Parvathi bajó la mirada. No quería parecer estúpida.

—Nada —contestó.

Kasu Marimuthu enderezó la espalda, con los labios fruncidos.

—El vino viene de la tinaja, claro.

Parvathi bajó la vista hasta el plato, confusa. Estaba irritado con ella. Sin embargo, el hombre debió de recapacitar. No podía culpar a su esposa de su simpleza y tosquedad.

—Ve y acércate todo lo que puedas al cuadro hasta que las formas dejen de engañar al ojo y se convierta en lo que realmente es, partes del cuerpo humano —dijo al fin.

Después de cenar, Kasu Marimuthu se retiró a su despacho y Parvathi subió al dormitorio, sola. Estaba a punto de dormirse cuando él apareció. En la oscuridad, el espejismo había extendido sus tentáculos.

—Tienes el cuello más bello que jamás haya visto en una mujer —le susurró al oído un aliento impregnado de vino.

A la mañana siguiente, Parvathi se detuvo delante del espejo y se estudió el cuello. Se alzaba a partir de los estrechos hombros, fino, largo y completamente normal. Volvió a plantarse ante el cuadro, tan cerca como le fue posible antes de que los colores empezaran a emborronarse y a mezclarse unos con otros, pero ni siquiera así logró ver partes de un cuerpo humano ni significados ocultos. Maya entró y se quedó a su lado.

—¿Tú qué crees, Maya? —le preguntó—. ¿Sientes algo cuando miras este cuadro?

Maya se limitó a encogerse de hombros.

—Para mí solo es un cuadro más, como cualquier otro —contestó, aunque le hizo una sugerencia útil.

—¿Y si lo bajamos y miramos a ver si detrás lleva una fecha o un título?

Parvathi jamás habría imaginado que pudiera haber algo detrás del cuadro. Lo bajaron, pero no encontraron nada. Kasu Marimuthu tenía razón: o lo comprendía o no lo comprendía.

—Tal vez no haya ningún significado oculto. Quizá solo sea un cuadro de un payaso y un cisne —dijo y, decepcionada, fue a esperar a su profesor de inglés.

El hombre llegó a las ocho en punto.

Ponambalam Mama llevaba gafas y tendría por lo menos setenta años, aun así había recorrido a pie los ocho kilómetros que lo separaban de la ciudad y era lo que pensaba seguir haciendo a diario, menos los domingos. Tenía una catarata en uno de los ojos, pero por lo demás no existía persona tan rebosante de energía y entusiasmo.

Entraron en la sala de música, se plantó delante de ella y la miró con severidad, como si fueran adversarios midiéndose en los momentos previos al combate.

—Antes de que entremos en materia, desearía aclarar que el hombre blanco ha concebido grandes inventos y erigido instituciones admirables. Posee ciudades magníficas, leyes justas elaboradas con rigor, la música es en ocasiones sublime y la poesía está bien construida. No obstante, antes de que empiece a dar por sentada la superioridad del hombre blanco y comience a imitarlo ciegamente, piense una cosa: el indio no siempre ha andado tirado por el suelo, medio borracho de *toddy* barato; el indio se encuentra en el arroyo porque ha olvidado la solidez de su bagaje y la brillantez y exactitud increíbles de sus antiguos métodos.

Parvathi lo miraba sin pestañear, en silencio.

—A simple modo de ejemplo: la división temporal en varias subdivisiones. Un *kalpa* son 4.320.000 años, y este a su vez se divide en cuatro *yugas*. Un *yuga* o día de Brahma son mil años de los dioses. Un día y una noche de los dioses equivalen a un año humano. Un año humano tiene seis estaciones: primavera, estío, lluvia, otoño, invierno y frío, de modo que cada estación dura dos meses, un mes lunar oscuro y uno iluminado. Un mes lunar tiene veintiocho *naksatra*. Un *naksatra* son veinticuatro horas solares. Veinticuatro horas solares son treinta y un *muhurta* (cuarenta y ocho minutos). Un *muhurta* equivale a dos *ghati* (veinticuatro minutos). Un *ghati* equivale a treinta *kala* (cuarenta y ocho segundos). Un *kala* equivale a dos *pala* (veinticuatro segundos). Un *pala* equivale a seis *prana* (cuatro segundos). Un *prana* equivale a diez *vipala* (0,4 segundos). Un *vipala* equivale a sesenta *prativipala* (0,000666 segundos).

—¿Cómo midieron 0,000666 segundos? —quiso saber Parvathi.

—Es muy posible que jamás lleguemos a saber la respuesta a esa pregunta. Y, ya que estamos, tenga presente lo siguiente: aunque la historia dice que el hombre blanco fue el primero en volar, la única lengua que contiene una palabra para designar un vehículo aéreo es el sánscrito; lengua que también almacena instrucciones detalladas acerca de cómo tripular, mantener e incluso aterrizar dichas máquinas. Que tanto se haya perdido para siempre en la noche de los tiempos es la gran tragedia india. —Se interrumpió un instante antes de continuar para paladear con evidente satisfacción la sorpresa de la joven—. Ahora que hemos dejado claro que el hombre blanco no es más inteligente que el indio, comencemos con su práctica, caprichosa y maravillosa lengua.

Parvathi tendría que haberse sentido abrumada por la vergüenza ante tanta palabra compleja y grandilocuente que apenas conseguía entender; en cambio, sonrió de oreja a oreja. Era exactamente el tipo de profesor con el que siempre había soñado. Empezaron con el abecedario. Parvathi anotaba las letras en una libreta como podía. Al final de la clase, el anciano le entregó un libro infantil que había llevado para ella.

—Mañana empezaremos con esto.

Parvathi permaneció en la sala de música y repasó la lección del día mientras el hombre daba cuenta de un almuerzo solitario en el comedor. En cuanto hubo acabado, se marchó acomodado en el asiento trasero de la bicicleta del jardinero, con las finas manos aferradas a las barras metálicas y el *dothi*, de un blanco refulgente, agitándose al viento. Parvathi se sentó a la sombra de un árbol de la playa y recitó el abecedario en alto. ¿Quién lo hubiera imaginado? ¡Estaba aprendiendo inglés!

Esa noche se dio un baño y acompañó a Maya en sus oraciones. Después se dirigió a la sala de música y llenó veintiséis páginas con cada letra. Su marido no cenó en casa y ya no volvió a verlo hasta el desayuno del día siguiente, cuando lo encontró sentado a la mesa. La radio se oía de fondo y él leía el periódico.

El hombre levantó la vista cuando Parvathi entró en el comedor.

—Ya estás despierta. ¿Qué tal la clase de inglés?

—Estoy aprendiendo el abecedario —lo informó, entusiasmada.

—Un buen principio —se limitó a comentar él y, bajando la vista hacia el diario, se olvidó de ella por completo.

En cuanto apuró la taza de café, Kasu Marimuthu retiró la silla hacia atrás y le deseó un buen día. Parvathi, quien había esperado de pie hasta que él salió de la sala, tomó asiento y se recordó que debía ser paciente. La magia no surtía efecto de día. Después de desayunar, se dirigió a la sala de música para repasar sus anotaciones y esperar al profesor.

A las ocho en punto, Ponambalam Mama entró por la puerta.

—Buenos días —la saludó en inglés.

Parvathi le devolvió el saludo y empezaron la clase. Al comprender que la joven había aprendido el abecedario de memoria, enarcó las pobladas y canosas cejas y la satisfacción se reflejó en el ojo bueno.

—Muy bien —dijo, y abrió otro libro que había traído con él—. Primero aprenderemos cómo se escriben algunos sustantivos. Los sustantivos, por cierto, son palabras que se utilizan para designar las personas, los lugares, las cosas y las ideas.

De aquel modo aprendió que la A era la primera letra de *apple*. La B de *boy*, la C de *cat* y la D de *dog*. El tiempo pasaba volando en compañía de Ponambalam Mama. Cuando llegó la hora de irse, el hombre extrajo un diccionario bilingüe inglés-tamul de la bolsa de tela y le dijo que aprendiera diez palabras al día, elegidas al azar.

Al acompañarlo hasta la salida, Parvathi vio que Maya subía a un coche junto con dos hombres chinos y que estos se la llevaban.

—Kamala, ¿adónde se llevan a Maya?

—Estamos en el mes chino del espíritu hambriento. No se puede andar por la ciudad de la cantidad de ceniza que hay por todas partes. Queman figuritas de papel en honor a sus muertos: coches, casas, ropa, incluso sirvientes. El humo lo transporta todo al mundo de los espíritus para que lo utilicen sus parientes. Se llevan a Maya para que rece para ellos.

—¿Cómo? ¿Maya reza por los chinos?

—Oh, ya lo creo, Ama. Maya es muy famosa. Viene gente de todas partes para verla. No hay nada que no pueda hacer.

Parvathi regresó al interior de la casa y se sentó a la mesa para dar cuenta de la comida que Maya le había preparado. De postre había pastel de ciruela en conserva.

Dios viene

Era una noche estrellada. Parvathi estaba en el balcón cuando vio la civeta, la punta de cuya cola lanzaba destellos plateados bajo la luz de la luna. Había encontrado alguna alimaña en la orilla de la playa, pero debió de oír algo porque se interrumpió, escuchó atenta y, después de agarrar la presa con la boca, se dirigió hacia la selva. Parvathi cruzó la casa y salió al balcón que daba a la espesura, donde vio desaparecer la cola peluda en el muro de oscuridad de la jungla en el preciso instante en que Maya abría la verja que la bordeaba ¡y se zambullía en aquella boca de lobo sin una lámpara! O bien la mujer poseía una visión nocturna excelente, o bien se lo había imaginado todo.

Una mezcla de taro y hierbas medicinales hervía en azúcar sobre los fogones. Maya estaba troceando algo cuando Parvathi entró en la cocina.

—Maya, ¿es posible que te haya visto entrar en la selva poco antes de amanecer?

—Sí, Da, suelo adentrarme en la espesura antes del alba para recoger brotes que necesito para mis medicinas.

—Pero ¿en plena oscuridad? ¿Sin una lámpara?

—Sí, Da. Así es mejor. Cuando llevas lámpara, te ven antes de que tú los veas. Además, para lo único que sirve una lámpara en la oscuridad es para cegarte a todo menos a su débil resplandor.

—Maya, ¿podría ir contigo la próxima vez?

La mujerona guardó silencio unos instantes.

—La próxima vez quizá no. Todavía no estás lista, pero yo diría que no falta mucho.

—¿Es por los tigres y los elefantes salvajes?

Maya sonrió.

—Más bien pensaba en los escorpiones y los ciempiés.

Desilusionada, pues ansiaba entrar en la selva, Parvathi fue dando un paseo hasta las rocas y se sentó al borde de una de ellas. Miraba distraída la espuma blanca cuando algo proyectó su sombra sobre el rostro de la joven. Parvathi levantó la vista y vio una mariposa gigantesca de alas del blanco aterciopelado más puro que hubiera visto jamás y un cuerpo de polvillo de carbón. Se le posó en la mano tras un lento descenso alrededor de la cabeza, agitó las alas una vez, las cerró de golpe y esperó. La joven recordó haber oído decir a su madre que si se te acercaba un animal blanco, era señal de buena fortuna. Instantes después, la mariposa volvió a levantar el vuelo. Siguiendo con la mirada cómo se alejaba majestuosamente, Parvathi vio que Kupu se acercaba a la carrera.

—¡Ama! ¡Ama! —la llamó.

Parvathi se puso en pie y lo esperó. El hombre se detuvo delante de ella con el cuerpo bañado en sudor y una mirada desbordante de emoción.

—Creo que he encontrado una construcción antigua en la jungla —dijo, sin aliento.

—¿Qué es?

—No lo sé, pero nunca había visto nada igual. Y es antigua, muy antigua.

—¿Me llevas hasta allí? —preguntó Parvathi, anhelante.

El hombre vaciló y miró las delicadas sandalias que llevaba la joven.

—Hay un buen trecho y el camino no está demasiado practicable. Tal vez sería mejor que primero le abriera un poco el paso.

—No —se apresuró a contestar Parvathi—. Me las apañaré. De verdad. Por favor, Kupu…

—Está bien —accedió el hombre.

Parvathi se estremeció al cruzar la verja que Maya acababa de decirle esa misma mañana que no estaba preparada para cruzar. Pasaron junto a los plataneros silvestres que crecían al borde de la espesura y, antes de que se dieran cuenta, se habían adentrado en un penumbroso mundo mágico, atractivo a la vez que aterrador. Parvathi había imaginado que haría frío y que desprendería un olor dulzón, pero era todo lo contrario. Hacía calor, humedad y olía a ramas secas en putrefacción y a los hongos que vivían en ellas. Diversas capas de hojas caídas hacían de la superficie que pisaban un manto viviente. A veces, al poner un pie en el suelo, Parvathi levantaba nubecillas de esporas negras. Delante, Kupu blandía el machete contra la maraña de maleza, dibujando arcos elegantes para que la joven pudiera avanzar con mayor facilidad. Cada vez que el hombre volvía la vista atrás, ella le aseguraba que todo iba bien, por lo que continuaron adentrándose en las entrañas de aquel mundo nebuloso.

Las plantas carnívoras se ovillaban entre los helechos y había árboles con la corteza colgando en jirones, bajo la que se atisbaba un tronco rojo escarlata. Otros estaban moteados de moho blanco. Frondas gigantes le acariciaban los brazos. Entre los tallos de bambú anidaban aves de colores tan vistosos que parecían piedras preciosas. La guadaña de Kupu segaba a diestro y siniestro, incluso hermosas plantas trepadoras colmadas de bayas tan grandes como uvas. A veces se topaban con ramas bajas y tenían que agacharse. En ese momento, por encima del rumor incesante de insectos, monos y pájaros, oyeron un potente aullido. Parvathi ya lo había oído antes. Comenzaba a diario a media mañana y acababa convirtiéndose en un canto retumbante que ni siquiera conseguían amortiguar los miles de millones de hojas de la jungla.

—¿Qué es eso?

—Es un mono, un siamang. La hembra —dijo Kupu. El canto siguió al aullido—. Y ese es el macho —la informó—. Puede que los vea. Viven en el lugar al que nos dirigimos.

Llegaron a un punto en que, allí donde miraran, el muro de vegetación que los rodeaba era impenetrable. Grandes tallos de enredaderas colgaban de las ramas de árboles gigantescos, a veces con brotes alargados y rígidos y espinas con forma de anzuelo tan gruesas como la pantorrilla de un hombre. Kupu se encaramaba a los troncos de los árboles como si fuera un mono y los apartaba para ella. Pequeñas criaturas salían despavoridas hacia las ramas superiores y desaparecían de la vista. Sin embargo, una de las veces Kupu atrapó las patas traseras y la cola de un lagarto que se lanzó sobre él hecho un basilisco. El hombre lo arrojó lejos, con desdén. El reptil aterrizó entre la hojarasca sin hacer ruido.

—¿Era venenoso? —preguntó Parvathi.

—Venenoso y un mal bicho —contestó Kupu—, pero estoy acostumbrado a cazarlos. Hago cuerdas con hojas de palmera y les echo el lazo.

Se detuvo junto a una piedra cubierta de musgo, cerca de un promontorio, y se volvió hacia la joven.

—Es aquí —anunció.

Parvathi miró a su alrededor.

—¿Dónde?

Kupu señaló un árbol caído, con las raíces completamente al aire.

—Debió de caer durante la tormenta que estalló la noche anterior a que usted llegara —le explicó.

Era como si lo hubieran arrancado del promontorio y había dejado una entrada a la vista. Kupu se quedó en el umbral y encendió una cerilla.

—No hay nada —la avisó—, pero si lo prefiere, entraré yo primero.

La joven miró la abertura del promontorio y se quedó estupefacta al ver justo encima a la mariposa blanca. El insecto alzó el vuelo y desapareció en la luz que se abría paso entre las hojas. De súbito, un pájaro salió volando de un montoncito de hojarasca directo hacia la cabeza de Parvathi, quien, ahogando un chillido, se agachó y atravesó a gatas la pequeña abertura, que daba a una habitación pequeña y sin ventanas. No corría ni una pizca de aire. En medio de aquella extraña calma oyó que Kupu entraba detrás de ella. El hombre respiraba tranquilo y de manera acompasada, y Parvathi olvidó que se encontraban en el interior de una selva, un hervidero de ruido y actividad. Envuelta en silencio, oyó que Kupu raspaba otra cerilla y, a la luz vacilante, miró a su alrededor con curiosidad. Era cierto, no había nada, pero se había acumulado tal cantidad de tierra en el suelo que, aunque ella podía permanecer de pie, Kupu estaba obligado a agachar la cabeza.

—Mire —susurró el hombre, y Parvathi vio que todas las paredes estaban cubiertas de jeroglíficos y que en el centro del muro opuesto a la entrada había una escultura de dos serpientes erectas y entrelazadas.

—¿Crees que este templo se construyó para venerar a un dios serpiente?

—No lo sé —contestó Kupu, y ambos se miraron antes de pronunciar «Maya» al unísono.

Cuando se consumió la quinta cerilla, Kupu no encendió ninguna más.

—Vamos —dijo el hombre en la oscuridad.

Las primeras gotas de lluvia trajeron consigo un olor desconocido y embriagador a tierra húmeda. Millones de hojas empezaron a estremecerse. Según le había contado Maya, los animales detestaban el viento porque les separaba el pelo y eso hacía que el frío les llegara al cuerpo; en cambio, la lluvia no les importaba. Como si deseara corroborar sus palabras, la selva cobró vida con sus cantos. Parvathi repasó mentalmente el tiempo que había pasado a solas con Kupu y lo extraña que se había sentido, y se preguntó si a él también le habría pasado lo mismo. Había percibido algo distinto en el tono de voz con que le había dicho que tenían que irse.

No paraba de llover. El agua corría por los troncos y el suelo se había vuelto resbaladizo. Una de las veces, Parvathi patinó, intentó agarrarse a un árbol y lanzó un grito al ver que su mano atravesaba la corteza, completamente podrida y atestada de babosas. Retiró la mano. Estaba pringada de jugos verdes y amarillos y una masa negra y pegajosa. Se la miró horrorizada. Kupu se quitó la camiseta y se la dio para que se limpiara con ella. Parvathi hizo el ademán de agradecérselo, pero él sacudió la cabeza restándole importancia y continuaron adelante. Poco después, resbaló sobre unas hojas mojadas que había junto a un árbol muy alto con la mitad de las raíces a la vista, se cayó y se hizo daño en la cadera. Kupu dobló el cuerpo sobre las raíces y le tendió una mano.

—¿Se ha hecho daño? —preguntó Kupu, preocupado—. No tendría que haberla traído aquí. El señor se pondrá furioso conmigo.

—Estoy bien —aseguró ella.

Kupu se fijó en los finos brazos de la joven, llenos de arañazos.

—No tendría que haberla traído aquí —repitió.

Parvathi miró el cuerpo vigoroso y tenso que se inclinaba hacia ella y se asombró de la facilidad con que Kupu mantenía el equilibrio aun cuando había encajado las piernas, el cuerpo y las manos en lugares inverosímiles. En vez de aceptar su mano, bajó la vista por el cuello mojado del hombre hasta los hombros, donde la lluvia repicaba contra la piel y salpicaba pequeñas gotas que caían sobre el pecho y rodaban por el vientre. Parvathi las imaginó acumulándose en las botas negras de goma.

En ese momento la asaltó un pensamiento incoherente, íntimo. ¿Padecería Kupu dolores de espalda? ¿Iba a su cuarto para frotarse aceite aromático en el cuello y seguía por toda la espalda en busca de los nudos que se le debían de formar en aquella dura musculatura? Parvathi respiró hondo y no fue capaz de distinguir entre la fragancia de la selva y la del hombre. Bajo la lluvia torrencial, Kupu había pasado a formar parte de la jungla, enigmático y peligroso. En ese momento no existía nadie más que ellos. Cuando Parvathi devolvió su ingenua mirada al rostro del hombre, la lluvia utilizaba la cicatriz de la mejilla a modo de cauce. Los arroyuelos salpicaban la piel de la joven, que se quedó mirando el revestimiento morado de la parte exterior del tajo; la cicatriz en sí, dura, de color marrón claro, más que piel parecía cuero para zapatos.

—¿Qué te pasó en la cara? —preguntó.

Kupu parpadeó. Las pestañas mojadas se le quedaban pegadas.

—Un tigre me atacó de niño.

—Oh.

La ropa, empapada de lluvia, se adhería al cuerpo de la joven, pero la mirada de Kupu no se enturbió ni en sus ojos apareció la lujuria al verla así postrada en medio de la selva. En realidad, no había nada que ver en aquellas fosas insondables. Ni sorpresa, ni censura, ni siquiera la comprensión instintiva de haber despertado la curiosidad sexual de otro ser humano sin haberlo pretendido. No se había dado cuenta de nada. Por fortuna, aunque fuera imposible después del descaro con que lo había mirado. La vergüenza hizo que la sangre afluyera al rostro turbado de la joven. La extrema humildad y la carencia de habilidades sociales de Kupu tenían que haber sido lo que había impedido que el hombre adivinara los pensamientos impúdicos de Parvathi. Incapaz de ridiculizar a nadie, de haberlo sabido, se habría sentido abrumado.

—Vamos, tenemos que seguir. Todavía queda un trecho —dijo Kupu.

Parvathi le dio la mano y el hombre la levantó sin esfuerzo. Después de aquello, la joven no apartó la vista del suelo.

Llegaron a la puerta de la cocina calados hasta los huesos. Maya salió a su encuentro.

—¿Qué ha pasado? —preguntó.

—Kupu ha encontrado unas ruinas en la selva, en un promontorio. Tiene que ser un templo dedicado a las serpientes porque están esculpidas por toda la pared. Vamos, Maya, tienes que verlo —contestó Parvathi, tirando de la mano carnosa de la mujer.

—Primero entra, hija.

La mujer se sacó el puro de la boca y, con el ascua, quitó las gordas sanguijuelas negras que la joven llevaba adheridas a las piernas.

Volvieron a internarse en la espesura en cuanto cesó de llover. Maya tuvo que entrar arrastrándose en el diminuto cubículo, donde la oyeron dar un grito ahogado.

—Dios mío, este templo dedicado a las serpientes no es un templo cualquiera. ¡Es una puerta estelar! —exclamó, faltándole el aliento.

Parvathi y Kupu guardaron silencio mientras Maya se arrastraba de rodillas hasta la pared y alzaba una lámpara de queroseno hacia las formas extrañas del muro. Se volvió hacia ellos con cara de asombro.

—Y no está excavado en la colina, sino que el promontorio ha ido asentándose sobre el templo. Es milenario, puede que tenga diez mil o, tal vez, quince mil años. No sabéis cuán especial y sagrado es este lugar. Lo construyó un pueblo sumamente avanzado que poseía un conocimiento extraordinario de los cielos y una íntima visión espiritual, dones que nosotros hemos olvidado. Los grandes hombres de Dios de nuestros días saben que estas puertas permitían a los antiguos comunicar el cielo y la tierra y converger con Dios conservando su forma terrenal, pero ese saber se ha perdido para siempre.

»Es asombroso —musitó incrédula, sacudiendo la cabeza. Tocó las pinturas de las paredes—. Mirad estos símbolos sagrados. No sabéis qué privilegio representa para mí ver tantos en un mismo sitio y en una sola vida. ¡Ah! Las dos serpientes que bailan de las que hablabais simbolizan la energía serpentina. En algún lugar debajo de toda esta tierra tiene que haber una torre redonda. Las torres son el mejor modo de contener la energía vortiginosa.

»El promontorio tendría que albergar también un observatorio astronómico. Este pueblo tan avanzado estudiaba los planetas, las estrellas y las galaxias. ¿Veis esas líneas? —dijo, señalando un dibujo que parecía una raspa de pescado—. Es un calendario infalible capaz de predecir fenómenos solares y lunares con una exactitud extraordinaria. Para interpretarlo, se utiliza la luz de la luna o del sol que se cuela a través de esa tronera. Estoy segura de que si cavamos por aquí, encontraremos huesos, tal vez incluso huesos humanos.

Al percatarse de la mirada de terror de Parvathi, añadió con una amable sonrisa:

—El pasado suele repugnarnos cuando recapacitamos sobre qué éramos, hemos sido y lo que sospechamos que todavía pueda quedar de todo aquello en nosotros, pero no podemos juzgarlos según nuestras normas morales, pues lo que entendemos por moralidad cambia con los tiempos. En la actualidad, nuestra cultura, más elevada y refinada, censura los sacrificios, los considera crueles e inhumanos, pero estas primeras civilizaciones tenían un concepto distinto de la energía. Sabían que el alma era indestructible, de modo que el sacrificio real era imposible. Lo único que se ofrecía era la disposición de entregar el cuerpo mortal. A Abraham le bastó con demostrar que estaba dispuesto a sacrificar a su hijo, pero Jesús tuvo que entregar su cuerpo a la cruz.

»Veréis, este pueblo se dedicaba al intercambio. Antiguamente se creía que, durante un eclipse total, en esos escasos minutos en que el mundo está sumido en la oscuridad se abre un túnel o un camino sagrado y surge la rara y poderosa oportunidad de comunicarse con los dioses. No obstante, cuando el túnel se abre a los dioses, también se abre a los demonios, que intentan atravesarlo sin vacilar, de modo que hay que alimentarlos. El sacrificio era un intercambio de energía. Entregaban su fuerza vital a cambio de una comunicación íntima. Tanto los consumían las llamas de su fe que, de ser necesario, habrían entregado cuerpo y alma, y a menudo así lo hacían. Sin embargo, con el paso del tiempo, la gente empezó a olvidar el verdadero significado del sacrificio y comenzó a ofrecer cosas de las que estaba dispuesta a desprenderse con facilidad: diez cabras engordadas, la hija del vecino, los corazones de sus enemigos… A la vez que la falta de compromiso y fidelidad cambió el modo en que recibíamos a Dios, también lo hizo nuestra capacidad para comunicarnos con el Creador tal como lo hacían ellos.

Maya se volvió hacia el hombre y la joven. Las sombras danzarinas que proyectaba la lámpara que sujetaba en la mano alargaron y demonizaron su rostro.

—Será muy interesante echarle un vistazo a lo que esconde este promontorio.

Kupu y Parvathi asintieron con un gesto de cabeza.

—Da, ahora ya sabes por qué la diosa se desprendió de un brazo cuando tú llegaste —dijo Maya en voz baja—. Mira qué nos ha regalado tu llegada.

Parvathi sonrió encantada ante la idea, pero esa noche, sentada en el borde de su reluciente bañera, se preguntó si, después de todo, Maya no estaría equivocada, si no se trataría de una mera coincidencia. Le había venido la regla. No estaba embarazada. Y Kasu Marimuthu no dudaría en devolverla a su padre.

Cambios

Kupu estaba en el despacho de Kasu Marimuthu con los brazos cruzados de manera sumisa y los hombros tan encogidos que casi le rozaban el cuello. Desprovistos de las botas negras, los pies descalzos eran de un color mucho más claro que el resto de la piel.

—Bueno, cuéntamelo todo —dijo Kasu Marimuthu—. Quiero oírlo de boca de la primera persona que pisó el templo.

—Señor, de hecho, yo no fui el primero en entrar.

Kasu Marimuthu frunció el ceño.

—Me habían dicho que lo habías descubierto tú.

—Es cierto, señor, pero su esposa entró primero.

—¿Qué?

—Su esposa dijo que quería venir, señor. No pude negarme, pero no creí que me correspondiera a mí entrar el primero, señor. Encendí una cerilla para asegurarme de que no había ningún peligro.

Gopal, que había estado apoyado contra una de las estanterías, en la oscuridad, salió en su defensa.

—Es la nueva señora, señor. Ha traído suerte a esta casa. La tormenta arrancó el árbol durante la madrugada de su feliz llegada.

Kasu Marimuthu se dirigió a aquella voz sin volverse.

—Y esa es exactamente la razón por la que no debes hablar a menos que se dirijan a ti. No quiero oírte decir ni una palabra más. —Devolvió su atención a Kupu—. ¿Se encuentra en mi propiedad?

A Kupu empezó a bailarle el ojo de modo incontrolable.

—Sí, señor.

—¿Estás completamente seguro?

El hombre alzó una mano, cohibido, y se tocó el ojo, que no dejaba de temblarle.

—Sí, señor. Queda a menos de dos kilómetros del arroyo que marca el límite de la propiedad.

Kasu Marimuthu sonrió, satisfecho. Había acertado al adquirir el resto de las tierras. Además, aunque el hombre estuviera equivocado y el templo se encontrara fuera de los límites, lo único que tenía que hacer era comprar más tierras al sultanato.

—¿De qué tipo de templo se trata?

—No lo sé, señor. No es una mezquita, ni una iglesia, ni un lugar de culto chino y, desde luego, tampoco es como los nuestros. Ahora mismo es imposible darle una descripción demasiado precisa. Está cubierto de tierra y vegetación, pero parece construido con enormes piedras blancas, cortadas y dispuestas unas sobre otras con tanta destreza que no conseguí meter la hoja del machete entre ellas. Si lo desea, los chicos y yo podemos desenterrarlo para usted, señor.

—¿Cuánto crees que tardaríais?

—Puede que unas cuantas semanas para arrancar la vegetación y apartar la tierra, pero bastante más en limpiar las piedras. Tendremos que ir a buscar el agua al arroyo o, si no pudiera ser, llevarla desde casa.

—De acuerdo, empezad con la limpieza mañana. Traeré excavadoras y doscientos hombres para que os ayuden. Que trabajen en dobles turnos. Supongo que se tardarán bastantes meses en desenterrarlo, pero quiero verlo tan pronto como sea posible.

Kupu se llevó la mano al pecho e hizo una reverencia. Kasu

Marimuthu asintió con la cabeza y el hombre se retiró, retrocediendo respetuosamente.

—Tú también —dijo Kasu Marimuthu, y Gopal salió con sigilo de la estancia, sin hacer ruido.

Kasu Marimuthu se reclinó en el sillón y lo giró hacia las cristaleras. A lo lejos, el jardinero había envuelto un fruto de jaca en un saco de arpillera y estaba atando la boca para que las ardillas y los murciélagos no pudieran comérselo antes de que estuviera maduro del todo. Ya casi medía cuarenta centímetros. Un chico conducía las vacas de vuelta al establo. La serenata de los cencerros y los gritos de «*hrraah, hrraah, hrraah*» del joven inundaban el aire nocturno cuando Kasu Marimuthu oyó que alguien llamaba a su puerta con timidez.

—Adelante —dijo.

Parvathi entró y cerró la puerta detrás de ella. Kasu Marimuthu la miró, pero no dijo nada. La joven vestía el mismo sari marrón que tanta aversión le había producido a su marido nada más verlo aquella primera mañana. Tenía el pelo mojado y se lo había dejado suelto. No había reparado en que lo llevara tan largo, pensó el hombre, distraídamente.

La joven se detuvo en medio del despacho y, con palabras entrecortadas e incómoda, le comunicó que le había venido el período. Kasu Marimuthu esperó a que terminara de hablar y se la quedó mirando, mientras ella retorcía las manos con nerviosismo, hasta que llegó a la disparatada conclusión de que no estaba dispuesto a renunciar a ella a pesar de no albergar ningún deseo de tenerla como esposa. En general, no se consideraba un hombre supersticioso, pero incluso él estaba dispuesto a admitir que su matrimonio había resultado propicio hasta el momento. Le habían brindado la oportunidad de adquirir tres fincas de doscientas hectáreas el mismo día de la boda, una cerca de Pekan, otra en Jerantut y la otra en Melaka. Tampoco había olvidado la primera mañana y las palabras imprevistas. Además, después de tantos años, ¡iban a desenterrar un templo en sus propiedades! Tendría que sentirse molesto, atrapado en una situación que no había elegido, pero, por extraño que pareciera, la situación en la que se encontraba le era por completo indiferente. La despidió con un gesto de la mano, ausente.

Esa noche no estaba borracho cuando entró en el dormitorio de su esposa y, deliberadamente, proyectó su alargada sombra sobre el cuerpo de la joven dormida hasta que esta abrió los ojos de par en par, asustada. Cuando el hombre vio que el miedo inicial había desaparecido, se acercó a su oído.

—Dile a tu padre que no va a ver ni un céntimo. Nunca —le susurró.

Se incorporó y salió de la habitación.

Parvathi pasó los tres días siguientes en el despacho, con el profesor de inglés, mientras Kupu exhibía un inesperado talento para la excavación en la selva. Sabía en qué momento justo tenía que detener los tractores y hacer entrar a las palas. Poseía un conocimiento instintivo tan afinado que ni una sola de las piedras que aun aguantaban en pie sufrió un rasguño.

Y entonces:

—¡He recibido correo de casa, Maya! —exclamó Parvathi, exultante, brincando por la cocina—. ¡Mira el matasellos! Debieron de enviarla casi el mismo día que me fui. —La rasgó con impaciencia—. Mi padre se la ha dictado a mi hermano mayor. Me envía sus mejores deseos… —En ese momento, su rostro cambió de expresión y leyó el resto de la carta en silencio. Cuando volvió a levantar la cabeza, tenía una mirada glacial—. Por lo visto tengo que enviarles dinero lo antes posible —dijo—. Mi madre me echaba tanto de menos que se ha puesto enferma y, como no ha podido trabajar, la familia está pasando verdaderos apuros. Mi padre pidió dinero prestado para pagarme el viaje y el ajuar y ahora lo necesita.

—¿El ajuar? ¿Qué ajuar? —preguntó Maya.

—¿Qué más da? Mi padre está muy enfadado conmigo porque cree que me he olvidado de la familia después de todo lo que han hecho por mí. —Volvió a mirar la carta y leyó uno de los extractos en voz alta—: «Hija, recuerda que mientras tú estás sentada a la magnífica mesa de tu marido, comiendo ricos manjares, nosotros apenas tenemos un plato de arroz que compartir entre todos. Cuando te apees del coche de caballos, quiero que tengas presente que tu madre ha perdido una zapatilla y que como no hay dinero para comprar otra, anda descalza. Ya se ha cortado dos veces con las piedras y las espinas».

Los ojos se le llenaron de lágrimas. No se le había pasado por la cabeza que su madre no pudiera comprarse otra zapatilla.

—Qué despreocupada y egoísta que soy. Debo hacer algo, pero ¿qué? No tengo dinero. ¿Se lo pido a mi marido?

Maya negó suavemente con la cabeza.

—No. Eso no serviría de nada, Da. Escribe a tu padre y dile que tu marido está furioso por haberlo engañado. Que tú, aquí, no eres más que una prisionera. Siempre ocurre lo mismo con los fanfarrones, solo se atreven a avasallar a quienes creen que son más débiles que ellos, y tu padre, disculpa que te lo diga, es un fanfarrón, por lo que agachará la cabeza ante Kasu Marimuthu. Curará en silencio sus maltrechas esperanzas de llevar una vida disipada y no te molestará en un tiempo. Ya enviarás dinero a casa para tu madre cuando las cosas se hayan calmado por aquí. Por ahora yo te daré algo, no tanto como querría tu padre, por descontado, ni tampoco como para sacar a tu madre de un apuro, pero lo enviaremos con un par de zapatillas para ella.

—No puedo aceptar tu dinero.

—He renunciado a los deseos mundanos y a los placeres de la carne. ¿Para qué quiero el dinero?

—Solo lo aceptaré si lo consideras un préstamo.

—Como desees, Da.

Una semana después, Kasu Marimuthu se acercó a inspeccionar el lugar de la excavación. Parvathi no acompañó a su marido, sino que esperó a que Maya hubiera terminado de preparar la comida y fue con ella. Las mujeres se mantuvieron apartadas y comprobaron mudas de asombro cuánto habían avanzado en tan poco tiempo. El promontorio había adoptado forma de herradura, en cuyo interior se alzaba una serie de construcciones. La sala hexagonal que había levantado tanta expectación ahora parecía pequeña e insignificante comparada con la construcción principal que tenía al lado, una altísima torre circular. En la pendiente exterior, unos escalones angostos la circundaban hasta lo alto, pero Kupu había dicho que todavía no era seguro subir. Los hombres también habían dejado al descubierto varias piedras dispuestas en semicírculos y, agrupadas de dos en dos y de tres en tres, esferas de factura perfecta, de sesenta a noventa centímetros de alto.

—Todo lo que hay aquí ha sido calculado y proyectado con sumo cuidado. Cada dibujo, marca, superficie, altura y peso oculta un secreto asombroso. Ni siquiera ellas —prosiguió Maya, señalando las piedras erectas— están muertas o sumidas en un profundo sueño, sino que esperan el día en que alguien con la suficiente inteligencia vuelva a despertarlas. Aunque los misterios de la geomancia sagrada se revelan ante los no iniciados con gran renuencia y ya han pasado los tiempos en que los hombres puros e intachables podían elevar la mirada a los dioses en todo su esplendor, anoche soñé que tal vez esas piedras no esperan en vano.

Se quedó pensativa unos instantes.

—Ahora mismo las piedras hablan entre ellas. ¿Ves esa de allí, esa con forma de lengua puesta en pie? Es muy especial, una piedra de comunicación. Habla incluso con los humanos. En mis viajes por el continente americano, un chamán, que tenía trescientos años cuando lo conocí, me contó que, según dice la leyenda, si apoyas la frente en ellas te llevarán a su mundo y te enseñarán cosas que nunca has visto.

Maya levantó las manos y señaló varias hendiduras en las piedras.

—¿Ves esas marcas redondas talladas en la superficie? De ellas deberían de manar corrientes de energía positiva que alimentan lo que tocan, aunque no toda la energía terrenal es buena. —Hizo un gesto en dirección al suelo de la estancia abovedada en la que estaban—. Estos círculos son cuencos de plata invertidos y enterrados bajo tierra. Les hablan a las energías negativas y evitan que se alcen, diciéndoles: «Contra nosotros no cargues, ni del este ni del oeste».

—¿Cómo sabes todo eso? —preguntó Parvathi.

—Porque lo siento, pero hay un modo de asegurarse y es usando varitas de zahorí. Volveremos mañana y seguiremos los canales de energía que parten de aquella piedra principal de allí. A ver dónde nos llevan.

Maya y Parvathi regresaron al día siguiente, temprano, con unas varitas de zahorí que Maya había hecho con trocitos de metal y madera y empezaron a trazar un mapa a partir de las estelas de energía que emitían las piedras. Tal como había predicho Maya, muchos de aquellos canales se alejaban de las piedras. Acabaron chapoteando en el fango, con el lodo hasta los tobillos, y enzarzadas entre los helechos, que casi les llegaban a los hombros, siguiendo las varitas de zahorí. De súbito y sin razón aparente, la de Parvathi empezó a dar violentos bandazos de un lado a otro a pesar de que Maya, a escasos pasos por delante ella, continuó avanzando tranquilamente, siguiendo el rastro sin interferencias.

—Maya, a mi varita le pasa algo.

Maya se detuvo.

—¿Cómo es posible? —se extrañó la mujer. Retrocedió sobre sus pasos, cogió la varita de Parvathi y esta empezó a moverse en línea recta de inmediato. Maya se volvió hacia la joven—. ¿En qué estabas pensando?

—En realidad, me acordaba de mi madre.

El amplio rostro de Maya adoptó una expresión impenetrable antes de que la mujer diera media vuelta repentinamente.

—Ya es suficiente por hoy —dijo con sequedad—. Se acerca la hora de la comida y tengo que empezar a prepararla. Marcaremos el sitio y volveremos mañana.

—¿Qué has hecho hoy? —preguntó Kasu Marimuthu por preguntar, llevándose a la boca una cucharada de arroz con cordero.

—Bueno, Maya y yo utilizamos varitas de zahorí para seguir uno de los canales de energía que fluyen de las piedras erectas del templo.

Kasu Marimuthu sacudió la cabeza, incrédulo.

—No he oído idea más absurda. Teniendo en cuenta que en todo momento existe un amplio abanico de energías naturales y artificiales que, hasta cierto punto, actúan sobre la superficie terrestre, buscar energía con una varita de zahorí es una misión carente de fundamento científico. Cualquiera puede afirmar que dibuja un «patrón» basándose en resultados erróneos. Salvo que busquéis agua o minerales, estáis perdiendo el tiempo. ¿Qué hay de las clases de inglés? ¿Ya no te interesan?

—Sí, por supuesto. Solo hemos estado un par de horas con lo de las varillas, pero si lo prefieres dejaré de hacerlo.

Kasu Marimuthu lo consideró seriamente unos instantes, hasta que esbozó una sonrisa, una sonrisita perversa y burlona.

—No, no, adelante. Pondremos a prueba la teoría de Baudelaire según la cual solo el paganismo, obviamente bien entendido, puede salvar al mundo. Sí, de hecho, tengo curiosidad por ver este asco de mundo a través de los ojos de la chiflada de la cocinera.

Pese a todo, al final Parvathi no siguió adelante con el experimento porque esa noche, cuando fue a hacerle compañía a Maya, tuvieron su primera y última discusión.

—Maya, ¿por qué la varita de zahorí dejaba de funcionar cuando la llevaba yo? —preguntó.

Al principio Maya intentó eludir la cuestión.

—No te preocupes. A veces pasa.

Sin embargo, Parvathi le cogió la mano con fuerza entre las suyas e insistió.

—Pero ¿por qué cuando estaba pensando en mi madre? Además, ¿por qué pusiste aquella cara? Tengo que saberlo. Por favor, dímelo.

Aun así, Maya se resistió, pero Parvathi continuó asediándola a preguntas hasta que Maya apretó los labios violáceos y contestó.

—Las varitas de zahorí pierden el norte si la persona que las manipula piensa en alguien que ha fallecido. Cuanto más reciente haya sido la defunción, antes dejan de funcionar.

Parvathi soltó la mano de Maya como si quemara.

—¡Eso ha sido cruel! —gritó—. Mi marido tiene razón y esto es una tontería. ¿Cómo vamos a trazar energías cuando la superficie de la tierra está cubierta de ellas? Además, ¿tú qué vas a saber de un pueblo que desapareció hace miles de años? Mi madre no está muerta. ¿Me oyes? Vive.

Se alejó corriendo y no volvió a ver a Maya hasta la noche siguiente, y cuando tuvo que hacerlo se dirigió a ella con frialdad y distanciamiento.

«Yo jamás le habría dicho algo parecido —no dejaba de repetirse, furiosa—. ¿Cómo se atreve? Ni tendría que habérsele pasado por la cabeza, cuanto menos decirlo.»

Maya, por su parte, no fue en busca de su señora y permaneció en la cocina. Entrada ya la tarde, Parvathi la observó desde una ventana del piso superior, mientras la mujer estaba atareada en sus quehaceres bajo un árbol. En realidad la echaba muchísimo de menos, pero no estaba dispuesta a perdonarla hasta que retirara aquellas palabras tan desconsideradas. Si su madre hubiera muerto, ella lo habría sabido de alguna manera. Estaba segura.

Dos días después, Kasu Marimuthu llegó pronto de trabajar. Interrumpió la clase de inglés de Parvathi y envió al profesor a casa. A continuación, tomó asiento delante de ella y le dijo que su padre le había enviado un telegrama. Su madre había fallecido.

—¿Fallecido? —preguntó Parvathi con educación.

Kasu Marimuthu asintió con un gesto de cabeza.

—Hace casi una semana.

—Ah.

Se hizo un silencio.

—¿Decía algo más mi padre?

Kasu Marimuthu apartó la mirada.

—Pedía dinero.

Parvathi no sentía nada. Se llevó las palmas de las manos al pecho.

—¿Se lo darás? —preguntó en un susurro.

—Sí —contestó el hombre con voz suave—. Mi abogado ya ha redactado una carta. Tu padre recibirá un pago único, uno bastante cuantioso, y a cambio no volverá a intentar ponerse en contacto contigo nunca más.

—Ya.

—Si quieres, podemos ir al templo para que el sacerdote diga unas oraciones por tu madre.

Parvathi levantó la vista.

—¿Mencionaba alguna enfermedad?

Esta vez Kasu Marimuthu no se echó atrás y la miró a los ojos.

—Se ahorcó —dijo lenta y claramente.

Parvathi se puso en pie como impulsada por un resorte.

—Estoy bien, de verdad. Solo necesito un poco de tiempo. Si no te importa —susurró con voz ronca al tiempo que se apartaba de él.

—Por descontado.

Parvathi dio media vuelta y abandonó la habitación con

paso apresurado. Los pies la llevaron a la puerta de entrada. Qué extraño, no recordaba cómo había llegado hasta allí. Se detuvo en los escalones unos minutos. Tenía que estar sola. El mar. Iría junto al mar. Corrió hacia la playa. Llegó a la orilla antes de comprender que ya estaba allí. Perdía fragmentos de tiempo. Qué raro. Pensó en las rocas y se encontró al pie de ellas. Al llegar a lo alto, apenas conseguía respirar, boqueaba, y sentía una gran opresión en el pecho, que le ardía. Oteó el horizonte. El mar rugía y se estrellaba a sus pies.

Se cogió la cabeza con ambas manos e intentó recordar a su madre, pero, para gran sorpresa suya, descubrió que no podía. Solo conseguía ver el rostro de su padre, despectivo y disgustado. Se golpeó la frente con la palma de la mano. Varias veces. Estúpida. Estúpida.

De súbito, el cerebro cedió y dio paso a aquella mujer tan hermosa. No regresó junto a Parvathi azulada ni violácea, sino incólume y en todo su esplendor. Seguía allí toda entera. La recordó en el mercado, dándole la vuelta a un frasco de miel para comprobar si la habían diluido. Del modo en que lo giraba, la miel caía formando remolinos y anillos, goteando desde el centro. Sin embargo, cuando se la llevaron a casa, Parvathi solo consiguió que la miel resbalara por las paredes del frasco.

Debía de haber escogido la viga central de la casa. ¿Cómo había podido hacerlo? Parvathi recordó haberle oído decir a Kamala que era fácil suicidarse. La decisión se tomaba en un instante, pero luego, si no salía bien, te abrumaba la tristeza y la vergüenza de que, en ese momento, hubieras sido tan egoísta que ni siquiera hubieras pensado en tus hijos. Pero en ese momento era fácil.

Parvathi lanzó un alarido.

En la casa, Kasu Marimuthu se sirvió un buen trago de whisky. Volvería cuando estuviera preparada. Le había pedido tiempo y tiempo le concedería.

El sol desaparecía detrás de la mansión y la voz de Parvathi se ahogaba entre sollozos cuando Maya se sentó a su lado. Permanecieron así, contemplando cómo la luna se alzaba sobre el mar agitado.

—He acabado de trazar la corriente de energía que seguíamos —dijo Maya con dulzura—. Vadea el río y viaja hasta la casa. De hecho, la rodea y crea una especie de burbuja protectora de energía antes de entrar por la puerta trasera y salir por las ventanas. Luego, las corrientes toman el camino que opone menos resistencia y se dirigen hacia estas rocas antes de adentrarse en el mar, en dirección a esa isla.

Señaló un islote en la distancia.

Luego, continuaron sentadas en absoluto silencio.

Horas más tarde, Maya se decidió a hablar y le preguntó si quería comer algo. Parvathi negó con la cabeza lentamente. Varias horas después, Maya le preguntó si quería entrar. Una vez más, la joven se limitó a negar con un gesto. Por fin, Parvathi descansó la cabeza exhausta en el regazo de Maya, quien cubrió el cuerpo ovillado de la joven con un extremo del sari, para que durmiera. Sin embargo, cada vez que el sueño la vencía, se despertaba sobresaltada, gritando. «¿Cuánto tiempo lleva ahí colgada?», musitó una de las veces. «Por el amor de Dios, descolgad a esa mujer», dijo otra. Despuntaba el alba cuando el sueño profundo por fin vino a reclamarla.

Con un vaso de whisky en la mano y junto a los ventanales, un Kasu Marimuthu ebrio contemplaba con una mezcla de incredulidad y pavor la visión fantasmagórica de la enorme figura oscura de su cocinera subiendo por la cuesta y llevando a su mujer, dormida, en aquellos brazos portentosos, como si pesara lo mismo que una guirnalda de flores.

Kasu Marimuthu dejó que transcurriera una semana antes de reclamar la presencia de su esposa en la biblioteca. Cuando Parvathi entró en la estancia, estaba sentado tras el escritorio. El hombre cogió un manojo de llaves y se lo tendió. La joven las aceptó, pero al verla vacilar, como si no supiera exactamente qué se esperaba que hiciera con ellas, Kasu Marimuthu rodeó la mesa y se las colgó en el cinturón.

—Ahora que eres oficialmente la señora de Adari —anunció en tono irónico—, ha llegado el momento de que te presentes ante las damas del Club de la Sombrilla Negra. Sus actividades le resultaban demasiado provincianas a tu predecesora, pero estoy convencido de que considerarás su amistad sumamente digna de aceptación.

El Club de la Sombrilla Negra

Al final resultó que el Club de la Sombrilla Negra no era un club, sino simplemente una reunión semanal de las esposas de siete hombres que habían dejado Ceilán para ocupar puestos de poca monta en distintas secretarías del gobierno británico. Las mujeres se turnaban para celebrar el encuentro en sus casas, el cual tenía lugar a media tarde, una vez que ellas habían finalizado sus quehaceres domésticos y sus maridos seguían en el trabajo. Dado que todas vivían a un paso de las demás, llegaban o bien resguardadas bajo una sombrilla negra o con esta recogida bajo el brazo, dependiendo del tiempo. La lista de actividades de estas amas de casa era, tal como la primera mujer de Kasu Marimuthu había despreciado, provinciana como poco. Se reunían para hablar de los platos que habían cocinado para sus familias, chismorreaban sobre lo que hacía o dejaba de hacer el resto de la comunidad ceilandesa, charlaban sobre las celebraciones que se organizaban en el templo y alardeaban de sus creaciones: cualquier cosa que cosieran, tejieran o hicieran a ganchillo.

Parvathi se vistió para la primera reunión hecha un manojo de nervios. ¿Les habría llegado el rumor de cómo se había convertido en la esposa de Kasu Marimuthu? ¿Saldría malparada de la comparación con su sofisticada predecesora? Angustiada, fue a la cocina donde Maya, bendita sea, le dijo que estaba guapísima, lo que la ayudó un poco.

Todos los vecinos salieron de sus casas para admirar el Rolls y formarse una opinión de Parvathi. La joven caminó cohibida hacia la casa de madera que se alzaba sobre unos pequeños pilotes de cemento. La anfitriona, una matrona poco agraciada, la esperaba en lo alto de la escalera de piedra. A Parvathi se le cayó el alma a los pies al ver que la mujer llevaba un sari de algodón bien almidonado a juego con una blusa blanca sin adornos y el pelo aceitado y recogido en un moño en la nuca. Supuso que no encontraría ni un solo cinturón enjoyado o un adorno de oro para el cabello entre las restantes que esperaban en el interior de la casa.

—Adelante, adelante —le dio la bienvenida la sonriente anfitriona.

Parvathi dejó las zapatillas junto a las demás y ascendió los escalones. El salón de la casa fue quedándose en silencio a medida que el resto de mujeres, vestidas de algodón, volvían una mirada evaluadora hacia la nueva esposa de Kasu Marimuthu. No habían impresionado a la primera esposa, quien no había mostrado ningún reparo en criticar desdeñosa y abiertamente sus vidas alejadas de la realidad después de preguntarles con sus modales altivos y occidentalizados si sus maridos les hacían la compra en el mercado. Sin duda, debió de considerarlas unas pobres desgraciadas que se veían obligadas a ocupar viviendas del gobierno y a contar hasta el último centavo. Las mujeres habían reparado en sus pendientes de diamantes y se habían consolado preguntándose de qué tenía ella que preocuparse cuando su marido le hacía préstamos a la familia real. En cambio, ellas tenían que hacer desaparecer el dinero que cayera en sus manos para poder pagar la formación de sus hijos. Se habían criado creyendo en las bondades de la educación, de la que eran grandes defensoras. Como pueblo, reservaban su mayor estima para las personas cultas y reprobaban cualquier tipo de actividad comercial bajo la vulgar acusación de «atender el negocio» o «hacer caja». Salvo, por descontado, que la persona en cuestión rozara las vertiginosas alturas de Kasu Marimuthu, a quien llamaban Kuberan, el hombre al que el dios Vishnu había acudido para que le financiara su espléndido desposorio. Las mujeres se presentaron. La comunidad ceilandesa era famosa por sus motes. Nadie se salvaba de ellos.

Manga Mami (señora mango), por el majestuoso mango que crecía en su patio.

Kundi Mami (señora posaderas), por el voluminoso trasero de notables dimensiones.

Negeri Sembilan Mami (señora Negeri Sembilan), porque era la única que procedía del estado de Negeri Sembilan.

Padi Mami (señora escalones), porque la suya era la única casa de por allí que tenía dos plantas.

Dra. Duraisami Penjathi (señora del doctor Duraisami), a quien se le concedía el debido respeto de ser la mujer del médico y, aunque fuera una *mami*, no se referían a ella como tal.

Melahae Mami (señora chile), una mujer de carácter temible y con tan mal genio que ni siquiera su marido se atrevía a abrir la boca en su propia casa.

Velei Mami (señora blanca), porque poseía la codiciada tez dorada de un mango verde.

Una vez que le dieron a conocer los motes, Parvathi se ganó el suyo: Rolls Royce Mami (señora Rolls Royce).

Parvathi sonrió y tomó el asiento que le habían dejado libre. Las mujeres se inclinaron hacia delante, muertas de curiosidad por la hija del hombre que había sido lo bastante astuto para engañar a alguien tan importante y acaudalado como Kasu Marimuthu. Kundi Mami inició el interrogatorio con el serio asunto de los orígenes de Parvathi. ¿Cómo se llamaba su padre? ¿Quién era su abuelo? Se lo dijo. No, sacudieron las cabezas aceitadas lentamente, al unísono. Nadie lo conocía. ¿De dónde era? De Vathiri. Ah, eso estaba al lado del pueblo de Manga Mami. Todo el mundo se volvió hacia ella, pero esta negó con la cabeza, con pesar. No, definitivamente no había oído hablar de la familia de Parvathi, pero conocía a un tal Tangavellupilai. ¿Conocía Parvathi a su familia? Esta vez le tocó a Parvathi sacudir la cabeza con pesar. No solía salir mucho de casa. Las mujeres asintieron en señal de aprobación. Las jovencitas no debían ir correteando por ahí como los chicos.

¿Y qué les decía de los parientes que tenía en Malaca? ¿Sokalingham? ¿Qué Sokalingham? ¿El que trabajaba en obras públicas? No, el de Obras Públicas Sokalingham, no. Ah. Sokalingham de Kuala Lipis. De todas formas, tampoco habrían oído hablar de ellos porque ninguna de las *mamis* conocía a gente de allí. Incluso Negeri Sembilan Mami sacudió la cabeza muy seria. No importaba, ¿y su familia? ¿Cuántos eran? Cinco hermanos. ¿También iban a venir a Malaca? ¿No? Pues deberían. Aquello era el paraíso terrenal. Si no estaban haciendo nada mejor que cultivar la tierra, debería enviar a alguien que fuera a buscarlos. Seguro que Kasu Marimuthu podría colocarlos dentro de su imperio. Magnate, lo llamó Padi Mami.

—Supongo que mi padre y mi marido decidirán si han de venir o no —dijo Parvathi.

Las *mamis* asintieron, dándole toda la razón.

Los hijos de Kundi Mami volvieron de la escuela tamil y la mujer los envió directamente a la cocina. Sin moverse de la silla ni girarse en su dirección, Kundi Mami supo cuándo habían acabado de masticar el último bocado y les ordenó, de manera que no admitía réplica, que fueran a sus habitaciones e hicieran los deberes. La ávida curiosidad de las *mamis* quedó satisfecha al cabo de un rato y regresaron a sus labores. Sus voces se tiñeron de un sereno orgullo. Era aquello lo que las hacía felices. Era aquello a lo que se dedicaban por puro placer. Le enseñaron lo que estaban haciendo. Kundi Mami tejía florecillas que luego uniría para formar un caniche o una muñeca, todavía no lo había decidido. La Dra. Duraisami Penjathi bordaba un juego de fundas de almohada, y tanto Velei Mami como Padi Mami se habían comprometido a tejer tapices de pavos reales. Ya casi estaban acabados y a Parvathi le impresionó el trabajo que llevaban. Melahae Mami extendió la colcha de retazos inacabada y Negeri Sembilan Mami le mostró el intrincado dibujo de cuentas que estaba cosiendo al sari nupcial de su hija.

—¿Qué te gustaría hacer?

La miraron expectantes. Parvathi titubeó. No había muñeca, caniche, funda de almohada o tapiz que pudiera hacer que fuera digno de Adari y, por descontado, ninguno de sus saris valía lo suficiente para molestarse en embellecerlo. Sin embargo, había estado en el taller del sastre y había visto muchos rollos y restos de telas. Haría una manta. Una espléndida manta individual para su padre, para los meses del monzón, para esos momentos en que sus achaques no lo dejaban dormir.

A la hora de servir el té y los pastelitos, empezó a oírse un golpeteo sordo y monótono.

—¿Qué es eso? —preguntó Parvathi.

—Es la vieja Vellupilai, que está moliendo especias y chiles. ¿Quién le da a tu mortero?

—No lo sé —confesó Parvathi.

Las mujeres intercambiaron una mirada entre ellas. A pesar de no haber ido a la escuela, ser incapaces de hablar la lengua del lugar y no ganar dinero, eran un poder a tener en cuenta dentro de sus hogares. No saber absolutamente todo lo que ocurría bajo sus techos les resultaba inconcebible.

—Bueno, pero ¿cuántos sirvientes tienes? —preguntó Negeri Sembilan Mami.

—No lo sé —admitió Parvathi.

Ahora sí que las mujeres estaban completa y genuinamente escandalizadas. Ellas no tenían sirvientes. Solo Padi Mami, a causa de sus problemas de espalda, contaba con una mujer india que le venía a limpiar tres veces a la semana. Le pagaba diez dólares al mes, pero no hacía más que echar pestes de ella. Era una borracha, una respondona, iba sucia, olía mal y comía demasiado.

—Qué más da —la justificó Melahae Mami—. Todavía eres joven y guapa. No tienes que cocinar berenjena picante al curry para que él venga volando a casa.

Las demás *mamis* estallaron en carcajadas.

Cuando se marchaba, le pidieron si podría llevarles esquejes de las macetas de rosas japonesas que tenía en casa. Parvathi se comprometió encantada.

—Es una gran noticia que tu marido se casara contigo —dijo Padi Mami, sonriéndole—. Su primera mujer no era buena. Mira cuánta deshonra le trajo, aunque, ¿qué puede esperarse de una india? Solo valen para servir.

—Antes me fiaría de una cobra que de un indio —comentó Melahae Mami.

—Es un error casarse con alguien que no pertenece a los tuyos —convino Negeri Sembilan Mami en voz baja.

Parvathi permaneció callada, pero cuando llegó a casa se dirigió inmediatamente a la cocina.

—¿Cómo ha ido? —preguntó Maya con una sonrisa.

Parvathi le tocó el brazo y tiró de él. Maya se sentó en el suelo y Parvathi se tendió a su lado, con la cabeza apoyada en el regazo de la mujer.

—Maya, ¿crees que los indios son muy distintos de los ceilandeses? —preguntó, levantando la vista hacia el rostro que se cernía sobre ella.

—Ya —musitó Maya despacio—. La gente con prejuicios ignora que les perjudican mucho más a ellos que a aquellos por quienes los sienten.

—No quiero volver. Me saca de quicio el modo en que hablan de los indios. ¿Cómo voy a verlas otra vez si hablan así de tu gente? Es como si te traicionara.

—No sufras por mí. Sus antepasados más cercanos proceden de la tierra de Jafna, pero remóntate un poco más atrás y se convertirán ante tus ojos en esos indios horribles que tanto odian. Así que, ya ves, mi pueblo es su pueblo.

—Aunque vuelva a visitarlas, les dejaré las cosas claras.

—¿Para qué vas a decir nada? Si discutes con ellas, no solo perderás su amistad sino algo más importante, tu valiosa energía. Además, se han reencarnado en individuos de cierto pueblo para vivir las lecciones y las oportunidades que dicho pueblo ofrece. Si quieren casarse con gente de su misma etnia y tener niños iguales que ellos, ¿quién eres tú para decirles lo contrario? ¿Acaso debo acusarlas de racistas porque no quieren renunciar a su pueblo por el mío? Déjalas en paz. ¿Para qué vas a destruir sus pretensiones de superioridad? Lo único que consiguen al recurrir a los prejuicios es revelar su falta de confianza en su propia valía. No les desees nada malo. No te corresponde a ti juzgarlas. No hagas lo mismo que ellas. No busques diferencias. Busca similitudes.

Parvathi permaneció pensativa y en silencio largo rato. No cocinaba para su marido, no tenía hijos y no creía que la aguja fuera a entusiasmarla demasiado. Todas las *mamis* eran mayores que ella. Se vestían de manera diferente. Y estaba segura de que nunca en la vida, cuando yacían en medio de la oscuridad, habían deseado que un hombre estuviera dispuesto a morir por ellas.

—No hay similitudes —contestó al final.

—Las hay —afirmó Maya—, pero todavía no las has encontrado. No te des por vencida tan pronto.

—Maya, ¿quién muele las especias y los chiles? —preguntó Parvathi al cabo de un rato.

La cocinera la miró sorprendida.

—La vieja Vellupilai —contestó.

Parvathi se echó a reír.

—Ay, Maya —dijo, y volvió a estallar en carcajadas.

Después de todo, tenía algo en común con el resto de miembros del Club de la Sombrilla Negra, Maya estaba en lo cierto. Ahora que había encontrado la primera similitud, de pronto surgieron muchas otras: el acento, los antepasados y que todas eran mujeres. ¿Acaso no albergaban grandes esperanzas respecto al futuro y no deseaban la felicidad para ellas y sus familias?

—Aunque, una cosa —dijo Parvathi, frunciendo el ceño—. Todas llevan sus casas y hoy me he sentido como una niña tonta por lo poco que sé acerca de cómo llevar la mía. Ni siquiera sé cuánto personal trabaja en la casa.

—Eso tiene fácil remedio. Tenemos veintidós sirvientes. —Deslizó una mano en el interior de la blusa, sacó un monedero del pecho y se lo dio a Parvathi—. Si quieres puedes empezar a conocer al servicio acompañando esta tarde a Amin cuando vaya a comprar pescado a la playa.

Parvathi abrió el monedero y miró los extraños billetes.

—Dólares de los Estrechos —dijo, y se rió tontamente.

Iba a salir de compras por primera vez. Maya sonrió.

Ya había gente esperando en la playa. Mujeres con ropas deslustradas y trapos viejos atados a la cabeza charlaban en semicírculos, agachadas en cuclillas. Sobre la arena, a su lado, uno o dos bebés dormían envueltos en un sarong. Los ancianos guardaban las cajas de latón con hojas de betel y tabaco negro junto a ellos mientras jugaban a las damas. Los niños chapoteaban en la orilla. La noción del tiempo no existía más allá de las idas y venidas de las mareas. Las barcas en forma de luna creciente se acercaron.

Al tiempo que los pescadores saltaban al agua, sus familias se aproximaron a los botes para escudriñar, emocionadas, la captura del día; los ancianos, con los hombros cubiertos con ropas desgastadas, asintieron con satisfacción. A continuación, tres generaciones jalaron y empujaron las barcas hasta la arena, ayudándose de rodillos y pértigas de bambú, mientras las mujeres esperaban un poco más allá, con los brazos en jarras. Los músculos tensos y crispados de las pantorrillas de los pescadores relucían como si fueran de madera bruñida bajo el sol del atardecer. Cuando las olas se retiraban, las barcas, las piernas de los hombres y sus coloridos sarongs creaban un bello reflejo de espejo en el agua y la arena húmeda.

Amin y Parvathi se aproximaron a una de las embarcaciones varadas, llena de peces relucientes. Algunos no se movían. Otros, más audaces y expeditivos, se las habían ingeniado para abrirse paso hasta el fondo de la barca, donde se había acumulado algo de agua, y allí forcejeaban y batían la cola en vano. Sin embargo, incluso estos debieron de sentir la arena bajo ellos, y uno a uno, con pequeños coletazos, también acabaron por rendirse. Parvathi retrocedió unos pasos. Amin la miró inquisitivamente y ella le hizo un gesto para que continuara. El hombre zambulló la mano en la embarcación y empezó a escoger el pescado que le interesaba. Señaló una pila de caballa.

—¿Cuánto? —preguntó en malayo.

—Cuatro céntimos —contestó el pescador.

Amin se subió el reloj de pulsera con la gruesa correa de plata que su señor le había regalado por su último cumpleaños y lo miró escandalizado.

—Menos, menos —dijo.

—Tres céntimos —propuso el pescador.

Amin adoptó una expresión de incredulidad convincente.

—¡Tres céntimos! ¿Por esos pocos?

Parvathi tuvo la impresión de que Amin intentaba lucirse porque ella estaba allí y que cuatro céntimos era un precio muy justo. El pescador volvió el rostro curtido, más escarpado que las olas encrespadas, hacia la nueva señora de la gran mansión frente al mar. Sus miradas se encontraron y las sostuvieron unos segundos. La de él había soportado mayores penalidades, estaba llena de soledad, paciencia y espera. Era como si hubiera pasado tantos días y tantas noches solo en el mar que hubiera acabado siendo el mar. Ahora, más que cualquier otro hombre, sentía la sal en el sudor y el flujo y el reflujo de la sangre en las muñecas. Conocía secretos. En sus ojos profundos e insondables yacía la certeza de que seguía vivo porque el mar así lo quería, pero llegaría el día en que lo reclamaría a su lado. Y entonces, su mujer y sus hijos esperarían en la orilla durante horas, oteando el horizonte sin descanso, en vano.

Imaginó que aquella mujer disponía de cantidades de dinero inimaginables y, sin embargo, aquello no hacía más que colocarlo en desventaja. Era pobre y los pobres siempre debían mostrar deferencia ante los ricos. Era un privilegio venderles a los poderosos y tenerlos de clientes, aunque te robaran en el trato. De todos modos, tampoco era comerciante, al menos uno bueno. Creía en el *rezeki*, en la voluntad de Dios para concederle lo que éste dispusiera. Había que trabajar duro y agradecer las dádivas divinas, fueran grandes o pequeñas. Si Dios solo estaba dispuesto a desembolsar dos céntimos y medio, que así fuera. Suspiró, sabiéndose derrotado de antemano.

—Está bien, dos céntimos y medio —dijo.

Parvathi miró aquellos dedos de los pies, quemados y medio enterrados en la arena húmeda, la camisa de manga larga hecha jirones y el trapo que se anudaba al cuello para protegerse los brazos y la nuca del sol implacable del mediodía y de la gélida brisa nocturna. Miró el gorro triangular, que no había conseguido evitar que el rostro se le volviera de bronce, y la terrible pobreza que reconoció en la mano abierta. Sin pensarlo, la joven se adelantó y dejó un billete de cinco dólares en aquella mano. El pescador sacudió la cabeza, no llevaba cambio. Parvathi también sacudió la suya y, en ese momento, el hombre cayó en la cuenta: le habían concedido dinero.

El sencillo pescador abrió la boca para protestar. Era demasiado. No podía aceptarlo. Quiso devolvérselo, pero ella sonrió y, haciéndole una seña al boquiabierto Amin, echó a andar por la playa. Amin farfullaba con voz quejumbrosa, pero Parvathi no lo escuchaba. Sentía el corazón henchido de felicidad. Había hecho algo bueno de espaldas a la casa.

En cuanto regresaron, Amin corrió a decirle a Maya que no

deberían dejar que la señora volviera a acompañarle a comprar porque todavía no había aprendido el valor de la moneda de los Estrechos. Sin embargo, Maya le contestó que ella no tenía autoridad para impedir que la nueva señora de Adari hiciera lo que le apeteciera. Aunque, añadió, si él estaba en posición de hacerlo, sin duda alguna debía prohibírselo. Amin desapareció por la puerta trasera, encogiéndose de hombros con indiferencia.

La nueva señora de Adari

Dos días después, los hombres entraron corriendo para decirle que habían encontrado la piel de una serpiente de gran tamaño junto a los escalones de la torre. Creían que podría tratarse de una cobra, le recomendaron que no se acercara al lugar de excavación hasta que la hubieran cazado y dado muerte. En el tono más imperioso que fue capaz de adoptar, Parvathi les prohibió matar a ninguna serpiente en las tierras de su marido. Al contrario, debían dejarle huevos y un cuenco de leche.

—¿Y si nos muerde? —preguntaron al unísono.

Parvathi contestó que ella misma alimentaría a la cobra. Cada día, lloviera o tronara.

—¿Y si aparece en busca de comida cuando usted esté allí? Se encontrará en un callejón sin salida.

—A las serpientes no les gusta subir escaleras —dijo Maya, sonriendo.

Por fin consideraron que la torre era lo bastante segura para que la visitaran las mujeres. Con todo, no había pasamanos y los peldaños eran tan empinados que daba vértigo mirar abajo. Había ascendido un tercio de la escalera, cuando Parvathi se puso de rodillas para poder seguir subiendo, poco a poco, casi a rastras. Agacharon la cabeza para cruzar la entrada, de escasa altura. Una lámpara de aceite proyectaba un resplandor débil en la pequeña cámara, en la que únicamente había un arca de granito en forma de féretro. No tenía tapa y en el interior se veían restos de granos blancos.

La tensión se respiraba en aquella silenciosa habitación y Parvathi se frotó las manos para disipar la extraña sensación de estar siendo observada. Si alguna vez había vivido allí un dios, seguro que no era de los benévolos.

—¿Dónde están los dioses? —preguntó en un susurro.

—Esto no es el templo —contestó Maya, y subieron por la escalera hasta lo alto, donde había una plataforma—. El templo es esto.

—¿Esto? —Maya asintió con la cabeza—. ¿Qué hacían aquí?

—Aquí recibían a los dioses que erraban en los vientos.

—Entonces, ¿para qué servía esa sala intermedia?

—Ahí es donde se preparaban para recibir a los dioses. Era la sala de los ritos secretos, donde ayunaban durante semanas y, a veces, incluso torturaban sus cuerpos con la esperanza de debilitar sus egos hasta tal punto que quedaran hechos añicos. De ese modo la luz de su alma se abriría paso, dispuesta a apresar cualquier energía o vibración enviada desde los cielos.

—Así que hoy has estado en la excavación. ¿Cómo ha ido? —le preguntó Kasu Marimuthu esa noche, durante la cena.

—¿Por qué lo llamas excavación? Es un templo.

—No hay nada que lo sugiera. Estando tan cerca del mar como está, podría tratarse de una torre de observación, un sistema de alarma primitivo para prevenir los ataques por mar.

—¿Una torre de observación? Y ¿qué me dices de la sala intermedia?

—Seguramente sería una especie de almacén. Tal vez incluso el alojamiento del pobre tipo que se ocupaba de la torre.

—No sé cómo puedes decir eso. Solo de pensar en esa sala se me ponen los pelos de punta.

—¿Por qué? Solo es una estancia vacía.

—No siempre ha estado vacía. Maya dice que nada desaparece para siempre, que incluso las paredes conservan los pensamientos y las acciones de lo que ocurre en su interior. Todo queda grabado, capa sobre capa. Y que esas paredes se estremecen de horror.

Kasu Marimuthu miró a su mujer, mudo de asombro.

—¿Qué crees tú que ocurría en ese lugar?

—No lo sé. Maya dice que allí se torturaba a gente. —Se quedó un momento en silencio—. De manera habitual.

Kasu Marimuthu le dirigió una mirada extraña.

—Espero que no vayas diciendo esas cosas por ahí a nadie más o pensarán que me he casado con una chiflada. —Parvathi se apresuró a negar con la cabeza y él cambió de tema—. En cualquier caso, tenían que ser unos canteros excepcionales, sorprendentemente precisos. No había visto nada igual.

—Maya dice que no son piedras. Que se construyó con encofrados.

—Hay veces que me sorprendes —resopló Kasu Marimuthu, exasperado—. Crees todo lo que dice esa mujer a pies juntillas. El cemento, mi querida esposa, no se descubrió hasta hace relativamente poco. De modo que no fueron «encofradas», sino cortadas por canteros muy cualificados. Además, el cemento no resiste siglos, y mucho menos milenios.

Parvathi no replicó, pero recordó a Ponambalam Mama diciéndole que los vehículos voladores ya existían hacía miles de años, y eso solo podía significar que el hombre había olvidado que una vez supo volar. El hombre también podía haber olvidado cómo hacer que las piedras duraran una eternidad.

Acabaron la cena en silencio.

Al día siguiente, cuando Parvathi fue al templo, el cuenco estaba vacío y se habían comido todos los huevos. No había quedado nada, ni siquiera las cáscaras rotas. Desde lo alto de la plataforma se divisaban las copas de los árboles y fue entonces cuando reparó en la familia de siamangs. Los padres, un adolescente y un bebé aferrado a su madre.

Habían dejado de hacer lo que solieran hacer y descansaban sobre las ramas, tumbados de espaldas o boca abajo, observándola. Incluso el bebé había asomado la cabecita peluda por entre el pelaje de su madre para echar un rápido vistazo a Parvathi con aquellos ojos grandes y brillantes antes de volver a hundirla en su pecho. La joven los saludó con la mano, pero no reaccionaron. De súbito, el macho hinchó el buche del cuello hasta que este casi alcanzó el tamaño de su cabeza y emitió un chillido muy agudo que acabó convirtiéndose en una demostración estentórea de sus potentes cuerdas vocales, finalizado en un dúo melodioso. El adolescente, que no paraba quieto y se balanceaba como un trapecista de rama en rama ayudándose de sus largos y ágiles brazos, se unía a la función de manera intermitente. Parvathi, convencida de que le dedicaban la serenata, se sintió halagada.

En cuanto el profesor de inglés se fue al día siguiente, Parvathi se adentró en la selva con una mano de plátanos maduros para los siamangs. Se había detenido para contemplar el vuelo grácil de un lémur trasladándose de una rama a otra cuando, de repente, captó un movimiento veloz por el rabillo del ojo. Volvió la cabeza como el rayo y vio un imponente mono macho que se dirigía hacia ella a grandes saltos. Los plátanos. Tendría que haberlos tirado al suelo y haber salido corriendo, pero la visión de aquellas fauces abiertas y los largos colmillos, de unos cinco centímetros, si no más, la había dejado clavada al suelo. Ya lo tenía encima. ¡No daba crédito! El peligro corría, volaba en su dirección y ella no podía hacer otra cosa que observar, como si todo sucediera al final de un largo túnel. Sabía que estaba ocurriendo a una velocidad increíble y aun así tenía la impresión de vivirlo a cámara lenta. Aquella lentitud hacía que lo viera y lo oyera todo con una nitidez asombrosa: el modo en que el pelo del animal se despegaba del cuerpo y se erizaba en el aire cuando las patas abandonaban el suelo, cómo volvía a posarse cuando el animal todavía no había tocado la tierra y cómo volvía a levantarse con el siguiente salto. El golpeteo sordo de su avance y el chillido, salvaje, amenazador. Atrás. Vete. Dame.

Entonces sucedió algo inesperado: una bola de hojas de guayabo, una colonia de hormigas tejedoras, atravesó el aire silbando en dirección al simio y lo alcanzó en plena cara. Las hormigas dieron rienda suelta a su furia de inmediato para vengar la destrucción de su hogar. La bestia chilló aterrorizada y encolerizada y echó a correr, dando alaridos, en la misma dirección por la que había venido. Parvathi volvió el rostro helado hacia el guayabo y Kupu la saludó con un leve y respetuoso gesto de cabeza.

—Ama, no es seguro andar por aquí con comida en las manos —dijo antes de llegar hasta ella.

Parvathi asintió. En ese momento le fallaron las piernas y se desmoronó en el suelo, donde quedó sentada. Kupu se agachó a su lado. La joven levantó la vista, pasando de la ropa mojada del hombre al rostro.

—Estás empapado —observó con voz temblorosa.

Kupu volvió la cabeza con brusquedad hacia el guayabo, junto al que había dejado su saco de arpillera.

—Estaba recogiendo algas por la isla para Maya.

—Ah —musitó Parvathi.

Ahora lo entendía. Había salido del mar y, con sus rápidos reflejos, había arrancado un hormiguero del guayabo y se lo había lanzado a la bestia que cargaba contra ella. No le sorprendía, lo había visto cazar un lagarto volador con sus propias manos. Parvathi se miró las suyas, que todavía aferraban la mano de plátanos. Si el mono la hubiera alcanzado... Aflojó los dedos y los frutos cayeron en su regazo.

—¿Adónde iba con los plátanos?

—Quería dar de comer a los siamangs.

—No pasan hambre —dijo él despacio—. Hay comida suficiente en la jungla.

—Quería hacerme su amiga.

Un pensamiento, inteligente y complejo, destelló en los ojos de Kupu. El hombre era mucho más de lo que se veía a simple vista, mucho más. La torpeza era fingida, una fachada.

—Hay un modo mejor —aseguró el hombre. Apretó los dientes, presionó la lengua contra la parte superior e interna de una de las mejillas y lanzó un gruñido que acabó con un gemido—. Inténtelo. —Parvathi lo hizo—. Más grave. —Volvió a intentarlo—. Mejor, pero alárguelo un poco más hacia el final. —La joven probó de nuevo poniendo toda su voluntad—. Perfecto.

—¿Funcionaría con otros animales?

El atisbo de una sonrisa se dibujó en los labios de Kupu, que le aportó un aire inocente.

—En absoluto, pero sí con los siamangs.

—¿Dónde construyen sus nidos?

—No construyen nidos. Durante el día recorren el territorio en busca de comida y por la noche buscan refugio en las horquetas de las ramas, donde se sientan a dormir con la cabeza entre las rodillas.

—Gracias por salvarme —dijo Parvathi.

—¿La llevo a casa?

—No, voy a la selva.

—¿Quiere que la acompañe?

—No. —Maya había dicho que adentrarse en la espesura era tan peligroso como cruzar una calle. Siempre que pensara como la jungla y se convirtiera en ella, esta la aceptaría en su seno y cuidaría de ella del mismo modo que cuidaba de los animales que vivían en su interior—. Ya estoy bien. Puedes seguir con lo que estuvieras haciendo.

Se quedó mirando cómo recogía las algas que había tirado al suelo. Kupu se dirigió al cobertizo del generador chorreando agua marina, como el ser semianfibio en que la joven lo había convertido imaginariamente.

Parvathi se demoró un rato más en el mismo lugar. Al final, inspiró hondo, se levantó del suelo y echó a andar hacia la selva. Al llegar a la entrada, volvió la vista hacia el generador y vio a Kupu, que ya se había cambiado, apoyado contra el cobertizo, observándola. Lo saludó y él le devolvió el saludo. Parvathi rezó una oración muda y se adentró en la espesura. No lo vio deslizarse entre el follaje detrás de ella, ni se dio cuenta de que no la perdió de vista ni una sola vez.

Desde lo alto de la torre, Parvathi vio a la familia de siamangs descansando perezosamente en las ramas que quedaban a la sombra. Les puso nombre: al padre lo llamó Humpty; a la madre, Mary; el joven intrépido solo podía llamarse Jack, y la pequeña, obviamente, Jill. Ese día tuvo su primer encuentro con Jack. Parvathi intentó imitar la llamada, una mezcla entre un chasquido y un gañido y, al cabo de unos minutos, el simio adolescente apareció balanceándose en una rama y se dejó caer sobre la plataforma. En posición erecta, la estudió con cautela. En las ramas, los padres se sacudieron el letargo de encima y concentraron su atención en lo que ocurría en el tejado de la torre y la interacción entre su cría y la humana.

Parvathi se quedó muy quieta cuando lo vio avanzar hacia ella con aquellas manos enormes levantadas por encima de la cabeza para mantener el equilibrio. A un metro escaso de la joven, el simio se detuvo y se puso a cuatro patas. El padre mascaba meditabundo las hojas de un tallo, pero la madre lanzó un gañido gutural, una advertencia ansiosa. El adolescente temerario hizo caso omiso, frunció los labios y se sentó, clavando en ella aquellos ojos castaño rojizos, inocentes, vulnerables e inteligentes. De pronto, interrumpió el contacto visual, levantó la vista, atrapó algo pequeño, un insecto, y se lo comió.

Con la esperanza de poder recuperar la atención del joven siamang, Parvathi volvió a emitir la llamada, y se quedó helada.

Había captado la atención del simio, pero algo más había atraído la de ella. Se levantó y se acercó a un lado de la plataforma, donde las enredaderas que colgaban de un árbol formaban un espeso muro. Nerviosa, apartó la cortina de vegetación y descubrió a Kupu, cuyo sucio cabello castaño se camuflaba a la perfección entre la corteza y las hojas.

—¿Qué estás haciendo aquí? —preguntó la joven.

—No ha hecho bien la llamada —contestó él con timidez.

—¿Me has seguido hasta aquí?

—Sí.

—Creía que habías dicho que estaba a salvo en la selva.

Kupu torció una sonrisa.

—No estaba tan seguro de que la selva estuviera a salvo de usted.

Parvathi tuvo que morderse el labio para no echarse a reír, pero no le gustaba nada que la espiaran.

—No es necesario que me vigilen como si fuera una cría —replicó, muy seria—. Sin embargo, ya que estás aquí, sal de ahí y ven a hacerme compañía.

Kupu aterrizó sobre la plataforma de un salto. Su piel olía a mar. Parvathi apartó la mirada.

—Cuéntame lo de la pelea con el tigre.

Kupu se llevó la mano a la cicatriz.

—No fue una pelea. Yo trabajaba en un circo de chico para todo y, entre otras tareas, le daba de comer a los animales. Un día, mientras los alimentaba, momento en que los tigres son más peligrosos e impredecibles, se abrió de golpe una de las jaulas que no habían cerrado bien. Estaba allí de pie, con un cubo lleno de carne cruda, cuando de repente me encontré con las garras del tigre en la mejilla y las fauces alrededor del cuello, como si fuera un cepo. No sentí dolor. En esos escasos segundos lo único que noté fueron sus ojos amarillos y brillantes clavados en mí, su aliento caliente y el profundo y grave rugido que parecía provenir de sus entrañas. Era como si me hubiera lanzado un conjuro, estaba paralizado. El domador apareció de inmediato haciendo restallar el látigo y el tigre se alejó de un salto.

—¿Lo sacrificaron?

Kupu se volvió y la miró con aire burlón.

—En la India, incluso los animales pequeños son más valiosos que los trabajadores. Me pidieron que me fuera. Dijeron que era un descuidado.

—¿Qué pasó después?

—Bueno, luego apareció el dolor insoportable y tuve fiebre varios días. No dejaba de soñar con ese tigre una y otra vez. Soñaba que me asfixiaba hasta matarme, pero yo no tenía miedo. A veces, incluso hablaba con él. Le decía: «Date prisa, Akbar, este dolor es insufrible».

El rumor de unos hombres aproximándose ascendió hasta la plataforma. Como si acabara de despertarse sobresaltado, Kupu se levantó de un brinco y se deslizó detrás de la cortina de vegetación. El movimiento repentino hizo que Jack retrocediera con una voltereta, diera un salto en el aire y, después de engancharse con una mano a una rama que debía de estar a más de seis metros de altura, se lanzó a una demostración frenética de acrobacias bufonescas. Parvathi oyó algo cerca del árbol que tenía al lado y supo que Kupu se había ido. Se aproximó al borde del tejado y echó un vistazo abajo. Los hombres habían traído una jaula enorme con un agujero redondo en lo alto de modo que solo pudiera entrar la serpiente para comerse los huevos.

Con el paso del tiempo, Parvathi acabó encontrando guirnaldas de flores, alcanfor e incienso. Nadie había visto nunca a la gran serpiente, pero tal vez alguien había pedido un deseo que se había cumplido porque los hombres habían empezado a llamarlo el árbol que hacía los deseos realidad. Más adelante, consideraron que no bastaba con alimentar a su dios y le construyeron un refugio. Una sencilla estructura de madera con una base de cemento y un pequeño altar, qué otra cosa iba a hacer aquella pobre gente. A Parvathi le conmovía su fe, y el refugio le resultaba un pequeño remanso de paz y tranquilidad moteado por el sol. Pensaba que todos los jardines deberían poseer un santuario como aquel, un lugar apacible dedicado a la oración.

Sin embargo, su marido sacudió su espléndida y culta cabeza. En fin, ¿qué sabía él de la fe verdadera e incuestionable? Nada. Creía que cualquiera con medio dedo de frente se habría dado cuenta de que los siamangs estaban sacándole partido a esas manazas que tenían, dándose un banquete con los huevos. Si no, tendrían que quedar restos de cáscaras rotas.

Las mujeres del lugar, benditas ellas, tampoco demostraron mayor sensatez que los hombres. Se acercaron a limpiar el cobertizo y llevaron campanillas, trapos, lámparas de aceite, carracas, guirnaldas de hojas de mango y, finalmente, éxtasis, y ese día el lugar se convirtió en un santuario. Las sencillas campesinas son gente especial. Sus historias no son baladíes. En poco tiempo, la intensidad de sus oraciones lo convirtió en un lugar de peregrinaje. Si ella fuera un dios, también se sentaría a esperar en ese pequeño oasis de recogimiento.

Fue allí donde Parvathi se encontró con el jardinero y le pidió que le preparara un pequeño huerto. El hombre le asignó una parcelita que hacía esquina y que estaba en barbecho y ella empezó a cultivar judías, tomates y chiles. Mientras trabajaba la tierra con la azada, se imaginaba cosechando las judías, verdes y tiernas. Le dolía la espalda, pero al atardecer, cuando su marido llegó del trabajo, ella seguía en el huerto. El hombre bajó del vehículo y fue en su dirección. Parvathi se enderezó y lo esperó, con una mano en los riñones.

—Ven a ver lo que he hecho yo solita —lo llamó con regocijo, cuando estuvo lo bastante cerca para poder oírla.

—Ahora estás incluso más morena —observó él, muy serio.

De pronto, Parvathi reparó en el pelo enmarañado, en el sudor que le pegaba la ropa a la espalda y en los manchurrones de barro seco de la cara. El hombre tomó la muñeca laxa de la joven y miró las uñas negras y los callos terrosos de haber estado arrancando raíces. La miró a los ojos.

—Eres la señora de Adari. ¿Por qué quieres parecer una sirvienta?

Le soltó la mano y Parvathi aprovechó para rascarse la picadura de un mosquito. Se sostuvieron la mirada en la creciente oscuridad, como dos extraños. A lo lejos, Kupu los observaba de pie junto al cobertizo del generador, con una pierna cruzada sobre la otra. Parvathi agachó la cabeza, avergonzada. No volvería a trabajar la tierra. Sabía que Kasu Marimuthu esperaba que dijera algo, pero permaneció en silencio. Le habría gustado decirle que no deseaba ir perfumada, maquillada y cargada de joyas pesadas a todas horas, pero sabía que no debía. Tendría que esperar. Todavía era el capitalista sobrio quien se dirigía a ella y, en esos momentos, Parvathi casi nunca encontraba la palabra justa o adecuada. Dentro de poco caería la noche y entonces desaparecería el hombre de negocios realista y el alcohol le devolvería al poeta que iba en busca de los vendedores ambulantes de la ciudad y regresaba con paquetes de comida escogida con suma atención para que no llevaran carne. Y se sentarían a escuchar conciertos en la radio.

Cuando había luna llena, cenaban en el jardín. En esas ocasiones, Parvathi llenaba de agua, con cuidado, el bello jarrón Ming del siglo XVII, donde él colocaba un ramo de orquídeas recién cortadas. No se molestaba en arreglarlas, prefería mezclar al azar las flores de distintos tamaños y colores. Años después, cuando Parvathi recordaba a su marido, le venían a la mente las orquídeas bañadas por la luz de la luna, deslumbrantes en el jarrón azul y blanco, y su voz estropajosa recitando poesía. Grandes obras de la literatura india y, a veces, Blake. Poemas que vertía desde una sima desconocida para sorprenderla. Qué raro que aquel hombre eminentemente pragmático se convirtiera de noche en un amante de la belleza tan profundo y elocuente.

El brebaje imbebible —pues Parvathi había probado el whisky— debía de ser una puerta secreta a otro mundo, un mundo de belleza incomparable al de ese otro en el que vivía durante el día. La abría todas las noches y ambos atravesaban la oscuridad hacia un depósito de esplendor. Una vez allí, él utilizaba y descartaba de manera despreocupada las exquisiteces que encontraba y ella corría detrás para recoger los objetos inestimables a medida que los tiraba. Parvathi sabía que ese mundo se desvanecería con la llegada del alba y que desfilaría de nuevo la procesión de culpas, miradas gélidas y la negación deliberada de la existencia de su persona. Que solo mientras se demoraban allí lo apremiaba la necesidad de tratarla mejor.

Luego volvían dentro, a la oscura biblioteca y, entre los incontables libros, intentaba instruirla en poesía, arte, literatura, música... Encendía el gramófono.

—Esto es Wagner —decía, apoltronado con descuido en una silla y con un vaso en la mano, sujetado relajadamente entre las rodillas, mientras una música solemne y sustancial llenaba el espacio que los separaba.

—¿Ves cómo se niega a concluir esos acordes? —Y aunque ella cerraba los ojos y escuchaba con atención, jamás conseguía oírlo, a pesar de que para él era tan diáfano como la luz del día—. ¿Lo oyes?

Ella abría los ojos y se volvía hacia su mirada expectante, que no le quitaba de encima. No quería desilusionarlo, de verdad que no. Pero...

—No —confesaba, triste.

No tenía oído para la música. Ni siquiera era capaz de distinguir las flautas de los violines.

Había que decir en su favor que él jamás mostraba decepción ni desagrado. Asentía pensativamente y se levantaba para escoger otro disco.

—Esto es Verdi. Escucha el cambio de color.

¡Color! Ella dejaba que los suaves y fastuosos sonidos la envolvieran.

—Atenta al cambio.

Parvathi inclinaba la cabeza, concentrada.

—Ahora —decía él—, ¡ahí!

¿Ahí?

—Eso, esa nota más grave. Ahí está otra vez.

¿Dónde?

—Y ahí otra vez.

Sin embargo, poco a poco, noche tras noche, con el sonoro tic-tac del reloj de pie de fondo, Parvathi creyó empezar a oír notas tan intensas que debían rematarlas otras más graves. Dejaron atrás a Offenbach y siguieron con Mozart. Unas notas limpias, asépticas, consumadas brotaron del artilugio. Parvathi levantó la vista hacia su marido.

—¿Oyes ahora los acordes?

¿Acordes? Ese día se dijo que no podía soportarlo más. Tenía que detener aquella humillación.

—Sí —contestó.

Él la miró fijamente y esbozó una lenta y extenuada sonrisa.

—No hay. Mozart era demasiado bueno para recurrir a esos excesos. Buenas noches, Sita.

Se levantó, pero no para poner otro disco. Para irse. Y no volver. De ese modo comprendió que hasta ese momento no lo había decepcionado, que hasta ese momento había apreciado su sinceridad. Los dioses y los hombres no deberían conocerse. Ambos se sentirán igual de desilusionados.

Si ella no sentía pasión por lo sublime, que así fuera; la castigaría con lo prosaico: le enseñaría a ser una perfecta anfitriona. Parvathi llevaba tiempo temiendo la llegada de las fiestas en el jardín y de las cenas glamurosas en que Kamala y las chicas sacaban el servicio de plata para lo más granado del estado.

A cambio de una cantidad obscena de dinero, Kasu Marimuthu contrató a Madame Regine para que puliera a su mujer hasta que reluciera. Parvathi la esperó en la sala de música. Era fácil adivinar a primera vista que aquella mujer tenía un «pasado». De edad indeterminada y vestida de negro de pies a cabeza, entró en la sala y repasó con mirada cansina la costosa decoración de la estancia. No obstante, cuando sus ojos se posaron en la jovencita nerviosa a quien debía instruir, se demoró unos instantes en ella y la estudió sin delatar ninguna emoción. A continuación, se acercó a Parvathi con un brillo divertido en la mirada.

—Siempre resulta una grata sorpresa cuando un marido subestima los encantos de su esposa y no al contrario. Me facilita mucho la vida —dijo con fuerte acento y voz grave de fumadora.

Tras aquel insólito momento puntual de aprobación, Madame Regine demostró ser un cliente muy difícil de complacer. No le gustaba la comida picante, echaba pestes del clima sofocante, solo hacía que quejarse de los depravados lugareños, quienes, según aseguraba, no dejaban de mirarla embobados, y lo peor de todo: el servicio no cualificado de Adari. Tratando de impresionar a la temible mujer, Kasu Marimuthu abrió una botella de Château Lafite Rothschild de 1904 a la hora de la cena. Brindó por su estancia en Malaca y todos paladearon lo mejor de la bodega de Kasu Marimuthu.

—Mmm —saboreó Kasu Marimuthu.

—Vinagre —observó Madame Regine con aspereza—. Debe de ser este calor insoportable. —A continuación, se volvió hacia un sirviente que revoloteaba a su alrededor—. Agua de seltz —le pidió imperativa, sin el menor encanto o refinamiento.

Sin embargo, durante el día transportaba a Parvathi a un mundo distinto, a un mundo de gusto exquisito. Uno mucho más alejado y peligroso que la jungla, lleno de bombas trampa y fosas ocultas para los incautos, para aquellos que no pertenecían a aquella esfera, a una sociedad exclusiva y exigente. Además de los platos soperos, los lavafrutas y las complejas normas sobre el modo en que debían usarse los cubiertos, existían rarezas impredecibles como que el pan no se partía con el cuchillo sino con las manos, un pedacito cada vez, y que estos había que llevárselos a la boca con los dedos. A continuación vinieron las desalentadoras sutilezas de la buena mesa: la copa ancha para el vino tinto, la copa alargada para el champán, la grande y abombada para el coñac, el vaso alto para el gin tonic, el vaso bajo y recto para el whisky, las copitas para el jerez. Sorbetes ácidos, entre plato y plato; los dulces, para los postres. Mascotas, el saludo social, las servilletas… Por lo visto, nada era lo bastante trivial para dejarlo al azar.

Madame Regine recuperaba la compostura dándose delicados toquecitos en la frente con un pañuelo empapado en vinagre helado. Parvathi aprendió que con solo volver los codos mínimamente hacia el cuerpo podía realzar su figura. Mientras la joven mantenía varios libros en equilibrio sobre la cabeza, discutían lo que Parvathi consideraba cientos de detalles irrelevantes sobre la apariencia o el comportamiento de una mujer, pero que adquirían proporciones colosales si se realizaban de manera incorrecta. Al parecer, el objetivo de toda mujer cultivada era convertir de inmediato en adorno cualquier palabra, acción u objeto. Para Madame Regine, el refinamiento era la afectación hastiada propia de otros tiempos.

Es decir, hasta el día que miró de manera taimada a su pupila y dijo:

—Tal vez sería hora de que aprendieras… ¿Cómo lo decís vosotros…? A flirtear un poco.

Jamás hubiera esperado oír aquello de una mujer que nunca se había quedado sentada al sol lo suficiente para saber qué era la voluptuosidad. Ignoraba que la voluptuosidad se transmite poco a poco de una generación a otra a través de la madre. Que nace en los cuerpos de color canela por la fricción de la arena entre los dedos de los pies, el rumor de tambores lejanos en el viento, cristales de sal sobre la piel desnuda.

—Pestañea lentamente. Enseña las muñecas —le dijo la solterona a la joven isleña—. Y cuando estés con tu amado, olvida de inmediato todo lo que te he enseñado. —De pronto, de la noche a la mañana, comer con los dedos ya no era antihigiénico y repugnante, sino deseable—. Llévate la comida a la boca con la punta de los dedos. Mantenla entre los labios, así. Espera un momento. Míralo a los ojos como si tus labios no solo acariciaran la comida, sino también tus dedos.

Parvathi pensó que sería mejor no informar a Madame Regine de la imposibilidad de poner tales consejos en práctica, puesto que su marido apenas la miraba a la cara; prefería dirigirse a un espacio a quince centímetros a la izquierda de su rostro.

Sin embargo, Madame Regine la sorprendió al guiñarle un ojo y añadir alegremente:

—Hazlo cuando decidas tener un amante.

El loto rojo

Parvathi recordaba que, una tarde, las *mamis* estaban admirando el bordado de unas fundas de almohada cuando Padi Mami mencionó a la bailarina gitana de la India que hacía poco había llegado del templo de Pandharpur, en el estado de Maharashtra. Por lo visto, poseía tal belleza que incluso un viaje al pozo podía ser motivo de que un joven cayera rendido a sus pies, irremediablemente enamorado, pero ella había renunciado a todo y había consagrado su vida a bailar para Krishna.

—Esas bailarinas de los templos son todas unos lotos rojos —afirmó Kundi Mami.

Pese a todo, de camino a casa, Parvathi decidió que deseaba ver la actuación de la bailarina. Tal vez fuera la única oportunidad que tendría de ver a una mujer hermosa.

—Maya, ¿a qué se refieren cuando dicen que alguien es un loto rojo? —preguntó, mientras tejían guirnaldas de rosas, sentada una junto a la otra.

Maya no levantó la vista.

—Que es una fresca —respondió lacónicamente.

—¡Ah! —exclamó Parvathi.

—¿Qué tal le va a tu familia de siamangs? —preguntó Maya, quien le tenía aversión a todo lo que oliera a chismorreo.

—Algo le pasa a Jill. Creo que se ha hecho un corte en una pata y se le ha infectado. Está tan débil que apenas tiene fuerzas para aferrarse al pelo de su madre. Esta le examina la pata cada dos por tres, siempre con cuidado de no tocarle la herida, pero debe de estar empeorando porque ayer le puso saliva y se la estuvo esparciendo con un dedo. Espero que no se muera. Ojalá pudiera hacer alguna cosa.

—Te daré un remedio. Llévatelo y llama a la madre suavemente. Si está desesperada, se acercará.

—Hay una bailarina gitana famosa que ha venido de la India —comentó Parvathi durante la cena—. Padi Mami y su marido han ido a verla y dicen que es muy buena. ¿Podríamos ir nosotros también?

—¿Por qué no? —dijo su marido—. Entérate de cuándo es la próxima función.

Habían talado plataneros cargados de frutos y los habían atado a ambos lados de la entrada del edificio para la ocasión. El presidente del comité del templo salió a la calle a darles la bienvenida y los engalanó con una guirnalda mientras el sacerdote esperaba inquieto en el umbral. A Parvathi le vinieron a la mente las palabras de Melahae Mami: «¿Qué habrá sido de aquellos tiempos en que, en Ceilán, los sacerdotes se acercaban a la gente normal y corriente y les decían: "Adelante, adelante. Siéntense y coman"? Hoy en día solo se preocupan de los ricos. Solo son amables con ellos».

Unas lámparas especiales iluminaban el interior del templo, al fondo del cual se alzaba una estatua azul de Krishna profusamente engalanada, que sostenía una flauta en los labios. Había acudido bastante público que, segregado por sexos, ya había tomado asiento en el suelo. Parvathi tenía un sitio reservado al frente de la sección de mujeres. Al mirar a su alrededor, la joven comprobó que esa noche era la única integrante del Club de la Sombrilla Negra presente.

En ese momento salió a escena la mujer tentadora, con los ojos y los labios pintados, y se hizo el silencio. Sin saludar al público, la joven se dirigió directamente a la estatua y se arrojó a sus pies. Instantes después, se incorporó apoyando las manos en el suelo, arqueó la espalda de manera teatral y se levantó con un movimiento fluido y ondulante. Golpeó el suelo con los pies y empezó a bailar; su mirada viajaba de un lado a otro, sus labios sonreían y cantaban el nombre de su señor sin cesar, como si estuviera en un éxtasis de fe.

¡Loto rojo! No había nada más devoto o entregado a Dios que el baile de aquella mujer. Los tobillos no solo tintineaban, sino que reían, gritaban, hablaban. Dibujó con las manos los grandes pies de Krishna. Era Radha, preparándose angustiada para la llegada de su señor. Sus ropas lanzaban rumores y susurros. A pesar de no saber si Krishna vendría, la joven se aplicó *kajal* en los ojos, se frotó un ungüento de sándalo en los pechos y se adornó el pelo con flores. De pronto, dejó a un lado sus cuidados y los pies teñidos de henna empezaron a correr en círculos: angustia. Preocupación por lo que pudiera estar reteniendo a su amado. A pesar de las deslumbrantes luces del templo, Parvathi aceptó aquella angustia. Y cuando la bailarina volvió el rostro hacia el rumor del río Yamuna y empezó a imitar los movimientos de las lágrimas, Parvathi sintió que los ojos le escocían.

La bailarina abrió los ojos desmesuradamente, sonaron los címbalos, enarcó las cejas: sorpresa. Su fe había sido premiada; gracias a un conjuro, ahora veía a su amado en todas partes: en las paredes, en la llama de la lámpara, en el cielo, en los árboles de fuera, en la silla, en la cama. En todas partes. Él la visitó en forma de lluvia. Ella alzó las manos para recibirlo, con el rostro iluminado por la dicha absoluta y empezó a bailar en éxtasis. La danza la llevó a la locura y se sintió tocada por Dios. Luz, júbilo, gracia divina, todo al mismo tiempo. Al final, se detuvo en seco delante de la estatua, jadeando, completamente exhausta. No buscó los aplausos del público, sino que desapareció corriendo detrás de un muro.

—Solo las gitanas bailan así —comentó alguien detrás de Parvathi.

A lo que contestó su acompañante con desdén:

—Solo las gitanas se atreverían a bailar así. Esto no debería estar permitido en un templo. Aquí mora el Señor.

Pese a todo, Parvathi se había quedado muda de asombro y admiración. Nunca había visto bailar a nadie y mucho menos con esa armonía y ese ardor. Aquella mujer amaba con total abandono. Esa era la clase de amor con que Parvathi había soñado toda su vida. Ojalá ella amara así. La gente, emocionada, empezó a levantarse para irse, pero Parvathi, lastrada por sus sueños insatisfechos, permaneció sentada.

—¿Nos vamos? —preguntó finalmente su marido, acercándose a ella.

Se puso en pie y lo siguió. No cruzaron palabra durante el trayecto de vuelta en coche.

—Adelántate —dijo Parvathi cuando llegaron al porche—. No estoy cansada. Iré enseguida.

Kasu Marimuthu debió de mirarla con curiosidad, pero la joven ya había abierto la puerta y había salido al aire fresco de la noche. Las cuerdas del columpio le arrugaron el sari. Se dio impulso y, manteniendo las piernas estiradas delante de ella, dejó colgar la cabeza hacia atrás. La luna y las estrellas brillaban con fuerza entre las hojas del árbol.

Esa misma mañana, Mary había pisado la plataforma. Al principio se había quedado en el lugar que había caído, desde donde había observado cautelosa a Parvathi, pero la joven le había hablado con suavidad y la madre simia se había acercado, con prudencia. A continuación, la siamang se había sentado, había despegado a la cría enferma de su cuerpo velludo y le había tendido la suave bola de pelo oscuro. No pesaba más que una patata. Con ternura, y bajo la atenta mirada de la madre, Parvathi le había limpiado la herida con el líquido que le había dado Maya. La criatura había emitido un lánguido gimoteo, pero enseguida se había tumbado sin oponer resistencia. Estaba tan débil que apenas quedaba vida en ella. Parvathi la había vendado y se la había devuelto a la madre, quien de nuevo se había colocado la bola de pelo negro junto al cuerpo con sumo cuidado y se había alejado del tejado de un salto.

Las estrellas y el viento se abalanzaban sobre Parvathi. Si consiguiera mantenerse de espaldas a la casa el tiempo suficiente, hallaría la eternidad en un instante. La bóveda celeste conformaba su único mundo. Perdió la noción del tiempo y se sobresaltó al oír un chasquido a sus pies. Volvió la cabeza a un lado. Le dolía el cuello. No se había percatado de lo entumecido que lo tenía.

—Entra ya. Es tarde —dijo su marido.

Parvathi tocó el suelo con los pies y dejó que arrastraran.

—Maya te preparará mañana cangrejos de arena —contestó ella.

—Me gustan.

El columpio se detuvo.

—¿Sabes cómo se llama la bailarina?

—No, pero si quieres puedo preguntárselo mañana al sacerdote —se ofreció él amablemente, como si la compadeciera.

—No, no importa. Era por curiosidad.

—Entonces nos vemos arriba —dijo él, y dio media vuelta.

Sentada en la cama, abrió su libro preferido: *La bella y la bestia*. También Bella tuvo que sacrificarse por su padre. En la ilustración, el rostro ovalado en forma de corazón de Bella era muy similar al suyo, aunque la protagonista del cuento tenía el cabello castaño y unos enormes ojos de color verde esmeralda, mientras que se representaba a la Bestia con pezuñas y un rostro felino, aunque no del todo desagradable. No había dibujos del maravilloso palacio donde vivía la Bestia, pero Parvathi lo comparó a Adari. Se imaginó a la Bestia diciendo: «Llevo toda la vida esperándote. He construido este palacio cubierto de joyas para ti. Complacerte es mi único deseo». Si cerraba los ojos, oía susurrar a los pasillos lo que a él le estaba prohibido: «Sé mía. Libérame». Y se oyó decir: «Te quiero. Soy tuya».

Llegó el momento de la partida de Madame Regine. Guardó la compostura en todo momento de manera impecable, pero era imposible disimular la alegría que le producía alejarse del calor, de un servicio no cualificado y de la ausencia de conversación culta.

Parvathi seguía siendo incapaz de recordar si uno debía hablar con el vecino de la derecha durante la sopa, el pescado y el plato principal, y con el de la izquierda durante el asado, los postres dulces y los salados, o al revés. Sin embargo, Madame informó a Kasu Marimuthu de que su mujer estaba lista para cautivar y dejarse cautivar por lo más granado de la sociedad. Él, a su vez, informó a su mujer de que tenía planeado dar una fiesta en el jardín, una tradición muy inglesa.

Esa noche, Parvathi se sentó en la cama y, a solas, buscó en el diccionario la nueva palabra del día: *anglófilo* [*anglo-filo*]: «n. y adj. (persona) simpatizante con Inglaterra y todo lo inglés».

El anglófilo

Parvathi esperaba su primera fiesta con nerviosa expectación. No creía estar preparada; en realidad, estaba segura de que acabaría metiendo la pata. En cualquier caso, había ideado una estrategia: no comería, ni bebería, ni haría nada hasta que no se lo hubiera visto hacer primero a alguien. Después, solo tenía que imitar lo que hubiera hecho esa otra persona, de principio a fin.

La estrategia topó con el primer escollo cuando Kasu Marimuthu se detuvo bruscamente junto a su puerta.

—¿No pensarás ponerte eso? —le espetó. Parvathi no disponía de género de calidad con que adornar su escaparate—. Enséñame la ropa que tienes —le ordenó, entrando sin miramientos en el dormitorio.

Parvathi abrió el armario y se hizo a un lado mientras él inspeccionaba los saris baratos que su padre le había comprado para el ajuar. Incrédulo, se volvió y miró a la mujer con la que se había casado.

—¿Esto es todo?

Parvathi asintió con la cabeza y recordó a Madame Regine diciendo: «No te ayudaré con la ropa porque no sé nada de vuestros atuendos».

—Eres una caja de sorpresas —musitó Kasu Marimuthu, volviéndose para enfrentarse al contenido anodino del armario de su esposa: saris marrones, verde botella, grises y amarillos parduscos. También le chocó la poca atención que le había prestado a su mujer, tan poca que ni siquiera se había fijado en aquella indumentaria barata y fea—. Bueno, ahora ya es demasiado tarde para hacer nada al respecto... —empezó a decir antes de interrumpirse—. O tal vez no.

Descolgó la blusa del sari nupcial y, haciéndole un gesto por encima del hombro para que lo siguiera, salió del dormitorio a grandes zancadas. Parvathi echó a correr para no quedarse atrás. Cruzaron el patio y se dirigieron a una habitación que la joven todavía no había visitado. La había encontrado cerrada durante sus primeras exploraciones por la casa y los acontecimientos que se habían desarrollado en la selva habían ocupado su atención desde entonces. Kasu Marimuthu se detuvo frente a la puerta y señaló impaciente el manojo de llaves que Parvathi llevaba colgado del cinturón, quien se apresuró a depositarlo en la mano estirada de su marido. Kasu Marimuthu abrió la puerta del dormitorio de su primera mujer.

Parvathi recorrió con la mirada la habitación pintada de color verde claro. Había un diván sobre una alfombra de seda verde esmeralda y, encima, colgaba un cuadro de factura exquisita que representaba a un colibrí blanco levantando el vuelo de un naranjo. Qué extraño, aquella mujer de reputado refinamiento que solía comprar en Bond Street tenía una colección de muñecas que llenaban por completo una de las paredes de la habitación. Parvathi se dijo que ella no podría dormir observada por los ojos inexpresivos de cientos de muñecas victorianas a las que no les faltaba ni un detalle, algunas bastante grandes, sentadas en hileras sobre los estantes. En otra de las paredes colgaba su sello característico: la máscara de lobo de satén. Kasu Marimuthu abrió sin complejos las puertas de un armario con espejos.

—Tenía una figura imponente, así que sus blusas no te valdrán —dijo, ajeno al dolor que pudieran infligir sus palabras o sin importarle si lo hacían—, pero echaremos un vistazo a ver si encontramos un sari que case con esta blusa. —Sacó uno verde, adornado con bordados y ostensiblemente caro—. Este —dictaminó, y se lo colocó bajo la barbilla.

—Pero si no combinan —repuso Parvathi.

Kasu Marimuthu sonrió con aire burlón.

—Querida mía, para tener estilo primero hay que conocer las reglas y luego hay que estar dispuesto a romperlas.

Parvathi lo miró a los ojos, perpleja. ¿Pretendía que rompiera reglas? ¿Cómo? Le habían enseñado a acatarlas, la habían educado para escuchar y hacer siempre lo que se le dijera. De algo estaba segura: los maridos de las otras *mamis* no les decían que rompieran las reglas.

Sin embargo, Kasu Marimuthu no había acabado. En la biblioteca, abrió una caja fuerte de pared, oculta tras un cuadro, y rebuscó rápidamente entre sus tesoros.

—¡Ajá! —exclamó cuando encontró el estuche de terciopelo—. Ábrelo —ordenó mientras se lo tendía.

En el interior había un collar de rubíes hecho por encargo, con un cinturón a juego. Mientras le abrochaba el collar de talla estrellada, le dijo que le diera instrucciones al sastre para que modificara los saris de su predecesora y que así pudiera ponérselos.

—Bueno, ¿a qué esperas? —preguntó con impaciencia en cuanto cerró el broche.

Parvathi corrió a su habitación y se miró en el espejo, sin palabras. Su marido tenía razón. Por lo visto, el verde y el naranja armonizaban cuando Kasu Marimuthu así lo decidía. Tanto que incluso se le acercó una mujer inglesa para hacerle un comentario al respecto.

—Jamás lo hubiera dicho, señora Marrymuthu, una bonita combinación, menta y naranja —la elogió.

—Gracias —contestó Parvathi, mirándose el sari.

De modo que aquello no era un verde cualquiera, sino un menta.

Después de la primera, las fiestas empezaron a mezclarse unas con otras: invitados reunidos alrededor de un escenario donde tocaba una orquesta en directo y, transportado por la brisa, el olor a cerdo cazado en las regiones del caucho con lanza, perros y trampas, pasando del rojo al marrón insertado en un asador. Eran las favoritas de los empresarios chinos.

Aquellos hombres mal vestidos, que respondían a cualquier pregunta sobre sus negocios con un mohín adusto e invariablemente aseguraban que iban *bo ho*, fatal, o si hablaban inglés, se limitaban a un «tirando», eran un enigma para Parvathi. Sin embargo, su marido decía que eran inmensamente poderosos y que se encontraban entre las personas más acaudaladas de Malaca. También decía que jamás debía sacarse a colación el tema de la muerte delante de ellos, incluso la sola mención de la palabra los ponía nerviosos.

—Es cultural —le aseguró—. Nacer chino es vivir aterrado por la muerte de manera intrínseca.

No querían saber nada de ella.

Sin embargo, lo que verdaderamente intrigaba a Parvathi eran las mujeres que los acompañaban. Siempre se trataba de la tercera o la cuarta esposa, o a veces de una concubina que reclamaba el estatus de quinta esposa. Con aquellos cuerpecitos de chicos adolescentes, el único atisbo del género al que pertenecían estaba en sus rostros (a menudo bellísimos), en el brillante cabello negro de destellos azulados y en las piernas tersas y bien torneadas. Aun así, Parvathi se topó con un muro impenetrable e invisible alzado alrededor de aquellas mujeres.

A ella le gustaban los malayos. Un pueblo encantador que siempre aparecía con un pequeño presente cuya traducción literal era «regalo de la mano». Los hombres siempre se comportaban con extremada educación y sus mujeres eran elegantes y voluptuosas. No solían frecuentar las fiestas de Kasu Marimuthu; no tenían un don innato para los negocios.

Luego estaban los blancos, británicos la mayoría, hombres y

mujeres de altura considerable que bajaban la vista para sonreír con amabilidad a la pequeña mujercita que se debatía con su lengua. Indefectiblemente, lo primero que hacían era buscar otro rostro imperialista y empezar a lamentarse de lo mucho que echaban de menos los pasteles de carne que les preparaba el carnicero de su tierra, un *fish and chips* de verdad, los asados de los domingos, leer un buen periódico, etc. Ahí estaban, en los bellos jardines de Kasu Marimuthu, disfrutando de su espléndida generosidad y haciendo valer su superioridad cultural. En una ocasión, Ponambalam Mama la acusó de ponerles nombres europeos a los siamangs porque creía que la raza blanca era superior a la suya.

—¿No lo es? —había contestado Parvathi.

—¿Acaso no entiende que ellos están convencidos de su superioridad solo porque lo está usted? —había replicado él, frustrado—. ¿Sabía que cuando el hombre blanco llegó por primera vez a la India solo se mezcló con la realeza y, por tanto, convencido de la superioridad de estos reyes, se convirtió en un nativo, adoptó su lengua, sus costumbres e incluso desposó a sus princesas? Nuestra valía, nuestros tesoros, están en nuestras manos.

Parvathi sacudió la cabeza en señal de desacuerdo.

—No me irá a negar que, en comparación, estamos tristemente atrasados. No pensamos ni inventamos del mismo modo. ¿Sabe que todo lo que hay en esta casa lo concibieron ellos?

Ponambalam Mama suspiró y dijo algo sobre los ciclos de la evolución humana, sobre la civilización egipcia que había construido cosas que ni siquiera hoy en día era capaz de emular el hombre blanco más avanzado.

Aunque Parvathi había guardado silencio, mantuvo la opinión de que los blancos eran, eso sí, diferentes. Ni siquiera sus hijos eran sumisos, como los asiáticos, sino criaturas desobedientes, descaradas y curiosas que no dejaban de preguntar siempre por qué.

Como si fuera consciente del creciente complejo de inferioridad de Parvathi, un día, mientras contemplaban a un cuervo que escarbaba la tierra en busca de gusanos, Maya le dijo:

—Cuando te sientes en silencio a escuchar su cháchara, no olvides que en otras vidas ya has sido blanca, y que cuando eras de ese color, tú también te comportabas como si eso te hiciera superior a tus otros congéneres. ¿Sabías que ese cuervo ve blanco lo que es negro y negro lo que es blanco? Así que, para él, los negros y tú sois blancos. La realidad es una ilusión de tu percepción. —El cuervo graznó y Maya añadió—: El día que ese graznido te parezca un canto, sabrás que has descubierto la inconsistencia de la realidad. Cambia la percepción y cambiarás la realidad.

Poco convencida, Parvathi no solo no intentó cambiar su percepción, sino que continuó escuchando las conversaciones de las mujeres blancas en secreto. Estas apenas reparaban en ella, en parte porque siempre permanecía muy callada y en parte porque su petulancia les impedía ni siquiera sospechar el tiempo que hacía que el vocabulario de la joven superaba al suyo. A través de ellas se enteró de que Kasu Marimuthu era un *nouveau riche*, que Adari era «como un Versalles llevado a Hollywood» y que ella era el «recambio chapuza». Sin embargo, no les guardaba ningún rencor. Al contrario, la fascinaban.

Se hubiera pasado horas oyéndolas hablar sobre sus hijos, sobre las compras que hacían en NAAFI, el calor insoportable, los sirvientes —que eran todos unos ladrones—, la inexistencia de un buen sistema educativo, los recuerdos de sus casas de campo, sus rosales en primavera y los cotilleos sobre gente que conocían. Estaba visto que reservaban los comentarios más maliciosos para India Jane Harrington, la esposa del director del colegio. Solían criticarla por hacerles quedar mal, mientras cerraban filas y sacudían la cabeza en señal de desaprobación.

—De verdad —decía la señora Adams—, esa mujer se basta y se sobra para hacer que una se avergüence de ser quien es.

Ha pasado de comportarse como una libertina a comportarse como una «morenita».

Parvathi empezó a observar a la señora Harrington con disimulo. Tenía un acento distinto, en el que abundaba la «a» más larga. Fumaba como un carretero y bebía como un cosaco, pero con aquellos ojos vivaces de color verde, aquellos labios rojo escarlata y un cuerpo esbelto de movimientos felinos, era la viva imagen de una artista de cine. Aquel glamour ni siquiera se veía deslustrado por una hija sosa y quejica llamada Kakoo, a quien un día Parvathi le había oído preguntar a su madre: «¿Es su mascota?», refiriéndose a una mosca que revoloteaba alrededor de la cabeza de un camarero. Ante lo cual, la madre había contestado, bastante irritada: «¿Siempre tienes que ser tan tonta?».

En cualquier caso, pronto se hizo evidente que no eran las mujeres quienes desdeñaban su amistad, sino ella quien mantenía las distancias, decantándose abiertamente por la compañía de sus maridos. Sin embargo, en su comportamiento no había nada que pudiera calificarse ni de libertino ni de propio de las «morenitas». Cierto, bailaba con muchos hombres, pero también lo hacían las demás, y exactamente del mismo modo. Ellos colocaban las manos en su espalda, pero nunca las alzaban más allá de donde la tela daba paso a la piel. A veces los dedos rozaban el borde de la costura, pero jamás de los jamases pasaban de allí. Todo el mundo se atenía estrictamente a los cánones sociales. Parvathi concluyó que las mujeres solo estaban celosas.

Un día, tiempo después, estaba junto a los altos ventanales de la sala de música, donde había ido para disfrutar de unos minutos a solas, cuando oyó las voces de la señora Harrington y el mayor Anthony Fitzgerald en el pasillo. Sin tiempo para pensar qué hacer, decidió esconderse furtivamente detrás de la cortina. La pareja irrumpió en la estancia. Él cerró la puerta, echó la llave y se volvió hacia ella. A continuación, fue como si se pusieran a bailar: la condujo de la mano, tiró de ella, ella corrió hacia él y sus bocas se unieron, jadeantes, en besos entrecortados. La empujó hacia un rincón. Ella le rodeó la nuca sonrojada con sus uñas rojo escarlata y, en cuestión de segundos, los pantalones grises del hombre formaban un montón a la altura de sus tobillos.

Parvathi sintió la misma curiosidad por sus maniobras que por los perros al otro lado del cercado de su padre. Escuchó el palmoteo húmedo, los jadeos, los gruñidos y vio agitarse y estremecerse las flácidas nalgas del mayor Anthony Fitzgerald, blancas como la nieve, como si estuvieran hechas de gelatina de leche de coco. La violación de la intimidad quedaba descartada porque pertenecían a otra especie, sin lugar a dudas, porque entre Kasu Marimuthu y ella era distinto, diametralmente distinto. No solo por aquella prolongación deliberada de un acto que podía consumarse en cuestión de minutos, sino también por el modo en que ambos se abandonaban y por el patente disfrute de aquella mujer.

En ese momento, India Jane Harrington hizo algo inesperado, se puso tensa y, con el rostro crispado, aunque Parvathi se sorprendió al descubrir que no era por el dolor sino por el placer, lanzó un chillido y las fuerzas la abandonaron de repente. ¡Placer! Su madre siempre lo había soportado en silencio, como una obligación.

—Date prisa, Anthony —dijo India Jane a continuación con voz cansina, volviendo el rostro hacia un lado.

Como si hubiera estado esperando aquella orden, él apartó la vista y jadeó de manera bastante cómica:

—Sí, sí, voy.

Sin mirarla, y como solían hacer los perros que copulaban al otro lado del recinto de su padre, el hombre dio una última y profunda sacudida y se arqueó hacia ella. Permanecieron unidos unos segundos, hasta que el mayor salió de ella y, volviéndose ligeramente, empezó a recomponerse la ropa.

Extrajo un pañuelo enorme con remate azul de un bolsillo y se lo llevó a la entrepierna. En un abrir y cerrar de ojos, se había subido los pantalones y estaba listo para irse. Sin embargo, en vez de salir de la habitación, titubeó, empezó a darle vueltas al pañuelo y a mirar a su alrededor sin saber qué hacer.

—Puedes irte —dijo India Jane, quien seguía apoyada contra la pared, recuperando su habitual tono de voz frío y altivo.

Y así lo hizo, el hombre se escabulló echando una última mirada furtiva atrás, como si abandonara la escena de un crimen. Los perros tenían más dignidad. Parvathi se quedó a solas con su presa.

La mujer separó las rodillas y se pasó la palma de la mano entre las piernas, de atrás hacia delante, en un movimiento fluido. A continuación, se enderezó y se acercó con toda tranquilidad a las caras cortinas de seda, en las que se limpió la mano. Al fondo de la habitación había un espejo, donde se miró sin atención. Era hermosa y se aburría. Ni diez mayores hartos de empanada de pollo la habrían satisfecho. No tendría que haberse casado con el director de la escuela. Era obvio que era demasiado buena para él, para el mundo donde se veía obligada a vivir. Lo había imaginado distinto, más glamuroso.

Se mojó un dedo con la lengua y se alisó un rizo rebelde junto a la mejilla. Extrajo un cigarrillo del bolsito de noche y se lo encendió. Le dio una larga calada. A continuación, se acercó al mueble-bar y se sirvió un trago. Fuera, la banda había empezado a tocar la música más insinuante del mundo, el *ronggeng*. En el jardín, los hombres blancos intentaban bailarlo, aunque sin el ritmo natural ni el estilo innato de los bailarines malayos profesionales.

India Jane se acercó a los ventanales y, a apenas medio metro de Parvathi, se quedó mirando a la gente que bailaba. El reflejo del cristal devolvía una boca torcida en un gesto de desdén. Finalmente, se apartó de la ventana, apagó el cigarrillo y recuperó la ropa interior, que había quedado junto al escritorio. No se la puso, sino que la metió en el bolso y abandonó la habitación.

Parvathi salió de su escondite y se acercó a las cortinas manchadas con los fluidos de la señora Harrington. El olor de la cópula pendía en el aire. Se había quedado impregnado en las cortinas. Una película fácil de arrancar, un sutil recuerdo del instante de placer de India Jane. Parvathi se detuvo donde ella se había detenido y miró lo que ella había estado mirando. Qué mujer más indecente, grosera y arrogante. No le extrañaba que las demás mujeres la despreciaran. Aun así, qué valiente había sido al tomar lo que quería sin importarle las consecuencias. India Jane ganó en perfección y valía ante Parvathi. Procurando no tocar nada ni dejar señal de su presencia, como si estuviera en la selva, Parvathi salió de la habitación, esquivando la ceniza que la señora India Harrington había dejado en las caras alfombras.

Una vez en el jardín, el padre Marston se acercó a ella.

—¿Qué religión profesa, si me permite la pregunta?

—Soy hindú —contestó Parvathi, volviéndose hacia el rostro cansado y consumido.

Había padecido demasiados brotes de fiebre, pero tenía un deber y en sus ojos ardía una llama viva.

—Ah, entonces debe de tener una deidad por la que sienta mayor predilección. Déjeme adivinar... Ganesh, el dios elefante, ¿verdad?

—De hecho, le rezo a la pequeña cobra plateada que le sirve.

El sacerdote retrocedió como si una cobra de verdad hubiera salido disparada de la boca de la joven con intención de morderle.

—¡Por Dios! —exclamó, sinceramente escandalizado—. Jamás había oído nada igual. ¿Cómo sabe que es Dios? ¿Quién se lo ha dicho? —Parvathi se encogió de hombros—. Señora Marimuthu, ¿sabe que Dios envió a su único hijo a la tierra para decirnos quién era porque la gente le rezaba a imágenes e ídolos vacíos? Su hijo se llamaba Jesús y murió en la cruz por nosotros, pero todavía hay quien insiste en rezarle a las serpientes.

En el cristianismo, la serpiente tentó a Eva y empujó a pecar al hombre. ¿Cómo puede rezarle a un símbolo del mal? —Parvathi no contestó—. Mañana me pasaré por aquí y le dejaré una Biblia. Por favor, léala y dígame qué piensa. Me gustaría conocer su opinión. Estoy convencido de que Dios no es una serpiente, no me cabe ni la más mínima duda.

Esa noche, Parvathi fue a la veranda para hacerle compañía a Maya.

—Maya, ¿has leído la Biblia?

—Sí, ¿por qué lo preguntas?

—Bueno, un sacerdote católico me ha preguntado cómo puedo rezarle a un símbolo del mal. Dijo que Dios no se encuentra en un pedazo de barro o en una piedra tallada, por bellos que sean. Y que insistir en ello después de que Dios enviara a su único hijo a la tierra para sacarnos de nuestro error es de paganos.

Maya lanzó un suspiro.

—¿Dirías que la zapatilla que conservas de tu madre es ella?

—No.

—Solo es una pequeña parte de ella, aunque para ti la representa de tal forma que con solo mirarla te devuelve a tu madre en su totalidad. Para el caso, podrías haberte llevado una blusa vieja, una joya, un peine despuntado o cualquier otra cosa que te recordara a ella.

—Sí.

—El hombre no está preparado para encontrarse ante la divinidad en toda su gloria, de modo que ve una luz, una zarza ardiente, un ángel, una aparición en una cruz y lo llama Dios. Sin embargo, con la típica arrogancia del hombre, a continuación empieza a creer que esa pequeña parte es el todo. La piedra tallada es un símbolo. Cualquier cosa a la que rindes culto puede ser Dios porque Dios existe en todo lo vivo y lo muerto que nos rodea. Está en todas partes y en todo. Si uno tuviera suficiente fe en una piedra, esa piedra un día abriría los ojos y le mostraría al dios que vive en ella. No importa a qué decida uno rendirle culto, ya sea a una piedra, a un hombre, a un árbol o a una serpiente. Cree y será.

»Dios se manifestará ante ti en la forma que consiga colmar tus ojos de ternura. ¿Qué le importa a Dios a qué recurra su adepto para recordarlo, ya sea a un hombre moribundo en una cruz o a una serpiente? Lo único que importa es que lo ame de todo corazón. Cierto, a un cristiano jamás se le aparecerá en forma de serpiente, pero a ti sí.

En el piso de abajo, Kasu Marimuthu, completamente ajeno a las tribulaciones espirituales de su joven esposa, se llevó el vaso a los labios y bebió. De manera constante, aumentando a lo largo de los años. Las botellas llegaban en cajones desde Inglaterra.

Tentación

A taviada con el sari más caro del mundo y un calzado de tacón alto adornado con topacios amarillos y ojos de gato, Parvathi se detuvo en lo alto de los escalones que descendían hasta el lugar donde se celebraba la fiesta. Sus ojos bellamente maquillados se pasearon por el jardín, donde camareros vestidos con uniformes almidonados y guantes blancos servían a los elegantes invitados. Con majestuosidad, descendió la escalera que conducía al césped en declive. ¿Quién sería ahora capaz de imaginar sus orígenes, aquella casucha de una sola habitación o las dos mudas que en su día constituyeron su único vestuario? Apenas quedaba nada de aquella niña que delatara aquella nueva persona. Allí todo era brillo y esplendor, un mundo que el pasado no se atrevía a pisar. Había quedado atrás como un espíritu desconcertado. No había ni una sola mujer entre las presentes que no envidiara sus riquezas y posición.

La orquesta tocaba algo rápido y pegadizo y había parejas bailando. En una mesa alargada engalanada con un mantel blanco había dispuestos varios recipientes y bandejas de cristal que contenían frutos secos, dátiles, montaditos, empanadillas de pollo al curry, trozos de pastel de frutas, pastelería local de colores llamativos, galletas chinas, chocolates importados y exquisiteces saladas. El centro de mesa rezumaba exotismo; el jardinero había cortado la parte central de algunas flores y la había encajado en los cálices de otras. El artificio estaba ejecutado de manera tan magistral que era imposible de distinguir. No demasiado lejos, un jabalí giraba lentamente sobre unas ascuas. La envolvió el olor a lumbre y carne tostada y se volvió hacia la brisa marina. El soplo de aire hinchó el sari de Parvathi y las joyas que lo adornaban centellearon bajo la luz del sol agonizante.

Le dio un sorbo al coqueto cóctel creado especialmente para ella: una mezcla de color verde traslúcido, con pétalos de rosa y el borde untado de sal. Al no llevar alcohol, no gozaba de demasiada popularidad, aunque eso no menoscababa que Parvathi siguiera siendo especial, era la esposa de Kasu Marimuthu. La gente quería hablar con ella. Incluso los camareros habían aprendido a dirigirse a ella llamándola «señora».

Una mujer se acercó con intención de entablar conversación. Tenía los mismos ojos que las muñecas del dormitorio de la primera mujer: verdes, con el estallido de una nebulosa en su interior. Sin embargo, a diferencia de ellas, la mujer tenía patas de gallo. Cuando Kasu Marimuthu consiguió llamar la atención de Parvathi y le hizo una seña para que se acercara, esta se excusó con educación y se dirigió hacia su marido.

Le presentó a un conocido del mundo de los negocios. Ella lo saludó con un elegante gesto de cabeza. Nunca olvidaría esa vez que había contestado a una pregunta con las palabras: «Lo mismo tengo yo», y la mirada contrariada que su marido le había dirigido. Después de que los invitados se hubieran ido, él le había dicho: «La brevedad es tu aliada. Eres un genio hasta que abres la boca».

Parvathi inclinó la cabeza, lamió la sal del borde de su vaso con delicadeza y levantó la vista hacia un par de ojos de un azul intenso. Por un momento se sintió atrapada, retenida por el descaro de aquella mirada, hasta que recobró la compostura y apartó los ojos. Consiguió dominar la angustia, pero había cometido una incorrección. Intentó recordar a quién se lo había visto hacer antes. Ah, a India Jane Harrington. Tendría que haber esperado a que alguien lo hiciera antes de copiar el gesto, pues acababa de comprender que era excesivamente voluptuo-so. No volvería a suceder.

La siguiente vez que lo vio, el hombre conversaba con al-guien y mantenía la cabeza ligeramente inclinada, escuchando con atención. No era el típico invitado de Kasu Marimuthu; al menos, seguro que no era inglés. No se trataba del moreno in-tenso o la mandíbula cuadrada, sino de la tensa impaciencia que lo envolvía.

Sonó un gong, había llegado la hora de la danza del león. Mientras la gente se reunía alrededor del escenario, Parvathi tomó la dirección opuesta, hacia el borde del jardín. Se demo-ró unos instantes a los pies de la playa alta y deseó que llegara el monzón. La ropa colgada se agitaría con frenesí en las cuer-das de tender, los vendavales combarían las palmeras y el vien-to y las lluvias torrenciales barrerían hasta la última mota de polvo del aire dejándolo tan limpio que podría contemplarlo todo en su estado más radiante y prístino. Incluso los nidos de araña, destellando entre las hojas de palmera y los granos de are-na de la playa. Ese mismo lugar que ahora ocupaba ella estaría cubierto de cocos caídos y hierbas.

El sol ya se había puesto detrás de la casa y proyectaba una sombra violácea sobre la arena. Esa última luz anaranjada y es-pectral que los aldeanos llamaban *mambang*, espíritu rondador, flotaba sobre las aguas cada vez más oscuras. En las verandas, los sirvientes regaban los helechos colgantes y encendían las lin-ternas de los balcones, un ritual que se llevaba a cabo dos veces diarias. Era su momento preferido del anochecer.

Caminó hasta la suave arena, se quitó los tacones y, pasando entre los diminutos agujeritos que habían hecho los cangrejos ermitaños, se detuvo junto a la orilla.

A continuación, se levantó el sari hasta las rodillas y entró en el mar. El agua estaba caliente y la joven hundió los dedos de los pies en la arena. Una gaviota la sobrevoló. Hipnotizada por el efecto del sol sobre las alas, cuyas puntas teñía de un rojo traslúcido, dio un respingo al oír que alguien más se metía en el agua. Se volvió en redondo. Era el extranjero. Se había arremangado las perneras de los pantalones de lino blanco hasta las pantorrillas. Eran doradas. El hombre se acercó y se detuvo a su lado. Sin los tacones, ella apenas le llegaba al pecho. La joven alzó la vista hacia el rostro del recién llegado. Tenía ojos de mar.

—Eres muy infeliz, ¿verdad?

Parvathi abrió la boca para negar una observación tan ridícula, pero el aire se le escapó en un suspiro. Se había quedado en blanco y era incapaz de emitir ningún sonido. Se miraron. Aquel mar la reclamaba. Involuntariamente, abrió las manos y el sari más caro del mundo cayó al agua salada. Una ola del blanco más azulado rompió contra la parte inferior de su vientre y todo su cuerpo se despertó al instante, como el ciervo que huele a un depredador en el viento. De súbito, era consciente de todo: del rosa intenso del cielo que se extendía detrás de la cabeza del hombre, del viento que delataba su cuerpo a través de la camisa, de los cientos de pelillos dorados que le cubrían la piel, del olor de su colonia, del sabor de la sal en el aire, de las olas que se retiraban a los pies de ella, del chillido del ave que los sobrevolaba y de ese movimiento mágicamente infinitesimal por el que ambos cuerpos se veían atraídos el uno hacia el otro.

¡Oh! Cómo lo deseaba. Quería aferrarse a aquel cuerpo y suplicarle que, bajo la luz anaranjada, le hiciera lo que su marido le hacía en la oscuridad. Sin saber por qué, en ese momento la visitó el recuerdo de los dos perros a los que había espiado a través de uno de los agujeros que había hecho en la pared de su padre. La hembra se había agachado y había sacudido la cola, llamándolo. Luego, como si se hubieran puesto de acuerdo, ambos habían corrido a su mutuo encuentro, habían chocado entre ellos y habían empezado a correr uno alrededor del otro, estremeciéndose, jadeando, emitiendo sonidos guturales. Incluso se habían levantado sobre las patas traseras y se habían lamido los morros. Luego el perro había montado a la hembra. Al principio ella había gimoteado y se había removido bajo el peso, pero luego ambos se habían quedado tan quietos que Parvathi se había preguntado si no se habrían dormido. Sin embargo, un cuarto de hora después se separaron y se quedaron uno junto al otro un momento hasta que, primero el perro y luego la hembra, cada uno tomó su camino.

Parvathi alzó la mano hacia el rostro del hombre con un movimiento suave, onírico, lleno de sensualidad, como si quisiera acariciar la mejilla enjuta en que palpitaba un músculo. Sus brazaletes entrechocaron y emitieron un sonido melodioso.

Sita.

La mano se detuvo. Alguien había pronunciado su nombre. Volvió la cabeza hacia el lugar del que provenía la voz, utilizó la mano detenida para saludar y se apartó del hombre con brusquedad para regresar a la orilla. Algo en lo más profundo de su ser pedía, suplicaba que se le permitiera regresar al agua; sin embargo, se impuso la fachada tras la que vivía e irrumpió su mente, furiosa e implacable. Era la esposa de Kasu Marimuthu, impecablemente vestida, misteriosa e incuestionable. ¿Qué significaba aquella comparación con los perros? Ellos no eran perros. Al menos, ella no.

¿Y si aquel hombre pensara que había levantado la mano para rechazarlo? Sí, sí, de hecho, esa había sido su intención. El sentimiento de culpabilidad se transformó en una cólera implacable que dejó de dirigir hacia ella misma. Ella era intachable. Había intentado rechazarlo, pero era evidente que él tenía práctica en aquel tipo de cosas. Sin embargo, el extranjero se equivocaba: no era ni la primera esposa de Kasu Marimuthu ni la mujer del director de la escuela. Menuda grosería. ¿Acaso creía que la esposa de Kasu Marimuthu era tan vulgar? Ella era una mujer decente, una buena mujer. Ella no tenía líos amorosos. ¿Cómo se atrevía? Recogió los zapatos y, llevándolos en una mano, echó a correr hacia la casa. ¿Acaso no era el perdedor el que siempre salía corriendo con el rabo entre las patas? El sari mojado se le pegaba a las piernas. ¡Dios bendito, el sari! Había estropeado una prenda cuya confección, según Kamala, seguramente había dejado ciego a un niño de Jaipur. Aquella criatura había sacrificado la vista para nada.

¿Qué iba a hacer? Rodeó la casa como una exhalación. Maya sabría cómo arreglar lo del sari.

Empezó a llamarla nada más llegar a la puerta trasera.

—Maya, Maya, mira qué he hecho.

En el umbral, Maya bajó la vista hacia el borde del sari y luego volvió a subirla hasta el rostro azorado y sin aliento de Parvathi. Varios mechones habían escapado del moño y caían inermes sobre el esbelto cuello. Maya se preguntó qué habría ocurrido para que aquella criatura tuviera que enfrentarse de pronto a las emociones de una mujer, pero mantuvo una expresión neutra.

—Son seis metros de tela, Da —dijo, sin perder la calma.

Parvathi respiró hondo.

—Maya, por favor, ayúdame a arreglarlo.

—Claro. Quítatelo y dámelo.

Maya sumergió un cubo de agua en la pila de barro que había junto a la puerta trasera y lo vertió sobre los pies de Parvathi. La joven entró en la cocina, se desnudó a toda prisa y subió corriendo a su habitación, tapada con una manta vieja. Se acercó al espejo y lo que vio reflejado en él la consternó. Se llevó una mano a los labios temblorosos.

—No soy infeliz. Soy muy feliz —le dijo a su reflejo, pero sus ojos, que desprendían un brillo especial, se apartaron en el último instante.

Se alejó del espejo y salió al balcón. El hombre seguía en la orilla, con las manos hundidas en los bolsillos, oteando el horizonte, y la esposa del director de la escuela, con una bebida en la mano, se dirigía hacia él. La imagen de las piernas de la mujer entrelazadas alrededor del hombre cruzó su mente como un relámpago. ¿Y a ella qué más le daba?

—Todo para ella —dijo en voz alta, aunque con una extraña entonación que delataba cierta irritación.

¿Quién lo habría dicho? Estaba celosa.

Entró en el dormitorio y empezó a vestirse.

—En realidad, es bueno que los haya visto juntos. Están hechos el uno para el otro. Son iguales —se dijo, y esta vez la alivió percibir que había recuperado su tono de voz habitual.

Se retocó el maquillaje con mano experta y se recogió el cabello. Una señora de gran porte y elegancia le devolvió la mirada en el espejo. Regresó a la fiesta.

—Ah, se ha cambiado —comentó alguien.

—Sí, me había caído algo en el vestido —contestó Parvathi cortésmente.

—Sita —la llamó su marido.

—¿Sí? —respondió esta, y se volvió con una sonrisa.

Kasu Marimuthu estaba junto al extranjero de ojos azules. La sonrisa entrenada de Parvathi no flaqueó.

—Samuel, mi esposa, Sita. Sita, Samuel West. Es estadounidense. Si todo sale bien, puede que hagamos negocios juntos.

—Hola, Sita —dijo Samuel West.

Tenía una mirada cordial y el apretón de manos fue cálido y firme, aunque breve. Era como si lo que había ocurrido en el agua no hubiera sucedido.

—Encantada de conocerlo, señor West.

—Por favor, llámame Samuel.

—De acuerdo —accedió, manteniendo las distancias.

—Tenéis una playa muy bonita. ¿Se puede nadar en estas aguas?

—Sita no sabe nadar —dejó constar Kasu Marimuthu.

Samuel West enarcó las cejas, sorprendido.

—¡Ah! —exclamó a punto de añadir algo más, pero en ese momento alguien llamó a Kasu Marimuthu, quien se excusó y se alejó después de prometer que volvería.

Parvathi se volvió hacia Samuel West.

—Acompáñeme. Creo que hay algo que le gustará.

—Por supuesto —contestó él, y la siguió.

Parvathi lo condujo hasta la barbacoa, alrededor de la cual ya había reunido un nutrido grupo de gente, y a uno de los jóvenes que atendían el fuego le pidió un plato de la nueva exquisitez que Maya había preparado: langostinos gigantes marinados en ron añejo y especias. Samuel no se tomó la molestia de usar cuchillo y tenedor. Sus dientes blancos y derechos partieron limpiamente un langostino por la mitad. Qué hombre tan hermoso. Tal vez el más hermoso que hubiera visto jamás.

—Esto está buenísimo —comentó él, entusiasmado—. La comida en Asia sabe mucho mejor.

Parvathi tenía una respuesta tipo para aquella clase de comentarios, que extraía de su reserva de conversación insustancial.

—Es el sol —dijo—. Todo sabe mejor cuando ha madurado al sol.

—Mmm…

Lo observó mientras comía. Debía de estar bien sentirse tan seguro de uno mismo. Saber que siempre acertarás, hagas lo que hagas. No tener que mirar nunca a otra persona para aprender a comportarse. Tenía que ser maravilloso que desde niño te enseñaran que perteneces a una raza superior. Que no hay necesidad de inclinarse ni de hacer reverencias ante nadie. Y tampoco hubo nada afectado en el modo en que se limpió la boca con la servilleta. Un hombre sin complejos. Atractivo. Era atractivo.

Samuel West levantó la vista de súbito y la sorprendió mirándolo.

—¿Te gustaría que te enseñara a nadar? —se ofreció.

Antes de que Parvathi tuviera tiempo de encontrar la respuesta adecuada, la esposa del director de escuela se plantó a su lado, con la pelvis adelantada ligeramente, bebida en mano e inclinada de modo seductor hacia un lado. Tenía una voz suave e insinuante.

—Pierdes el tiempo, Sam. La gente de aquí cree que hay espíritus peligrosos acechando en el agua, a la espera de llevarse a los incautos. Van a la playa y chapotean en la orilla, pero no nadan.

Samuel West le lanzó una mirada gélida.

—¿Sabe, señora Harrington?, es una suerte que no estemos en un país árabe. Los árabes desaprueban al invitado que insulta a su anfitrión.

India Harrington volvió un rostro en cuya expresión no había rastro de arrepentimiento hacia Parvathi, aunque su cuerpo permaneció inclinado hacia el hombre. Le brillaban los ojos, aunque sin malicia. Solo le interesaba el hombre y no iba a ser ella quien se lo recriminara. Era como un galán de cine.

—No pretendía insultar a nadie, solo constataba un hecho. ¿No es así, señora Marrymuthu? A la gente de aquí le da miedo entrar en el agua.

Buenas noticias, señora Harrington, este hombre no es para mí.

—No sabría decirle, señora Harrington —contestó Parvathi—, yo tampoco soy de aquí. Sin embargo —añadió, interrumpiéndose un instante para volverse de modo que el rostro quedara medio oculto a Samuel West y así poder guiñarle un ojo a la mujer—, tal vez le convenga saber que en mi país solemos guardar una caja de pañuelos en el primer cajón de la derecha.

India Jane Harrington apenas necesitó un segundo para comprender de qué estaba hablándole antes de esbozar una lenta y franca sonrisa.

—Me preguntaba quién sería. Sabía que tenía que tratarse de alguien bajito. Estuve a punto de dirigirme a usted —dijo.

—Debería haberlo hecho. Casi me asfixio de calor con tanto brocado.

La señora Harrington inclinó la cabeza hacia atrás y soltó una carcajada.

—Ah, es usted un encanto.

—Y ahora, si me disculpan, creo que me llama mi marido —dijo Parvathi alegremente.

—¿De qué hablabais? —oyó que preguntaba Samuel West mientras se alejaba. A lo que India Harrington respondió con su acento:

—De algo que es mejor que quede entre nosotras.

Al final de la noche, Samuel se acercó para despedirse. Bajo el resplandor de las lámparas, sus ojos no desprendían luz, la pupila ocupaba casi todo el iris.

—No deje de venir a vernos, señor West.

—Así lo haré. Ha resultado una velada de lo más interesante.

En su voz se adivinaba la determinación y la firmeza. Aquel hombre nunca había deseado nada con todas sus fuerzas, porque siempre lo había tenido todo al alcance de la mano, cuando y como había querido. Era un estadounidense en el extranjero. No había nada que se interpusiera en su camino.

—Buenas noches, señor West —se despidió Parvathi, sonriendo con educación.

—Buenas noches, Sita —contestó él, aunque por alguna razón que la joven no llegó a comprender, no le devolvió la sonrisa.

Esa noche Parvathi soñó que él la visitaba.

—No toques lo que todavía no has pagado —dijo ella.

—¿No sabes que para tener clase hay que saltarse algunas reglas? —contestó él, echándose a reír.

—No huiré contigo —le advirtió.

—Pero si no quiero que huyas conmigo. Lo único que deseo es lo que me prometiste en la playa —respondió él y alargó la mano hacia el sari.

Maya apareció de pronto, con una sonrisa macabra.

—Veamos qué eres capaz de hacer con la hija de Dios —se burló.

Y lo mismo que le ocurrió a Draupadi cuando el rey malvado intentó desnudarla y violarla tal como se relata en la historia de los Pandavas, le sucedió a Parvathi. Cuanto más tiraba el hombre de ojos azules del sari, más tela desenrollaba, hasta que acabó formándose una montaña a su lado y Parvathi continuaba completamente vestida y casta.

—Ya te advertí que no era como la mujer del director —dijo.

Sin embargo, de súbito se encontró en una sala de tribunal presidida por Kasu Marimuthu, quien, ataviado con una toga y una peluca, llevaba un emparedado de pepino en la mano.

—No se admite como prueba. Lo que quiero saber es qué le ocurrió al primer sari —dijo su marido.

—Lo tiene Maya —respondió Parvathi.

—No es verdad —intervino el payaso, con el cisne colgado del brazo—. Está desgarrado y hecho trizas.

—Lo sabía. ¡Todas las mujeres son infieles! —gritó Kasu Marimuthu—. Sita pasó por el fuego y no se quemó. Demuestra tu castidad del mismo modo.

Y, como en todas sus pesadillas, su madre apareció por arte de magia.

—No nos habrás deshonrado, ¿verdad? —preguntó.

De pronto, el suelo se abrió bajo los pies de Parvathi y empezó a caer hacia las oscuras entrañas.

Se despertó sobresaltada. Eran casi las dos de la mañana. Se tapó con una manta, salió al balcón y se quedó mirando las estrellas. Era una noche fría, aunque estaba envuelta en la manta, se estremeció. En el mar, un pescador solitario faenaba en su barca ayudándose de la luz de un farol. El viento soplaba de este-oeste y transportó hasta ella el humo del puro de Maya.

Por lo general, habría ido al encuentro de la mujer, pero ese día no deseaba compañía. Prefirió quedarse contemplando el firmamento durante horas mientras revivía una y otra vez esa fracción de segundo en que había bajado la guardia y su mano se había alzado por voluntad propia para tocar al extranjero de ojos azules. Retrocedió hasta las sombras cuando vio las luces del coche de Kasu Marimuthu doblando hacia la entrada y esperó a que Maya cerrara la puerta principal antes de regresar a la cama. Oyó los pasos vacilantes de Kasu Marimuthu en el pasillo y se volvió de lado, fingiendo que dormía. Pese a todo, las pisadas no se detuvieron en su puerta. Ya apenas la visitaba. Pero si lo hubiera hecho, ella habría cerrado los ojos y habría imaginado que se trataba del hombre de ojos azules.

A la luz de la única lámpara de la estancia, Maya retiraba con detenimiento el recubrimiento ceroso de siete semillas de lima, ayudándose de un cuchillito. Hizo una pasta en el mortero con las pepitas y le dio forma de bolitas. Se las entregaría a una madre que había acudido a ella esa noche, bañada en lágrimas, porque su hija era una ninfómana insaciable.

—Ayúdala, ayúdala antes de que su padre la mate. Tiene que haber algo que sacie su apetito pecaminoso.

El perro

Cuando bajó a la mañana siguiente, el sari estaba tendido en el patio a la sombra de un gran árbol y parecía que jamás hubiera estado cerca del mar. Sin embargo, al aproximarse, vio que quedaba una débil y ondulante marca de agua: el sari más caro del mundo se había echado a perder. Se alejó de allí. Aquello le serviría de lección: no volvería a quedarse a solas con él nunca más, había tomado una decisión inamovible. El hombre seducía con la mirada. Era la existencia de hombres como aquellos lo que hacía que hombres como su padre encerraran a sus hijas.

De todos modos, aquella pasión intensa y antojadiza del día anterior había desaparecido. Ahora sabía que había sido una suerte de locura, aunque fugaz, insignificante y con pocas probabilidades de repetirse siempre que se mantuviera alejada de él.

Esa mañana también había comprendido algo más. Aquel hombre no era un perro, sino una civeta que cazaba por puro placer, con un instinto asesino espoleado por el movimiento o el ruido. La soledad de Parvathi debía de haber despertado esa pulsión y él se había abalanzado sobre su presa a pesar de no estar hambriento ni tener apetito.

Paseaba por la orilla, bajo la lluvia, absorta en sus pensamientos, cuando de pronto un hombre se acomodó a su paso. Parvathi giró en redondo, llevándose una mano al pecho.

—¡Oh, señor West! —exclamó casi sin aliento—. Me ha asustado.

El hombre le dedicó una amplia sonrisa, una táctica de atracción.

—Me gusta el modo en que te empeñas en no llamarme por mi nombre. Me llamo Samuel.

Parvathi se lo quedó mirando. Estaba empapado. Igual que ella. El aire estaba calmado y las gotas de lluvia caían de punta, como si fueran agujas. Debió de entrarle una en los ojos porque el hombre de repente se puso a pestañear, intolerablemente hermoso. En ese momento, Parvathi sintió de nuevo la necesidad irreflexiva de tocarlo. Y desde luego no con suavidad ni delicadeza, sino para arrancarle la piel. Estaba a punto de cruzar la línea. No había nadie por los alrededores para detenerla. Retrocedió un paso.

—Tengo que irme —dijo, y dio media vuelta.

—Espera, Sita.

Se volvió, poco a poco.

—No me llamo Sita, señor West. Me llamo Parvathi.

Él la miró desconcertado.

—Parvathi.

Qué bello sonaba en sus labios. Deseó que volviera a decirlo. La joven asintió con la cabeza. ¿Por qué se lo habría dicho?

—No está mal. Me gusta.

—A mí también —contestó ella, y sonrió.

Imponente, altivo, ajeno y casi seguro que indiferente a que un comportamiento tan cercano al de los «morenitos» como el suyo consiguiera que personas como la señora Adams se avergonzaran de su piel blanca, el hombre le devolvió la sonrisa. Y una vez más, en cuanto bajó la guardia, la invadió el deseo de arrojarlo al suelo. Para morderle los labios. Para lamerle la cara. Para aparearse allí mismo, en la arena, mientras las olas bañaban sus cuerpos enloquecidos. Sin cortesías, sin disculpas, sin pretensiones. Salvaje. Primitivo. Para chillar de placer como India

Jane Harrington. No obstante, ¿acaso India Jane no le había demostrado que se trataba de un momento fugaz, intrascendente? No podía renunciar al sueño que tanto había ansiado toda su vida, al camino con corazón. ¿Qué sabía él de caminos con corazón?

—¿Qué hace aquí? —le preguntó, glacial.

—He venido para enseñarte a nadar.

Qué poco imaginativo, señor West.

—De verdad que tengo que irme —dijo Parvathi, y retrocedió un paso, decidida, pero él la retuvo, cogiéndola de la mano.

Aquel gesto se acercó tanto al tipo de violencia que rondaba sus pensamientos que una descarga de electricidad le recorrió el brazo; sin embargo, al mirar entre las pestañas húmedas, adivinó al instante que él no la había sentido. Para él era distinto. Su cuerpo no la reclamaba a gritos bajo la piel. Se imaginó arrancándole los botones de la camisa con los dientes y el rostro estupefacto de él diciendo: «¿Para qué me la quita a mordiscos cuando uno puede hacerlo como las personas?».

Había entrado en su territorio sin estar preparado, en pantalón corto y en busca de una aventura bajo las palmeras. Vuelve a echarle un vistazo a esa planta que me has traído. Una caña mustia y sosa de hojas venenosas que da un fruto amargo sin semillas. Ya tenía aquello con Kasu Marimuthu. Aprende del perro cuando quieras acercarte a una hembra.

—¡Escucha! —gritó él, con urgencia. Sin embargo, cuando obtuvo la atención de Parvathi, diluyó el momento con palabras manidas—: Sé que es de locos y me siento como un idiota, pero no consigo apartarte de mi mente.

Por un instante, Parvathi se quedó mirando fijamente aquellos ojos vívidos intentando ver más allá de ellos. ¿Qué estaba sucediendo? ¿Cómo iba a explicarle que llevaba toda la vida esperando un amor que no conociera límites, un brote espinoso con olor a almizcle que necesitara al embravecido monzón para florecer? Le habría gustado decirle que esa hierba silvestre era perenne. Ilimitada, vasta e infinita. Atrás, Parvathi. Atrás. No la encontrarás aquí. Torció el brazo para liberarlo. En la imaginación de la joven, él se negaba, incluso la sola idea de dejarla ir un instante le resultaba inconcebible; sin embargo, la soltó de inmediato. Después de todo, aquello no era más que una aventura, una planta mustia.

Míralo. Ya se había arrepentido de haber sido tan directo, tan impulsivo. Una disculpa esperaba en la punta de la lengua. Pobre hombre, no lo empeores. Aunque tampoco era culpa suya, ¿cómo iba a recriminarle que no hubiera saltado sobre ella? Habría estado fuera de lugar, habría sido incluso grosero.

—Lo siento, señor West, no puede enseñarme a nadar.

—¿Por qué no? —replicó él, vehemente—. No le quieres. Lo que ocurrió en el agua no sucede a menudo. Yo nunca había hecho esto, lo de esperar a una mujer bajo la lluvia. Tengo una esposa esperándome en casa y, hasta que te vi, creía que la amaba.

Estaba casado. Pues claro que estaba casado, con una mujer blanca en un país frío, que anhelaba el regreso de su marido de tierras lejanas. ¿Acaso podía confiar en que aquel hombre estuviera dispuesto a poner la mano en el fuego por ella? Era bastante improbable. El viento había arreciado y la lluvia empezaba a azotarle en la cara, como si le aguijonearan los ojos y los labios. Parvathi se movió ligeramente y él respondió de manera automática. Con qué perfección se alineaban sus cuerpos. Sin embargo, sus mentes habitaban mundos paralelos. Había dejado de caminar y tenía frío. La recorrió un escalofrío.

—Estás helada —dijo él, pero no hizo nada.

No había nada que pudiera hacer. Estaban el uno frente al otro, mirándose, impotentes. Solo los separaba un paso, pero un paso infinito. Sus cuerpos se perseguían en círculos, ávidos el uno del otro, pero sus almas sabían que aquello no tendría un final feliz.

Parvathi se abrazó y bajó la vista hacia la arena, pensando en

Kasu Marimuthu, el mayor impostor del mundo. Allí estaba, fingiendo ser blanco, fingiendo ser sofisticado, pero detrás del espejismo de la porcelana selecta, la cubertería de plata y el cristal veneciano, nada le gustaba más que mezclar en el plato arroz, curry, plátano chafado y yogur y darle forma de pelotillas antes de llevárselo a la boca; y todo ello con una mano donde los cubiertos brillaban por su ausencia. Sin olvidar que, mientras masticaba aquellas bolas de comida, no tenía ningún reparo en canturrear de puro placer. Pensó en su rostro altivo. ¿Qué haría si lo descubriera? ¿Fingiría ante todos que, al igual que su primera mujer, ella también había muerto a causa de una fiebre tropical? ¡Ja! Menudo cotilleo jugoso para la comunidad.

Volvió el rostro hacia Samuel West, mientras el deseo le atenazaba el vientre y se abría un oscuro abismo a sus pies. Sí, era increíblemente hermoso, pero no iba a fugarse con él. Y no por Kasu Marimuthu o por lo que pudiera decir la comunidad, sino porque aquel hombre había conseguido despertar una pulsión violenta que solía dormir apaciblemente en su interior. Algo a lo que no deseaba enfrentarse. Algo que solo le reportaría deshonor y desgracia. Quería ser casta y pura. Deseaba ser lo que todo el mundo quería que fuera. Quería ser como las demás mujeres del Club de la Sombrilla Negra. Quería seguridad.

—Lo siento, pero no puedo —dijo, y se alejó a toda prisa.

La llamó. Parvathi no se volvió, sino que echó a correr.

No fue tras ella.

La joven buscó en su interior y no descubrió pesar por lo que había hecho. Había cerrado esa puerta. Él encontraría a otra o volvería junto a su esposa blanca. Además, ella tenía que vestirse y acudir a una de las reuniones del Club de la Sombrilla Negra. De hecho, le apetecía ver la muñeca que Negeri Sembilan Mami estaba haciendo con paja. Y sonreiría y elogiaría sus adelantos y las demás *mamis* harían lo mismo con su colcha. Y nadie sabría jamás que esa mañana, en la playa, había rechazado al hombre más hermoso de la tierra.

Era su cumpleaños, cumplía dieciocho años. Maya había empezado un ayuno de una semana para festejarlo, Kamala y las demás chicas le llevaron flores, Kupu le regaló un bello coral de un blanco puro, Kasu Marimuthu le compró joyas y Samuel West le envió un regalo a través de su marido.

—Sam dijo que este cachorro necesita un hogar. ¿Lo quieres? —preguntó Kasu Marimuthu.

Parvathi lo acogió entre sus brazos, y el perrito, con una mirada fascinada de ojillos confiados, se enderezó y le lamió la cara.

—¿Que si lo quiero? Por supuesto que sí.

—Es muy poco corriente para ser un dálmata, tiene manchas parduzcas en vez de negras, pero es sordo de un oído, de modo que no sirve para llevarlo a concursos ni para criar.

—¿Por qué tiembla tanto? —preguntó Parvathi.

—Es una mezcla de emoción y miedo, tendría que haberlo pensado. Es la primera vez que se aleja de su madre y sus hermanos. Esta noche, métulo en una caja y llévatelo a tu habitación.

La joven miró a su marido.

—¿Le darás las gracias al señor West de mi parte?

—Dáselas tú misma. Lo he invitado a la barbacoa de mañana.

Apareció vestido con una camisa blanca, que contrastaba con su fuerte y moreno cuello, del que Parvathi decidió apartar la vista.

—Hola —lo saludó cordialmente.

—Hola, Sita —contestó él, haciéndole saber que guardaría lo de Parvathi en secreto.

La joven sonrió y pensó en la suerte que tenía de que fuera extranjero. Siempre se podía confiar en su discreción. El hombre le había llevado guantes de goma para el cepillado, cortaúñas de guillotina tamaño gigante, limas metálicas de uñas, dentífrico blanqueador, sales de baño, pomada para las picaduras, calmante para los cólicos, un frasco de caolín y un termómetro anal.

—¡Por Dios! —exclamó Parvathi al abrir la bolsa—. Bueno, gracias por el perro y ahora también por esto. ¿Cómo sabía que quería uno?

—No lo sabía. El pobre necesitaba un hogar y no se me ocurrió mejor lugar que este —contestó él en tono afable.

—Diré que lo traigan —dijo ella, e hizo sonar una campanilla.

—¿Ya le has puesto nombre?

—Lo he llamado Kalichan.

—No está mal —contestó él, dándole el visto bueno. Parvathi se sintió súbitamente complacida. El hombre hizo una breve pausa antes de continuar—. Ahora es otoño en Estados Unidos y tengo que partir la semana que viene. —La miró a los ojos con el mismo deseo apenas contenido que en la orilla del mar—. Pero volveré.

—Que tenga un buen viaje —contestó ella con naturalidad y sonrió, aunque sin alegría.

Al fin y al cabo, el señor Samuel West era un hombre atento.

—¿Qué vas a tomar, viejo amigo? —preguntó Kasu Marimuthu apareciendo en ese momento y dándole una palmada en la espalda.

En la cocina, Maya preparaba a fuego lento una infusión de hojas secas de pelitre en aceite de coco para un hombre que se quejaba de no poder mantener las erecciones.

La niña

El tiempo pasaba y Parvathi seguía sin tener hijos, y Kali-chan, que había acabado profesándole una adoración rayana en lo absurdo, se comportaba como si lo fuera. Sin embargo, a veces se tumbaba en la playa con el perro a observar a los chicos temerarios que limpiaban los vidrios de colores colgados de los salientes más altos, agarrados únicamente con las puntas de los dedos, y comprendía que la casa era un mausoleo bellamente preservado que lloraba por las voces de unos niños.

—Maya, ¿acaso no solo estoy destinada a no ser del agrado de mi marido, sino también a ser estéril? ¿En eso va a consistir toda mi vida? ¿En entretener a gente que me trae sin cuidado? —preguntó Parvathi amargamente.

Maya le hizo una sugerencia inesperada.

—Adopta a un niño —dijo—. Del mismo modo que una piedra normal y corriente puede convertirse en un rubí de valor incalculable gracias a un cambio en su entorno, un pequeño cambio en la casa podría propiciar que prendiera la semilla de tu marido.

A Parvathi no le desagradó la idea. De modo que cuando el sacerdote del templo de Pulliar les comunicó la trágica noticia de la muerte repentina de la bailarina gitana y les preguntó si estarían dispuestos a adoptar a la criatura de tres años que había quedado huérfana, Parvathi no vaciló.

—Será un honor hacerse cargo de ella —contestó, con la

imagen de la bella bailarina corriendo en círculos, desesperada, preguntándose por qué su amado no había llegado, todavía fresca en la memoria a pesar de los años que habían pasado.

Su marido tardó mucho más en reaccionar, y cuando lo hizo se limitó a asentir con un gesto de cabeza, con la tristeza de un hombre sin descendencia oculta en la mirada. El sacerdote y Kasu Marimuthu fueron en busca de la niña mientras Parvathi encerraba a Kalichan en su dormitorio. El perro había crecido considerablemente y, con lo escandaloso que era, podía asustar a la niña. Acto seguido, fue a esperarla en lo alto de los escalones de la veranda.

Kasu Marimuthu abrió la puerta del coche y de su interior salió la criatura más encantadora del mundo: sobre una boca de labios gruesos y rojos, unos enormes ojos de pavo real, y sobre estos, una indómita cascada de rizos. Ataviada con una camisa corta de bailarina y una falda larga abombada que le llegaba justo por encima de los tobillos, la niña miró a su alrededor con descaro.

Parvathi bajó la escalera, sonriente.

—Ven —le dijo en tamul, y le tendió las manos para darle la bienvenida, pero la niña cerró los puños y retrocedió hasta topar con las piernas de Kasu Marimuthu, momento en que pronunció un clarísimo «no» en inglés.

¡La hija de la bailarina hablaba inglés!

Parvathi se agachó, miró a la niña directamente a aquellos ojos rebeldes y supo sin el menor atisbo de duda que no era la huérfana de la bailarina gitana. Aquella niña era la hija de su marido. La mujer tan solo había sido la tierra en la que él había hundido su semilla. Y allí estaba ella de nuevo, la bailarina gitana, aunque la desesperación había quedado olvidada. Después de todo, tras la actuación, una vez que el público se hubo marchado, su amante había acudido al encuentro. Y a él debió de haberle dicho: «Cuídala por mí cuando no esté, pues lo impuro desea ser inmaculado».

Cabe decir que a Parvathi no le sorprendió. Podría haber intentado convencerse de lo contrario, pero siempre había sabido que la bailarina era la amante de su marido. Por descontado que lo sabía, desde el mismo instante en que le había preguntado el nombre de la mujer y él había fingido ignorarlo. Pensó en las *mamis*, en las tardes que no las acompañaba, y las imaginó comiendo *muruku* y burlándose de sus paseos en Rolls, de la señora de una casa que contaba con un sastre y un *dhobi* propios y que consumía un saco de arroz al día, pero que, pobre tonta ignorante, desconocía la vida secreta de su marido.

Pensándolo bien, Kasu Marimuthu llevaba un par de días más apagado de lo habitual. Había llorado mientras recitaba poesía y nunca lo había visto llorar hasta entonces. Debía de amar a la bailarina. Pobre hombre, la fortuna ya le había dado la espalda en dos ocasiones. Tanto daba, la niña tenía un padre, la casa tenía una niña y ella era la piedra que podía convertirse en rubí.

—Sita, esta es Rubini —la presentó su marido—. Y esta, Rubini, es tu nueva madre. Igual que a mí me llamas Papa, a ella debes llamarla Ama.

Sin embargo, la niña se llevó un puño cerrado a la cara con rebeldía y se echó a llorar.

—No, que me llame *mami* —dijo Parvathi con ternura, apartándole la mano.

—Ven, ven, mi reina —intentó convencer su marido a la niña.

—Papa —sollozó la adorable criatura, aparentemente inconsolable.

El hombre se arrodilló junto a ella y le masajeó con suavidad los deditos regordetes, uno a uno. Los gimoteos cesaron.

—Otra vez —dijo, sorbiéndose los mocos y, de pronto, sin poder contenerse, sonrió de oreja a oreja.

Oh, qué cosita tan pícara. ¿Quién podía negarle nada?

—Ajá —accedió él, y empezó de nuevo.

Estaba claro que aquel juego lo habían practicado muchas veces.

Cuando Kasu Marimuthu quiso volverse para hablar con Parvathi, la niña le asió la cara con ambas manos y la volvió hacia ella de manera posesiva. Su padre era suyo y solo suyo. Había perdido a uno de sus progenitores y no tenía ni la más mínima intención de renunciar al otro. Kasu Marimuthu rió con naturalidad, sin reservas, ante lo cual la niña se volvió hacia Parvathi con el ceño tan fruncido que las cejas casi formaron una única línea recta sobre los ojos almendrados y, apretando los labios con expresión severa, lenta, deliberadamente, levantó el dedo índice de la mano derecha en un gesto de advertencia. Parvathi se llevó una mano al pecho. Habría sido imposible malinterpretar aquel gesto: la hija de la bailarina le tenía verdadera aversión.

Aun así, la niña fue un soplo de aire nuevo para la casa, una brisa matutina, fresca y pura. El golpeteo de sus pies inocentes era un regalo caído del cielo. Alegraba el corazón. Y así, sin más, Adari se convirtió en el paraíso. Se abrió la sala de baile en desuso para su triciclo. Kasu Marimuthu le compraba gardenias para el pelo y ella le obligaba a ponérselas.

—*Peciosa*, ¿no? —le preguntaba coqueta, inclinando aquel cuerpecito adorable hacia un lado. Era muy presumida y cuidaba mucho su apariencia.

El eco de la risotada de Kasu Marimuthu se prolongaba en la estancia amplia y resonante. Tanto daba cuántas veces lo hubiera oído, al hombre siempre le fascinaba la incapacidad de la niña de pronunciar las erres igual que la primera vez.

—Sí, mucho —contestaba él con mirada arrobada, cuando conseguía parar de reír.

Lo mismo ocurría con los demás habitantes de la casa. Nadie se le resistía y ella, por su parte, parecía genuinamente encariñada con todos. Por lo visto, Parvathi era su única enemiga. Se encogía de hombros de manera despreocupada cada vez que le hacía una pregunta y le dirigía miradas resentidas siempre que se encontraban a solas en la misma habitación. El rechazo de la niña era tan categórico y pertinaz que resultaba frustrante.

—¿Qué hago mal? —preguntó un día Parvathi a Maya.

—Nada. El rechazo que siente hacia ti no es personal. Tú vives esta experiencia como la celebración de tu bondad por lo que no reparas en lo traumática que resulta para ella. Nadie sabe hasta qué punto se siente herido el niño que pierde a su madre, aunque pueda considerársele demasiado pequeño para recordarlo. Solo porque corra, juegue y parezca que esté normal, no significa que por dentro no llore una pérdida irreparable. Nadie puede reemplazarla. La seguridad de que nunca le iba a pasar nada ha desaparecido para siempre, igual que la convicción de que merece ser amada. A partir de ahora, asociará el amor con el abandono. Pobrecita, ni siquiera puede recurrir a Dios, porque ¿acaso no fue él quien permitió que ocurriera la tragedia?

»Cuando creas que te aparta de ella, en realidad será justo lo contrario, solamente estará poniendo a prueba tu entrega para saber si tú también te vas a ir, para saber si acierta al no confiar en ti, para saber si ocurrirá eso que más teme, el abandono inevitable. De hecho, lo que más desea es estar ligada a ti, a pesar de que eres la candidata más peligrosa con quien establecer un lazo, alguien que, en potencia, tiene la capacidad de dejarla sola. Además, por culpa de la lealtad que le debe a su verdadera madre, tu posición en su vida es incluso más ambivalente.

—Entonces, ¿debería mantenerme al margen? —preguntó Parvathi.

—Las cosas podrían cambiar si te muestras comprensiva, cariñosa y la alientas en todo momento, y cuando ella intente provocarte o se muestre irrazonable o agresiva, déjala en paz: es que sufre. Un día aprenderá a confiar en la firmeza del lazo que la ata a ti y comprenderá que el amor no siempre es peligroso. Ese día, la rabia y la hostilidad serán cosas del pasado. Ese día se sentirá ligada a ti y entonces la separación se convertirá en un problema aún mayor.

Una noche, a altas horas de la madrugada, Parvathi corrió a la habitación de Rubini al oír unos chillidos procedentes de su dormitorio. Varios mechones rizados empapados de sudor se le pegaban a la cara encendida y tenía los ojos cerrados, pero parecía muy angustiada porque se volvía de un lado a otro, agitando los brazos y las piernas. Parvathi la zarandeó con suavidad para despertarla. La niña abrió los ojos y miró a su madrastra un instante sin reconocerla, con temor, hasta que se despejó y su presencia pareció aliviarla. Sin embargo, cuando despertó del todo, apartó la mano de Parvathi y, zafándose de ella, gateó hasta la otra punta del colchón, donde se ovilló contra los travesaños de madera y la miró con recelo.

—Echas de menos a tu madre, ¿verdad? —La niña asintió con la cabeza y con una mirada colmada de confusión y dolor—. Yo no puedo devolvértela, pero te prometo que cuidaré de ti como lo habría hecho ella —le susurró Parvathi, y suavemente le acarició el pulgar con un dedo, hasta que una sombra se proyectó sobre ellas y, sollozando de nuevo, la niña levantó los brazos y se incorporó.

Kasu Marimuthu tomó el amado cuerpecito entre sus brazos con una delicadeza infinita y le refregó agua de colonia en las muñecas, para tranquilizarla. Poco a poco, la niña comenzó a quedarse dormida mientras él le besaba la cara y las manos y le susurraba una y otra vez: «Confía en mí, nunca te abandonaré».

La luna había empezado a menguar y Maya se dedicó a llenar la casa con objetos de color verde oscuro. Buscaba trozos de tela y semillas verdes y las arrojaba a lo que ella llamaba los vientos tibetanos del otoño para que los esparcieran por todas partes. De este modo repartía el poder y la bonanza de la estación.

La pequeña y adorable bailarina

Debía de llevar en la sangre aquel deseo desmedido de actuar, como el instinto de alimentarse y procrear. Comenzó una noche después de cenar, cuando Kasu Marimuthu le contó la historia del unicornio que había salvado a la India de ser invadida y arrasada por Gengis Kan.

Tras el cuento, la niña resbaló del regazo de su padre, se ató varias plumas de pavo real a los tobillos y anunció que representaría la historia bailando para él. Parvathi se quedó mirando los ocelos de la cola del pavo real y contuvo la respiración. La niña empezó llevándose el dedo índice a la frente y, aunque lo retiró casi de inmediato, le había crecido un largo cuerno que vio todo aquel que la contemplaba esa noche. Se transformó con ese pequeño gesto casi insignificante. Ya no era una niña, sino un unicornio que vivía en medio de las profundidades de un bosque encantado donde las flores y las hojas no morían nunca. Allí siempre era primavera. Rubini ahuecó las manos y se las olió: el fresco y lozano olor a primavera. Descendió un dedo por la mejilla y lo detuvo en el mentón: el unicornio tenía miles de años y aun así era bello. Rubini se tapó los ojos: porque ningún humano podía verlo salvo que el unicornio así lo quisiera.

Volvió el rostro a un lado, atenta: el unicornio estaba entre las zarzas, escuchando la conversación de los leñadores. Se puso derecha y representó a cada uno de ellos mientras hablaban sobre la llegada del gran conquistador, Gengis Kan, y negaban con la cabeza, afligidos y asustados. A continuación, se encogió de hombros y volvió a convertirse en el unicornio. Agitó la cola, se sacudió la larga crin: ¡la India asolada! ¡Sus templos reducidos a cenizas! ¡Sus dioses y diosas pisoteados! Abandonando el abrigo al que había vivido toda su vida, galopó durante días hasta dar con el implacable conquistador, quien acababa de alzar sus oraciones al lago, la luna y el cielo y empezaba el saludo al alba. Se arrodilló ante él y comenzó a hablar en susurros, aunque, por descontado, nadie sabría jamás lo que la esquiva criatura mágica le dijo al gran conquistador. El unicornio se volvió, con brío, para demostrar que era la única vez en toda la imponente trayectoria del guerrero que este renunciaba a su propósito.

Rubini tenía cuatro años y medio cuando recibió su primera clase de baile en Adari. Parvathi acompañó al profesor hasta la imponente sala de música y dejó la puerta entornada para poder observarlos desde la otra habitación. El hombre empezó a marcar el compás *«tei, taka, taka, tei»*, y la niña se puso a bailar, impecablemente. Había heredado algo que no se aprendía, una fluidez, una pureza de movimiento que anidaba en el interior de su ser. ¿Qué iba a enseñarle aquel hombre?

En uno de los giros, la niña entrevió a Parvathi observándola y corrió de inmediato hacia la puerta para cerrarla de golpe. Aunque no por antipatía, sino por ese deseo de la artista consumada de mostrar únicamente el resultado final de su obra. Con todo, Parvathi no consiguió reprimirse. Se escondió entre las sombras de la veranda y miró por la ventana, desde la que vio cómo la niña juntaba las palmas de las manos de modo que las membranas de los pulgares quedaran en contacto y las movía dibujando figuras de ocho a la altura de la cintura: el pez. O con una mano levantada sobre la cabeza, el pulgar y el índice unidos y los demás dedos extendidos. Sacudió los hombros y movió la mano levantada con gestos bruscos, pero en ningún momento movió la cabeza ni un milímetro; en esta figura no tenía función: el pavo real. Parvathi habría jurado haber visto cómo se estremecían los músculos de la espalda de la niña en el momento que se imbuía del espíritu del más altivo de los pavos reales.

Entre las altas hierbas coronadas de blanco de la isla del Pavo Real se levantó un pequeño escenario para la niña, con flores pintadas en los lados y ornamentos dorados en el tejado. Las noches que se celebraban fiestas, Kupu la llevaba hasta allí en barca. Los telones de terciopelo rojo se abrían y allí, en medio del escenario, estaba la pequeña figura. Al tiempo que los invitados alzaban los anteojos que los camareros habían repartido, ella unía las manos a modo de saludo. Sonaba la música, sonreía y empezaba a bailar.

No era como su madre, dramática y llena de anhelo. No, no; era una figurita briosa vestida de morado, con las piernitas enfundadas en pantalones oscuros, que saltaba con energía en el aire y daba vueltas sin cesar mientras sus faldas se elevaban y le golpeaban la cintura. Inclinaba el cuerpo, dejaba volar las manos, estampaba los pies y las plumas de pavo real de los tobillos titilaban, titilaban y no cesaban de titilar.

El cielo se teñía de rojo cuando la luz del atardecer se reflejaba en el mar y en ese momento ella se convertía en una simple silueta, aunque con el mismo ímpetu. Kasu Marimuthu la miraba henchido de orgullo y de un amor cada vez mayores. Aquella niña era su dicha. ¡Cuánto la amaba! El hombre de la flauta dejaba de tocar y ella hacía una reverencia. Todo el mundo aplaudía y comentaba lo bien que bailaba. Todo un éxito.

—Su madre era una famosa bailarina de la India —decía orgulloso Kasu Marimuthu, engalanándola con flores blancas.

Y en algún lugar oculto al ojo humano, la bailarina sonreía. «Cuídala por mí cuando no esté.»

Un día, empujada por un capricho, la niña decidió representar la danza de Ardhanarishvara, el dios mitad hombre, mitad mujer. Una danza compleja de ejecutar, que muy pocos sabían interpretar como era debido. El control necesario para llevarla a cabo la convertía en una elección inusitada para alguien de su edad, pero aun así lo hizo. Durante toda la actuación, la mitad de su cuerpo se pavoneaba y caminaba con aire arrogante mientras que la otra se paseaba con gracia y delicadeza. El aplauso fue clamoroso. Todo el mundo la conocía después de aquello. Viéndola, incluso los sirvientes olvidaban que se trataba de la misma señorita caprichosa de los berrinches incontrolables a la mínima de cambio. Sus defectos se convirtieron en complementos necesarios de su prodigioso talento.

Al final resultó que todo el mundo se unió en el cuidado de aquel portento. Sus deseos eran órdenes. Si perdía algo, el servicio en pleno se paralizaba hasta que daban con ello o le era sustituido. La única persona a quien la niña no se atrevía a manipular era a Maya. Solo ella era capaz de hacerla comer, limpiar lo que hubiera ensuciado o pedir disculpas cuando se portaba mal.

Un artista procedente de Inglaterra recibió el encargo de inmortalizar al pequeño prodigio. Estuvo alojado dos meses en la casa. El retrato acabado se descubrió en la biblioteca, una obra de gran refinamiento y elegancia, contra un fondo de color morado. La niña presidía un banquete, vestida con sus mejores galas. Hermosa, inocente, cálida, resplandeciente. Sin un halo de paz a su alrededor y, por tanto, misteriosa. ¿Qué le deparaba el futuro a aquella criatura, rodeada de manjares y fasto?

—Formidable —lo calificó Kasu Marimuthu.

—Mayúsculo —según la opinión ponderada del profesor de danza.

Era su mejor alumna y estaba seguro de que algún día se reconocería el mérito de la joven. No tenía ninguna duda. Solía decirlo a menudo, y lo decía de corazón. Como premio, Kasu Marimuthu decidió llevarla con él en un pequeño viaje, pero la trajo de vuelta al día siguiente.

Parvathi esperó junto a la puerta cuando Rubini, como si no la hubiera visto, subió los escalones de un brinco y desapareció en el interior de la casa, llamando al perro.

—¿Qué ha pasado? ¿Por qué habéis vuelto tan pronto? —preguntó.

Su marido se encogió de hombros.

—Se ha pasado toda la noche llorando porque le preocupaba que pudiera pasarte algo.

Parvathi no dijo nada, pero recordó las palabras de Maya. «Cuando por fin se sienta ligada a ti, continuará manteniendo las distancias mientras estés cerca, pero llorará si ha de apartarse de ti un solo segundo. Es la angustia que se deriva del miedo a una nueva pérdida o abandono.»

Un bebé en camino

Con la intención de hacer realidad la teoría según la cual una piedra normal y corriente puede convertirse en una piedra preciosa en la atmósfera apropiada, Maya empezó a añadir más huevos a la dieta de Kasu Marimuthu y así suavizar su semilla. Para alimentar el vientre de Parvathi, le dio a masticar hojas de árbol de Asoka, y tres días antes de su menstruación, tres flores blancas de nuez de Malabar y tres de noni, molidas y añadidas a una taza de leche materna.

Cerca de un año después, Parvathi le anunció la buena nueva a Kasu Marimuthu. El hombre esbozó una amplia sonrisa. Una sorpresa realmente grata.

—Vamos a celebrarlo —dijo, y alargó la mano hacia la botella de whisky.

Los meses pasaban lenta, ensoñadamente. Parvathi se tomaba los brebajes que Maya le ponía delante y el cuerpo de la joven iba acusando los cambios. De pronto, tenía ganas de comer dosa con coco rallado a todas horas. Mientras Maya se los preparaba y los rociaba con aceite de sésamo, Parvathi se sentaba en el suelo de la cocina y se abanicaba la cara y el cuello lánguidamente con un abanico de papel. Kalichan descansaba la cabeza sobre las patas delanteras y la observaba.

—El jardinero ha encontrado un nido de avispones en mi huerto. Acaba de enseñármelo —dijo Parvathi.

—¿Cuántas entradas tenía? —preguntó Maya.

—Solo una, creo.

—Eso significa que será niño —predijo la cocinera.

Y así fue.

Llegó de noche, mientras Kalichan esperaba junto a la puerta gimoteando, arañándola y, finalmente, aullando ante la separación de su dueña en un momento tan angustioso para ella. Por si no hubiera suficiente jaleo, las vacas empezaron a mugir en el momento de la llegada del bebé, de manera inesperada e inexplicable. Parvathi las oyó desde el dormitorio. Y en medio del aturdimiento provocado por el dolor, también oyó cómo Kupu les cantaba.

Depositaron a la criatura en los brazos de su marido. Era muy moreno, pero lo que en ella le provocaba rechazo, en aquel niño despertó un amor desmedido. Lo acarició con ternura y, acercándoselo a la cara, inspiró la dulce, dulcísima fragancia de un hijo. Se llamará Kuberan.

Llamaron a los astrólogos. Todos coincidieron: la estrella del niño no era propicia con la del padre. O bien le agujereaban las orejas como si fuera una niña y así contrarrestaban la influencia maléfica sobre el padre, o bien lo vendían simbólicamente a un templo por un poco de arroz, como si ya no fuera su hijo. Siguieron ambos consejos, aunque de nada sirvió. La corpulencia y fortaleza de Kasu Marimuthu, hasta entonces inquebrantables, de pronto empezaron a mostrar las primeras señales de debilidad.

—¿Por qué tienes que beber tanto? —preguntó Parvathi.

—Hay que ver, siempre en la taberna —se burló él, de buen humor—. Ve algún día a buscarme al templo.

Parvathi se lo quedó mirando, ni la mitad de lo que era, vulnerable e inimaginablemente distante.

—¿Cómo encuentro el templo?

—Primero tendrás que mirarme sin reproches, porque he cruzado la línea. He cruzado la línea y ahora solo existo en una vieja canción que ya nadie recuerda. Solo puedes unirte a mí con un vaso.

Parvathi sacudió la cabeza.

—No puedo. Tengo que rezar por la mañana.

Kasu Marimuthu se echó a reír.

—¿Ya sabes que no debe ocultarse nada ante el altar? Dios lo acepta todo, en especial los humos matutinos de la esposa obediente y pura de corazón del alcohólico.

Parvathi alargó la mano para aceptar la copa y se sentó en el suelo, a su lado. Él descansó la cabeza en el regazo de su mujer, agotado, y no tardó en dormirse. Parvathi le apartó un mechón de la cara con delicadeza. Luego se inclinó y besó la piel exhausta y arrugada que encontró debajo. La verdad era que bebía porque, a pesar de poseer todo el dinero del mundo, no era feliz. Parvathi levantó la cabeza y vio la silueta de Rubini recortada en el umbral de la puerta.

—¿Está enfermo? —preguntó la niña con un hilo de voz, asustada.

—No, solo está cansado. Estará bien por la mañana. Vete a dormir.

La niña dio media vuelta sin protestar y regresó a la cama. Parvathi la siguió con la mirada hasta que desapareció en lo alto de la escalera. Creía que Rubini sentiría celos de su hermano, pero ya la primera vez que entró en la habitación acompañada de su padre, la niña acarició con ternura la mejilla de su hermano y lo llamó «Mi bebé» con amor y orgullo. Al final fue Kalichan quien resultó estar loco de celos por el recién llegado. Gruñía amenazadoramente cada vez que Parvathi cogía o besaba al bebé. Si Kasu Marimuthu le ordenaba callar, dejaba de rezongar y se tumbaba de nuevo con la barbilla sobre la pata delantera, pero de mala gana.

Kasu Marimuthu aconsejó a Parvathi que no dejara nunca al niño y al animal solos, pero la joven hizo caso omiso de la recomendación y le contó una historia que le había oído a su madre sobre un hombre que había dejado a su mascota, una mangosta, a cargo de la vigilancia de su primogénito. Un día, al volver a casa, el hombre se encontró a la mangosta con la boca manchada de sangre y alzada sobre la cuna y, sin pensárselo dos veces, lanzó un espantoso grito de rabia y partió a la mangosta por la mitad. Sin embargo, encontró a su hijo gorjeando en la cuna al lado de una cobra muerta.

—¿Lo ves?, puedes confiar hasta en una mangosta… —Sin embargo, Kasu Marimuthu frunció el ceño, a punto de perder la paciencia. No tenía tiempo para cuentos—. Escucha, a Kalichan siempre le ha costado entender las cosas —insistió Parvathi—, pero es cuestión de días que se acostumbre al bebé y lo acepte como parte de la familia. Míralo. ¿No ves cómo sonríe?

Kalichan solía retirar los labios hacia atrás cuando estaba contento. Parecía un gruñido, pero no lo era.

—¡Por Dios! No quiero oír más tonterías —musitó Kasu Marimuthu, y desapareció a grandes zancadas.

Dudaba que los perros supieran sonreír.

Días después, Parvathi vio que Kamala se sentaba en un taburete de madera y dejaba al niño sobre sus finas piernas. Kuberan se puso a chillar sin descanso mientras ella lo embadurnaba de aceite y lo frotaba con tanto vigor que Parvathi temió en varias ocasiones que se le escurriera. A continuación, la mujer le metió el pulgar en la boca, con el que le presionó el paladar, mientras le tiraba de la nariz con la otra mano.

—¿Qué haces?

—Así tendrá una nariz bonita y afilada como la de un bengalí.

Maya sacudió la cabeza, pero Kamala tenía una fe ciega en aquel remedio. Se lo había hecho a sus hijos y todos tenían un tabique nasal como era debido.

Un domingo, después del baño del bebé, Parvathi entró en el dormitorio y sintió que le fallaban las piernas. Kalichan había cogido al niño por el hombro, cerca del cuello. Aunque enseñaba los dientes, todavía no los había hundido en la piel de la criatura. Parvathi se dejó caer al suelo y le habló con suavidad.

Le explicó que el niño era muy pequeñito. Le dijo que él era su primer amor y que el niño solo era una cosita pequeña. Le pidió que no le hiciera daño. Le prometió que lo amaría hasta el final de sus días y Kalichan soltó al bebé, que no dejaba de llorar, y retrocedió. La criatura chillaba de terror, pero Parvathi no se acercó a recogerlo sino que le tendió los brazos al perro.

—Ven aquí, tontorrón —dijo, y Kalichan se acercó al trote y se dejó abrazar, con cara avergonzada—. No vuelvas a hacerlo —lo reprendió, y el animal parecía tan desconsolado por lo que había hecho que Parvathi sintió ganas de llorar.

Kalichan empezó a temblar y a gimotear de miedo y arrepentimiento, y Kasu Marimuthu, que había estado esperando junto a la puerta hasta ese momento, entró corriendo para recoger al bebé y mecerlo suavemente entre sus brazos, hasta que se calmó.

—No le ha pasado nada —aseguró Parvathi.

Sin embargo, Kasu Marimuthu, con el rostro nublado, ni siquiera se dignó a mirarla. Sin decir palabra, le entregó al niño y llamó al perro, que lo siguió, mirando abatido a la mujer. Parvathi cogió al bebé en brazos y miró por la ventana. Kasu Marimuthu iba a castigarlo. Pobre Kalichan, odiaba que lo encerraran. A partir de ahora tendría que ir con más cuidado. No los dejaría solos hasta que el niño fuera un poco mayor. Le hizo una carantoña con la nariz.

—No tengas miedo —dijo—. Algún día seréis inseparables. En realidad no quería hacerte daño, si no te habría hecho sangre sin más. Ya lo verás, cómo va a resistirse a una cosita como tú.

Enterró la cara en el cuello del bebé e inspiró el aroma del niño y del perro y le dio gracias a Dios por haber entrado a tiempo en la habitación.

El trueno del disparo atravesó su ser, desprevenida.

Rígida por la conmoción, debió de estrujar al bebé, porque este se echó a llorar de nuevo. Muda, sostuvo entre los brazos aquel bulto vociferante, pero no hizo el gesto de mecerlo o consolarlo hasta que apareció Maya, a quien se lo tendió. En cuanto el niño cambió de brazos, Parvathi echó a correr hacia el pasillo de cristal, descendió los blancos escalones de piedra, atravesó la puerta y recorrió medio jardín antes de detenerse en seco.

Kasu Marimuthu regresaba a la casa con un revólver a punto de caérsele de la mano, los hombros hundidos y pálido por lo que acababa de hacer. Al verla, se detuvo y esperó. Detrás de él, Kupu y el jardinero se dirigían hacia un fulgor blanco tendido en el suelo. Parvathi le había limpiado el pelo esa misma mañana con la palma de la mano y el rocío de la hierba del jardín. Se llevó esa misma mano —cuyo temblor no era capaz de controlar— a los ojos. No había lágrimas, solo una ira desmedida. Una ira indescriptible. Concentrada en el hierro que su marido llevaba en la mano. Tenía ganas de hacerse con aquel invento frío y gris.

«El perro no era tuyo, no deberías haberle disparado», le diría con calma al tiempo que él caía, agarrándose el desdichado pecho, con expresión incrédula. Todo acabaría en un abrir y cerrar de ojos y no le importaría lo más mínimo. Parvathi apartó la mano de la cara y dio un paso hacia él. Su rostro no delataba ninguna emoción, pero los ojos eran dos simas de odio concentrado.

Había matado al perro porque era un gran hombre y era importante que los hombres grandes llevaran a cabo grandes gestos. No podría haberlo mantenido apartado del niño, o haber esperado, o incluso haberlo regalado. No, él era un gran hombre. ¿Y ella? ¿Qué era ella? ¿Qué era aquel deseo irracional por ver derramada la sangre de su marido? En el fondo, la venganza no tenía ningún sentido. El mal ya estaba hecho y no había vuelta atrás. Daba igual de qué se tratara. No, no debía acercarse ni un paso más. Lo sabía. Retrocedió. Su marido, loco impetuoso, alargó una mano temblorosa y avanzó un paso, en busca de la muerte. Parvathi dio media vuelta y echó a correr.

Dio la vuelta a la casa, se dirigió a la verja y se adentró en la selva.

Se dejó caer al suelo al llegar al templo y se tapó la boca con la mano, recordando las palabras con que Maya la había recibido a su llegada: «Quédate sentada muy quieta y atraerás todo lo que desees». Así lo hizo, cerró los ojos y dejó la mente en blanco, no movió ni un solo músculo. No habría sabido decir cuánto tiempo estuvo así, pero al cabo de un rato oyó que algo se acercaba a ella arrastrando los pies, algo que producía un ruido sordo, amortiguado por el suelo de madera. No tenía miedo ni estaba preocupada. Lo que fuera estaba cada vez más cerca, pero permaneció inmóvil. Sin embargo, cuando el sonido se detuvo delante de ella, Parvathi abrió los ojos y parpadeó. ¡Vaya, era la hembra, Mary! Qué vieja estaba. Entre el pelo se atisbaban hebras grises. Hacía tres años que Parvathi no la veía y la había dado por muerta, creía que algún cazador furtivo la habría abatido al intentar apresar a la cría. ¡Oh, qué alegría volver a verla! Qué lástima que no llevara un emparedado de mermelada de fresa para ella. Ante aquella idea, Parvathi se echó a llorar sin consuelo; las lágrimas le rodaban por las mejillas.

Mary dejó una mano en el regazo de Parvathi y alzó un dedo áspero para tocar las lágrimas. A continuación, la simia hizo algo inesperado. Se acercó a la joven y la miró a los ojos. Parvathi clavó los suyos en aquellos ojillos ambarinos. A diferencia de los humanos, no se adivinaba ningún pensamiento tras aquella mirada y eso los hacía parecer intemporales e insondables, sin principio ni final.

De pronto, ocurrió: Parvathi sintió que su realidad —y utilizaría esa misma palabra cuando más tarde le describiera la sensación a Maya— «se estremecía», como si el aire se hubiera convertido en agua. Acto seguido, su mente quedó atrapada en un torbellino de viento negro. Fue como si de repente hubiera perdido solidez, se hubiera vuelto ingrávida y hubiera empezado a moverse dibujando un arco, aunque, por extraño que pudiera parecer, no hacia arriba, sino hacia abajo, como si se viera atraída hacia una grieta angosta que conducía a las entrañas de la tierra. No tuvo miedo hasta que en algún lugar muy dentro de su ser de repente se topó ante el vacío, la pérdida y un pesar absolutos.

—¡No! —le gritó un hombre al oído y, al lanzar la cabeza hacia atrás, el movimiento repentino espantó a la siamang, que retrocedió de un salto.

Simia y humana se miraron aturdidas un largo instante, hasta que Mary empezó a recular. Lentamente y en silencio, desapareció de la vista.

—No es el mono —le aseguró Maya cuando Parvathi le contó lo que Mary había provocado—. Es la tierra la que permite que distingas los vórtices de energía, que por lo general permanecen ocultos a los sentidos, como una sensación. Ya te he dicho que esa tierra alberga un gran poder. Un vórtice de energía te permitió sentir su presencia y te confió un secreto porque, sumida en tu tristeza, olvidaste tus preocupaciones, esperanzas y deseos insignificantes y conectaste a un nivel más profundo y efectivo con otra criatura. Te descubrió que no solo tu pasado, sino también tu futuro se concentra a tu alrededor, a la espera de manifestarse. Que el tiempo no es lineal, sino esférico, y que por eso mismo puede cambiar hoy, ahora mismo. En ese momento de conexión, te permitió ver lo que te rodeaba, lo que tu presente está atrayendo hacia ti.

—Pero fue una sensación de dolor insoportable. —El rostro de Maya no desveló ninguna emoción—. Dímelo, por favor: ¿cómo voy a cambiar el futuro si no sé qué he de cambiar? —le suplicó Parvathi.

—Estás aquí porque deseabas experimentar el amor en todas sus muchas manifestaciones. Tu hijo se ofreció voluntario para poner a prueba tu idea del amor.

—¿Qué quieres decir?

—Como lo llevaste en tu vientre, jamás serás indiferente al menor ultraje que pueda sufrir, pero él te reportará dolor.

—¿Por qué? ¿Qué ves en el futuro?

—No veo el futuro. Nadie puede verlo con certeza, no hay nada predeterminado. Los asiáticos somos demasiado deterministas y nos aferramos a las predicciones de nuestros adivinos mientras lanzamos suspiros de «todo está escrito». El futuro es un conjunto de probabilidades. Alteramos el futuro a cada instante con nuestros pensamientos, elecciones y acciones. De hecho, si se sabe cómo, hasta podríamos cambiar el pasado. Incluso el más mínimo cambio en una persona puede provocar grandes ondulaciones en su futuro, y a veces el futuro entero de la humanidad se transforma por la insignificante decisión que ha tomado una sola persona en una pequeña parte del mundo.

Parvathi sintió que la asaltaba cierto resentimiento.

—Si es así, ¿cómo puedes quedarte ahí sentada y asegurar tan tranquila que un adorable recién nacido, que todavía no ha hecho nada malo, un día será la causa de mis desgracias?

—Sus estrellas así lo indican, pero la idea de que tú o cualquier otra persona sea una víctima es ilusoria. Nunca nada de lo que te ocurra es malo. Todo se ha escogido con sumo cuidado para ponerte a prueba, para comprobar si estás preparada para el siguiente nivel. La gente no lo entiende, pero para ascender solo hay que enfrentarse a los retos con el corazón. Teniendo en cuenta que el amor incondicional no es una emoción, no atraviesa el cuerpo subordinado a la satisfacción de ciertas condiciones, sino una energía poderosa, inmutable, eterna e ilimitada que, igual que el fuego, posee la capacidad de transformar. A ti y tal vez incluso a él.

—¿Y si no lo cambia a él?

—Entonces no habrá más producto perfecto de tu amor que ese. Es difícil de comprender, pero ahora mismo ya es todo perfecto. Verás, el universo está formado por tres fuerzas: positiva, negativa y el equilibrio. ¿Cuándo se detiene un péndulo?

Cuando deja de oscilar hacia uno y otro lado y se para en medio, en perfecto equilibrio. Lo que has de entender es que absolutamente todo tiende al equilibrio perfecto. Siempre que te encuentres ante cualquier tipo de caos o problema, considéralo como algo que busca su punto medio, donde reina la serenidad. Ya se trate de un ser humano, un animal, una situación, un país o un planeta, la misma ley cósmica rige para todos.

»No nos corresponde a nosotros juzgar el camino que escogen los demás. Recuerda que la gente enojada, frustrada, desilusionada o aquella que se encuentra en lugares donde mata, engaña o miente ya es tan divina como lo será jamás; lo único que ocurre es que todavía no ha encontrado el equilibrio. Permite que tu hijo encuentre el equilibrio a su manera. Tanto si tardamos miles de vidas como solo una en alcanzar el equilibrio, todos acabaremos alcanzándolo.

Esa noche, Kasu Marimuthu no fue a casa a cenar y Parvathi se tumbó en la cama, atormentada por la visión de los arañazos que el perro había dejado en la puerta de las veces que lo había encerrado en el dormitorio. Ya era de madrugada cuando su esposo regresó a casa. Las pisadas se detuvieron un momento al otro lado de la puerta antes de girar el pomo y entrar, pero al ver que su esposa se negaba a abrir los ojos a pesar del rato que esperó a su lado, el hombre dejó algo en la mesita de noche y se fue.

Era una concha llena de balsaminas. Parvathi acarició los suaves pétalos. Kasu Marimuthu lo sentía. Había un papel doblado torpemente entre las flores. Lo abrió y leyó la letra descuidada de su marido, escrita en diagonal en medio del papel. «No opuso resistencia. Se enfrentó a su destino con una sonrisa. Casi fue enternecedor.» Parvathi se estremeció.

A la mañana siguiente, cuando vio a su marido a la hora del desayuno, él ya había acabado y se levantaba para marcharse.

Apartó la silla y se despidió con un conciso «Buenos días» dirigido a ese espacio a quince centímetros del rostro de su esposa.

Las lluvias de febrero necesarias para propiciar una buena cosecha de mangos habían llegado y Parvathi volvió la cabeza hacia el diluvio del exterior.

Enfermedad

Kasu Marimuthu tenía cincuenta y dos años cuando sufrió un derrame cerebral. Al principio, Parvathi creía que había soñado el alarido, por lo que no hizo nada, pero luego volvió a oír la voz de su marido, más fuerte y apremiante. Saltó de la cama y lo encontró tumbado con los ojos en blanco, la boca torcida y la mano izquierda agarrotada debajo del cuerpo. Parvathi salió corriendo en busca de Maya y se mantuvo ligeramente apartada, muy nerviosa, cuando la cocinera se inclinó sobre él y le cogió la muñeca.

—¿Llamo al médico? —preguntó Parvathi.

—No —contestó Maya—. Dame hora y media. Teniendo en cuenta que la medicina occidental no conoce el tratamiento para la parálisis, les dará lo mismo que los llamemos ahora o más tarde, pero en estas primeras horas cruciales puedo aliviar la rigidez.

—De acuerdo —accedió Parvathi de inmediato, aunque a juzgar por el aumento de sonidos ininteligibles que Kasu Marimuthu emitió se hizo obvio que el hombre tenía serias objeciones al plan de Maya.

—Despierta a Kamala y dile que ponga a calentar dos puñados de cristales de sal y uno de pimienta negra.

Parvathi corrió a cumplir su cometido. A su vuelta, Maya estaba dándole papirotazos en los pulpejos de los dedos. A continuación, la curandera utilizó un imperdible que llevaba prendido en la blusa para pincharlos y se los apretó hasta que empezó a salir sangre. Mientras Kasu Marimuthu no dejaba de balbucear y gritar de miedo y dolor, Maya hizo lo mismo con los dedos de los pies. Luego se los masajeó con firmes movimientos ascendentes. Kasu Marimuthu rezongó suavemente.

Kamala irrumpió en la habitación con la sal y la pimienta envueltas en un paño blanco. Maya le pidió granos de pimienta larga. Mientras Kamala se dirigía a realizar el encargo, Maya aplicó la compresa caliente en la coronilla de Kasu Marimuthu, quien lanzó un grito furibundo. Parvathi dio un respingo y retrocedió, mientras la mujer intentaba tranquilizarlo con palabras suaves, aunque no por ello dejó de prodigarle los dolorosos cuidados. De hecho, mandó llamar a Gopal para que le sujetara las manos, que el hombre no dejaba de agitar, y empezó a bajar la compresa hacia la frente y el rostro crispado y vociferante, poniendo especial atención en los labios torcidos. Continuó por el cuello y el pecho. De las axilas pasó al torso, las caderas, las corvas y, finalmente, la planta de los pies. Las enormes gotas de sudor que se habían congregado en la frente y las sienes de Maya le corrían en arroyuelos por el cuello hacia el oscuro valle que se formaba entre sus pechos. Tenía la espalda de la blusa completamente empapada.

Kamala volvió con los granos de pimienta larga. Maya abrió la boca de Kasu Marimuthu a la fuerza y se los metió debajo de la lengua. Cuando la compresa empezó a enfriarse, envió a Kamala a calentarla. Kasu Marimuthu gruñía mientras Maya le daba golpecitos en los dedos de los pies, le palmoteaba las muñecas, le amasaba la barriga y descansaba todo su peso sobre la espalda. De nuevo, sorda a los gritos del paciente, aplicó la compresa caliente sobre aquellas zonas que seguían estando rígidas e inmóviles.

—Chama al mahdito médico —barbotó Kasu Marimuthu de pronto.

Y en ese preciso instante sus ojos recuperaron la visión normal y miró atónito a Maya. La articulación de las palabras era un poco dificultosa, pero podía hablar. ¡El tratamiento de la curandera estaba haciendo efecto!

Maya sonrió.

—Estamos en primavera y todo tiene remedio. No le pondré ni sal ni aceite en las comidas y dejará de comer carne. Le daré masajes otros diez días y tú lo bañarás en agua muy caliente y lo vestirás de rojo —le dijo a Gopal.

Cuando llegó el médico, el hombre encontró a Kasu Marimuthu sentado en una silla, débil y dolorido, pero recuperado. Se habían equivocado, dijo el médico, era imposible que Kasu Marimuthu hubiera sufrido un verdadero derrame cerebral y que dos horas antes hubiera estado medio paralizado. Debía de haberse tratado de una contracción temporal de los músculos, tal vez algún tipo de ataque.

Miró a Maya con la prepotencia y la autoridad de su profesión. Después de todo, él era uno de los dioses de la sociedad.

—Es imposible curar la parálisis con la aplicación de compresas calientes y una hora y media de masajes, por vigorosos que sean.

—De aquí a cien años, la mayoría de lo que usted hace en nombre de la medicina se considerarán prácticas típicas de bárbaros —contestó Maya, alzándose cuan larga era.

El médico miró a Parvathi con severidad.

—En ocasiones futuras, llámeme de inmediato. He sido testigo del daño que hacen estos hechiceros sin estudios con la mejor de las intenciones.

Abrió el maletín de cuero negro y sacó un estetoscopio reluciente para auscultar el pecho de Kasu Marimuthu. Satisfecho con lo que había oído, se dedicó a otras exploraciones rutinarias. Finalmente, cerró el maletín, aseguró que Kasu Marimuthu estaba sano y se marchó.

—Ahora puede levantarse —dijo Maya, pero Kasu Marimuthu se negó.

—No puedo. He sufrido un ataque —contestó él.

—No, no ha tenido un ataque —replicó Maya—. Si lo hubiera tenido, habría caído al suelo como un saco de patatas con todo el cuerpo afectado, no solo la parte izquierda, y yo lo habría tratado con compresas frías en la cabeza y le habría hecho vomitar. Aun así, habría recuperado la movilidad de la mano derecha, y aunque habría arrastrado la pierna de ese lado, podría haber caminado.

Los días siguientes, a pesar del diagnóstico del médico y de que Maya hubiera afirmado que no había absolutamente ninguna razón por la que Kasu Marimuthu no pudiera caminar, el hombre hizo algo inusitado: encargó una silla de ruedas y se confinó a ella. También se compró un bastón de plata, que colgaba detrás de la silla de ruedas y que jamás tuvo la intención de usar. Además, como detestaba que tuvieran que cargar con él para subir y bajar la escalera, contrató a unos albañiles chinos para que le construyeran un ascensor.

—No sé por qué, pero me siento como un escritor —le dijo un día a Parvathi, ataviado con la bata de estar por casa.

En realidad, no sentía ningún interés por la escritura; su verdadera pasión era la lectura. Parvathi descubrió que su marido sabía exactamente dónde estaban todos los libros cuando le pidió por primera vez que subiera la escalera de caracol móvil de la biblioteca para alcanzarle uno en concreto. Después de todo, no se trataba de una recopilación aleatoria. Su marido había escogido con sumo cuidado hasta el último ejemplar de su vasta colección.

Un día, a última hora de la tarde, el hombre leía tranquilamente en la veranda cuando vio a su hijo en la otra punta de la casa, mirando con atención los arbustos floridos. El niño había encontrado un nido de pájaro. Kasu Marimuthu estaba a punto de llamarlo para decirle que no tocara los polluelos o la madre los abandonaría, cuando algo lo hizo enmudecer y continuó observando a su hijo, cada vez más consternado. Vio que el niño cogía un polluelo del nido y lo sostenía con delicadeza en la mano ahuecada. A continuación, extendió la palma y la temblorosa criatura que no dejaba de piar quedó a la vista. El polluelo intentó ponerse en pie, pero trastabillaba de manera insegura. El niño lo alzó a la altura de los ojos y, acto seguido, cogió su diminuta cabeza entre el pulgar y el índice y le retorció el cuello deliberadamente, hasta que el polluelo dejó de emitir ningún sonido.

Kasu Marimuthu todavía contemplaba con ojos desorbitados la crueldad impasible de la que había sido testigo, cuando Maya apareció ante su vista. Como si se tratara de un sueño, el niño alzó la cabeza y la miró. La vieja cocinera le acercó una pesada mano a la cara y lo acarició con ternura hasta que el niño entró en una especie de trance. La mujer le tocó la nuez con suavidad y Kasu Marimuthu se llevó la mano a la suya de manera instintiva. Tenía la inquietante sensación de haber pasado por una experiencia similar.

Maya miró el rostro inexpresivo del niño.

—Puedes ser bueno, yo sé que puedes. No le partas el corazón a tu madre. He visto el futuro y no es halagüeño, pero tampoco está escrito a fuego. No, señor. Tú puedes cambiarlo. Puedes cambiar. Solo tienes que decidirlo. Estás aquí para aprender a dominarte, ¿recuerdas?

Maya cogió el cadáver que el niño todavía sujetaba en la mano suspendida y se fue. El niño se quedó solo y fue saliendo poco a poco del estado de trance. Miró a su alrededor un instante, confuso, aunque enseguida se encogió de hombros, recogió un palito que había en el suelo junto a sus pies y lo lanzó al azar antes de salir corriendo en dirección a la playa.

Kasu Marimuthu miró al horizonte, pensativo, y recordó las palabras de Parvathi: «Maya está en este mundo, pero no pertenece a él. Es especial».

—¿Es cierto que cuando miras el ojo izquierdo ves el animal

con que se identifica esa persona? —le preguntó esa noche a Maya, cuando la mujer fue a darle el masaje.

Maya lo miró brevemente de soslayo.

—Sí —contestó, y siguió rallando con cuidado una pequeña ramita, como si cada brizna fuera de oro.

—Pues entonces, dime qué ves en el ojo de mi hija.

Maya se sonrió.

—Ahora que es joven, una pava real. Hermosa, presumida y segura de sí misma, pero con el tiempo se convertirá en una mujer afectuosa y llena de amor.

—¿Y mi hijo?

—Posee los hombros estrechos de un lobo y los ojos ingratos de un cocodrilo, y eso lo llevará a devorar el corazón de su madre.

—¿Qué puede hacerse?

—Nada. En un orden divino, es el vehículo perfecto de su propia evolución. —Kasu Marimuthu se quedó pasmado—. Ahora no puede entenderlo y yo no puedo explicárselo.

Kasu Marimuthu cerró los ojos. Pronto los dejaría y la poca disciplina que recibía el niño moriría con él. Tenía que hacer venir a su abogado al día siguiente para rectificar el testamento y darle más autoridad a su mujer.

—¿Te importaría decirme qué ves en mí?

—Un tigre. Solitario, herido, asustado, a la defensiva.

—¿Y en Sita? ¿Qué animal se agazapa en su ojo izquierdo?

Maya levantó la vista.

—¿Usted qué cree?

—Una cierva. Adorable, inocente y delicada.

Maya lanzó una sonora carcajada.

—Ay, señor, no conoce a su mujer en absoluto. No es una cierva, es una pantera de las nieves. Esquiva, audaz, misteriosa e inasequible.

Kasu Marimuthu chascó la lengua para demostrar su desacuerdo.

—Qué va. ¿Cómo va a ser una pantera? Si es muy tranquila y muy tímida y muy callada.

Incluso cuando le salto encima, pensó para sí mismo.

—La ha visto, pero no la ha reconocido.

—El modo en que permite que el niño la mangonee no es muy asequible ni típico de un depredador, ¿no crees?

—Es un privilegio que su amor le ha concedido.

Kasu Marimuthu guardó silencio unos instantes, hasta que se atrevió a formular la pregunta cuya respuesta su corazón deseaba conocer.

—¿Y la bailarina?

—Era un cisne con el corazón partido. Su compañero se fue y la abandonó.

Kasu Marimuthu cerró los ojos para ocultar el dolor, pero se le escurrió por la boca.

—Todavía la amo —susurró, quebrándosele la voz.

—Lo sé —contestó Maya en el tono más dulce y amable que jamás le había oído.

Últimos días

M aya hundió los dedos en la pasta de harina de arroz y trazó varios dibujos en el suelo, por dentro de la puerta del dormitorio de Kasu Marimuthu.

—¿Un pentáculo? —preguntó el hombre, al cabo de un rato.

—Ah, ¿de modo que se llama así? No sabía cómo se decía en su lengua.

—¿Qué tiene que ver con el hinduismo un símbolo occidental relacionado con la brujería?

—Si usted lo relaciona con la brujería, entonces la energía masculina que ha gobernado este planeta los últimos trece mil años ha conseguido imbuir de connotaciones negativas otro símbolo más de poder femenino. Estos triángulos entrelazados representan el amor incondicional.

Kasu Marimuthu rió con sequedad.

—¿Por qué un organismo secular y tan poderoso como el gobierno de Estados Unidos iba a utilizar el símbolo del amor incondicional para representar su fuerza militar y estamparlo en cada uno de los tanques, aviones de combate y misiles que fabrica?

—Eso da que pensar, ¿verdad? ¿Quiénes serán en realidad esos dirigentes? —Maya sonrió—. No importa, está donde está porque los hombres que lo pusieron ahí conocían su poder ilimitado. En tiempos de los grandes sabios y los hombres puros de corazón, una flecha podía alcanzar un blanco certero a muchos kilómetros de distancia si era lanzada después de haberle susurrado un mantra. Sin embargo, son hombres sin escrúpulos quienes ahora gobiernan el mundo, y si desean perpetuar su existencia parasitaria, no solo deben negar que esos símbolos posean poder alguno, sino que además tienen que dedicar todos sus esfuerzos a destruir su reputación y a impedir que otros puedan utilizarlos.

Kasu Marimuthu frunció el ceño y se cruzó de brazos.

—En cualquier caso, ¿por qué un símbolo sagrado iba a permitir que se hiciera un mal uso de él?

—La raza humana tiene la capacidad de emitir juicios de valor; las leyes universales, no. Una ley es una ley. ¿Acaso la gravedad hace diferencias entre un criminal o un santo? Los símbolos sagrados se rigen por leyes cósmicas universales. Están ahí para quienes quieran utilizarlos y prestarán su poder para sanar o destruir por igual. Cuenta una vieja historia que había un rey malvado a quien por fin Shiva se le apareció después de cientos de años de penitencia ejemplar y le concedió un deseo, lo que quisiera: riquezas, poder, la inmortalidad… Sin embargo, el rey solo deseaba una cosa del gran dios destructor: ¡poder para convertir en ceniza todo lo que tocara! Para ponerlo a prueba, el rey expresó el deseo de tocar la cabeza de su benefactor.

»¿Qué otra cosa podía hacer Shiva que dar media vuelta y echar a correr, con el rey a la zaga? Atento en los cielos, Vishnu, el protector, se transformó en una mujer de belleza irresistible y se apareció en el camino del rey. Fue un amor a primera vista. "Cásate conmigo", le suplicó él. "Júralo por tu cabeza", contestó la sílfide con timidez y coquetería, y sin pensárselo dos veces el rey se tocó la cabeza y se convirtió en ceniza.

»Los personajes son alegóricos, es evidente, pero Shiva es una fuerza obligada a responder ante un rey malvado del mismo modo que si se tratara de un santo que hubiera cumplido la misma penitencia. Asimismo, la energía inherente al pentáculo concederá su ayuda a quien la solicite.

—Por Dios bendito, no puedo creer que esté teniendo esta conversación contigo. Pero si ni siquiera escuchas la radio. ¿Qué sabrás tú sobre lo que ocurre al otro lado del mundo?

—Nada sé de las cuestiones internacionales, de modo que tal vez podría decirme de dónde procede la Estatua de la Libertad.

—Fue un regalo de los masones franceses.

Maya levantó la vista del dibujo.

—Vaya, vaya, no será una de esas sociedades secretas occidentales, ¿verdad? —dijo, y se echó a reír—. En la mano derecha sostiene el fuego en alto, el símbolo de su consorte, el dios Sol, porque en realidad ella es una reina diosa de la religión babilónica hasta la mismísima punta de los rayos que coronan su cabeza.

Kasu Marimuthu la miró con dureza. Aquella mujer estaba loca.

—En el caso de que fueran ciertas todas esas tonterías, ¿con qué fin la regalaron?

—Con el fin de concentrar el poder de una antigua, estrictamente pragmática y fría línea de sangre, que no es completamente humana. —Kasu Marimuthu enarcó las cejas con escepticismo al oír aquellas palabras, pero Maya continuó como si nada—. En estos momentos acumulan la mayoría de las riquezas de la tierra y un poder inconcebible, pero saben mantenerse entre las sombras, por lo que casi pasan desapercibidos. Su objetivo es el control absoluto: la dominación mundial, un mundo dirigido por un gobierno único. En la consecución de su fin, jamás corren riesgos. Entre bastidores, su dinero está en todas partes, tanto en el partido en el poder como en la oposición, jefes de Estado, gobiernos, organismos internacionales, bancos centrales, las industrias alimentaria y farmacéutica, los medios de comunicación y las organizaciones secretas que espían a la gente. De manera imperceptible, las masas acabarán cayendo en una especie de embotamiento gracias al sistema educativo y a una dieta constante de entretenimiento ideada para estimular los sentidos hasta que ni siquiera la pornografía más dura parezca suficiente. Atrapada en las distracciones, la gente no se percatará de que está siendo sistemáticamente desposeída de su poder ni de que están aniquilando su capacidad de despertar a su verdadero potencial. En menos de un siglo existirá algo llamado globalización que concentrará aún mayor poder en aún menos manos hasta que llegue un momento en que esa minoría controle a la mayoría. Empezarán instaurando un gobierno central en Europa.

—Espera un momento —la interrumpió Kasu Marimuthu, a punto de echarse a reír—. Por ser tú, hasta estoy dispuesto a creerme lo de los humanos-extraterrestres, pero lo de un gobierno central en Europa… Eso es una locura. Se odian a muerte. Sabes que ahora mismo Europa está en guerra precisamente para impedir que ocurra algo parecido, ¿verdad?

—La guerra es la oportunidad perfecta para aquellos que saben sacarle provecho. El Estado único europeo será una realidad, y más tarde Estados Unidos se unirá a México y Canadá.

—Los estadounidenses nunca lo permitirán.

—A fin de cuentas, Estados Unidos es el campo de batalla donde se librará la guerra terrenal entre el bien y el mal. La Declaración de Independencia, libertad, igualdad y fraternidad, redactada por los fundadores de la nación, fue el inicio de una visión sagrada que supuestamente un día había de transformar al mundo entero. Sin embargo, fuerzas malignas se lo han adueñado. Un día, el hijo y el nieto de un criminal de guerra nazi convicto se convertirán en presidentes americanos y el mundo vivirá en una economía de guerra permanente incentivada por políticas concebidas para aprovisionar secretamente de armas a ambos bandos, para que el mundo se eternice en una guerra provechosa. Y el petróleo, ¡ah! ¿Qué no harán por el petróleo? Llegará el momento en que descubrirán algo muy útil: el terrorismo. Quienes ostentan el poder atacarán a su propio pueblo y culparán a los terroristas. Se redactarán leyes severas en nombre de la seguridad, que convertirán a los estadounidenses, amantes de la libertad, en uno de los pueblos más controlados de la tierra, y todo ello con el único objetivo de imponer un gobierno mundial, un despiadado ejército internacional, una sociedad sin poder adquisitivo pero con una moneda única y la implantación de un sistema de identificación mediante chips insertados en el cuerpo. La humanidad acabará convertida en un manso rebaño de ovejas.

—Si todos vamos a acabar siendo animales manipulados, ¿queda alguna esperanza en el futuro? —preguntó Kasu Marimuthu, fingiendo estar horrorizado.

—Siempre nos queda la ley del karma, un nuevo ejemplo de una ley que no hace distinciones. Toda acción tiene consecuencias. Que se anden con cuidado. El abuso solo reporta cenizas. El sistema se resquebrajará. La oscuridad siempre sirve a la luz. La humanidad evoluciona hacia una conciencia chamánica y acabará por redescubrir su poder. Un día, el hombre hará lo correcto, sin importarle las consecuencias que ello pueda acarrearle, y ese día volveremos a ser libres. Tal vez nuestra generación no llegue a verlo, pero o todos nos concienciamos antes de que desaparezca la de Rubini o no habrá salvación posible. Todos somos uno, invisible aunque ineludiblemente conectados, y mientras haya una sola persona perdida, todos lo estaremos.

Dios viene

Por fin llegó el baúl lleno de libros sobre «todo lo que hay que saber de Japón» que había encargado Kasu Marimuthu. El hombre escogió los que consideró más relevantes e instó a Parvathi a que los leyera.

—Conoce a tu enemigo —dijo.

Sin embargo, ella se limitó a pasar páginas con desgana; historia. Datos soporíferos sobre emperadores, shogunatos, samuráis y aburridos acuerdos portuarios. Los apartó a un lado, se agachó junto al baúl y escogió un libro sobre arte japonés. Examinó los paisajes desconocidos, realizados con apenas unas simples pinceladas, pero, carente de la sensibilidad cultural para apreciar dicha austeridad, lo descartó y escogió otro. Empezó a echarle una ojeada por encima hasta que dio con la fotografía de una geisha. Se quedó mirando aquella cara de color hueso y los labios pintados de rojo escarlata, aunque solo la parte central de la boca. Como impelida a ello, tocó el extraño rostro. Su dedo era muy oscuro en comparación.

¿Acaso fueron los ojos de la mujer desconocida, tan fríos y distantes, o la idea de un rostro humano convertido en una máscara lo que hizo que sintiera afinidad con aquella pobre criatura? Leyó el pie de foto. «Geisha anónima, siglo XIX», era lo único que decía. Las geishas, y en ello insistía el autor, no eran prostitutas, sino mujeres muy preparadas que servían y entretenían a los hombres en las casas de té. Pero ¿cómo se podía entretener a los hombres si no era con el cuerpo?

Al final, cayó en sus manos una colección de cartas de amor que varias geishas habían dirigido a sus amados. No se trataba de alta literatura precisamente, pero era la primera vez que topaba con un escrito de carácter romántico y, por lo tanto, reclamó toda su atención. Al final extrajo la impresión de que, en Japón, todos los amores estaban malhadados. La geisha siempre acababa con el corazón partido o se suicidaba. Volvió a mirar la fotografía de la mujer desconocida.

—¿Tú también te suicidaste?

En el fondo del baúl encontró un libro sobre sexo que llevaba el eufemístico título de *vender primavera*. Estaba lleno de ilustraciones de hombres y mujeres entregados a actos lascivos. Escandalizada y fascinada por igual, las estudió con minuciosidad. Las ilustraciones eran cada vez más grotescas, hasta que las páginas acababan repletas de personajes horribles con los ojos en blanco, que se contorsionaban y se retorcían bajo unos genitales desproporcionados.

Una de aquellas ilustraciones le resultó más repulsiva que las demás: un pulpo gigante abrazando a una mujer y con la boca situada entre las piernas de esta de tal manera que parecía que estuviera comiéndosela. Con todo, lo que más desconcertó e intrigó a Parvathi fue que la mujer no parecía aterrorizada, ni repugnada, ni dolorida. De hecho, tenía una expresión de puro éxtasis. Esta gente no conoce la decencia, concluyó Parvathi. Sin embargo, acabó arrancando la página, doblándola en cuatro y escondiéndosela en la blusa.

—¿Recuerdas a Samuel West? —preguntó Kasu Marimuthu.

—Sí, ¿por qué?

—Menudo escándalo; se divorcia.

—¡Vaya!

—Tengo entendido que se sentía bastante atraído por ti. —Al ver la súbita expresión confusa de su mujer, como la de alguien sorprendido en un descuido, añadió con sequedad—: ¿Acabo de pillar a alguien con las manos en la masa?

Parvathi recobró la compostura de inmediato y lo miró directamente a los ojos.

—Como no sea que Maya esté haciendo pan. Si no, lo dudo mucho.

—En cualquier caso, es posible que vuelva —dijo Kasu Marimuthu sin dar más detalles; sin embargo, Parvathi no demostró interés en seguir indagando al respecto.

Pasaron tres meses en un abrir y cerrar de ojos, y aunque Parvathi seguía debatiéndose con los rudimentos, Kasu Marimuthu había adquirido unos conocimientos sólidos de japonés, al mismo tiempo que un extraño color céreo. Padecía náuseas, fiebre, escalofríos, vómitos, molestias estomacales y dolor generalizado. Su cuerpo había comenzado a pasar mercaptanos directamente a los pulmones. Según el médico, se trataba de un síntoma tardío de fallo hepático; según Maya, del «aliento de los muertos». Con todo, incluso en aquellas circunstancias, la sed de alcohol era a veces tan fuerte e incontrolable que nadie salvo Parvathi podía acercársele.

—Cógeme la mano. Tengo miedo —le susurró.

Parvathi tomó aquella maza áspera entre las suyas y se la sostuvo hasta que se durmió.

Abajo, Maya esperaba sentada en la mecedora.

—¿Ya se ha dormido? —preguntó.

—Sí —contestó Parvathi, y se sentó en el balancín que había enfrente.

Se meció con suavidad y los párpados se le cerraron, exhaustos, hasta que un chillido estremecedor perturbó su descanso. Parvathi se puso en pie: Kasu Marimuthu estaba despierto y necesitaba ayuda.

—Iré yo —se ofreció Maya al tiempo que se levantaba.

—¿Estás segura? —preguntó Parvathi, dejándose caer sobre los mullidos cojines sin esperar la respuesta.

Maya abrió la puerta y vio al hombre tumbado en la cama, muy rojo e intranquilo. La mujer apartó la mosquitera y él se volvió para mirarla, imponente, serena, impecable. Las poderosas manos de Maya se dirigieron hacia el vaso de agua que había en la mesita de noche, donde mojó un dedo que luego pasó por los labios resecos del hombre, quien sacó la lengua, cubierta por una película de un blanco amarillento, para absorber el frescor.

—Déjela ir —dijo Maya—. No necesita este cuerpo putrefacto allí donde va.

El hombre abrió los ojos y la boca muerto de miedo. Maya tenía el bigote perlado de sudor cuando se inclinó sobre la barriga de Kasu Marimuthu y empezó a masajearle la piel moteada con una infusión de aceite de sésamo y hierbas utilizando movimientos amplios y lentos. El miedo y el sufrimiento se disiparon bajo la contundencia y el peso de la mano. El hombre cerró los ojos.

—Lo sé —dijo—, no soy como mi abuelo. No es necesario que nadie me alimente con tierra y oro. Estoy preparado para dejarlo todo atrás. De todos modos, jamás me hizo feliz.

Maya asintió lentamente y siguió con los movimientos firmes y regulares hasta que el hombre se durmió.

El 25 de agosto, Kasu Marimuthu quedó postrado en la cama de manera permanente. Lo visitaron varios médicos, aunque ninguno depositó demasiadas esperanzas en su recuperación.

—Parvathi —la llamó Kasu Marimuthu. Parvathi se lo quedó mirando. Era la primera vez que la llamaba por su nombre verdadero—. Quiero que sepas que me alegro de haberme casado contigo —dijo—. Fui un idiota intentando perseguir la belleza. No es más que aire. Cuando ya no esté, no vistas el sari blanco de las viudas y, hagas lo que hagas, ni se te ocurra llevar la tienda. Véndela enseguida o tu familia, a la que jamás le has importado lo suficiente para protegerte de mi ira, vendrá a dilapidar todo lo que he construido. —El rostro de Parvathi no delató ninguna emoción. Solo oía que la había amado por pena. Kasu Marimuthu le cogió la mano de manera apremiante—. No seas tonta, debes creerme, vendrán para esquilmarte. Uno tras otro. Prométeme que lo venderás todo de inmediato. Lo he dejado todo dispuesto para que tú y los niños podáis vivir bien durante varias generaciones.

—Te lo prometo —dijo ella, y en ese momento lo decía de corazón.

—Los japoneses están a la vuelta de la esquina. Son gente cruel y despiadada. —Parvathi pensó en la mujer del pulpo—. A ti no te pasará nada porque no les gusta la gente morena. —La geisha de rostro blanco cruzó la mente de Parvathi como un relámpago—. Pero haz todo lo que esté en tu mano para proteger a mi hija. Córtale ese pelo tan bonito que tiene. El azul no le sienta bien, vístela de ese color. Dile al sastre que le haga blusas holgadas con telas viejas. Vístela de chico y escóndela como puedas. Ni siquiera la lleves al colegio, porque también aparecerán por allí. Enséñale tú en casa. Cuelga un retrato de Mahatma Gandhi en la entrada de la casa. Dicen que son amables allí donde topan con su rostro.

El sumo sacerdote del templo de Pulliar llegó con un grupo de brahmanes. Con sus moños y sus barrigas prominentes, habían venido ex profeso de la India para llevar a cabo un *yagna*. Se reunieron alrededor de un enorme hoyo rodeado por un brocal de ladrillos junto a la entrada de la casa y encendieron el fuego expiatorio a fin de invocar el divino favor de los dioses para el enfermo. El sumo sacerdote alzó la gruesa cuchara de madera con la que dio inicio a la ceremonia: entre porciones de *ghee* de pura leche de vaca ofrecieron a las llamas fruta, semillas, frutos secos, especias, trozos de coco, arroz, flores, hierbas, billetes, miel, leche y sal.

Sus cánticos incesantes, mantras sánscritos secretos que acababan con la palabra *swaha*, avivaban un fuego cada vez más intenso. Las voces no se parecían —profundas, estridentes, agudas, graves— y aun así se unieron en armonía y empezaron a elevarse en un crescendo tan retumbante que a Parvathi incluso se le erizó el vello de las manos.

—Arrojad una joya al fuego —dijo alguien.

Parvathi se quitó el brazalete y los sacerdotes lo ofrecieron a la hoguera. Continuaron alimentándolo un día y una noche. El cielo se encapotó, un trueno restalló en el firmamento y empezó a llover torrencialmente: los dioses habían aceptado la ofrenda. De pronto, todo el mundo parecía haber recuperado las esperanzas en la recuperación de Kasu Marimuthu.

Hasta que los sirvientes encontraron entre las cenizas la puntera de acero de uno de los zapatos importados de Kuberan. Corrieron a informar a la señora, retorciéndose las manos con gran consternación. ¿Quién podría haber cometido tal blasfemia? Parvathi sintió que se le humedecían las manos. Llamaron a Kuberan. Al principio, el niño lo negó, hasta que hicieron venir a Maya, quien estaba en la cocina. Kuberan le tenía miedo. La mujer se plantó delante de él con los brazos cruzados y lo miró fijamente hasta que este confesó. No lo había hecho de mala fe. Solo quería ver si el zapato ardía. De todas maneras, balbuceó, lo había arrojado al fuego después de que los sacerdotes hubieran terminado las oraciones. Los sirvientes miraron al niño boquiabiertos ante tamaño atrevimiento. Rubini desapareció y regresó con un bastón, que le tendió a Parvathi.

—Papá está demasiado enfermo para castigarlo, así que debes hacerlo tú —le dijo a su madrastra.

Parvathi asió la fina vara con fuerza y miró a Kuberan con el corazón en un puño. Nunca le había pegado. Él le devolvió la mirada sin arrepentimiento. Parvathi se mordió los labios. Sabía que todo el mundo pensaba que el niño había hecho algo imperdonablemente irrespetuoso al profanar una ceremonia sagrada, pero ella no lo veía así. Cierto, exigía mucha atención, estaba consentido y era capaz de paralizar a todo el servicio si desaparecía un juguete al que apenas le hacía caso, pero para ella no era más que un niño travieso que escarbaba agujeros en las paredes de los excusados para espiar a las chicas en el baño, y que una vez había salido de la cama en medio de la noche para pintar de verde chillón los pájaros blancos poco corrientes de Kasu Marimuthu. Se acercó y se colocó delante de él. Aunque no había sido la intención de Kuberan, el niño había echado a perder el *yagna* y luego había mentido al respecto.

—Lo siento mucho, Ama —se disculpó, con labios temblorosos.

Al verlo tan desamparado, a Parvathi se le encogió el corazón, pero los sirvientes estaban observando. Era necesario aplicar el castigo.

—La mano —dijo con voz gélida.

El niño extendió la mano. Qué pequeña e indefensa le pareció. Parvathi levantó la vara por encima de la cabeza y el niño retiró la mano casi en el mismo momento en que ella bajaba la vara y la hacía restallar contra la mesa que había al lado. Parvathi tenía el corazón desbocado. Kuberan la miraba con curiosidad, con su acostumbrado brillo vivaz en la mirada. Aquel niño debería, no, tenía que aprender que no podía hacer siempre lo que quisiera.

—Tendrías que haberle pegado —dijo Rubini en medio del silencio. Se volvió con la mirada encendida hacia su hermano y añadió—: Y tú no tendrías que haberlo hecho, Kuberan. —El diablillo le sonrió. Por un instante, su hermana se lo quedó mirando, desconcertada—. ¡Si le ocurre algo a papá, la culpa será tuya! —le gritó, y echó a correr con los ojos anegados en lágrimas.

Parvathi ordenó que todos se marcharan.

—¿Por qué lo has hecho? —le preguntó al niño, quien la miró sin temor.

Kuberan lo meditó un instante y luego sacudió la cabeza.

—No lo sé —contestó con tristeza.

—Pero sabías que ese *yagna* era por papá, ¿verdad? —El niño asintió despacio. Tal vez incluso arrepentido—. ¿No quieres a tu padre? —Los ojos de la criatura de repente se llenaron de lágrimas. No había pensado en las consecuencias de sus actos—. Ve a tu cuarto y no salgas hasta que yo te lo diga.

Kuberan se detuvo al llegar a la puerta y se volvió.

—Si papá se muere, no será por mi culpa, ¿verdad?

—No —contestó ella con dulzura.

Arriba, las fuerzas abandonaban a Kasu Marimuthu sin prisa, pero sin pausa.

Dos días después, el enemigo desembarcó en las orillas de Malaca. Llegaron noticias de las plantaciones de Melaka: se oía el retumbo de las bombas, no de las japonesas, sino de las británicas, que destruían los puestos estratégicos propios que dejaban atrás. Los capataces empezaron a abandonar los bungalows. «Salgo para Johore», decía el primer telegrama. Pronto no quedó ni uno. Los británicos habían abandonado el barco hundido. Los aviones sobrevolaban sus cabezas, de tres en tres. Parvathi nunca sabía si se trataba de los británicos o de los japoneses; solo que debían refugiarse bajo la escalera.

—¿Cómo se dice «amigo» en japonés? —preguntó Kasu Marimuthu, tirando del brazo de Parvathi para acercarle la boca al oído. Parvathi sacudió la cabeza. Ya lo había olvidado. Kasu Marimuthu volvió a tirar de ella—. *To-mo-dachi* —le susurró.

—*Tomodachi* —repitió Parvathi, y su marido sonrió, exhausto.

—El dolor ha desaparecido —dijo.

Había paz en su mirada y tenía el rostro resplandeciente. Nunca había tenido mejor aspecto.

Parvathi estaba limpiando la lámpara de aceite en el oratorio cuando oyó un débil tintineo, levantó la vista y vio que la estatuilla de Maya había perdido otro brazo. Consternada, no supo qué hacer durante un instante, pero no tardó en salir corriendo llamando a Maya.

La mujer salió inmediatamente de la cocina al encuentro de Parvathi. Se detuvieron en cuanto se vieron.

—A Nagama se le ha caído otro brazo.

—Entonces ha llegado el momento de partir.

—¡No puedes dejarnos ahora! —exclamó Parvathi.

Maya sacudió la cabeza.

—No soy yo la que debe partir, sino tú. Yo solo te seguiré.

—¿Qué estás diciendo?

—Esperemos a ver qué ocurre.

Kasu Marimuthu empezó a vomitar sangre. La tierra que lo había dado a luz lo reclamaba. No pasaría de esa noche. Para facilitar la separación del cuerpo etéreo del físico, Maya encendió una luz anaranjada y quemó sándalo en el dormitorio.

—Papá, no nos dejes, por favor —sollozó Rubini.

—No lo hagas volver, niña —la reprendió Maya con dulzura—, o quedará atrapado entre dos mundos. Ya ha completado su misión en la tierra y tiene que dejar atrás el pasado. Se ha abierto una puerta y unos seres divinos la atravesarán para acompañarlo de vuelta. Cántale que la cruce, hija.

Kasu Marimuthu tuvo una crisis de angustia en las primeras horas de la mañana. Le indicó a Parvathi con los ojos que se acercara y, cuando la tuvo lo bastante cerca, la asió del brazo y tiró de ella hasta tenerla junto al rostro desencajado. Restregó la mejilla hirsuta contra la de su mujer y le tiró el aliento cálido y fétido en el cuello. Estaba empleando las últimas fuerzas que le quedaban. Pronto, en cuestión de minutos, dejaría de existir. Sus palabras apenas fueron un susurro.

—Es importante. No te cortes el pelo, Parvathi.

Con esas últimas e insondables palabras desfiló hacia los brazos de la muerte el hombre más rico de Kuantan.

Kuberan recibió la antorcha con que debía rodear el féretro y eso hizo llorar a Parvathi. No por desconsuelo, sino por lo que le depararía un futuro incierto y poco prometedor. Ya nadie practicaba el satí, pero el sino de una viuda hindú no solía ser demasiado halagüeño. Si hubiera sido brahmán, también habría tenido que raparse la cabeza. En cualquier caso, la tradición aún le exigía que se hiciera invisible, que se convirtiera en menos que nada. Ya no podría dibujarse el punto de cúrcuma, vestir ropas llamativas, ni ponerse joyas. Con veintisiete años pasaría a ser la mujer que la gente no invita a las bodas ni a las ocasiones especiales. Ni siquiera podría bendecir a sus hijos ni tomar parte en ninguna de las ceremonias cuando estos se casaran. De hecho, una buena madre se ausentaría por completo, pues simbolizaba la mala suerte.

El funeral fue todo un acontecimiento. La casa estaba abarrotada de gente, mucha de la cual Parvathi jamás había visto antes de aquella ocasión. Una mujer enjuta y de piel oscura, con cinco pequeños pegados a ella, cayó al suelo junto al féretro y se puso a sollozar con tanta desesperación que Parvathi envió a un sirviente a averiguar quién era. Su marido era cauchero, un borracho empedernido que le pegaba sin piedad. Si no hubiera sido por el estipendio mensual de Kasu Marimuthu, los niños y ella habrían muerto de hambre. En las horas que siguieron, otras siete mujeres aparecieron rodeadas por su propia y lastimera caterva de niños para llorar a un benefactor generoso. Parvathi se quitó el *thali*, lo besó y lo puso dentro del féretro. Más tarde, un amigo íntimo de Kasu Marimuthu lo recuperó del lugar de la cremación y lo dejó caer en la palma de la mano de Parvathi. Como era costumbre, la joven lo donó a un templo.

Esa noche, el sonido de unas campanillas despertó a Parvathi.

Un chinchín, chinchín, chinchín que recorrió los desiertos pasillos acristalados, bajó por la escalera, atravesó el patio y se dirigió al despacho donde acabó muriendo tras ir apagándose poco a poco. Parvathi permaneció tumbada, tranquila. Sabía que solo se trataba de unas campanillas de bailarina, las campanillas de Rubini, aunque, ¿qué demonios estaría haciendo la niña a aquellas horas de la noche? Las primeras notas de música clásica india demasiado alta la sobresaltaron. Las luces del escenario de la isla se encendieron y Parvathi se levantó y salió al balcón. Rubini remaba hacia el islote. La mujer buscó los anteojos. Iluminada por las potentes luces, la niña subió al escenario y se rindió a la música de inmediato. Ah, Rubini, inflamándose, a punto de estallar, bailando para su padre. Ataviada con su traje de luto, Parvathi asistió al mejor y último recital de danza de Rubini.

El retrato de Gandhi llegó al mismo tiempo que el abogado. Mientras los chicos colgaban la imagen frente a la entrada, Parvathi se enfrentaba al abogado, flanqueada por los dos niños. El hombre le dijo que su difunto marido le había dejado todo a ella salvo la dote de Rubini —una suma considerable y una casa en Bangsar, Kuala Lumpur— y unas tierras con que pagar la educación del niño. Le había confiado la decisión de cómo dividir los bienes entre sus hijos cuando llegara el momento. Existía una cuenta en Coutts & Co. donde había depositadas sesenta mil libras esterlinas que le serían transferidas automáticamente. El hombre le hizo entrega de las copias de las escrituras de todas las tierras y las propiedades de las que ahora era dueña.

Cuando el abogado se hubo ido, Parvathi escondió la documentación detrás de los libros de la inmensa biblioteca. Esa misma noche, Maya y ella sacaron las joyas que había en la caja fuerte y las enterraron debajo del flamboyán.

Las visitas cesaron al tercer día.

Parvathi fue a llevarle comida a la cobra vestida con el sari blanco de luto. Se agachaba junto al altar para verter la leche cuando oyó un susurro a sus espaldas; algo apartaba las hojas del mango. Se volvió, sin prisa, muy despacio. Cuánto tiempo había esperado ese momento... Una cobra imponente de lomo dorado entraba en el santuario de madera arrastrándose por las vigas. ¡Su dios era enorme!

Llevaba años acudiendo a aquel lugar para alimentarlo y había alcanzado un tamaño y una presencia espectaculares. Nadie lo había visto hasta entonces. Silbaba y era negro como la noche; sin embargo, Parvathi no le tenía miedo.

La cobra no se acercó a beber la leche, sino que se quedó entre las sombras, a la entrada del templo, enroscando el enorme cuerpo. Lenta, majestuosa, irguió la cabeza en alto, desplegó la capucha por completo y la miró fijamente. El dios de Parvathi. La joven cayó de rodillas con las manos unidas. Se sostuvieron la mirada largo rato hasta que por fin la serpiente cerró la capucha y avanzó. Pasó tan cerca de ella que la rozó con el cuerpo. Mientras Parvathi observaba, se bebió la leche y se comió los huevos: con delicadeza, los asió con la boca antes de cerrarla limpiamente sobre ellos. Una vez que hubo dado cuenta de los huevos, se fue del mismo modo en que había llegado, en silencio. Parvathi se sentó en el suelo, emocionada de tanta dicha. Qué privilegio. Dios había respondido a sus plegarias. Debió de quedarse allí durante horas, segura de que ahora estaba a salvo de todo.

Samuel West llegó esa tarde. Se paseó nervioso por la veranda, arriba y abajo, hasta que Parvathi apareció por la puerta. La miró sorprendido.

—Nunca te había visto así.

De manera inconsciente, Parvathi se llevó la mano al cuello desnudo, para cubrírselo. Nunca había estado ante él sin pintar y sin sus joyas.

—Las viudas no se adornan.

—Tengo que hablar contigo —dijo en tono imperativo.

Parvathi miró aquellos ojos marinos. El hombre había conservado toda su belleza.

—Por supuesto, señor West.

Le mostró el camino hacia el patio, pero él miró a su alrededor.

—En un sitio más privado —pidió.

Parvathi cerró la puerta del despacho detrás de ellos y se volvió hacia él.

—Los japoneses están al caer —anunció el estadounidense—. Tienes que irte de aquí cuanto antes, así que he reservado billetes para Estados Unidos. Hay que salir desde Singapur. No soy tan rico como tu difunto marido, eso es evidente, pero puedo proporcionarte una vida acomodada.

Parvathi se quedó atónita.

—No —contestó—. No puedo irme… Están los niños, y Maya.

—Los niños y Maya también pueden venir.

—Aun así, no.

—¿Por qué?

—¿No existe la segregación en Estados Unidos?

Él la miró, desconcertado.

—Soy del norte.

—¿Qué seremos en su país? ¿Acaso no siguen mirando, señalando y riéndose de la gente como yo? —La miró avergonzada—. ¿Cómo voy a hacerle eso a mis hijos?

—Entonces, yo también me quedo —dijo él, comprendiendo por su expresión que Parvathi no iba a cambiar de opinión.

—No debe. Aquí los extranjeros no están a salvo. No me pasará nada. Por favor, señor West, váyase. Volveremos a vernos cuando acabe la guerra.

—¿Hay algo que pueda decir o hacer para que cambies de opinión?

—No —contestó Parvathi, sonriendo para suavizar la negativa.

—Pero volveremos a vernos cuando acabe la guerra —insistió él, tenaz.

Parvathi descubrió tanta determinación en aquellos ojos marinos que se sorprendió. Vaya, después de todo, ella le importaba. Al menos, en esos momentos.

—Que tengas un buen viaje, Samuel —dijo Parvathi.

—Eres hermosa incluso sin adornos —contestó él, con aspereza, y se alejó a grandes zancadas, sin volver la vista atrás.

Los japoneses llegaron a Kuantan.

Parvathi encontró a Rubini en su dormitorio. Estaba sentada delante del escritorio y parecía que hubiera estado llorando, pero miró a Parvathi con frialdad, reprimiendo el dolor; no estaba dispuesta a aceptar la compasión de nadie y hacía tiempo que había dejado muy claro que no iba a someterse a la autoridad de su madrastra.

—Rubini, hay que cortarte el pelo —anunció Parvathi.

Rubini, vestida con un blusón holgado de color azul grisáceo, miró el sari blanco de Parvathi con desdén.

—Cuando mi padre todavía vivía, a veces me reprimía para no decirte lo que pensaba, y me costaba tanto que me ponía a temblar y tenía que salir de la habitación. Al menos ahora ya puedo decir lo que quiera. No eres mi madre, así que no me digas lo que tengo que hacer. Considérate afortunada de que no estemos en África. Allí las viudas han de beberse el agua en que han lavado a sus difuntos maridos.

Parvathi se quedó boquiabierta.

—No lo entiendes, ¿verdad? Ya están aquí. Nadie está a salvo. Hay que cortarte el pelo cuanto antes. Es lo que quería tu padre.

—Córtate el tuyo si quieres. Ah, y otra cosa, ya puedes cancelar las clases de baile. No pienso volver a bailar nunca más.

—¿Por qué?

—Porque lo odio. Solo bailaba para complacer a papá, para ser la hija perfecta y estar a la altura de lo que se esperaba por ser mi madre quien era —contestó la joven, y abandonó la habitación.

Bajo el árbol en que había instalado su clínica, Maya le dijo a una mujer que se acercó cojeando que metiera los talones agrietados en su propia orina durante quince minutos.

—Ya verás como se cierran en nada.

Tomodachi

Kupu estaba sentado en el suelo, afilando la hoz, y Parvathi se encontraba en el balcón cuando el coche dobló hacia la entrada de la casa. Habían arrancado las puertas del automóvil, por donde asomaban tres espadas en alto. Parvathi recordó haber leído que nadie que hubiera visto una espada japonesa escapaba a la impresión del brillo de la hoja. Hechas para decapitar, eran al hueso lo que el cuchillo a la mantequilla derretida.

El coche se detuvo en el porche y sus ocupantes se apearon de un salto. El golpe sordo de las botas contra el suelo fue salvaje, brutal. Intercambiaron entre ellos unas palabras guturales que parecían ladridos.

Parvathi corrió a lo alto de la escalera y vio que los sirvientes habían empezado a reunirse en el patio, detrás de Maya, como un rebaño de ovejas asustadas.

—¿Dónde está Rubini? —preguntó.

—En la jungla —musitó Maya.

Y a pesar de cuánto le había preocupado su capacidad para enfrentarse sola a un futuro incierto, la dueña de Adari bajó la escalera a toda prisa y, sin pensárselo dos veces, se colocó delante de la curandera. El enemigo entró sin esperar invitación, hombres grotescamente bajitos vestidos con camisetas sudadas, gorras de lona con una solapa que les protegía las orejas y el cuello, y botas que llevaban por encima de los pantalones marrones y que les hacían bolsas en las rodillas; sin embargo, en sus rostros no había nada que sugiriera comicidad. Fríos, impacientes, coléricos, pendencieros, cada uno de ellos era una extensión de su espada reluciente.

De pronto, se detuvieron en seco y miraron a su alrededor. Boquiabiertos, dejaron escapar sonidos maravillados, «oh, ah, oooh, oh»; sin embargo, no tardaron en recordar quiénes eran y revertieron en los seres que hablaban con gruñidos y no dejaban de apuntarlos. Mahatma Gandhi esbozaba una tranquila y benevolente sonrisa desde su marco. Resistencia sin violencia.

Con las manos unidas a la espalda, Parvathi hizo una profunda reverencia.

—*Ohayo gozaimasu.*

Maleducados como eran, no contestaron. Se limitaron a seguir gruñendo con las espadas en ristre. Parvathi había oído que era mejor así, pues hablaban un inglés indescifrable, la sangre les hervía con facilidad cuando alguien no entendía sus necesidades y la incomprensión volvía la posición vertical de aquellas hojas relucientes en una horizontal de movimientos rápidos. Sin embargo, resultó que Parvathi no tuvo problemas para comprender sus burdas maneras. En realidad era muy sencillo: venían a por la casa en nombre de su emperador.

Su difunto marido había acertado al sospechar que se la expropiarían para mayor gloria del Imperio. Llegado el momento, el hombre ya lo había dispuesto todo de antemano para que la familia se mudara al domicilio que había sobre la tienda, salvo que los japoneses también lo quisieran. Si ese fuera el caso, continuaba existiendo un plan alternativo: una casita en medio de una plantación de caucho, cerca de Pekan. Llévate el coche, le había dicho. Allí no irán. Temen nuestras selvas.

Parvathi se transformó en un abrir y cerrar de ojos en ese ser tan odiado que asiente con vigor y se arrastra por el barro para complacerlos. *Hai, hai,* por supuesto, enseguida, cómo no, señor. El momento de la entrega y la recepción solo se vio interrumpido cuando un soldado malhumorado escoltó al interior a sus hijos, el niño sollozando y la niña pálida. Parvathi no daba crédito a lo que veían sus ojos. Después de todo lo que le había dicho su marido, ¿cómo era posible que los hubieran cogido tan desprevenidos, que fueran tan ingenuos, que se encontraran tan al borde de la destrucción?

—Mmm... —musitó uno de los soldados, aunque emitió aquel murmullo tan inofensivo desde una parte tan honda de la garganta que apenas el grosor de una hoja seca lo separaba de perder su condición de sonido y convertirse en una agresión real.

Uno de ellos se acercó a Rubini, la agarró por el pelo y tiró de la cabeza hacia atrás para verle la cara. El soldado movió nerviosamente la nariz mientras emitía una especie de «ho», «hoh» u «oh». Una de las sirvientas dio un grito ahogado, pero la niña cerró los ojos con fuerza y se negó a gimotear. Parvathi empezó a temblar de miedo. No podía hacer nada. No eran hombres. Eran bestias. Otro soldado flanqueó a Rubini. No rió ni hizo ningún comentario obsceno, pero la miró con lascivia. Con la emoción del hallazgo, ninguno había reparado en el camión que se acercaba.

Al oír un portazo, los hombres se miraron sorprendidos. Un soldado entró corriendo en la casa y adoptó la posición de firmes. Los hombres arrojaron a Rubini a un lado de inmediato y formaron fila, con las manos alzadas a modo de saludo. Acto seguido, apareció un hombre con aire resuelto, seguido por un asistente que le pisaba los talones. Vestía un uniforme militar entallado por un cinturón, condecorado con insignias y medallas en el pecho y los hombros, y una gorra de material rígido con visera. Lucía varias estrellas doradas en el cuello. Él también llevaba espada, pero enfundada a un lado. Tenía un porte majestuoso, regio y un rostro plano e inescrutable. No hizo falta nada más para saber que no era uno de ellos. La irritación y la rabia rezumaban en la rápida mirada con que evaluó la situación.

Se acercó a la formación y los abofeteó uno por uno al puro estilo japonés, con tanta fuerza que se vieron impulsados hacia atrás. Sin embargo, lo hizo con un autodominio mucho más cruel que la brutalidad desmandada de sus hombres. Tenían las mejillas encarnadas y a uno de ellos le temblaba la mandíbula con un tic incontrolable, pero todos siguieron mirando al frente sin abrir la boca. En cuestión de minutos, había reducido a la categoría de subalternos incompetentes a los hombres que se pavoneaban con cabezas humanas ensartadas en sus espadas.

La tensión se respiraba en el ambiente ante el poder absoluto que aquel hombre ejercía sobre sus subordinados. Abrió la boca para decir algo y, de pronto, los ladridos salvajes se convirtieron en una colección de siseos amenazadores. Parvathi entendió una palabra, *bakairo*, un reniego que equivalía a «maldito idiota».

—Sí, señor —admitieron todos a una.

Y entonces aquel hombre de frío autodominio posó sus ojos en ella, los ojos más pequeños, negros y glaciales que Parvathi hubiera visto jamás. El pánico hizo presa en ella, una gélida garra metálica que le atenazó el estómago. Parvathi hizo una reverencia. Incluso más pronunciada que la anterior. Quién habría dicho que caería tan bajo. Unos centímetros más y tocaría con la cabeza en el suelo. Unos zapatos pulidos de cuero negro —distintos de las botas toscas de los soldados— aparecieron ante sus ojos. Parvathi permanecería inclinada hasta que alguien dijera algo.

—Se considera una falta de respeto prolongar una reverencia —dijo el hombre en un inglés apocopado, aunque perfecto.

Su dominio del idioma la sobresaltó e hizo que perdiera el equilibrio y tuviera que apoyarse en las manos para no caer. La primera vez que pudo observarlo con detenimiento fue desde aquella posición servil. Tenía una tez lechosa y azafranada, la nariz chata y los pómulos altos, coronados por un arrebol apagado. El labio superior era más grueso que el inferior, pero ambos perfilaban una línea recta. En cuanto a los ojos negros, solo había una palabra para describirlos: impenetrables. En conjunto, la máscara móvil y dotada de aliento de un completo y desconfiado xenófobo.

Su visión de Occidente muy poco tenía de gloriosa; la consideraba una civilización blanda, enfermiza y corrupta, adicta a la decadencia y la satisfacción personal. Mercaderes sin ideales, sin moral ni espiritualidad y sin sentido del honor. Sin embargo, vestía ropa europea, admiraba la arquitectura francesa, utilizaba estrategias navales británicas y confiaba en el armamento occidental para erradicar la plaga de la occidentalización del mundo entero.

A pesar de todo, de pronto, lo que los *rishis* afirman se confirmó: es posible mirar a un hombre a los ojos y ver en ellos el reflejo de su alma. Parvathi lo miró a aquellos ojos severos e implacables y no vio en ellos a un tirano fascista sino una puerta, una que se abría para franquearle el paso. En el interior de aquella oscuridad se hallaba todo lo que había que saber sobre él; por lo menos, lo importante. De modo que, aunque Parvathi no supiera su nombre, ni dónde vivía, ni cuáles eran sus aficiones, supo que una vez había trabajado con las manos, haciendo algo delicado. Supo que era estricto y exigente, pero también que en algún momento había sido amable y bondadoso. Que su proceder despiadado y cruel no era innato, sino adquirido.

Instantes después, todo había desaparecido. La puerta se había cerrado. En la noche de aquellos ojos, negra como un escarabajo, algo más se agazapaba.

—Le ruego que disculpe a mis hombres. Me temo que no se los escoge para la vanguardia por su sensibilidad.

—No nos han hecho nada.

—Muy bien. Por si todavía no les han informado, tienen veinticuatro horas para desalojar la propiedad. Pueden llevarse sus efectos personales, pero deben dejar los muebles, los coches y los sirvientes —dijo, como si tuviera todo el derecho del mundo a ir apropiándose del hogar de la gente.

Sin embargo, Parvathi sabía que aquello no era todo. Aquel hombre quería algo más, algo incomparablemente más valioso.

Parvathi bajó la vista hacia Rubini. Oh, mi niña, mírate, con todos esos rizos y esos ojos. Tendrías que haberle hecho caso a tu padre. Tendrías que haberte cortado el pelo. Tendría que haberte sujetado con firmeza y haberte rapado. ¿Qué haremos ahora?

El hombre siguió la dirección de la mirada dirigida a la niña, pero las palabras que abandonaron aquellos labios, tan finos que apenas dibujaban una línea, no perseguían su destrucción.

—Si desea salvaguardarla, puede ocupar su lugar —dijo, en voz baja.

Parvathi lo miró, atónita y boquiabierta. Aquellos ojos insondables se clavaron en ella.

Sí, Parvathi sabía que aquel hombre iba a asestarle el golpe de gracia, pero jamás habría esperado algo así. Su marido y las *mamis* siempre habían asegurado que a aquella gente solo le interesaban las mujeres de piel blanca y, en cualquier caso, únicamente para violarlas, como si fueran un pañuelo de usar y tirar. Estaba aturdida. ¿No se habría equivocado y habría malinterpretado sus palabras?

—Discúlpeme, general, señor —dijo—, no le he oído. ¿Podría repetirlo?

—Me ha oído. —Implacable, sin sonrisa de ánimo. Nada. Solo un muro imperturbable pidiéndole que fuera su *ianfu*, su «mujer de consuelo». No hacía ni una semana que Parvathi vestía el sari blanco de viuda.

—Decídase rápido. El tiempo es oro —la increpó, impaciente.

—No puedo. Soy viuda. No hace ni una semana que murió mi marido —contestó.

La fina línea que dibujaban aquellos labios se entreabrió un resquicio, por el que escapó un susurro que pretendía ser amable.

—No me malinterprete. No es una petición.

En ese momento, Parvathi vio algo en sus ojos que nunca había visto ni en los de su marido ni en los de Samuel West. Detrás de aquella pretensión de frialdad se ocultaba la pasión, palpitante, tan palpitante que la oía retumbar. ¡La deseaba con todas sus fuerzas! Y no solo de pañuelo de usar y tirar. De repente comprendió que no había nada que aquel hombre pudiera ocultarle. Estaban conectados a un extraño nivel primordial. O no era la primera vez que sus caminos se cruzaban. Conocía su sabor.

Parvathi bajó la mirada. ¿Qué le ocurría? Pestañeó y él volvió la vista hacia Rubini, esta vez con toda la intención. Habían hablado tan bajo que nadie podía haberlos oído.

Todo había adquirido una cualidad irreal.

—Solo le pido un favor, señor, ¿sería posible que mis hijos y los sirvientes… Y mis amigos… Que mi comunidad no supiera de este… cómo decirlo… acuerdo?

El modo en que el hombre frunció el ceño no presagiaba nada bueno.

—Pide demasiadas cosas. Quiere esto, quiere lo otro. Basta. Cuando esté con un japonés, no le pida nada de manera tan directa. Tiene que decir amablemente: «Si no es mucha molestia, ¿sería posible…?». Y pida solo una cosa cada vez.

—Si no es mucha molestia, ¿sería posible pedirle algo, general, señor?

—Por supuesto —contestó él, inclinando la cabeza.

—¿Sería posible que no lo supiera nadie?

Por un momento, algo asomó a la mirada del hombre.

—Creo que podría arreglarse.

—Eso sería muy amable de su parte. Muchísimas gracias, señor.

El hombre hizo una reverencia, una reverencia rígida y formal. No hubo nada desdeñoso o descortés en ella, pero cuando sus miradas se cruzaron de nuevo, la del general había cambiado; ahora era pícara, fresca. Como si gracias a la petición de secretismo ella lo hubiera embarcado en un juego. Él era el desierto que abría los brazos a la caravana de mercaderes, invitándolos a cruzarlo. Tal vez los cerrara a medio camino. Ellos se arriesgaban por los beneficios potenciales. Ella, por la niña. Era un sacrificio. ¿Qué otra opción tenía?

—¿Necesitará ayuda para el traslado?

—No, señor —contestó Parvathi—. Viviré sobre la tienda de mi marido, en la ciudad.

—Puede dejar parte de sus pertenencias en una de las habitaciones. Cuando necesite algo, venga a buscarlo personalmente. —Parvathi asintió despacio. Desconcertada. Con los ojos clavados en aquellos labios que le hablaban—. Mañana a medianoche enviaré a alguien a buscarla —añadió el hombre, y el deseo que Parvathi adivinó en aquel rostro era tan intenso que tuvo que apartar la mirada, avergonzada.

—Pídale que vaya a la parte de atrás de Marimuthu's General Store, en Wall Street —dijo ella.

Él asintió con una breve inclinación de cabeza y se alejó. Los hombres reprendidos lo imitaron después de colgar pancartas en la entrada de la casa. Los sirvientes empezaron a hacer las maletas mientras Parvathi oteaba el mar desde el balcón, con la mirada perdida. Al cabo de un rato oyó algo a su espalda. Era Rubini, aunque estaba muy pálida y desconocida. Llevaba el bonito pelo suelto y sin adornos, sin los abalorios de colores con que tanto le gustaba entretejérselo. Esta vez había escapado, pero ¿qué ocurriría en la próxima ocasión? Quizá entonces no se libraría.

—¿Qué ocurre? —preguntó Parvathi.

Rubini le tendió unas tijeras con la mirada velada por el odio y la rabia.

—Ese hombre… —dijo, reprimiendo su furia—. He olido la mierda que lleva bajo las uñas.

Pobre, pobrecita criatura, ahora entendía por qué debía ocultar sus encantos.

En silencio, sacaron una silla al balcón y Rubini tomó asiento. Parvathi le hizo una trenza y a continuación, inspirando profundamente, se la cortó a poca distancia de la nuca.

—Tendré que arreglártelo un poco —dijo, entregando la gruesa trenza a Rubini.

La joven la dejó en el regazo y colocó ambas manos sobre ella.

—¿Sabes qué?, tengo que contenerme para no saltar cada vez que me tocas —dijo con voz temblorosa. Las manos de Parvathi se detuvieron. La niña continuó hablando—: Y cada vez que te veo, recuerdo que le preguntaba a mi madre dónde estaba mi padre y que ella me contestaba que se había ido a casa con su mujer, que no podíamos ser egoístas, que teníamos que aprender a compartir. Y luego recuerdo la noche en que se supone que murió de fiebre. Yo estaba allí. Vi cómo se tomaba el herbicida. Creen que no lo sé. Cómo voy a olvidar la boca y la barbilla quemadas y el modo en que se retorcía por el suelo. Y los gritos, cuando me decía que nunca olvidara que no me abandonaba, que lo hacía por mí, para que no tuviera que ser la bastarda de la bailarina, para que pudiera vivir en casa de mi padre. Fue un acto de generosidad, pero yo habría sido más feliz siendo la bastarda de la bailarina. No tendría que haberlo hecho. No era necesario. —Volvió el rostro cubierto de lágrimas hacia Parvathi—. Sé que eres buena persona y que no tienes la culpa. Y lo siento mucho, pero siempre estoy tan enfadada contigo que a veces tengo que arremeter contra ti. Había momentos que incluso pensaba que tú lo habías arreglado todo para ocupar el lugar legítimo de mi madre en esta casa y que me habías apartado de su lado. Incluso ahora, en ocasiones me sorprendo pensando que, si no fuera por ti, ella seguiría viva y estaría en esta casa, conmigo. Me he comportado de manera imperdonable contigo y me siento culpable y avergonzada porque sé que no te lo mereces. Da igual lo grosera o injusta que haya sido, no recuerdo ni una sola vez en que me hayas alzado la voz. No creo que pueda llegar a quererte, pero te prometo que desde ahora en adelante haré todo lo posible por portarme bien contigo.

Cuando el último rizo oscuro cayó al suelo, Parvathi cerró las tijeras y las dejó en la mesa.

—Siento lo de tu madre —dijo—. Una vez la vi bailar y me pareció la mujer más triste y bella que jamás hubiera visto. Aunque pueda parecerte extraño, yo también desearía que estuviera viva.

Rubini se acercó al espejo y se detuvo horrorizada. Era como si estuviera viendo a otra persona. Arrugó la cara y salió corriendo.

Esa noche Parvathi soñó que estaba en el funeral de su marido. Ya habían cerrado el ataúd, pero pidió que volvieran a abrirlo. En su interior, vio que el cadáver de Kasu Marimuthu no estaba hinchado ni tenía manchas, sino que lucía un aspecto tan saludable y lozano como cuando se casaron. Al agacharse para observarlo con mayor detenimiento, este abrió los ojos de repente y se incorporó.

—¿Qué demonios os pasa a todos? —preguntó, quitándose las guirnaldas con un gesto brusco—. Todavía no estoy muerto.

Parvathi se despertó y permaneció tumbada en la cama, en medio de la oscuridad.

El general japonés la había tocado con sus ojos.

Sin embargo, no debía olvidar que no había nada especial en que él la deseara. Con el tiempo, había aprendido que los hombres tenían «necesidades». Incluso las autoridades japonesas, con sus procederes draconianos, habían tenido que mantener como un mal necesario el reclutamiento forzoso de mujeres extranjeras para que prodigaran favores sexuales al ejército, por deplorable que fuera. De todos modos, ¿acaso no había dicho Maya que, en este mundo, lo que quieres te quiere? La luz atrae a la luz. Una buena mujer atraerá a un buen hombre. Una persona atractiva busca a otra persona atractiva. ¿Qué había atraído ella? Un ladrón en busca de otro.

Incapaz de retomar el sueño, se levantó de la cama y recorrió la casa, habitación por habitación, paseándose en silencio bajo la luz de la luna. Se acercó hasta la playa y se sentó a ver cómo la arena se le escurría entre los dedos. Así se sentía ella. Todo se le escurría entre las manos. Cuanto más apretaba, más rápido desaparecía. Siguió allí sentada, escuchando el rumor de las olas hasta que vio encenderse la luz de la cocina y supo que Maya se había despertado.

El anglófobo

En aquellos tiempos, la ciudad solo tenía dos calles: Main Street y Wall Street. Ambas estaban cubiertas de escombros, aunque no como para obstruir la circulación. La tienda se encontraba en la esquina de Wall Street, con sus postigos de madera que se abrían hacia fuera. En otros tiempos más propicios, la entrada se decoraba con sartas de jazmines. El interior estaba bañado por una luz mortecina y había sacos de guisantes, frutos secos, lentejas y arroz desperdigados por todas partes. Nada más cruzar la puerta, a la izquierda, varias cajas de madera de caoba a rebosar de especias ocupaban toda una mesa. Las paredes estaban revestidas de estanterías que iban del suelo al techo, repletas de pastillas de alcanfor, jabón, pasta de dientes, latas de comida importada, estropajos, incienso, sosa y lámparas de barro. La máquina registradora era un sencillo cajón de madera compartimentado junto al que se sentaba un hombre, vestido con un *veshti* blanco, que se encargaba de hacer las sumas. Encima había un altar con imágenes enguirnaldadas de Mahaletchumi y Pulliar. Al fondo, casi en completa oscuridad, estaban los plátanos, madurando lentamente.

En el piso de arriba había dos habitaciones, un salón y un cuarto de baño. Los niños guardaron silencio, apabullados. Dejaron las maletas en el suelo y corrieron a la ventana a mirar la calle. De pronto, Rubini se puso a chillar: había una rata en la habitación. Los empleados sacudieron la cabeza, resignados, y dijeron que no había manera de deshacerse de ellas. Lo habían probado todo, pero ejércitos de roedores campaban a sus anchas. Las cucarachas tenían a bien dedicarles las mismas atenciones. Había tantas que a veces llovían sobre sus cabezas. El cabello humano era su pista de aterrizaje preferida. Rubini abrió un paraguas y no lo cerró hasta que estuvo a resguardo bajo la mosquitera. Parvathi quiso compartir su dormitorio con Maya, pero esta se negó. Solo sería una molestia; rezaba y preparaba las medicinas a horas intempestivas.

—Con esto me apaño —aseguró, después de encontrar un banco en la planta baja y colocarlo en la despensa.

Acto seguido, se dirigió a la cocina, y seguía limpiándola a las cuatro de la tarde cuando el vendedor de *vadai* se pasó por allí, llevando su mercancía en un cesto sobre la cabeza.

—Ama —llamó el hombre con voz lastimera desde la puerta trasera. Maya salió a atenderlo—. Hoy traigo *vadai* muy bueno.

Le compró cuatro por medio céntimo y los subió con una tetera.

A la hora de la cena, un aroma delicioso salía de la cocina. Los empleados de la tienda se congratularon. No se habían equivocado al presumir que los manjares exquisitos pronto se convertirían en algo cotidiano.

No tenían electricidad, pero Maya encontró una vieja lámpara de queroseno. La encendieron y se sentaron alrededor de la luz que desprendía; Rubini, bajo su paraguas. La sesión de las seis del cine de enfrente había terminado y a las nueve la calle se había sumido en un silencio inquietante. Maya salió a hacer un recado, pero a las diez ya estaba de vuelta. Se retiró a su habitación y cerró la puerta.

A las once y media, Parvathi esperaba tras la puerta. Estaba a punto de desencadenarse una tormenta eléctrica y las ranas daban un concierto en las alcantarillas, por lo que temía que no fuera a oírlo si alguien llamaba. Truenos y relámpagos iluminaban el firmamento. Pronto empezaría a diluviar. Abrió la puerta al primer golpecito suave. El conductor y ella se saludaron con una pequeña reverencia.

Parvathi subió al asiento trasero del coche. Cuando el vehículo se detuvo al final del trayecto, no habían cruzado ni media palabra. La joven salvó los peldaños de la entrada con el corazón en un puño, giró el pomo de la puerta principal y se convirtió en una invitada en su propia casa. Todo estaba igual y, aun así, igual que la lluvia transforma el desierto, en su imaginación su ausencia había alimentado la casa de manera extraña. Descubrió sombras que no reconocía y un nuevo silencio. También descubrió majestuosidad. Había vivido allí y no había sabido apreciarlo hasta ese momento.

Se dirigió al despacho y llamó a la puerta con suavidad.

—Adelante.

Estaba sentado tras el escritorio. No llevaba ni la chaqueta ni la espada, solo la camisa blanca de los oficiales japoneses. Dos estrellas doradas relucían en el cuello almidonado. Había tinta negra en un pequeño recipiente. Un sujetapapeles de cristal retenía un mapa en blanco y negro con cruces y puntos rojos. El hombre se levantó y le indicó una silla con un gesto de cabeza. Parvathi tomó asiento.

—Esta casa está repleta de lujos y excesos occidentales —comentó el general para entablar conversación. Al ver que la mujer no respondía, lo dejó correr y se acercó a la ventana, dándole la espalda—. Su difunto marido debió de ser un hombre peculiar para guardar apenas un puñado de papeles sin relevancia en la caja fuerte.

Parvathi lo miró. Era el enemigo, uno de aquellos hombres que, según su marido, habían venido para enseñar a los malayos la diferencia entre la sangre venosa y la arterial. La roja y la oscura. No confíes en ellos. Solo fingen que desean iluminarnos. Nunca olvides que no vienen a liberarnos, sino a tomar sin preguntar. El hombre se volvió ligeramente hacia ella. Tenía una expresión dura, incluso entre las sombras. Se miraron bajo el resplandor de los destellos azulados.

—¿Cuál es su dormitorio?

—La primera habitación del ala oeste.

—¿Y el cuarto de las muñecas?

—Era el dormitorio de la primera mujer.

—Ya —dijo el hombre y se acercó. A Parvathi le sorprendió el modo en que movía los brazos al caminar; le resultó muy poco atractivo. Se detuvo delante de ella—. Lléveme a su habitación.

¿Qué iba a decir? En cualquier caso, lo que podría haber dicho le estaba vetado. Parvathi se volvió y lo condujo escalera arriba. La joven iba descalza y sus pies desnudos acariciaban la piedra, pero las botas del general producían un sonido hueco contra el suelo. Parvathi recordaría ese repiqueteo hasta el día en que muriera. La lluvia empezó a arreciar. La antigua señora de Adari abrió la puerta del dormitorio y entró en el que en otro tiempo había sido su cuarto. El hombre la siguió y cerró la puerta detrás de él. Fuera, bajo el fulgor de los relámpagos, los cocoteros se doblegaban ante el viento implacable que azotaba las hojas con furia desmedida. La lluvia se colaba a través de las ventanas abiertas. Parvathi fue a cerrarlas.

—No —la detuvo él—. La lluvia es un regalo del cielo.

—Para nosotros también —contestó Parvathi, y dejó caer las manos a los lados.

Él se quitó la gorra. ¡Vaya! Llevaba la cabeza rapada.

—Si te dijera que nunca has tenido motivo para temer por tu hija y que jamás lo tendrás, ¿seguirías dispuesta a acostarte conmigo?

Parvathi lo miró atónita.

—Lo siento, señor. No le entiendo.

Él se encogió de hombros.

—Nunca me ha interesado, es una niña y yo necesito una mujer. Quédate o vete, como desees. No habrá represalias decidas lo que decidas.

—¿Lo dice en serio?

—Tienes mi palabra.

Parvathi sabía que decía la verdad. Era libre de irse o quedarse. Se sintió embargada por la emoción de haber escapado con tanta facilidad.

—Muchísimas gracias… —empezó a decir, pero él ya había retrocedido y, con cortesía exagerada, le sujetaba la puerta abierta.

Sin acabar de creérselo, Parvathi echó a andar hacia la salida. Él la dejó pasar. Impasible. La joven atravesó el pasillo de puertas de cristal y descendió la larga escalera. Sin embargo, se detuvo en seco a la mitad. ¿De quién huía? La había dejado ir sin oponer resistencia y Parvathi recordaba muy bien lo que había visto en aquellos ojos la primera vez. Antes de que le hubieran enseñado a ser despiadado, había sido una persona bondadosa. Entonces pensó en Bella, con su carita ovalada y sus ojos de color esmeralda. En su imaginación, aquella casa apenas iluminada se convirtió en la morada de la Bestia. Y allí arriba estaba la Bestia, esperando a que acudiera en su rescate. Los pasillos susurraban lo que a él le estaba vetado: «Sálvame, sálvame». Pese a todo, Parvathi retrocedió por una razón mucho más oscura y enigmática.

Porque quería.

Dio media vuelta muy despacio, subió la escalera y lo encontró contemplando la lluvia junto a las ventanas, muy recto y con las manos unidas en la espalda. Él se volvió, pero su rostro no reveló ni sorpresa ni satisfacción.

—Desnúdate —ordenó el general de manera inexpresiva.

Aquel juego debía jugarse con la cabeza fría. La delicadeza entrañaría poesía, esencia, emociones, y no deseaba que la mujer imaginara que ella era algo más que un entretenimiento pasajero. Que supiera que después de haber disfrutado de ella, no volvería la vista atrás. Sin embargo, la petición en sí la sorprendió. Parvathi había visto innumerables ilustraciones del libro que «vendía primavera» y, a pesar de los diferentes estadios de desnudez estratégicamente explícita, en ninguno de ellos la pareja aparecía desnuda por completo.

Parvathi fue a apagar la luz.

—No —dijo él.

Las ventanas estaban abiertas. Cualquiera podía verlos desde la playa. Al jardinero a veces le gustaba dormir con sus orquídeas, pero llovía y se habría quedado a resguardo. La playa estaría desierta.

Aun así, el sexo siempre se había practicado en la oscuridad. Discreta, rápida, furtivamente, como si se cometiera un pecado inconfesable. Estaba tan convencida de ello que se detuvo vacilante en medio de la habitación. ¿Que se quitara la ropa? ¿Mientras aquel extraño la miraba? Sin abrir la boca, al hombre se le escapó un bufido de impaciencia.

Parvathi se llevó las manos a uno de los hombros. Torpe. Avergonzada. A pesar de haber hecho aquello un millón de veces. Se quitó el broche de un tirón. El pasador cayó al suelo acompañado de un sonido de tela rasgada. Parvathi se descolgó el sari del hombro y tiró de los pliegues para sacarlos de la combinación. Todo lo contrario a la seducción. Era imposible que el hombre quisiera ver aquello. La tela blanca cayó al suelo y formó un círculo alrededor de sus pies. La blusa del sari tenía botones. No llevaba nada debajo. Vaciló. No pretendería que se desnudara por completo, ¿verdad? Ni siquiera su marido le había pedido algo así.

Él la observaba con atención, aunque Parvathi solo podía saberlo por el modo en que inclinaba la cabeza, ladeada en un ángulo forzado para que los ojos negros quedaran ocultos entre las sombras. El último botón se resistió a pasar por el ojal, por lo que Parvathi se quitó la blusa blanca por la cabeza y empezó a desanudarse la combinación. La prenda cayó al suelo. Ya estaba, desnuda. Aunque avergonzada, tanto que se le arrebolaron las mejillas y empezaron a palpitarle las sienes. Sin embargo, no era su cuerpo lo que deseaba ocultar tras las manos temblorosas, sino el rostro. En ese momento, él se acercó. Le sorprendió su aliento. La ausencia de alcohol en su respiración. Él le rodeó la cintura con una mano, y tal vez fuera por la tormenta, pero Parvathi sintió una descarga de electricidad al contacto. Él también debió de haberla sentido porque enarcó las cejas.

El general le acarició la mejilla.

—¿Lágrimas?

—La lluvia —mintió Parvathi.

No sabía por qué lloraba. La joven le miró las uñas. Las llevaba muy cortas y muy limpias.

Él no se desnudó del todo, solo se quitó los pantalones y, a continuación, dejó a Parvathi en la cama. La joven observó su expresión: las aletas de la nariz dilatadas, la boca abierta y jadeante y aquellas pupilas que habían abierto sus puertas a unos túneles misteriosamente infinitos; dónde condujeran, era imposible de adivinar. Y entonces, antes de que Parvathi ni siquiera hubiera puesto un pie en ellos, la joven oyó la boqueada familiar que anunciaba que todo había acabado. Había sido incluso más rápido que con su marido, aunque en esta ocasión se lamentaba de su brevedad.

Por primera vez había disfrutado de la fricción, del cuerpo de un hombre moviéndose en su interior. Él se derrumbó unos segundos a su lado, resollando, apoyando el peso sobre un codo y dejando con delicadeza una mano sobre el vientre de Parvathi. Sin querer, la mano de la joven le rozó el antebrazo. Seda oriental y, debajo, músculos fibrosos y tensos. Un tacto desacostumbrado para quien solo había conocido la carne flácida de su esposo. Cerró la mano sobre ellos, de manera instintiva, y él se irguió y se quedó mirándola. Se sostuvieron la mirada en silencio. Sin mediar palabra, el general se levantó y se vistió.

—Vuelve mañana —dijo, saliendo de la habitación.

Parvathi se quedó tumbada en la cama, atenta a las botas que bajaban la escalera y atravesaban la puerta principal. Se levantó, apagó la lámpara de un soplo y salió al balcón. La luna brillaba con fuerza. Seguía lloviendo, pero él no parecía necesitar paraguas. Caminaba con paso vivo. De pronto se detuvo y levantó la vista hacia ella. Estaba pálido a la luz de la luna. Se miraron.

Apenas hacía unos minutos que sus cuerpos se movían al unísono y ahora se encontraban en espacios distintos, en lugares distintos: ella, en uno cálido, seco y alto; él, en uno frío, húmedo y desprotegido; y aun así Parvathi estaba en una posición débil e indefendible y él en una superior y omnipotente. ¿Qué vería él? Seguramente no demasiado, tal vez una sombra o una silueta. Estaba oscuro. En realidad, ella solo alcanzaba a ver un óvalo blanquecino, pero al instante comprendió el misterio del payaso del retrato. Estaba tan desconcertado por haber sido sorprendido mirando lo que ocurría al otro lado del marco como ella mirando en su interior. Representaba ese momento en que quien observa es observado y la frontera entre ambos espacios se desdibuja. Parvathi intentó retirarse, pero descubrió que no podía. Estaba atrapada por los ojos del hombre al que creía observar en secreto. Como si la desafiara. El primero que apartara la vista, perdía.

El general desvió la mirada y desapareció en dirección a la playa. No había sido una violación. Ella había consentido, pero también había esperado más de él. Sabía que había decidido imponerse sobre ella de aquel modo de manera deliberada. Quería que se sintiera sucia, una fulana cualquiera. Se apartó de la ventana y entró en el cuarto de baño, donde dejó que el agua corriera sobre ella largo rato. Lloró en silencio. Y ahora, ¿qué? ¿Acaso por perder la protección de un hombre, se convertía por defecto en propiedad de otro? Fuiste tú quien lo decidió, se burló una vocecita en su cabeza.

Se vistió apresuradamente, abrió la puerta principal y salió a la oscuridad de la noche. No vio al conductor por ninguna parte. Varios centinelas apostados por la propiedad se volvieron y levantaron el fusil al oírla acercarse, pero al ver de quién se trataba apartaron la mirada de inmediato como si no existiera, como si fuera un fantasma.

La lluvia había cesado, pero la tierra estaba mojada y llena de charcos, por lo que el dobladillo del sari no tardó en quedar empapado. Aun así, Parvathi no reparó en ello. Se dirigió a la playa y se sentó en la arena húmeda. La luna asomó entre las nubes. El hombre solitario del otro extremo de la playa debió de considerarla una triste aparición, sentada sola, con la cabeza hundida. ¿Adónde la llevaría aquel camino? ¿Quién habría imaginado que la todopoderosa Rolls-Royce Mami caería tan bajo? Las *mamis* escandalizadas murmurarían reunidas alrededor de su labor: «¿Qué? ¿La viuda de Kasu Marimuthu, puta de un soldado japonés? ¡Oh! Para que veas de qué vale tener tanto dinero».

Una mano le tapó la boca, y suerte que así fue o se habría puesto a chillar ante la repentina y sigilosa llegada del hombre. Con avidez, él inclinó la cabeza y le pasó la lengua por el cuello, hasta la oreja. Parvathi sintió un cosquilleo placentero en el estómago que relajó la tensión de su cuerpo, momento en que él acercó los labios a su boca. Parvathi se asustó. Nunca la habían besado. Pensó en las *mamis* con malicia. ¿Alguna vez las habrían besado de aquella forma? Mantenía los labios pegados, pero él se abrió camino entre ellos con la lengua. Parvathi olvidó a las *mamis*.

La empujó hacia atrás, contra la arena, y se desnudó rápidamente. Su piel era clara y muy suave. De hecho, Parvathi se sorprendió al comprobar que apenas tenía pelo. Lo acarició. Bajo los dedos, unos músculos de acero se tensaron.

Y entonces comprendió que no sabía nada acerca de hacer el amor con un hombre. Con un único y fluido movimiento, dejó de estar debajo y se encontró sentada a horcajadas encima de él. Lo vio mirándola mientras la movía contra su cuerpo, hasta que la invadió un placer que nunca había conocido. Resultaba inconcebible que aquellas nuevas sensaciones procedieran del mismo lugar que hasta ese momento solo había conocido las molestias de los ciclos mensuales, la incomodidad y el consiguiente malestar de las arremetidas de su marido cuando ella seguía seca, y los dolores de parto.

Unas oleadas desconocidas y placenteras arrancaron de lo más profundo de su ser y se extendieron y acabaron en la punta de sus dedos, haciéndole creer que había perdido el control, que se alejaba flotando hacia un vórtice de oscuridad y que moría. Tuvo miedo. Está matándome, pensó, e hincó las rodillas en el suelo para alejarse de él, abriendo la boca para gritar. O bien él esperaba aquella reacción, o bien era muy rápido, porque la cogió por la nuca con una mano y le tapó la boca con la otra, con fuerza.

—Si gritas, vendrán los guardias, y aunque los sirvientes tienen prohibido abandonar sus alojamientos de noche, te oirán. No querrás que se enteren, ¿verdad?

Oía lo que le decía, en un susurro, pero como si estuviera muy lejos, por encima del grito sordo y el retumbo de su corazón. Los sirvientes, los guardias. Los había olvidado por completo. De aquel modo, aprisionada y con los ojos abiertos de par en par, tuvo su primer orgasmo.

Todavía unidos, se tumbó encima de él.

Así que… ahora sabía cómo se sentía la mujer extasiada atrapada en el abrazo cunnilinguo del pulpo gigante. Ahora lo entendía todo. En ese momento recordó que él todavía no se había aliviado. Qué autodominio tenía aquel hombre. Se alzó ligeramente y abrió la boca.

Sin embargo, él no la dejó hablar.

—Tienes que irte —dijo.

¿Sabía él que la necesidad de amar de una mujer es tan extrema que es capaz de entregarse por completo incluso a lo desconocido, a lo que más teme? Alguien debería haberle dicho que una vez que un hombre toca a una mujer del modo en que él lo había hecho, esta empezará a ver, oír, saborear, oler y sentir con el corazón. Y el corazón es ciego a la humillación más despiadada.

Parvathi entró de hurtadillas en la tienda como si de un ladrón se tratara. Se sentía culpable y avergonzada por la desinhibición con que había respondido a las caricias de aquel hombre. De la facilidad y avidez con que se había entregado a él. Llamó a la puerta de Maya sin hacer ruido, cubriéndose las mejillas encendidas con las palmas de las manos. Maya abrió y la dejó pasar. Parvathi se sentó en el banco y subió los pies al asiento, incapaz de mirarla a los ojos. No obstante, tenía que sacarse aquel peso de encima. De todos modos, habría sido imposible ocultarle a Maya un secreto de aquella magnitud.

—Acabo de aceptar el amor que me ha ofrecido la vida sin vacilar. ¿He hecho bien?

—Viste a Dios en una cobra. No seré yo quien te juzgue.

—Pero es el enemigo.

—¿Acaso no dice Dios «ama a tu enemigo, pues también él soy yo»? —Antes de que Parvathi tuviera oportunidad de responder, Maya le puso un dedo en los labios y sacudió la cabeza—. Recuerda esto: si nacemos una y otra vez y casi siempre junto a las mismas personas, unas veces como hija, otras como madre, otras como hijo o tío, para regresar de nuevo como esposa o incluso como amante prohibida, ¿acaso eso no convierte al sexo en algo irrelevante en el orden del universo? A fin de cuentas, Da, solo importa el amor. El sexo es una función biológica, como comer. El hombre es quien le ha impuesto tabúes, puesto que sería el caos si el padre yaciera con la hija y la hermana con el hermano. Ten paciencia contigo misma. Estás creciendo y aprendiendo. Estos pequeños pasos que das ahora y que crees insignificantes son de una importancia vital para tu alma. Cada uno de ellos es un milagro en sí mismo. Utilízalos para alcanzar la grandeza. No pierdas más tiempo en lamentaciones, deja atrás la vergüenza y el bochorno y abre los brazos a cada una de tus experiencias. Que tu existencia sea una celebración gloriosa de la vida. No te das cuenta, pero eres un dios experimentando la tangibilidad.

El día siguiente lo pasó como en una nube. No podía dejar de pensar en la noche anterior.

—Maya, ¿no puedes hacer nada con esas asquerosas cucarachas? —oyó que se lamentaba Rubini dentro de la mosquitera.

—Puedo intentar dialogar con ellas —fue la respuesta de la cocinera—, pero los insectos son los amos de la tierra y si se niegan a marcharse, poca cosa podré hacer.

—Ama, no estás escuchándome —oyó que decía su hijo a continuación.

Había estado hablándole y ella no había oído ni una sola palabra de lo que había dicho. Le sonrió con culpabilidad. Al menos él nunca lo sabría. El pequeño no estaba por la labor de preguntarse si ella tendría alguna otra necesidad que no fuera la de ser su ciegamente devota madre.

A las diez de la noche, Parvathi ya estaba tumbada en la cama, vestida de arriba abajo y tapada con una manta fina, atenta a los ruidos nocturnos. Había niños escondidos a lo largo del alcantarillado que conducía al puesto de guardia japonesa. Se apostaban en aquellos lugares atentos a las temidas pisadas de las botas militares o al roce metálico de una espada contra el suelo para avisar a sus padres, apiñados alrededor de una radio en casa de los vecinos. El mismo taconeo contra el asfalto que aguardaba Parvathi para reunirse cuanto antes con su amante.

Cuando llegó, Adari estaba sumido en una completa oscuridad. Fue a buscarlo al despacho, iluminado por las lámparas de queroseno. El general vestía un quimono, una prenda ligera sobre la que llevaba una chaqueta de seda blanca que le llegaba hasta el muslo. Los pálidos brazos quedaban ocultos bajo las anchas mangas. Parvathi encontró en todo ello una gran belleza.

—¿Qué ocurre con las luces?

—No sé qué le pasa al generador.

Parvathi sofocó la carcajada que amenazaba con borbotar, fingiendo un acceso de tos. Llevaba diez años viviendo allí y el generador no había fallado ni un solo día. Era la pequeña rebelión de Kupu contra sus nuevos señores.

—Hay pescado en la cocina. Prepáramelo.

La pasión no se alimentaba de palabras dulces y canciones bonitas.

Parvathi cogió una lámpara y se dirigió a la cocina. El pescado estaba envuelto en una hoja de periódico, junto al fregadero. Lo desenvolvió con la punta de los dedos. Apestaba. No lograba comprender cómo aquella gente se lo comía crudo. El estómago se le revolvía mientras lo vaciaba y lo limpiaba, pero lo hizo. No sabía dónde se guardaban las cosas y tuvo que andar rebuscando hasta dar con el arroz, las especias y el aceite. Sabía que los japoneses no estaban acostumbrados al chile, de modo que solamente utilizó cúrcuma y sal para adobar el pescado. Mientras hervía el arroz, bajó a la bodega a buscar una botella de sake. Por lo visto, los japoneses ya le habían asignado una función a aquel lugar porque todos los botelleros estaban apartados contra las paredes. El lugar transmitía una inquietante sensación de vacío.

Preparó la mesa, en la que dispuso un tazón y palillos. La casa permanecía en completo silencio. La puerta de la biblioteca estaba cerrada cuando pasó junto a ella. Se preparó un té en la cocina y se sentó a esperar que el arroz estuviera listo. Le faltaba poco cuando empezó a freír el pescado. Luego llevó la comida a la mesa del comedor y llamó con suavidad a la puerta cerrada. No obtuvo respuesta. Estaba a punto de volver a llamar cuando esta se abrió y él apareció en el umbral. El general echó a andar, pero no hacia el comedor, sino hacia la sala de música, de la que habían sacado todos los muebles y en la que ahora solo había una mesa baja y varios cojines sobre una estera. El hombre se acomodó en uno de los cojines mientras ella se debatía con aire vacilante entre las sombras verdosas.

—La comida —gruñó, impaciente.

Sin abrir la boca, Parvathi le llevó la cena y se la sirvió en la mesita. Le llenó el vaso de sake.

Él enarcó las cejas ante aquel sorprendente despliegue, hasta que la probó.

—Asqueroso —dictaminó.

Abrió la palma de la mano y señaló el cojín que tenía al lado. Parvathi se sentó. Él cogió la botella e hizo el gesto de ir a servir otro vaso para ella.

—General —lo detuvo—, gracias, pero no bebo.

—No repliques —contestó él educadamente, y acabó de servir el sake. Alzó su vaso—. A tu salud.

Parvathi bebió, aunque fue de todo menos un trago relajado. Él hizo un gesto con la mano hacia la comida. Ah, entonces quería que lo acompañara en la mesa.

Parvathi hizo una breve inclinación.

—Soy vegetariana.

—Me complacería verte comer —repuso él con voz suave, poniendo un trozo de pescado en su tazón y empujándolo hacia ella.

La joven miró el trozo de carne blanca y recordó el pez viscoso de ojos planos y muertos. Luego alzó la vista hacia el general, quien parecía ligeramente intrigado. Parvathi cogió el trozo con los palillos y se lo acercó a los labios, pero olía tanto a pescado que fue incapaz de metérselo en la boca y tuvo que volver a dejarlo en el tazón.

Despacio, volvió la vista hacia su acompañante. El general la miraba con un placer sádico y Parvathi sintió un dolor lacerante, una sensación que no supo nombrar. Sin embargo, no estaba dispuesta a ser la única que no llevara flores en su propia boda. Partió un trozo y se lo llevó a la boca. El olor le provocó una arcada, pero lo retuvo dentro de todos modos. Sí, lo había hecho. Y sí, lo que había apreciado en los ojos del general, ¡también había desaparecido! Sin embargo, no tardó en comprobar que masticarlo era algo muy distinto. Al apretarlo con los dientes, el pescado liberó el sabor aceitoso y el olor atrapado en la carne del animal. Tendría que habérselo tragado sin más. Se le revolvió el estómago y tuvo que salir corriendo hacia el lavabo. Se lavó la boca y se miró los ojos llorosos en el espejo que había sobre el lavamanos. Aquel hombre había decidido desafiar a la mujer equivocada. Ya vería. Era la guerra.

Cuando regresó al comedor, él había acabado de comer y había abierto una gelatina de judías.

—¿Te apetece un poco de postre? —la invitó, de buen humor.

Sosteniéndole la mirada, Parvathi cogió la gelatina con los dedos y se la llevó a la boca; los dedos rozaron los labios, los labios se cerraron sobre los dedos, un dedo acarició los labios. Madame Regine habría estado orgullosa de su interpretación. Él se quedó helado. Parvathi masticó la gelatina poco a poco, aunque estaba insípida y no le apetecía, sin apartar la mirada. Se chupó el labio inferior. Sí, era la guerra.

—Ven —dijo él, poniéndose en pie, y ella lo siguió sin decir palabra.

Más tarde, se quedó tumbada a su lado, tan exhausta que ni siquiera podía moverse. ¿Cuántas veces había abusado de ella? Lánguidamente, intentó recordarlas. Tres; no, cuatro. Un día, él regresaría a su país, donde volvería a afectar que todos los extranjeros eran unos bárbaros por civilizar, y nadie imaginaría jamás su sed insaciable, ni hasta qué punto necesitaba a una tosca extranjera. Parvathi sintió que se le cerraban los ojos. Estaba quedándose dormida. Había un sauce llorón junto a un puente en el camino que habían escogido.

—¿Qué es ese perfume que te pones en el pelo? —le preguntó él, en voz baja, con los ojos cerrados.

Él también estaba rendido, medio ausente. Parvathi había derrotado a un guerrero.

—Me lo ahúmo con mirra. Si no, tarda mucho en secarse —contestó ella.

Había hablado con una voz suave que incluso a ella le resultó desconocida. Él abrió los ojos y confesó que no conocía el significado de aquella palabra. El general había estudiado en Estados Unidos, pero el inglés siempre sería esa segunda lengua dispuesta a ponerle zancadillas, ya fuera en entonación, gramática o vocabulario. Buscaron la palabra en el diccionario de Parvathi.

—Ah, claro —musitó él, esbozando una sonrisa—. Ahora ya sé qué es.

De pronto, Parvathi se sintió muy próxima a él. Sí, ahora estaba segura, aquella era el alma hermosa que tanto había deseado. Le devolvió la sonrisa, franca, confiada.

Sin embargo, fue como si aquello lo hubiera despabilado y se apartó de ella.

—Tengo mujer e hija en Tokio —confesó en voz baja.

Parvathi no supo por qué lo hizo, pero se echó a llorar. Era ridículo.

Él le tocó el hombro, incómodo.

—Esto también es muy raro para mí —dijo.

Todavía era de noche cuando Parvathi se fue. Los soldados, vestidos con camisetas blancas para llevar a cabo los ejercicios matutinos bajo la bandera del sol naciente, empezaban a concentrarse en los jardines en que Kasu Marimuthu agasajaba a sus invitados con fastuosas fiestas. De vuelta en el piso, Parvathi se tumbó bajo la mosquitera y se percató de que ya no se oía el correteo de las ratas ni a las cucarachas estrellándose contra las mosquiteras. Habían accedido a la petición de Maya.

Necesidad

Mientras las demás *mamis* vendían sus cadenas de oro con cuentagotas para pagar el aceite y el arroz, Apu hacía negocio comerciando en el floreciente mercado negro con aquello que la gente iba a vender a la tienda. Con todo, Parvathi vivía ajena al talento para los negocios de su empleado o al estado saludable de los alargados libros de cuentas que este le entregaba todos los miércoles por la noche y que ella le devolvía diligentemente al día siguiente, sin haberlos abierto. ¿Qué iba a hacer, si solo vivía para las noches?

Dormía durante el día, mientras los niños estaban en la escuela, o se sentaba junto a la ventana y fantaseaba con él constantemente, evocando situaciones improbables. Se encuentran en la calle y se adentran en un callejón para hacer el amor con frenesí ocultos en los oscuros huecos de las puertas. Se ven por casualidad en un lugar público y él se acerca a ella, le acaricia la mano sin miedo y dice: «Eres mía. Mataré a cualquier hombre que se te acerque». Ella asumía cada vez más riesgos para verlo. Sabía que era peligroso, pero no le importaba.

El único momento al que Parvathi le tenía verdadero pavor era al día de la semana en que, pertrechada con la sombrilla negra, atravesaba la ciudad para ir a visitar a las demás *mamis*. En aquellas reuniones se veía obligada no solo a escuchar, sino a unirse a gritos al vilipendio generalizado contra el invasor. Bestias. Monstruos. Que violan, que roban, que asesinan. ¡Y ahora encima esos seres repugnantes meaban en la calle! Rufianes. Indescriptiblemente detestables.

En una de esas ocasiones, Padi Mami la miró con malicia.

—Debes de haber nacido con muy buena estrella. Todavía no han ido a molestarte ni a casa ni a la tienda, ¿verdad? Ni siquiera los bandoleros (término con el que en aquella época se conocía a los comunistas) han atracado el comercio.

De pronto, se hizo silencio.

Parvathi se dirigió a Padi Mami, aunque consciente de que, en realidad, contestaba a todo el mundo. Todas pensaban lo mismo.

—Los japoneses se han quedado la casa, las tierras, la panadería y los coches. ¿Qué más quieres? En cuanto a los bandoleros, todo el mundo sabe que nunca vienen a la ciudad.

Las mujeres asintieron, compadeciéndose, aunque lo cierto era que se sentían secretamente complacidas de que la ocupación hubiera igualado en algún modo las diferencias económicas que existían entre ellas.

Kundi Mami se levantó, se echó el extremo del sari sobre aquel trasero que no dejaba de crecer y destapó una bandeja de pasteles de tapioca.

—Venga, dejemos de hablar de esa gente que solo come arroz con azúcar —propuso con ánimo conciliador.

En cualquier caso, se equivocaba. El arroz y el azúcar no constituían la base de la dieta de los japoneses. Lo sabía porque cocinaba para uno. Antes, cuando veía a Maya desplumar un pollo, se preguntaba cómo podía hacerlo, siendo vegetariana. Los pollos desplumados le recordaban a los bebés; ¿cómo iba a descuartizar algo que le producía tanta lástima? Y en esas se daba a proclamar con pedantería que su conciencia jamás le permitiría matar a uno. Sin embargo, ahora sabía que podía porque a su amante le encantaba el pollo al curry, siempre que no lo condimentara demasiado. Es más, estaba dispuesta a preparar todo lo que a él se le antojara: tiburón, caimán, cordero (a pesar de que seguía siendo incapaz de soportar el olor que desprendía cuando lo cocinaba), y el otro día, para consternación de Kamala si lo supiera, ternera.

Además de la carne, también le gustaba el *sambar* de mango de Maya, que comía en tazón, como si fuera una sopa, con cuchara. O aquella extravagancia japonesa, té verde servido en un tazón de arroz frío, para lo que utilizaba los palillos. La primera vez, Parvathi lo encontró soso y con un regusto amargo a pesar de que él le había asegurado que era el plato preferido de la mayoría de los japoneses. La joven aprendió que era algo a lo que se le tomaba gusto con el tiempo y al final acabó apreciándolo, sobre todo acompañado de soja cocida. Cuando llegó la época de los boniatos y el jardinero los recolectó, también los cocinaron.

—Esto estaría buenísimo con pulpo a la plancha —dijo él un día, mientras daba cuenta de ellos, fríos.

Los pensamientos de Parvathi se vieron interrumpidos por los pasos apresurados de Apu subiendo la escalera para anunciarle casi sin aliento que un general japonés quería verla.

—No admita nada, no pueden demostrarlo —le susurró el empleado, parpadeando sin control.

El hombre creía que sus trapicheos en el mercado negro eran el motivo de la visita del general.

—Dile que suba —dijo Parvathi, y esperó atenta a los ruidosos pasos de Apu bajando la escalera de madera.

Maya había ido al mercado, los niños estaban en el colegio y no había nadie más con ella. No obstante, se suponía que no debían verse durante el día. Aquello iba contra las reglas, estaba prohibido. Se puso en pie y esperó, con las manos a los lados, cerradas en un puño.

El hombre entró, uniformado, elegante. Sin mediar palabra, le soltó el moño.

—Soñaba contigo —le susurró ella, y el general la atrajo hacia sí como lo hace un hombre con una mujer a la que desea con todas sus fuerzas.

La viuda arqueó la espalda, con las caderas apresadas entre las manos de su amante, quien le dio la vuelta y le acarició el rostro con delicadeza. El hombre ignoraba que toda aquella pasión no la conmovía tanto como la mano en la cara. Parvathi alzó la vista hacia los ojos rasgados.

—¿Por qué has venido?

—Quería ver tu hermoso rostro —contestó él.

—Soy demasiado morena para ser hermosa —replicó Parvathi; no había olvidado a la geisha de tez blanca.

—Sí, en mi país se venera el blanco, pero he aprendido que una flor no es menos bella por crecer a la sombra.

Lo miró fijamente. Por fuera, la bestia; por dentro, una luz cegadora. Parvathi alargó la mano, lo cogió por el cinturón y lo atrajo hacia sí. Él se dejó hacer de buen grado. Con la otra, le acercó la cara y lo besó en la boca, con violencia, buscando su lengua, absorbiéndolo, desesperada, ávida, tratando de obtener algo que le estaba vetado. Él no opuso resistencia. Cuando Parvathi se separó, le palpitaban los labios. Soltó el cinturón con brusquedad.

—No me olvides —dijo, y se dio la vuelta.

La atrajo hacia sí con tanta fuerza que se golpeó contra él. El rostro del hombre se desdibujó cuando su boca arremetió contra ella y le aplastó los labios contra los dientes. A pesar del dolor, ella no le habría puesto fin a aquel asalto despiadado. Pero no podía ser. Sin aviso previo, se detuvo tan repentinamente como había empezado. Parvathi sintió el sabor salado de la sangre en la boca.

—Tú a mí tampoco —dijo él de manera abrupta, y se fue.

Oculta tras las cortinas, Parvathi vio cómo la figura enhiesta subía al jeep que estaba esperándolo. Él no levantó la vista. La joven se detuvo delante del espejo. ¿Quién era aquella mujer despeinada, ufana y atractiva que le devolvía su reflejo? La miró a los ojos. No reconocía a aquella mesalina. La mujer esbozó una seductora sonrisa de complicidad. Tenía que conservar algo de control. Parvathi se recogió el pelo con manos temblorosas.

En la puerta trasera de la tienda, Maya, que acababa de regresar del mercado, estaba hablando con el padre de un drogadicto.

—Cuando le vengan las ansias, échale sal a unas rodajas de cebolla y que se las coma. La acuciante necesidad desaparecerá; tan cierto como que ahora estoy aquí, sentada delante de ti. —Mirándolo a los ojos, añadió—: Haz lo mismo para despejarte cuando te emborraches.

Pelo

Descansaba en la sala de música, en paz consigo mismo y con el mundo, cómodamente ataviado con un quimono de algodón blanco. La miró y ella se apresuró a coger la jarra de sake tibio de la mesita y a llenarle el tazón hasta el borde. No se trataba de que quisiera animarlo a emborracharse, sino de que vivía tan constreñido por un código de conducta tan estricto que cuando bebía era con la intención de embriagarse por completo, porque en el fondo de una botella todo se excusaba, incluso las emociones. Liberado de su doctrina de obediencia y disciplina constantes, le hacía confidencias, a veces incluso compartía con ella secretos militares. Confesiones que no debían mencionarse a la mañana siguiente. En una ocasión, Parvathi había cometido el error de hacer referencia a algo que él le había contado la noche anterior y una reprobación glacial le había endurecido la expresión.

—Podemos ganar esta guerra. La disciplina siempre se impondrá a la decadencia. Disponemos de informes secretos de 1935 sobre el estado de las fuerzas armadas británicas, encargados por su propio gobierno. El informe concluía que, ya por entonces, el ejército y las fuerzas aéreas se encontraban en una situación lamentable, y se consideraba que el orgullo de la Corona, la Armada, era incapaz de defender de manera efectiva las ciudades británicas de un ataque, cuanto más el resto del Imperio. Asimismo, recomendaba encarecidamente que se evitara una guerra simultánea contra Japón, Italia y Alemania.

—Pero, entonces, ¿qué hay de honroso en acabar con los indefensos? —había preguntado ella.

Él solo la había mirado con desdén. Orgulloso, qué orgulloso era.

—Los samuráis más famosos olían a la sangre de cientos, a veces de miles de hombres. Eran implacables.

Ella lo había mirado muda de asombro. Al principio, le costaba acostumbrarse a la idea de que hubiera un ser humano capaz de matar sin pensárselo dos veces.

Sin embargo, ahora sabía que los japoneses habían aprendido a venerar a los hombres despiadados y que el deber les garantizaba una conciencia tranquila. Ni una sola noche lo despertaban las pesadillas, y todo gracias al adiestramiento recibido en el ejército japonés. Todos recibían un trato inhumano hasta que dicha brutalidad calaba en ellos, y, aunque hubieran llegado aborreciendo la violencia, abandonaban los campos de entrenamiento si no deleitándose en ella como mínimo aceptando que no existía otro modo de tratar al enemigo, al extranjero, al extraño.

Era lo que los legitimaba a imponer los castigos más desproporcionados a las faltas más leves.

En una ocasión, Parvathi había oído un largo alarido procedente de las profundidades de la bodega y se había quedado helada, pero el aullido había cesado con la misma brusquedad con que se había iniciado, por lo que había acabado convenciéndose de que había sido producto de su imaginación. Prisioneros de guerra. ¿Qué podía hacer ella? Esperar a que él tuviera el estómago lleno y los vapores del vino hubieran hecho efecto para preguntar.

—¿Por qué los torturáis?

—Es la guerra —contestó él, imperturbable, como si eso lo explicara todo.

Como si el hecho de que un hombre robara a otro, lo torturara y fuera desconsiderado con sus mujeres por haberlo conquistado a punta de pistola fuera lo más normal del mundo. Sin embargo, aquel era el efecto de la guerra sobre el vencedor: le otorgaba más poder del que le convenía.

Con todo, también había ocasiones, las menos, en que descubría facetas extravagantes y líricas que hasta ese momento desconocía. Como la vez que había dicho: «Porque caen, las amamos».

—¿A las mujeres? —había aventurado ella.

—Las flores del cerezo.

Parvathi tuvo la sensación de que intentaba aferrarse a algo que se le escurría entre las manos.

O esa otra ocasión en que lo llevó delante del lienzo del payaso y le dijo:

—Explícame por qué me pone tan nerviosa este cuadro.

—Por la misma razón que a todo el que lo mira.

Parvathi se volvió hacia su perfil regio.

—A mi marido no lo ponía nervioso. Le gustaba.

—Entonces tu marido era un mentiroso. Lo compró porque le inquietaba y lo colgó aquí, en una habitación donde las visitas lo tenían de frente mientras él le daba la espalda sentado en su sillón. Quería ver cómo reaccionaban, si se sentían incómodas. Necesitaba comprobar que no era el único a quien lo perturbaba.

—Conozco a una mujer que no miente y me dijo que el cuadro no le inspiraba nada.

La miró.

—Entonces es una mujer afortunada. No posee deseos mundanos de los que avergonzarse.

—No lo entiendo.

—Quienquiera que mire el óleo se ve reflejado en el payaso, atormentado por los deseos que alberga. Cuando yo miro el cuadro, tú eres el cisne y yo soy el payaso, pero cuando lo miras tú, tú pasas a ser el payaso y yo el cisne. Cuando tomamos posesión de algo, ese algo pierde su libertad. Yo he tomado de ti lo que no debería haber tomado, pero tú también has hecho de mí tu prisionero.

Parvathi miró el cuadro con otros ojos, con los de él. Sí, tenía razón, había algo que no encajaba en que una criatura tan altiva e indomable se sometiera de aquella manera al abrazo de un hombre. Eso era lo que había estado inquietándola. Incluso más que la desolación en los ojos del payaso, conocedor del precio oculto de sus deseos.

—De hecho, hacía tiempo que quería decirte algo —dijo Parvathi—. Te agradezco mucho lo que hiciste por Rubini. Si no hubieras llegado cuando lo hiciste…

—Los hombres habrían abusado de ella —contestó él sin contemplaciones y Parvathi se estremeció.

—¿Por qué me elegiste a mí?

—Por tu pelo. Fue lo primero en que me fijé. Lo llevabas tan largo que te llegaba al suelo. Los posticeros dicen que el pelo chino es bueno, pero que el japonés es mejor. Es evidente que no han visto ni tocado el tuyo.

Parvathi lo miró atónita.

—¿Mi pelo? Pero si es liso. No es bonito ni rizado como el de Rubini.

Esta vez fue él quien la miró sorprendido.

—En Japón comemos fideos que tienen el mismo aspecto.

Qué extraño le resultaba que aquello que su cultura consideraba bello, otra lo encontrara repulsivo. Él cogió un mechón y dejó que se le escurriera entre los dedos. Suspiró y se sumió en el silencio.

—Era tan bello que tuve que acercarme, como si mis orígenes me llamaran a hacerlo. Verás, mi padre era un famoso peluquero de Gion, el barrio de las geishas. Solía decir que, en otros tiempos, se conocía a la gente por su pelo. Solo había que echarle un vistazo para saber a qué se dedicaba y de dónde era. De hecho, cada clase llevaba un peinado distinto.

—¿Qué habrías hecho si aquella noche no hubiera dado media vuelta?

—Solo quería una mujer, pero cuando llegaste vestida de blanco y sin maquillar, me asusté tanto como el hombre que teme aquello capaz de destruirlo. Si no hubieras dado media vuelta, habría buscado otra mujer con quien contentarme, y de estas orillas hubiera partido el mismo hombre que había llegado.

Horas después, Parvathi se coló por la ventana que no tenía echado el pestillo, en el piso de abajo, y se dirigió a la cocina, donde vio luz. Se detuvo en el umbral, demasiado fascinada por la escena para pensar si estaba entrometiéndose. Rubini, en camisón y descalza, descansaba hecha un ovillo en el regazo de Maya. En la mesa había un plato de *apam* de judías verdes y leche de coco a medio terminar. Con la cabeza apoyada en el pecho de Maya, la criatura la miraba fijamente mientras la mujer le cantaba con una voz que Parvathi solo había oído una vez: en la playa, la noche en que había recibido la noticia de la muerte de su madre. Había olvidado aquella voz por completo hasta ese mismo momento, y volver a oírla conjuró el recuerdo. ¿Qué había ocurrido realmente en la roca? Recuperó fragmentos, pedazos diminutos: el viento, la llamada del mar agitado, la luna alzándose sobre el agua y el profundo, infinito pesar que le pedía ahogarse en las aguas frías y oscuras, hasta que esa misma voz vino a rescatarla de aquellas profundidades insondables, susurrándole: «Duerme, todo pasará». Rebuscó entre sus recuerdos. ¿Qué más le dijo? No encontró nada más.

Con serenidad, Maya levantó la vista.

—Rubini ha tenido una pesadilla y le entró el pánico al no

encontrarte en la cama, a pesar de que le dije que solías salir a pasear de noche y que siempre volvías sana y salva.

Rubini se revolvió en el regazo de Maya hasta enderezarse y por unos instantes pareció confusa o perdida, mirando a una y otra mujer alternativamente. Al final, se volvió hacia Parvathi.

—¿Es que no sabes que es peligroso salir de noche? Podría haberte pasado cualquier cosa, y entonces ¿qué sería de nosotros? Aunque a ti qué más te da, ¿verdad? Además, ¿cómo has entrado en casa? No has utilizado ni la puerta de la calle ni la de atrás, porque estaba atenta.

—Ven aquí —dijo Parvathi, y llevada por un impulso, envuelta todavía en la fragancia de su amante, entró en la cocina y abrazó a la pequeña y furiosa criatura.

La niña se puso rígida entre sus brazos y no tardó en empezar a forcejear y a retorcerse con todas sus fuerzas. Parvathi la soltó y Rubini retrocedió rápidamente. Siempre, siempre tenía que mantener la mayor distancia posible entre sus sentimientos y ella.

—Ahora estoy aquí y no va a pasarte nada, ni a ti ni a ninguno de vosotros —dijo Parvathi con ternura.

Rubini se la quedó mirando, mordiéndose los labios, mientras todo tipo de emociones encontradas cruzaban su rostro; no obstante, incapaz de expresar ninguna de ellas, de pronto dio media vuelta y, con un sollozo desgarrador, subió corriendo la escalera, que crujió bajo sus pies.

Maya empujó el vaso de leche hacia Parvathi.

—Toma, no te olvides de dárselo.

El quimono

El general empujó hacia ella una caja plana de cartón que había en la mesa.

—¿Es para mí?

Él asintió y Parvathi levantó la tapa. En su interior había algo envuelto en un papel artesanal con relieve y atado con cintas de color azul claro. Sabía que los japoneses daban mucha importancia a los presentes y a todo lo relacionado con su entrega y aceptación. Un tratamiento desenfadado era un insulto para quien realizaba el obsequio. Debajo descubrió una nueva hoja de papel de seda y, a continuación, un bello y sobrio quimono de seda en tonos grises, como de huevo de codorniz. La acarició, una seda exquisita y suntuosa, tan fina que casi se transparentaba. Lo levantó. Estampado de hierbas blancas, bella manufactura y la textura de un animal vivo. Lo acompañaba un *obi* liso de color malva.

—Salvo en el escenario, una geisha nunca ha de llamar la atención —comentó él.

—Es bellísimo —dijo Parvathi, y se acercó la tela a la mejilla.

—Es un quimono muy especial —continuó el general con absoluta seriedad—. Tiene un estampado de hierbas de otoño, pero está hecho con la seda más ligera para llevarlo en verano. De acuerdo con la tradición, la geisha escoge el quimono con las flores, las plantas, los insectos o las aves propias de la estación en que se encuentra. Brotes de pino de color violeta para enero;

flores de ciruelo para febrero; flores de cerezo en primavera; ranas, lluvia o pequeñas truchas en junio; cigarras para pleno verano; hojas de arce en otoño; rosas de color azul pizarra para octubre, y copos de nieve en invierno. Evidentemente, puesto que a ninguna geisha se le ocurriría escoger hierbas de otoño para el verano, esta prenda solo puede llevarla una extranjera.

Le pidió que se quitara toda la ropa, aunque ella ya había aprendido a estar desnuda. Al principio se sentía incómoda. Procedía de una cultura para la cual la desnudez era una indecencia, a menos que el cuerpo no tuviera vida. Sin embargo, ya no necesitaba ni quería taparse. Él se puso detrás de ella y muy despacio, meticulosamente, le pasó la lengua por la espalda, desde la nuca hasta el final de la columna. Parvathi sintió deseos de volverse, pero él se lo impidió.

—No te muevas —dijo, lanzando un suave suspiro.

Lo oyó alejarse. Parvathi se quedó en medio de la habitación, como un polluelo recién salido del cascarón, vulnerable, expuesta, temblorosa y húmeda.

Lo oyó regresar junto a ella. Algo frío le tocó la espalda y vio de soslayo un pincel de color claro cargado de maquillaje blanco. Con movimientos lentos y precisos, sintió que el pincel dibujaba en su nuca la forma de lo que parecía la lengua bífida de una serpiente.

A continuación, la rodeó y le aplicó una gruesa capa en la cara, el cuello y el pecho. En el rostro del hombre se leía la concentración absoluta. El modo correcto de hacer las cosas se llamaba *kata*. El objetivo, ya se tratara de un jardín, un poema o un dibujo con tinta, era la perfección, siempre. Con pinceladas ligeras como una pluma, le pintó unas cejas tan negras y rectas como las alas de una polilla. Después le perfiló los ojos de rojo, extendiendo la línea más allá de las comisuras, y le dio un toque rosado alrededor de la nariz. Frotó el labio inferior con una barra de pasta roja de alazor y le dibujó una media corona diminuta de color carmín. A Parvathi le resultó desconcertante.

—Las novatas solo se pintan el labio inferior. De ese modo todo el mundo sabe que todavía eres una niña —le explicó él. Luego se concentró en el pelo—. Tienes una melena tan larga y abundante que ni siquiera necesitaré postizos de yak —dijo, y le pasó varias veces unas tenacillas por el pelo hasta que este quedó suave, brillante e increíblemente liso.

Mientras untaba un pequeño peine de carey con *bintsuke*, le explicó que se trataba del mismo aceite que utilizaban los luchadores de sumo para fijar el moño. Ayudándose del peine, siguió aplicándole pegotes de pomada que luego extendía haciendo pasar los mechones de cabello entre los dedos índice y corazón con mucha práctica y profesionalidad. Sus manos estaban hechas para aquello.

Una vez que consideró que el pelo estaba suficientemente lacio, se arremangó.

—¿Preparada? —preguntó, y tomando un mechón de la coronilla, le dio un tirón tan fuerte para hacerle una coleta que a Parvathi se le escapó un grito—. Ya lo sé, *Anata* —la consoló—. Por eso todas las geishas tienen una calva en la coronilla.

Con sumo cuidado, enrolló el mechón en un rulo de papel y lo llevó hacia delante para formar el moño central. A continuación, le peinó el pelo de la nuca hacia arriba y lo enrolló sobre el moño hasta que consiguió un bucle firme, que sujetó con una peineta de madera lacada. Luego vino el toque que distinguía los moños japoneses de todos los demás: los bucles laterales, porciones de pelo estiradas hacia arriba con cera y atadas con un cordel al moño central para que descansaran a ambos lados de la cara.

Le cardó la parte frontal en un rodete, lo sujetó con horquillas y le insertó un papel negro para mantener la forma ahuecada. A Parvathi le pesaba la cabeza y le tiraba por todas partes, además del dolorcillo que empezaba a sentir en la coronilla.

—Adornos para el pelo —anunció él, y clavó peinetas negras en los bucles laterales y unas cuantas más detrás de las orejas.

Las cuentas que colgaban de las peinetas llegaban a la barbilla de Parvathi. Algunas incluso le rozaban los hombros—. Ya no quedan geishas en Japón. Llevan batas sobre unos pantalones de campesina teñidos de añil y trabajan en fábricas donde cosen paracaídas.

La voz del hombre estaba teñida de pesar.

Parvathi por fin sintió que una prenda rozaba su piel. La enagua era de color melocotón, ligera y fresca. Un alivio. La envolvió en ella y, acto seguido, vino la pieza principal, pesada e incómoda de llevar, con una cola que se enrollaba y arremolinaba a sus pies como el agua. Se lo ciñó de manera que la enagua asomara por la manga y el borde del quimono. No había nada que los japoneses encontraran más sexualmente atractivo que el misterio, un atisbo de lo prohibido bajo una capa tras otra de tela. Las mangas le colgaban hasta las caderas.

Después de varios tirones y golpecitos para que todo quedara en su sitio, empezó a ceñirle el *obi* —pesado y más largo que un sari— alrededor de la cintura mientras iba remetiendo almohadillas de refuerzo y un cojín en la espalda para darle más cuerpo. La tarea requería un gran esfuerzo y empezó a faltarle el aliento. El sudor le brillaba en unos brazos cuyos músculos se tensaban al tiempo que la fajaba. No paró hasta que Parvathi estuvo completamente envuelta.

—Listo —anunció mientras se limpiaba el sudor de la frente.

Para darle el último aire romántico, le ató un fino cinturón de seda blanca cuyos extremos rozaban el suelo y le entregó un abanico de papel en forma de hoja de ginkgo, estampado con caracteres negros de trazo exquisito.

—¿Qué pone? —preguntó la joven.

—Fumiko —contestó él.

¿Fumiko? ¿Tal vez la dueña de las suntuosas prendas y el bello abanico de papel aceitado? ¿Una antigua amante? En cualquier caso, decidió no preguntar. ¿Para qué, cuando el bambú estaba marchito y los insectos devoraban sus raíces? Él se agachó a su lado, le enfundó un par de *tabi*, unos calcetines de hilo, blancos, con los dedos separados, y dejó los zuecos en el suelo. Parvathi se los calzó. El hombre le untó la parte posterior de las orejas con aceite de camelia y retrocedió unos pasos.

Apagó las luces, encendió unas cuantas velas y la examinó detenidamente al mortecino resplandor de las llamas, antes de asentir satisfecho y señalar el espejo. Parvathi se recogió la cola.

—Con la izquierda —la reprendió con severidad.

Los zuecos eran muy incómodos. Repicaban contra el suelo. Pero él quería que caminara con pasitos cortos y afectados, como si llevara algo muy ceñido debajo de la ropa que le llegara a la mitad de las pantorrillas. Le dijo que una mujer jamás debía permitir que sus rodillas se separaran apenas unos centímetros, ni siquiera al abrir una mampara.

—Arrodíllate, apóyate en los talones, dóblate por la cintura para servir, lo que sea, pero siempre con las rodillas juntas.

Al final aprendió a caminar arrastrando los pies, con el pesado *obi* colgando detrás de ella, aunque sin estar a la altura de aquel mundo irreal que él había creado con tanto esfuerzo.

—*Mutae, mutae* (espera, espera). Tienes que deslizarte sobre los pies. El quimono y la forma habitual de caminar son incompatibles.

Parvathi se detuvo y esperó. Él regresó con un trozo de cordel, le separó el quimono, subió las manos por las pantorrillas y le ató las rodillas.

—Camina ahora —dijo.

Sí, ahora sí que podía moverse con fluidez. Poco a poco, de un lado a otro como la mejor y la más elegante de las geishas. Fue como si de repente se encontrara en uno de aquellos balcones inseguros de los barrios de placer, asomándose furtiva, mirando más allá de las callejuelas serpenteantes abarrotadas de casitas de madera con tejados de zarzo, la vista perdida a lo lejos, en el corazón de la ciudad, donde se alzaban los templos de columnas esbeltas, los palacios bermellones y los teatros y jardines llenos de amantes contemplando la luna. Unos mezclaban incienso y otros, arte y belleza. Igual que en los grabados en madera del siglo XIX que había visto en los libros del baúl.

El espejo. ¡Oh, pero aquella mujer no era ella! Se contempló atónita. Mírala, ceñida de arriba abajo. El rostro y el cuello blancos, que parecían asomar entre la oscuridad, pertenecían a una muñeca o una mujer mariposa, remota, distante, misteriosa y, aun así, profundamente erótica. Una fantasía creada para volver loco de deseo a un rey o a un gran guerrero. Esa mujer sabía cómo entregarse a las caricias íntimas sin perder la cabeza ni comprometer el corazón. No quedaba nada de ella misma, pero le gustaba, aunque era consciente de que aquella criatura cautivadora solo estaba destinada a habitar la oscuridad o la luz vacilante.

Parvathi levantó una mano. Incluso sus movimientos eran más lánguidos, seductores y refinados. ¿Qué le había ocurrido? ¿Acaso había pasado a formar parte de esas historias apasionadas de guerreros samuráis, villanos y mujeres de tez clara, hermosas y fascinantes, en las que con tanta frecuencia morían el héroe y la heroína?

Sus miradas coincidieron en el espejo.

—Mira qué hermosa eres —dijo él, acariciándole la pequeña zona sin maquillar de la nuca.

Oculta bajo aquel suntuoso disfraz, podía fingir cualquier cosa. Después de todo, lo que ocurriera durante aquellas horas no tenía repercusión; sabía que no existía un puente hacia el mundo real. El sol siempre regresa para decapitar la noche oscura. Parvathi pronunció el nombre del general en un susurro, mirándolo de soslayo. Incluso su voz sonaba distinta; era más aguda, un arrullo. Como si ya ni siquiera hablara el mismo idioma.

—Tenemos que encontrarte un nombre nuevo —dijo él.

La geisha asintió con timidez. Sí, le gustaría tener un nuevo nombre. Para cuando arrastrara los pies por las calles iluminadas con farolillos.

—Sakura.

—Sí, me gusta.

—Ven, vamos a tomar el té.

El *obi* era rígido y la obligaba a sentarse muy erguida. Él preparó el té: una serie de movimientos coreografiados con absoluta precisión e interpretados con una extraña mezcla de concentración y economía que creaban la ilusión de una calma absoluta. Dejó el batidor de bambú a un lado. Parvathi se llevó el tazón de té verde humeante a los labios y lo bebió despacio.

Se inclinó hacia delante apoyándose en las rodillas, colocó las manos en el suelo, las tocó con la cabeza y permaneció en aquella postura, inmóvil. Estaba preparada para servir a su señor.

Kupu contemplaba las estrellas a través de la tronera, tumbado en el suelo de la estancia intermedia de la torre redonda. Soñaba con la distancia a la que se encontraban, imaginando de qué estarían hechos sus cuerpos y quién las moraría. Cerró los ojos y se habría quedado dormido de no ser por el resplandor que de repente percibió a través de los párpados. ¿Luz? ¿En medio de la selva? ¿De noche? Se acercó corriendo a la ventana, desde la que presenció una escena insólita.

Un grupo de unos veinte hombres vestidos con túnicas marrones y encapuchados, que sostenían en alto unas antorchas encendidas, habían formado un círculo alrededor de la piedra de comunicación. Era imposible verles las caras, pero su quietud absoluta era estremecedora. Y había algo más: era como si no fuesen sólidos, sus contornos se desdibujaban, se ondulaban.

Una de aquellas figuras fantasmales abandonó el círculo y se acercó al muro de la torre, al pie de la escalera, y lo golpeó. A continuación, alzó la vista hacia la ventana de Kupu y le hizo una señal para que bajara. No había rostro, solo las sombras proyectadas por la capucha. Kupu sintió que un escalofrío le recorría la espalda. La figura regresó al grupo y volvió a ocupar su lugar. Acto seguido, todos ellos se desvanecieron lentamente.

Kupu permaneció junto a la ventana, atónito ante lo que acababa de presenciar, hasta que se dio la vuelta y vio su cuerpo tendido en el suelo, dormido. Por un aterrador instante creyó que estaba muerto. Se acercó poco a poco con paso indeciso, aunque en vez de caminar, flotaba, se arrodilló junto a sí mismo y contempló su cuerpo postrado. Nunca se había visto desde aquella perspectiva y se sintió incluso más decepcionado que en esas raras ocasiones en que por casualidad atisbaba su reflejo en el espejo o en el agua. Al ir a tocar su cuerpo inerte, se sintió dolorosamente succionado de vuelta a este. Se incorporó, confuso y aturdido. ¿Lo habría soñado?

Bajó corriendo con agilidad la empinada escalera sin pasamanos hasta el lugar donde había visto que la figura golpeaba la torre. La imitó con el pulpejo de la mano y todo el bloque empezó a resonar como un diapasón. Retrocedió, tambaleante y asombrado. Sonaba como si una bandada de pájaros estuviera batiendo las alas, preparándose para alzar el vuelo, y supo de manera instintiva que el sonido simbolizaba el vuelo hacia lo desconocido. Era como había dicho Maya: todas las piedras ocultaban un propósito o un secreto.

Llegó mayo y la curandera, descartando los bulbos de ajo amarillos desperdigados por el suelo del mercado, llevó a casa solo los más blancos, y pasó un año más y volvió a ser enero.

El regalo

Adari, enero de 1943

L o encontró en el balcón, contemplando el mar, y durante largo rato se dedicó únicamente a mirar a aquel hombre de espalda recta. Al final lo llamó y él se volvió, lleno de odio y rencor.

—Mataremos muchos americanos —dijo con una voz áspera que al mismo tiempo revelaba un gran cansancio interior.

Él también debió de percibir aquella fatiga pues repitió lo que acababa de decir, aunque esta vez Parvathi solo oyó la declaración desapasionada de cualquier general escudado por el modo de obrar displicente de un pueblo «superior». Ya lo habían hecho una vez, y con éxito, en Corea.

Extendió las manos hacia ella con un gesto brusco, con las palmas hacia arriba y los dedos separados.

—He matado a mucha gente.

Con suma delicadeza, Parvathi empezó a limpiárselas con el borde del sari, como si le quitara una mancha, mientras él la miraba. Al principio con ferocidad y luego con tristeza.

—Tengo un regalo para ti —añadió el hombre a continuación.

Se trataba de un estuche sin adornos ni envoltorios.

La ira fue instantánea, incontrolable. Parvathi nunca antes había sentido nada similar. El estuche cayó al suelo al tiempo que le lanzaba una mirada acusadora.

—¿De dónde lo has sacado? Es robado, ¿verdad? ¿Acaso no sabes que he tenido muchísimo más que esto y que jamás me ha importado? —le espetó.

Arrojó el collar con tanta fuerza que este se estrelló contra una pared y se rompió.

—Tienes razón —contestó él en voz baja.

Sin embargo, Parvathi sabía que lo había herido profundamente y le rodeó el cuello con los brazos.

—Lo siento, lo siento. Es que no quiero que te ensucies las manos por algo que no vale la pena. No hagas lo mismo que los demás. —Deslizó una mano por entre la tela áspera del uniforme y encontró el latido del corazón—. Esto, dame esto. Nada más —susurró con ardor.

Lo cogió de la mano y corrieron a la playa. Ambos estaban desesperados por borrar lo que acababa de suceder. Ambos anhelaban perderse el uno en el otro. Volver a sentir el placer inundando sus cuerpos. Saber que todo seguía igual. Ser uno de nuevo.

Nadaron en la oscuridad, un cuerpo resbalando contra el otro. Risas ahogadas, manos que surcaban el agua como remos silenciosos en medio de la noche.

Al tiempo que descendía la temperatura del aire, aumentaba la de sus cuerpos, cálidos y acogedores. Hicieron el amor bajo la lluvia torrencial, tumbados sobre las algas que bañaban la orilla. Dejó de llover y el cielo se llenó de miles de estrellas que acompañaron a una luna casi llena.

De vuelta en la cama, calientes y secos, Parvathi se volvió hacia él, con pereza.

—¿Estás bien?

—Mmm…

Siempre utilizaba un tono adusto, pero Parvathi sabía que era su manera de ser, incluso en el lecho. Una vez, una sola vez le había oído decir *suki desu*, aunque equivaliera a un «me gustas», una triste expresión de afecto. Sin embargo, incluso aquella pequeña confesión lo había violentado. Prefería comunicar sus sentimientos con el cuerpo. Parvathi volvió la vista hacia el techo.

—Ojalá conocieras a Maya.

—La conozco.

Parvathi se incorporó y se apoyó en un codo, sorprendida.

—¿Ah, sí? ¿Desde cuándo la conoces?

—Desde la primera noche que viniste. Había salido, y a mi regreso estaba esperándome detrás de la puerta. Dirigí la punta de la espada a su barriga en un acto reflejo, pero lo que más recuerdo de aquel encuentro es que la herí, había sangre en la hoja, y aun así ella ni siquiera pestañeó. «Si le haces daño, te mataré mientras duermas», dijo. No sé cómo se le ocurriría a esa mujer analfabeta amenazar a un soldado japonés, fue un suicidio. Si se hubiera tratado de cualquier otro de mis colegas, la habrían decapitado al momento. Después de lanzar aquella salva, retrocedió despacio, aunque no apartó la mirada en ningún momento. En realidad, fue escalofriante.

Parvathi no supo qué decir. Recordó a Maya, sentada humildemente en el suelo de la cocina, sacándole el tuétano a los huesos de cordero con una horquilla y a su hijo con la boca abierta para recibir la ofrenda de color rojo oscuro que colgaba de la varilla. ¿De qué madera estaba hecha aquella mujer? No podía decirse que no hubiera visto las cabezas que se pudrían ensartadas en palos por toda la ciudad o que no hubiera oído hablar de la despiadada brutalidad de los soldados japoneses.

De vuelta a casa, le preguntó a Maya acerca de aquel incidente.

—¿Qué es una espada en la barriga? La muerte no es nada. No le tengo apego a este cuerpo. Es solo un vehículo que mi alma necesita para alcanzar un nivel más elevado de conciencia e iluminación. Resulta desconcertante para los seres humanos, pero ¿cómo iba el alma inmortal a continuar su viaje sin la muerte?

Un nuevo *thali*

E l mes de octubre de 1944 tocaba a su fin. Parvathi estaba envolviéndose el típico sari blanco cuando Rubini entró en la habitación.

—El rojo te sentaba muy bien, *mami* —dijo la niña, sentándose en la cama—. ¿Por qué no te pones un sari rojo para estar por casa? Solo lo veremos nosotros.

Esa noche, Parvathi acudió al encuentro con su amante con flores en el pelo y vistiendo un sari de aquel color. Él se la quedó mirando, sorprendido.

—En realidad, es un sari nupcial —le explicó ella con voz queda.

Él mudó la expresión y se dio media vuelta. Con cierta vacilación, Parvathi tocó la espalda encorvada que la rechazaba. Los músculos se crisparon al contacto.

—¿Qué ocurre?

—No lo sé. Por un momento he creído que te burlabas de mí, restregándome que jamás serás mi esposa. —Suspiró hondamente—. De todas formas, esto no es más que una farsa. El cuartel general imperial ha estado engañándonos. Perdemos la guerra. —Volvió a suspirar—. ¡Qué desastre!

Sus palabras despertaron un dolor repentino. Parvathi sabía que sucedería y que sería tal como él había dicho. Los aliados ganarían y él volvería a Japón cubierto de vergüenza. Parvathi quería que terminara la guerra, quería que sus hijos fueran a colegios que pudieran llamarse como tales y que regresara la cordura, pero no podía soportar la idea de separarse de él.

Se acomodaron en una hondonada de la playa para disfrutar de su picnic nocturno. Cuando terminaron, se tumbaron el uno junto al otro. Un repentino alboroto en el establo de las vacas quebró la calma. Parvathi rodó sobre sí misma y vio a Kupu que salía corriendo de los alojamientos de la servidumbre en dirección al establo. Apoyando la barbilla en la muñeca, lo observó desde su posición oculta. Un soldado que estaba de patrulla llamó a Kupu, quien se detuvo y esperó. Intercambiaron unas rápidas palabras y, a continuación, Kupu siguió su camino hacia el establo.

—¿Qué ocurre? —preguntó el general, sin un ápice de preocupación en la voz.

—Debe de estar pariendo una de las vacas —murmuró ella.

A través del humo, vio que Kupu encendía una lámpara. Sus movimientos eran majestuosamente fluidos y concisos. El hombre inclinó la cabeza hacia las vacas y Parvathi lo perdió de vista, quedando oculto tras los listones de madera. Intentó imaginárselo hablándole a la res, tranquilizándola con palabras dulces, y en ese momento recordó aquel instante, en la selva, en que lo había encontrado hermoso y había deseado tocarlo. Todavía le resultaba atractivo, pero ya no quería ni necesitaba satisfacer aquel deseo.

—¿En qué piensas?

—En nada —dijo ella, volviendo a su lado.

Él se incorporó.

—Tomando como testigos a esta calabaza vacía de sake, estos palillos y estos bocados que han sobrado de comida, ¿quieres casarte conmigo?

Tenía el rostro oculto entre las sombras y Parvathi no podía ver la expresión de sus ojos. Para el ejército japonés, el sexo no era tabú, sino el amor. Era una norma tácita. No podían casarse. No podían dejar progenie.

—¿No destruiría eso tu carrera?

—La belleza de una mujer debe juzgarse por los hombres que destruye.

Parvathi cerró los ojos, pero las lágrimas consiguieron abrirse camino a través de los párpados.

—Sí, quiero —contestó en apenas un susurro.

—Ven, esta noche iremos a tu templo. Que tus dioses sean testigos de que eres la mujer que he elegido.

—Pero no tengo *thali*.

El general se quitó su sello.

—¿Esto servirá?

Esa noche viajaron a un templo lejano. Tan lejano que jamás habían oído hablar de Kasu Marimuthu ni de su viuda. Se trataba de un pequeño templo dedicado a Muruga, el dios de la madre de Parvathi. Al entrar en el recinto, la joven se percató de que el suelo estaba sucio y se sintió avergonzada. Deberíamos mantener más limpios nuestros templos, pensó. Tendríamos que alojar mejor a nuestros dioses. Miró de soslayo a Hattori San. Seguro que sus templos estaban más limpios.

Sacaron al sacerdote de su sueño, quien se presentó con el *veshti* atado con prisas, el moño enmarañado y una expresión aterrorizada. No hacía otra cosa que mirar cada dos por tres la espada que colgaba con tanta despreocupación del cinturón del general japonés.

La mano le temblaba cuando la alargó para alcanzar el alcanfor que ardía mientras la pareja intercambiaba guirnaldas. El general se puso polvo rojo en la frente. El sacerdote alimentó el fuego y se lo pasó a ambos para que pudieran tender las manos hacia el calor que desprendía. A la luz del alcanfor, el rostro perlado del general irradiaba felicidad. Sonrió a Parvathi, pero ella se echó a llorar. ¿Por qué? Porque era una farsa. Nada de lo que ocurriera de noche, en secreto, era real. Solo los locos y los enamorados fingirían lo contrario.

El general le limpió las lágrimas con los pulgares, pero al ver que ni aun así cesaban le puso un dedo sobre los labios temblorosos. Parvathi lo miró; las lágrimas se convirtieron en piedras en su garganta. Atrapada en sus ojos, Parvathi descubrió el deseo afligido y desesperado de un mañana, de poder acumular más recuerdos, de que aquello fuera un inicio. Se volvió hacia la estatua de piedra.

—Lo amo. Lo amo con todo el corazón —dijo con ardor.

Ignoraba que la estatua ya lo había presenciado antes. Amantes que lo apuestan todo al número perdedor. Las manos de Parvathi buscaron la guirnalda de flores de jazmín. Estaba casada. Sin embargo, aquello no era un matrimonio, no uno de verdad. Eran los amantes malhadados de las leyendas japonesas: cuando las campanas relucientes tañeran anunciando el alba, ellos retomarían sus vidas.

—Me alegro de ser tu marido.

Sus ojos se desbordaron de luz al estirar el brazo para rodearla por la cintura.

¡Su marido! Sí, marido. Cuánto amaba a aquel hombre que olía a sangre. ¿Quién se atrevería a contradecirla? Aquello no era un sueño. No, los guijarros hacían daño bajo los pies descalzos.

Volvió la vista atrás una última vez. La serpiente sonreía. «Todo lo que pediste.» ¿Y qué pasaba con aquello de «para siempre jamás»? Dejaba muy poco espacio a la interpretación.

El sacerdote se despidió desde la entrada, pero salió corriendo tras ellos cuando estos estaban a medio camino del coche.

—¡Esperen! —los llamó—. Se dejaba la sombrilla.

Las ranas seguían croando, pero la lluvia había cesado.

—Quédesela —contestó Parvathi. Empezaba a despuntar el alba, tenían que darse prisa. Lo miró a los ojos, curiosos. Era un buen hombre. Deseaba volver dentro junto al fuego, a resguardo—. Rece por mí.

Él la miró con lástima.

—Por supuesto —contestó él en tamul—. Se ha sacrificado por la comunidad.

Deseó decirle que no lo había hecho, que amaba a aquel hombre, pero las palabras se le atoraron en la garganta. Después de todo, el amor no era tan maravilloso como lo había imaginado. Asintió con un gesto de cabeza y se volvió.

—Vaya con Dios —añadió el sacerdote.

Parvathi no reconoció el sentimiento de culpabilidad hasta que llegaron al coche. Estaban aguantándole la puerta para que subiera, cuando se volvió hacia su marido.

—Espérame un momento.

El sacerdote era una silueta al pie del templo.

—No es un sacrificio. Lo amo —le dijo al rostro oculto entre las sombras.

Necesitaba decirlo. Al menos al sacerdote, y no para no parecer hipócrita, sino para sentirse limpia. No debería mentírsele a un representante de Dios.

—Lo sé —repuso él—, pero fingí para preservar su dignidad.

—Bendígame, lo amo —dijo ella.

—Ahora estás en manos de Dios, hija.

Parvathi regresó corriendo al coche.

—¿Qué ocurre, *Anata*?

—Solo quería agradecérselo debidamente.

Sobre la tienda, Maya estaba despierta, atendiendo una cazuela de barro que había puesto al fuego, donde llevaba cocinándose un brebaje desde hacía dos días.

—¿Cuánto queda? —preguntó Parvathi.

—El puchero se romperá en cualquier momento y la medicina estará lista.

Parvathi asintió distraídamente.

—Maya, si buscaba un alma hermosa de la que enamorarme, ¿por qué no me enamoré de Kupu? Es imposible que exista un alma más bella que la suya —dijo.

—¿Cómo se llama ese juego que tiene tantas piezas de formas extrañas que hay que encajar para formar una imagen?

—Puzle.

—Sí, eso. Cada uno de nosotros ha venido a la tierra con varias piezas de un puzle tan grande como el universo. Cada vez que conocemos a alguien, se las enseñamos de manera inconsciente para ver si las de esa persona encajan con las nuestras. Si no encajan, cada uno sigue su camino y no hay nada que hacer. Ay, pero si encajan… Ahí es donde empiezan la atracción, el odio, los celos, el amor, el dolor y el aprendizaje. Kupu no tiene las que tú necesitas, pero no lo subestimes. Las suyas son distintas, tiene otras cosas que hacer, cosas importantes, y convertirse en un cabeza de familia normal y corriente no es una de ellas. Aunque pueda parecer una persona sencilla, más cercana a una criatura salvaje que a un ser humano, es un hombre complejo, muy complejo, con pensamientos sorprendentemente inabarcables e intemporales.

—Hoy me he casado con el general —dejó escapar Parvathi de pronto.

—¡Bien! ¿Eres feliz?

—Sí, pero no durará, ¿verdad?

—Nada es para siempre en este mundo en putrefacción, por mucho que quiera. Incluso las piedras acabarán desmenuzándose y convirtiéndose en polvo. Todo cambia. El truco está en entregarse por completo, vivir el momento y, cuando haya pasado, no tener de qué arrepentirse ni volver la vista atrás. Ser consciente de que pasará y no sufrir por ello. Que sea lo que tenga que ser —contestó Maya.

—Un truco difícil de aprender —repuso Parvathi.

—Sin duda —murmuró Maya.

Parvathi escondió el *thali* en su armario. No porque se avergonzara de él, se dijo, sino porque era demasiado especial para que lo mancillara siquiera una fugaz mirada celosa.

En el corazón de la selva, Kupu, en cuyo rostro se reflejaba una honda tristeza, estaba sentado en los escalones del templo, a solas, bajo la luz de la luna. Una brisa ligera le levantó un mechón. Las hojas de los árboles se estremecieron. Kupu alzó la vista, apartándola de las pilas de abejas muertas que yacían a sus pies. Buscó la piedra de comunicación con mirada atónita.

Estaba caída, arrancada, volteada. Pensó en los soldados japoneses que habían causado aquellos estragos. Un pueblo enigmático de almas envueltas en luz nocturna; hombres mortíferos, difíciles de contentar, capaces de talar un árbol por un coco y de hacer volar un avispero por los aires por un panal de miel. Ese día habían desenterrado los cuencos de plata, tan grandes como las campanas de un templo, y se los habían llevado.

Sin embargo, no tenían ni la más remota idea de lo que habían hecho.

Se estremeció. La piedra bajo sus pies hablaba, con palabras duras, rechazándolo. No deseaba soportar el peso de Kupu.

El hombre se puso en pie despacio, cansado. No debía imponerle más cargas. En ese momento, Kupu dio un respingo y se quedó helado; conocía aquella jungla y a sus habitantes como la palma de la mano, y aun así no alcanzaba a imaginar de dónde podría proceder aquel lánguido sollozo.

Recordó las palabras de Maya: «El hombre apenas cuenta con amigos entre el resto de formas de vida de la tierra porque ha abusado sin compasión de todas ellas». Kupu sintió un desasosiego que atravesó todo su ser. De hecho, después de aquel sollozo, la selva había quedado preñada de un terror mudo, a la expectativa, que anunciaba dolor. Maya tenía razón. Los cuencos habían mantenido alejados a los malos espíritus y ahora, sin ellos, la energía en otro tiempo reparadora y protectora se había envuelto en oscuridad. Lo sentía: una amenaza suave y silenciosa, preparándose para la destrucción.

Perder

Los niños habían caído enfermos de varicela y se quejaban por todo. Maya había hecho atadillos de hojas de nim y cuando empezaban los picores Parvathi les frotaba la piel con las hojas. Maya y ella les untaban las costras con aceite de ricino para que se les cayeran. Los días y las noches transcurrieron lentamente. Pasó más de una semana antes de que Parvathi pudiera escabullirse de nuevo. El coche enfilaba la propiedad cuando se percató de que las imponentes puertas de hierro de la entrada habían desaparecido, seguramente para fundirlas en las fábricas de munición de Japón. La casa también estaba sumida en la oscuridad, pero esta vez Kupu no tenía nada que ver. Apenas quedaba gasolina para el generador. La guerra iba de mal en peor.

Parvathi contempló cómo se consumían las velas poco a poco. Algunas noches él apenas abría la boca, pero ella había aprendido a no hacer preguntas, por mucho que deseara oír su voz. Esa noche, sin embargo, habría preferido que hubiera permanecido en silencio.

—Hoy he matado una serpiente —dijo él—. Una cobra negra enorme. Medía más de trece palmos de largo. Le corté la cabeza. —Parvathi pensó que se rompía en miles de pedacitos arrastrados por el viento, pero él no pareció percatarse de nada—. Da miedo, ¿verdad? Pensar que un animal tan grande viviera por aquí cerca.

—¿Dónde la encontraste? —preguntó en un susurro para que su voz no traicionara su horror.

—Bueno, eso es lo más extraño. La vi desde la ventana de nuestro dormitorio, tumbada en el jardín. Bajé la escalera corriendo. Al principio dudé de que estuviera viva porque, a pesar del ruido de las botas, no hizo el gesto de defenderse ni de escapar. De hecho, ni siquiera se movió. Siguió en el mismo sitio, mirándome, como si comprendiera lo que estaba a punto de hacer con ella y lo aceptara de buena gana. —Sacudió la cabeza—. Fue muy extraño. Después me arrepentí, era un animal muy hermoso.

Dios había muerto. ¡Pero que tuviera que ser él quien le hubiera dado muerte! Había desaparecido la fuerza divina que lo había llevado hasta ella y los había protegido todo aquel tiempo. En ese momento supo que había llegado la hora de separarse.

—¿Qué ocurre? —preguntó él.

—Nada —contestó Parvathi—. Les tengo pavor a las serpientes.

—Bueno, ahora ya está muerta.

Parvathi se obligó a sonreír, a pesar de estar muriéndose por dentro.

Al día siguiente fue a ver al orfebre y le pidió que le hiciera una estatua de serpiente, enroscada y con la capucha desplegada.

—¿De oro? —preguntó el artesano.

—De oro puro.

El hombre la miró con recelo por debajo de unas canosas e hirsutas cejas. Por lo que él sabía, ya no quedaban ricos en la zona.

—¿De qué tamaño?

—De unos quince centímetros.

—Será muy caro —la previno— y no acepto dinero bananero. Tendrá que ser en moneda británica —dijo, aunque sabía muy bien que era un delito capital hacer transacciones en cualquier otra moneda que no fuera aquellos billetes japoneses sin ningún valor, a los que llamaban «bananeros» por los plataneros que aparecían impresos en el papel.

—Tengo dinero —le aseguró.

—Lo quiero por adelantado.

Estuvo listo en una semana. El hombre fue a buscarlo a la trastienda y dejó una estatuilla reluciente sobre el mostrador de cristal.

—Sí, es perfecta —dijo Parvathi, y se la llevó a casa.

Mientras Maya se limitaba a observar, Parvathi descolgó las láminas enmarcadas. Las regalaría. De aquel modo, la pequeña serpiente de oro pasó a ser la única imagen que la joven habría de venerar en su altar.

Esa noche, al llegar a Adari, descubrió que el general tenía visita en el despacho. Parvathi se dirigió a la sala de música y siguió la conversación con atención desde la estancia contigua.

—¿Qué ha dicho? ¿Es que desea morir? —oyó que decía un hombre.

Sin alzar la voz, una amenaza velada. Él fue a buscarla después de que finalizara la reunión. Parecía cansado.

—Era la Kempetai —le explicó—. Japón pasa por momentos muy difíciles. Ya de nada le vale la ayuda de humildes comandantes como yo. Ahora sé que mi país se ha embarcado en una guerra imposible de ganar con la tecnología y los recursos humanos que poseíamos. Japón es una tierra próspera y sus habitantes son gente noble, pero esta guerra es un error. Hace tiempo que la coprosperidad ha quedado olvidada: los campos de internamiento están plagados de enfermedades tropicales y la gente del lugar nos odia. No, esto tiene que acabar. A tal efecto, he liberado a todos los prisioneros de guerra. Los aliados deberían ganar. Sin embargo, si eso ocurre, si ganan, no podré permanecer aquí ni llevarte conmigo. —Se pasó la mano por la cabeza rapada en un gesto de extenuación y derrota—. Solo nos queda emborracharnos —dijo desapasionadamente.

Y eso hicieron, con el peor *toddy* del lugar. Parvathi comprendió lo que su marido quería decir cuando aseguraba que lo necesitaba.

—Por fin lo entiendo —dijo él, abatido.

—¿El qué? —preguntó ella.

—El poema, ese poema tan extraño:

> *Un viejo estanque,*
> *el sonido,*
> *de la rana que se zambulle.*

—Un viejo estanque, el sonido… de la rana que se zambulle —repitió ella despacio.

Parvathi no podría haber esperado otra cosa de los japoneses en cuanto a precisión y economía. Se había descubierto transportada junto al agua verde y perturbada en un instante. Aunque seguía siendo críptico: ¿con qué propósito?

El general la traspasó con la mirada.

—El estanque recibe la rana. —Guardó silencio un momento, en actitud contemplativa—. No, ni siquiera es suya, es un préstamo temporal. Eso es lo que significa. A pesar de que se la traga con avidez, ¿realmente vale la pena perder la tranquilidad por una rana pasajera? ¿Tú lo vales? ¿De verdad?

Se desmayó sobre las almohadas. Parvathi permaneció despierta, observándolo.

Incapaz de dormir, se acercó a la ventana y vio a Kamala sentada en el porche de los alojamientos de la servidumbre. De pronto sintió la necesidad de escuchar su cháchara incesante, a menudo plagada de errores de criterio que solían resultarle cómicos. Atravesó el jardín en silencio y, con suma delicadeza, posó una mano en el hombro de Kamala. La anciana dio un respingo y ahogó un grito.

—¡Oh, Ama! —exclamó—. ¿Qué hace aquí?

—Chis —dijo Parvathi, ocultando una sonrisa. Llevo años viniendo aquí, pero he evitado que me vieras hasta ahora. Aunque en realidad dijo—: He venido a ver la casa.

—Ama, no se preocupe por la casa. Ya sé que los alféizares de las ventanas de arriba están cubiertos de cagadas de paloma, pero los blancos ganarán la guerra muy pronto y usted volverá, y entonces esos chicos tan valientes vendrán a limpiarlo, ¿verdad que vendrán? Mientras tanto, las chicas y yo haremos lo que podamos.

Parvathi se sentó en el borde del cemento que había junto al desagüe.

—¿Cómo está Maya? ¿Está bien? —preguntó Kamala—. El otro día me dolía aquí. —Se llevó una mano bajo la rodilla derecha—. Y no sabe cuánto la eché de menos. Ella me habría curado en un abrir y cerrar de ojos. La echo mucho en falta. Y los niños, ¿cómo están?

—Maya está muy bien. Los niños tuvieron la varicela, pero ahora están mejor. ¿Cómo estás tú?

—Añoro el pan de cereales. Desde que la panadería cerró, solo nos llega el pan que traen los trenes y siempre está seco y duro. Con estos dientes, me cuesta comerlo, ya me entiende.

—¿Te tratan bien aquí?

—Les tengo miedo, siempre parecen enfadados. Nunca sonríen ni hablan, y a veces me sisean cuando no entiendo sus gestos a la primera. Al principio escupían en mi comida, que era demasiado picante para ellos, así que empecé a añadir un montón de leche de coco y ahora ya han dejado de escupir y de gruñir. —Guardó silencio unos instantes y sacudió la cabeza—. Pero en la bodega pasan cosas horribles. Ahí abajo torturan a la gente. La puerta se ha quedado abierta alguna que otra vez y he oído gente que gritaba. Quite, quite. Sacan cuerpos sin vida de ahí abajo, incluso a plena luz del día. Y ahora unos espíritus atormentados se han mudado a la casa y tengo miedo de poner un pie en ella de noche. A veces oigo el canto fantasmal de una mujer, y creo que una vez incluso la vi. Era muy bella y tan blanca como el arroz. Llevaba un vestido largo, zuecos de madera y un abanico de papel en la mano. Estaba en la playa, mirando al mar. Ama, no me importa decírselo: en mi vida había pasado tanto miedo. Eché a correr y me escondí en mi habitación. Pero, descuide, cuando regresen, Maya sabrá qué hay que hacer para librarse de esos fantasmas. Por lo demás, todo va bien —aseguró, y deslumbró a su señora con una sonrisa mellada.

Parvathi dejó a la vieja sirvienta y paseó por la playa durante horas hasta que, siguiendo un olor nauseabundo, se topó con una tortuga muerta. La apuntó con la linterna. Tenía la boca llena de sangre negra, arena y moscardas azules. Al día siguiente había desaparecido. Debían de haberla enterrado los pescadores.

Cambio de plegaria

Parvathi se arrodilló y se sentó sobre los talones cruzados mientras él ponía un disco en el giradiscos y se acercaba a la ventana abierta. El viento le apartó el quimono blanco. La voz aguda de una mujer acompañando un solitario instrumento de cuerda inundó la habitación. Extraño, y para el oído desacostumbrado de Parvathi, desagradable.

—Me temo que no tengo oído para la música —se excusó—. Mi marido me dejó por imposible.

El general se acercó a ella.

—Escucha, pero esta vez no utilices las orejas. —Se llevó el índice de Parvathi a la boca. El mismo dedo húmedo que luego le haría levantar sobre la cabeza—. Escucha con la piel. Olvida qué aspecto tienes. Abre la boca y saboréala con la lengua. Paladea el dramatismo. Enamórate de ella. Deja que te posea. Poséete de ella. Escucha —le susurró—. ¿Oyes eso? Es el samisén. Es un instrumento que exige mucha práctica. Ninguna *maiko* de risita tonta sabe tocarlo. Solo las geishas veteranas y más experimentadas saben tañerlo de ese modo.

Parvathi escuchó atenta su sonido. Hueco. Triste. Desamparado. Sin acordes fastuosos. ¿La famosa contención japonesa?

—Se hace con piel de gato. Solo se utiliza la de gatas vírgenes porque cuando un macho monta a una hembra, aunque sea una sola vez, le deja arañazos en la piel que deslucen la perfección del sonido.

El sonido desamparado continuó, rasgado, incluso sin la participación de un gato macho.

—Debes oírlo con el corazón u olvidarlo para siempre. —Se volvió hacia ella—. ¿Lo has oído?

—No —contestó.

Él regresó junto a la ventana y le dio la espalda.

—Todo está a punto de acabar. La pasada primavera, nuestro emperador acordó los términos de la rendición durante las negociaciones secretas que llevó a cabo con Estados Unidos por medio del Vaticano. Sin embargo, Estados Unidos da evasivas mientras los B-29 asolan Tokio. Nos provocaron para que diéramos el primer mal paso al atacar Pearl Harbour y creo que ahora desean invadir Japón, me temo que quieren probar esa nueva arma atómica sobre un objetivo real.

Parvathi permaneció callada. ¿Qué podía decir?

Instantes después miraba aterrada la espalda del general mientras él explicaba con voz desapasionada y carente de toda emoción que morir era una suerte infinitamente más deseable que rendirse. En Japón era el modo en que caía el samurái honorable, tan acendrado como la flor del cerezo. Aferrarse a la vida en vez de escoger una muerte rápida en pos de altos ideales era un hábito burgués típico de cobardes. Los antiguos códigos del guerrero enseñaban a sus acólitos que cuando dudaran entre la vida o la muerte, siempre era mejor morir. Incluso él mismo había instruido a sus hombres en aquella filosofía al decirles que no era momento de paños calientes. Que a la vuelta, todos habrían muerto.

Además, existía otra buena razón para escoger la muerte. Parvathi siguió mirándolo atónita mientras él hablaba de *giri*, honor, un deber ciego e inexcusable hacia la familia, el grupo, el superior. En silencio, Parvathi aprendió una palabra nueva: *giri-ninjo*. El deber hacia la esposa, los hijos y los parientes. Comparado con aquella obligación, el amor era algo trivial. Jamás podrían estar juntos.

El hombre guardó silencio unos instantes antes de continuar con su propuesta: ¿querría acompañarlo en un doble suicidio? *Shinju*. Como Hitler y Eva, aunque no como un acto de guerra o rebeldía, sino a modo de expiación.

Sin embargo, Parvathi había visto una ilustración del doble suicidio al que se refería. Era horrible. El hombre estaba tendido sobre la mujer y una espada le sobresalía por la espalda. Ella tenía el cuello abierto de oreja a oreja, como si sostuviera una espantosa sonrisa triunfal. La ropa empapada en sangre se arremolinaba alrededor de la pareja muerta. Una escena horripilante, aunque no había que olvidar que los amantes malhadados de las leyendas más populares acababan suicidándose.

El culto al suicidio por honor formaba parte de la cultura del general, pero ¿cómo iba ella a quitarse la vida? ¿Qué sería de sus hijos? Por mucho tiempo que pasara, jamás conseguirían olvidar la deshonra que ello les acarrearía. Las buenas familias no querrían mezclarse con la suya. «Malos genes», dirían sacudiendo la cabeza. ¿Y su alma? Se la imaginó vagando sin rumbo quién sabía por cuánto tiempo; un espíritu o un demonio perdido y atormentado.

Se volvió hacia él con una mirada suplicante. Abrió la boca, pero él alargó la mano veloz como un rayo y se la tapó. Parvathi lo miró atónita, asustada ante la brusquedad y la violencia de aquel movimiento. El hombre movió los dedos, le acarició la mejilla y le frotó con delicadeza la zona alrededor de la boca. Ella no apartó la vista; qué sosiego descubrió en sus ojos, qué dureza en su boca. La música cesó. Él retiró la mano.

—No te preocupes. Después de todo, no importa. Descansa un poco —dijo con una voz anormalmente ronca.

Jamás la había tratado con tanta ternura y, sin embargo, acababa de decir su última palabra. Podía seguirlo o no, pero él moriría. No tenía otra opción. Le sonrió. Ella no le devolvió la sonrisa. A pesar de lo aturdida que estaba, Parvathi comprendió que aquello era justo lo que había pedido en sus oraciones. Que no vacile en poner la mano en el fuego por mí, que esté dispuesto a entregar su vida por mí.

El dios serpiente había respondido a sus plegarias.

No obstante, ¿qué ha de hacer una mujer cuando descubre que no desea lo que ha pedido? Aun así, ¿debe agachar la cabeza y aceptarlo? ¿Qué ocurriría si esa mujer cambiara de opinión y se negara a aceptarlo?

Permaneció despierta a su lado hasta el amanecer, cuando volvió a casa. No sabía qué hacer. Tenía la piel húmeda y pegajosa. Apoyó la frente en las puntas de los dedos y meditó durante largo, largo rato, hasta que tomó una decisión. Si esa mujer no lo acepta, vuelve al altar.

—Era una niña —dijo, volviéndose hacia la serpiente enroscada—. No sabía lo que pedía. Perdóname. Ahora soy una mujer y te pido que le salves la vida. Que ninguna de sus vendas lleve mi nombre. Permítele seguir viviendo, aunque sea sin mí. Protégelo. Permítele seguir viviendo.

El general fue a hacerle compañía bajo la mosquitera teñida de henna.

—Si ahora estuviera en Japón, sería la época del crisantemo —dijo él en voz baja.

Parvathi ahogó un grito. ¿Ya la había olvidado y había regresado a su madre patria? Dejó que el libro que estaba leyendo se le cayera de las manos y oyó el ruido sordo que hizo al golpearse contra el suelo. Una brisa fresca se coló en la habitación y le acarició la piel cálida y húmeda. Descansó pesadamente una mano sobre el hombro del general. La lámpara de gasolina desprendía un olor muy fuerte. Un pavo real graznaba a lo lejos. El viento susurraba entre los árboles. El generador estaba mudo. Ella lo recordaba todo. En su memoria había quedado grabado hasta el último detalle, como en una fotografía dotada de vida y aliento. Guardaba miles de ellas. Bellos y valiosos secretos, tesoros escondidos.

8 de mayo de 1945. La guerra había terminado en Europa, y en Londres, según decía la radio, se sucedían los desfiles patrióticos y la gente lo festejaba en las calles. Muy por encima de sus cabezas, los bombarderos estadounidenses los sobrevolaban, camino de Singapur. Las *mamis* dijeron: «Muy bien. A los japoneses ya les queda poco de estar rondando por aquí».

6 de agosto de 1945. La BBC anuncia que la primera bomba atómica ha alcanzado Hiroshima. El general Hattori salió al balcón, con la vista perdida en el mar y el rostro ceniciento.

8 de agosto. Cayó la segunda. La ciudad de Nagasaki se convirtió en un mar de escombros. Parvathi recordó al vendedor de dulces de Ceilán que un día se volvió loco. Salió corriendo a la calle, despeinado, y empezó a repartir los caramelos a puñados. Cuando sus hijos fueron a buscarlo, estaba sentado en la puerta de casa, comiendo una cebolla y riéndose sin motivo.

15 de agosto. El emperador Hirohito se vio obligado a retransmitir por radio que no era Dios. Japón había «soportado lo insoportable y sufrido lo insufrible», dijo.

2 de septiembre. Japón se rinde ante el general Douglas MacArthur. La guerra había terminado, pero no así en la península de Malaca, donde los conflictos continuaron hasta el 13 de septiembre de 1945. Los oficiales japoneses se paseaban en coches que ondeaban la bandera blanca. La multitud los abucheaba, pero ellos ni se inmutaban. Ambos bandos firmaron el acta de rendición. Al tiempo que iban llamando a los oficiales por sus nombres, estos llevaban a cabo el ritual de entregar sus espadas samuráis como señal del desarme total del ejército imperial japonés.

—Tira el calendario gregoriano que tienes en casa —dijo Maya a la mujer que acudió a su consulta con síndrome premenstrual—. Tu cuerpo está desconcertado porque sabe que el año tiene trece meses, no doce. Sigue los ciclos de la luna: toma la luna nueva como el primer día del mes, la luna llena como la mitad y la luna negra como el último día, y no volverás a tener dolores ni a sufrir depresiones antes, durante ni después de la menstruación.

Sin

Tenía los cajones llenos de dinero bananero. Se lo dio a los niños. Rubini jugó a las tiendas con los billetes, y Kuberan, el pequeño monstruo destructor, hizo montoncitos y les prendió fuego. ¡Quemar dinero! Parvathi tendría que haberse echado a temblar de solo pensarlo, pero se alegraba de no utilizarlo. Estaba manchado. Se preguntó qué harían las *mamis* con el suyo. ¿Tal vez flores y perritos de origami mientras no dejaban de llorar? Adari. Por supuesto que sabía que lo habían bombardeado, ya había imaginado que no saldría ilesa, pero la silueta mutilada con que se encontró... Los cristales habían quedado reducidos a añicos, el techo se había hundido y lo poco que quedaba en pie proyectaba sombras alargadas. En medio de las ruinas se alzaba la jaula de metal de Kasu Marimuthu. Era lo único que había sobrevivido intacto. Recordó cuánto le angustiaba quedar atrapado en su interior si se declaraba un incendio. Qué curiosas, las cosas que le preocupaban.

Se imaginó la miríada de libros cubiertos de polvo envueltos en llamas y de pronto se acordó: había escondido los legajos y las escrituras de las propiedades detrás de ellos. El abogado tendrá copias, se dijo. En la isla, un pavo solitario abrió la cola rala y bailó resueltamente para ella. A los demás no se los veía por ninguna parte. Se quedó contemplándolo hasta que el animal se alejó, barriendo el suelo con la cola.

Parvathi se acercó al cobertizo del generador, que se caía a trozos. De pronto, Kupu salió del interior, descalzo y vestido con harapos.

—¡Ama! —exclamó boquiabierto, y se acercó corriendo para caer a sus pies. Pobre hombre, pensó Parvathi, debe de estar viviendo de la tierra. Se quitó la cadena para dársela. No obstante, él sacudió la cabeza con vehemencia—. ¿Para qué, Ama? La selva y el mar me proporcionarán todo lo que necesite, y también serán mi tumba.

Parvathi volvió la vista hacia la casa.

—¿Qué ha pasado?

—Fue horrible, horrible, pero no pudimos hacer nada. —Le temblaban los labios—. Todo empezó después de que los soldados japoneses desenterraran y se llevaran los cuencos de plata del templo. Después de eso, cargó contra nosotros, del este y el oeste. Llegó en forma de insurgentes comunistas con armas de cinto, rifles, granadas y carabinas. Nos redujeron y prendieron fuego a la casa. Los suelos de madera ardieron con facilidad y los vidrios empezaron a estallar a causa del calor. Fuimos alejándonos cada vez más hasta que al final llegamos a la orilla del mar, mientras los grandes revestimientos metálicos se desplomaban. El ruido fue ensordecedor y las llamas alcanzaron varios metros de altura. Me sorprende que no se vieran desde la ciudad. Cuando el árbol que había en medio de la casa finalmente se rindió al fuego y se derrumbó con gran estrépito, me eché a llorar. En ese momento supe que jamás volvería a ver algo tan desolador.

Mirándolo, Parvathi de pronto se percató de que el tic había desaparecido. Debía de ser una forma de exteriorización, una manera de protegerse de lo insoportable. Ahora que había vuelto a la tierra, había recuperado todo su esplendor.

—Tengo que ir a ver el templo —dijo Parvathi.

—Ama, me temo que tengo malas noticias —repuso él, pesaroso—. Los británicos bombardearon el templo al día siguiente de que mataran a la serpiente. Debieron de confundirlo con una base japonesa. De todos modos, venga conmigo y verá lo que ha quedado.

Parvathi contempló los escombros en silencio, y en silencio Kupu la sacó de la jungla y la acompañó de vuelta junto a la casa, donde se despidió de ella. Parvathi lo siguió con la mirada, mientras este se abría camino entre las altas, lozanas y ondulantes hierbas, con la cabeza inclinada como un tigre, y la invadió una gran tristeza. No volvería a verlo, se lo decía el corazón. Le legaría aquel pedazo de tierra sacra; al fin y al cabo, era su propietario legítimo. Había echado a andar cuando oyó que la llamaba por su nombre, y dio media vuelta. Kupu estaba al borde de la selva.

Parvathi se hizo bocina con las manos.

—¿Qué ocurre?

Kupu guardó silencio unos instantes, por lo que Parvathi pensó que tal vez el viento se había llevado sus palabras, pero entonces esa misma brisa le trajo la respuesta de Kupu, como si lo tuviera al lado.

—Estoy enamorado de ti desde el primer momento en que te vi. Después de aquel día en la selva, estuve tres noches sin dormir pensando en que no tenía derecho a tocarte. —Parvathi dejó caer los brazos a los lados. Se sostuvieron la mirada en la distancia. Tan lejos que ni siquiera era capaz de distinguir sus facciones con claridad—. Solo quería que lo supieras —añadió y se dio la vuelta.

—¡Espera! —gritó ella, pero el hombre ya se había abierto paso a través del muro de vegetación y se había mimetizado con la jungla una vez más.

Parvathi siguió esperando, sabiendo que no volvería.

La joven fue apartando los escombros y pasó junto al tocón calcinado en dirección al ala oeste. La pared del salón de baile que daba al norte había desaparecido y el viento se colaba por el agujero. La aparición de Parvathi sobresaltó a una iguana blancuzca, que se escabulló a toda prisa. Subió la escalera, que crujió bajo sus pies, inestable y peligrosa. Se detuvo, cerró los ojos, sintió el sabor del salmón en lata en la boca y oyó el tañido espeluznante de un samisén. Unos labios recorrieron su espalda a besos. Bésame una vez más. No te vayas tan pronto. Sin ti, me muero. Abrió los ojos. Aquel dios de la sensualidad tenía que renunciar a su trono y devolver la vida al corazón de Parvathi.

A lo lejos, los pescadores se acercaban a la orilla; figuras diminutas y distantes. Sus mujeres los esperaban junto a las hogueras. Gente trabajadora, bienaventurada. Parvathi permaneció horas en el mismo sitio viendo cómo cocinaban el pescado, comían, recogían sus bártulos y se iban. Empezaba a anochecer y sombras hostiles comenzaron a invadir la casa. Se alzaron todos aquellos a quienes habían asesinado en el sótano mientras ella hacía el amor en el piso de arriba, y la señalaban, inclementes. Tuvo miedo. Sabía que no podría volver a vivir allí. El viento lanzó un silbido inquietante a través de los cristales hechos añicos. Un animal sollozó. Parvathi echó a correr sin mirar dónde pisaba.

El conductor se había sentado en una piedra a descansar, junto al coche. Por las raspas que había a sus pies, había comido algo de pescado. Se levantó en cuanto la vio, pero ella alzó una mano y él volvió a sentarse. Parvathi se dirigió a la playa. Su marido se había ido sin ella. Estaba en la orilla, haciéndose sombra con una mano mientras oteaba el horizonte cuando oyó el sonido de un jeep a su espalda. Se volvió de inmediato con el corazón en un puño. Al final había vuelto a por ella, la dueña de un palacio en ruinas.

Llevaba una caja alargada y plana e iba vestido como la primera vez que lo había visto. Solemne, altivo, un general del ejército. Se detuvo y esperó, firme, sin apartar los ojos de la mujer cuyo sari se agitaba a su alrededor de un modo que un quimono jamás habría hecho. Parvathi sabía que estaba relegándola a los recuerdos porque era evidente que no había ido allí para llevársela ni para quedarse. Era una despedida.

Parvathi dio un paso al frente y él echó a andar en su dirección, balanceando un brazo libremente junto al cuerpo, aunque con pasos lentos y cansados. Intentaba alargar el momento.

Ella se detuvo. De pronto se sentía demasiado extenuada para realizar aquel trayecto. Ya llegaría él. Demasiadas noches solitarias la acompañaron en la espera. Una brisa helada sopló desde el mar y Parvathi se abrazó. Él se quitó la gorra y se detuvo delante de ella. La joven miró fijamente aquel rostro destrozado. La guerra, la guerra, él había perdido mucho más que la guerra.

¿Has encontrado las fuerzas para abandonarme?, no dijo Parvathi.

—Me dijeron que estarías aquí —sí, dijo él, con la mandíbula tensa.

Las comisuras de los labios de la mujer se torcieron hacia abajo, pero él comprendió que intentaba sonreír.

—¿Estarás bien? —preguntó Parvathi.

Él se encogió de hombros.

—¿Y tú?

—Sí, eso creo.

Sin embargo, al ver con qué impotencia la miraba, enterró su rostro en el pecho del hombre. Sintió que los adornos metálicos del uniforme se le clavaban en la mejilla. También olía diferente. A almizcle. A miedo. Por el futuro incierto. Por el cambio. Por el deshonor. Una suerte peor que la muerte. En sus sueños, había sacado la mano de debajo de la larga manga y se había hundido el puñal en las entrañas. Aquello era una derrota y, sin embargo, aquella nueva forma de pensar decía que era más honroso hacer frente a un nuevo día y al castigo que trajera consigo. Cuando abrió la boca para decir algo, no fue sobre la desesperación o el abandono, sino sobre la esperanza.

—Volveré a por ti, Sakura. Te lo prometo. ¿Me esperarás?

—Esperaré en la tienda hasta el día que vuelvas —le prometió, a pesar de oír las palabras de Kasu Marimuthu resonando en sus oídos: «Vende la tienda. Te arruinará».

Él sonrió desganado.

—Volveré. Puedes confiar en mi palabra.

Ella sonrió.

—Y tú en la mía.

—Si por alguna razón perdemos el contacto y no conseguimos retomarlo, recuerda que el día que este país se independice de los británicos, estaré esperándote en la estación de tren de Kuala Lumpur, pongamos que al mediodía, en el andén del tren que va a Kuantan.

—Allí estaré.

—¿Irás de azul o de blanco?

—De blanco con un borde azul.

—Soñaré con ello.

—Los amantes malhadados. —Parvathi sonrió con ironía—. Solo nos falta el puente de bambú.

—Tengo que irme.

—Sí, tienes que irte. —En voz queda, apenas audible. Ve, tus ancestros nos observan.

En vez de besarla, la apartó de él, se volvió con brusquedad, elegante, la espalda muy recta, como si ejecutara una orden militar, y se alejó de ella con paso firme. Qué ridículo. ¿Cómo podía alejarse de una amante con paso firme? Sin embargo, Parvathi no se quejó, ni gritó. Lo entendía. La caída del héroe había sido demasiado expeditiva. Pensó en todo lo que no se habían dicho. Las generaciones de silencio y represión imbuidas en sus células impedían que el hombre mostrara ninguna emoción y mucho menos aquel dolor, desgarrador y lacerante. Incluso ella comprendía que era inapropiado en una playa solitaria azotada por el viento.

El conductor le abrió la puerta; él subió y la cerró. El chófer rodeó el vehículo y metió la llave de contacto. Los pies de la joven… ¡Oh, por favor, cuánto habían deseado salir corriendo detrás de él! El general volvió un rostro inexpresivo hacia ella. El motor del jeep se encendió. El general tendió una mano. El cuerpo de Parvathi respondió al instante y echó a correr. El hombre abrió la boca y dejó escapar unas palabras agónicas, tal vez el nombre de su amada, pero el viento se las llevó y el vehículo desapareció con él.

Parvathi permaneció largo rato con la mirada entornada perdida a lo lejos.

Dentro de la caja encontró una sombrilla. ¿Una sombrilla? Una ráfaga de viento empujó la caja y la tapa, que habían quedado en el suelo, hacia el mar. Parvathi abrió la sombrilla y la alejó de ella para contemplar el estampado. Flores de cerezo. La levantó sobre la cabeza. Él no iba a volver, todavía no. Pero sí algún día. Se lo había prometido y era un hombre de palabra.

Por detrás de la sombrilla atisbó unos periódicos viejos, medio enterrados en la arena, que utilizó para envolver el regalo. Todavía existía el peligro de que alguien lo viera y dijera: «De modo que eras tú».

Se llevó la mano a las dos cartas que llevaba remetidas en el pecho. Una era de Samuel West, pero con Europa solo había tenido un amor pasajero que estaba completamente acabado. La hizo pedacitos y el viento se los llevó incluso antes de que tocaran el suelo. La otra era de casa. Daba igual de qué se tratara, seguro que no eran buenas noticias. Apática, leyó la letra descuidada de su hermano en el sobre azul barato. Luego, reflexionó, y volvió a metérselo en la blusa.

Más tarde se montó en el columpio y se lanzó hacia el cielo, subiendo más y más alto con cada impulso que imprimía a las cuerdas cada vez que tiraba de estas hacia atrás, mientras las sombras no dejaban de alargarse a su alrededor.

El amor verdadero sabe esperar.

Rubini

S e quedó mirando a la muchacha que venía cimbreando las caderas en su dirección. Llevaba el pelo muy corto, pero se lo había adornado con un sinfín de peinetas y abalorios. Y cierto que un vestido es un vestido es un vestido… hasta que se lo pone una niña de doce años, a juego con los zapatos de tacón de su madre, y se lo aguanta con un par de imperdibles, entonces se convierte en las ropas sedosas y voluptuosas de la mismísima Jezabel. Los labios escarlata, con un mohín provocativo, destacaban en el hermoso rostro.

Que tal vez tendría que haber habido mayor censura y recato en sus ropas y en su actitud era fácil de adivinar por las miradas que atraía, pero el joven la disculpaba: la guerra había terminado, los japoneses se habían ido y ella se había entregado a la feminidad que le había sido negada durante cuatro largos años.

La niña le dedicó una breve y desdeñosa mirada inquisitiva al acercarse y, al no encontrar nada digno de interés, continuó su camino y concentró su atención en algún lugar asombroso al frente. Después de que pasara por su lado, mascando chicle como una americana, él se volvió y contempló con anhelo aquellas caderas que se alejaban. Sabía que el desdén de la jovencita era auténtico. Sin embargo, ella lo había mirado. Había reparado en él. Había posado aquellos ojos sobre su persona y eso era suficiente, porque el joven estaba completamente enamorado. Lo estaba desde la primera vez que la había visto, en el colegio, cuando era apenas una niña, cayendo desde lo alto de una pirámide humana el día de las competiciones deportivas. Por entonces, él estaba en el último curso. Mientras contemplaba la caída, fue como si alguien hubiera anunciado desde algún sitio que él no alcanzaba a ver: «Color, luces, música».

A pesar de consagrarse a recoger cualquier comentario que se dijera de su familia y a seguirla a distancia, sabía que sus posibilidades eran nulas; la hija del gran Kasu Marimuthu siempre había estado fuera de su alcance. Sin embargo, aquello era antes de la guerra. El conflicto había cambiado las cosas y ahora, como si dijéramos, casi podía considerarse que la chica estaba a su alcance. Iría a ver a la bella viuda recluida, a la que en una época se la conocía como Rolls Royce Mami y a la que ahora todo el mundo se refería como Kadai (tienda) Mami. Había oído que no se había cortado el pelo desde la muerte de su marido y que este le llegaba al suelo. En una o dos ocasiones la había atisbado en la ventana del piso superior. Un día, tal vez no ese, ni el siguiente, pero un día se sentaría delante de ella. Para pedirle la mano de su hija. Hasta entonces, esperaría. Su amor no era pasajero, vago ni efímero.

El amor verdadero sabía esperar.

En algún lugar a lo largo de la calle, un soldado gurka había reparado en la mirada desafiante de la joven y empezó a aplaudir. Otro par de manos no tardaron en unírsele. La niña-mujer se sonrojó, sonrió y alzó aún más la barbilla. Más aplausos, hasta que toda la calle terminó uniéndose al jolgorio general.

Parvathi se levantó de la silla y se acercó a la ventana para ver qué ocurría. Ah, Rubini. Sonrió con tristeza. La vida cambiaba de un día para otro. Todavía no le había dicho que el fuego había consumido los títulos de propiedad y las escrituras de las tierras de su padre y que nadie sabía dónde estaban las copias que debía haber conservado el abogado. El hombre había muerto, decapitado, y se habían llevado todos sus archivos; los japoneses habían encontrado una radio en el despacho. Parvathi desconocía la ubicación de las tierras, por lo que resultaba imposible localizarlas, sobre todo las del extranjero. Parecía imposible que pudiera ocurrir algo semejante, ser dueña de unos terrenos que no podía reclamar porque ignoraba dónde buscarlos.

Había consultado a otro abogado, quien había corroborado sus temores, añadiendo que muchas otras propiedades se hallaban en la misma situación. Estaba convencido de que el gobierno las reclamaría cuando hubiera transcurrido el tiempo pertinente. Lo único que podía hacer era animarla a que intentara recordar dónde se encontraban las fincas de su marido. Sin embargo, no valía la pena que lo intentara; Parvathi nunca lo había sabido. De la única que tenía conocimiento era de la finca de caucho de Melaka de la que le había hablado su marido, y solo porque era donde el hombre quería que buscaran refugio si había problemas en Adari. Kasu Marimuthu nunca le había confiado temas económicos ni comerciales. Para él, su segunda esposa siempre había sido la joven campesina inculta.

Parvathi regresó a la silla y releyó la carta de su hermano mayor. No debía —y la palabra estaba subrayada dos veces— vender la tienda. Iba a ir a echarle una mano con el negocio. Parvathi comprendió de inmediato qué conllevaría aquella ayuda y sabía que tendría que haberle escrito para decirle que su marido había dejado instrucciones precisas en cuanto a su venta. Aunque, ¿qué sería entonces de la promesa que le había hecho a Hattori? No importaba. Que viniera. Que se llevara lo que quisiera. ¿Qué importaba? Su hermano era de la familia y ella tenía más de lo que sus hijos o ella misma necesitaban.

—¿Quién sabe cuánta agua del pozo beberá la rana? —comentó Maya cuando Parvathi anunció que su hermano iba a visitarlos para hacerse cargo de la tienda.

Kuberan no tardó en pedir un aumento de la paga para compensar la pérdida de intimidad y espacio al tener que acomodar otra cama en su habitación. El hermano de Parvathi llegó, más viejo y adusto.

—Llevar la tienda es cosa de hombres —dijo—. Deberías quedarte arriba y cuidar de los niños.

No le gustaba Maya, decía que era una blanducha disfrazada de malaya, y quería que Parvathi se deshiciera de ella.

—Es de la familia —zanjó Parvathi de manera tan tajante que su hermano no volvió a insistir en el asunto.

Sin embargo, el pobre Apu pronto se vio relevado de su cargo por «incompetente». Así fue como el hermano tomó las riendas del negocio por completo y Parvathi acabó relegada al piso de arriba, donde no se la veía ni oía, exactamente igual que en el patio de su padre.

Cada mañana al despertar, se bañaba, se vestía y rezaba sus oraciones. Salvo cuando bajaba a comer, apenas abandonaba aquellas cuatro paredes, ni siquiera para ir a visitar a las *mamis* del Club de la Sombrilla Negra. Casi siempre se sentaba a fantasear sobre el pasado: Kalichan tumbado contra el muro del jardín, calentado por el sol; Kupu alejándose entres las hierbas altas, y Hattori San siempre inmóvil, en el balcón, con la mirada perdida en un mar bañado por la luz de la luna. Cuando los niños volvían de la escuela, le contaban lo que habían hecho y ella los escuchaba, sonreía y asentía en los momentos que debía asentir. A veces incluso hacía algún que otro comentario. Sin embargo, cada año se alejaban más de ella, sobre todo Kuberan, y no había nada que pudiera hacer al respecto. El tiempo pasaba al otro lado de la ventana de aquel pequeño piso sin apenas rozarla.

1953

Parvathi se detenía junto a la ventana y recordaba los días que se sucedieron a la partida de Hattori, las veces que se tumbaba en el estrecho camastro, vacía, sin poder pensar en nada que no fuera lo que había perdido, con miedo incluso a dormirse, temiendo que Rubini la despertara con zarandeos, como había ocurrido una vez, y preguntas que no deseaba responder.

—¿Quién es Hattori? ¿Por qué lo llamas?

—Un viejo amigo de tu padre —se había apresurado a contestar, a pesar de estar todavía aturdida y medio dormida. Poseedora de una astucia innata y desconocida que la descorazonó.

Hasta la mañana en que Maya se sentó en su cama.

—El amor es algo maravilloso —dijo—. Volvemos una y otra vez para tocar el cielo y demasiado a menudo olvidamos que estamos de paso. Nada dura para siempre. Las desventuras acaban llamando a la puerta de todos, pero los más atinados recuerdan que solo es una invitada. El cristal dentado no corta si no le pasas un dedo por encima. El amor, cualquier clase de amor, dure lo que dure, es un regalo. ¿Qué te parecería si te dijera que puedo hacer desaparecer tu dolor pero que, a cambio, tendrías que estar dispuesta a olvidarlo?

Parvathi se había incorporado, despacio, ceñuda.

—No quiero borrar ni un solo instante. Todos son demasiado valiosos. No pienso renunciar a nada.

Se levantó de la cama y bajaron a la cocina, donde separaron un saco de flores de hibisco de su tallo y las mezclaron con miel y zumo de lima.

—¡Ama! —la llamó desde el pie de la escalera el chico que ayudaba en la tienda.

Parvathi se apartó de la ventana.

—¿Sí, Krishna?

—El director del colegio está aquí. Quiere verla.

Parvathi frunció el ceño.

—Dile que suba —contestó.

—Sí, Ama.

Parvathi se arregló el sari, encendió la luz del descansillo y esperó. El director subió los empinados peldaños trabajosamente, con sumo cuidado. Cuando llegó a lo alto de la escalera, ella lo saludó con cortesía.

—Entre y siéntese —lo invitó a pasar, indicándole el sofá alargado.

El hombre se acomodó y paseó la vista por el humilde alojamiento.

—¿Cómo está? Ha pasado mucho tiempo desde la última vez que nos vimos. No es ningún secreto que era un gran admirador de su marido, lo cual hace de esto algo bastante más difícil. —Se quedó callado unos instantes, incómodo—. Siento decirle que vengo por su hijo. Siempre ha dado mucho trabajo, pero hemos intentado imponerle disciplina tan bien como hemos sabido, evitando molestarla en lo posible. Incluyendo la vez que puso excrementos en el armario de la limpieza y escribió palabras obscenas en su pupitre.

Parvathi lo miró de hito en hito.

—¿Kuberan? ¿Está seguro?

—Lo confesó él mismo.

—¿Lo confesó él mismo?

—Sí, después de que sus amigos lo convencieran, claro. —Se hizo un breve y embarazoso silencio que el hombre aprovechó para poner en orden las ideas—. Por desgracia, hoy estoy aquí porque esta vez ha ido demasiado lejos. Una de sus compañeras de clase lo ha acusado de intento de violación.

—¿Qué? —exclamó Parvathi con voz ronca.

Se alegró de estar sentada porque empezó a marearse, como si estuviera a punto de desmayarse.

—No me queda más remedio que expulsarlo. Es un chico de una inteligencia excepcional y, a pesar de su completa indiferencia hacia los estudios, siempre ha sacado las mejores notas. Puede matricularlo en otras escuelas o buscarle un tutor privado. Podría proporcionarle el nombre de varios profesores excelentes.

A Parvathi le costaba respirar.

—¡Un momento! —exclamó—. Necesito saber qué ha ocurrido. ¿Qué hizo exactamente?

El director de Kuberan se removió incómodo en el asiento.

—Por lo visto, la arrastró hasta la parte de atrás del comedor. De no haber sido por el vendedor de fideos que acudió en ayuda de la chica, habría llegado hasta el final. Le había arrancado la ropa interior y le había mordido… en el… pecho. También tenía arañazos…

Parvathi se sonrojó.

—Ya entiendo —dijo, aunque no lo entendía, era imposible. Kuberan sobre una chica, mordiéndola y arañándola. Alzó la vista—. ¿Y cuándo ocurrió?

—Ayer por la tarde.

Pensó en su hijo la noche anterior, a la hora de cenar, y no recordó que hubiera mostrado un comportamiento distinto al de cualquier otro día. Apretó los labios para recuperar la calma y se puso en pie.

—Le agradezco sinceramente todo lo que ha hecho por nosotros y le doy las gracias por haber venido. Mi marido siempre decía: «Es un buen hombre, ese Thuraisingam».

El director se levantó, contrito. Le costaba imaginar que un par de personas excelentes como los padres del joven hubieran concebido un chico como él.

—Viniendo de su difunto marido, es un gran cumplido. También desearía que supiera que este asunto ha sido y será tratado con la mayor discreción por mi parte. Adiós, señora Marimuthu.

Parvathi no le tendió la mano para estrechársela, ni lo acompañó hasta la escalera. Se quedó en el salón, abrazada a sí misma, tan horrorizada que era incapaz de pensar en nada. En cuanto los pasos del director se perdieron en la distancia, oyó las sandalias de cuero de su hermano, dos tallas más grandes, chacoloteando escalera arriba. Cerró los ojos con fuerza. ¡Oh, ahora no, no estando tan derrotada, tan indefensa! Tomó aire y se dejó caer en la silla que tenía detrás.

Su hermano asomó la cabeza por la puerta.

—¿Qué quería el director?

—Ha venido para decirme que tiene que expulsar a Kuberan.

—¿Qué? —Su hermano acabó de entrar en la estancia y la miró boquiabierto—. ¿Por qué?

—Ha habido un problema con una chica.

—¿Qué tipo de problema? ¿La ha dejado embarazada?

—No, no ha llegado tan lejos.

—Entonces, ¿cuál es el problema?

Parvathi se tapó el cuello con la mano y se secó la boca. Él seguía mirándola fijamente, con curiosidad, y en ese momento Parvathi recordó el comentario que Maya había hecho nada más verlo: «Ya me conozco a los de su calaña —había dicho—, es de los que le dicen a su mujer que volverán cargados de oro».

—Mira —dijo Parvathi distraídamente—, ahora… estoy un poco cansada. ¿Podríamos hablar más tarde, por favor?

—¿Dónde está el chico?

—No lo sé. Hablaremos más tarde, ¿de acuerdo?

—Como quieras —se avino de mal humor, dando media vuelta en dirección a su habitación.

Parvathi bajó el rostro y lo escondió entre las manos. Maya estaba fuera y ella debió de pasarse siglos allí sentada. Al final, se acercó a la ventana.

No sabía qué hería más su sensibilidad, si la atrocidad del crimen mismo o la insoportable despreocupación que Kuberan había demostrado a posteriori. Intentó encontrar circunstancias atenuantes. ¿Y si no se había tratado de una violación? ¿Y si no había sido más que un arrebato de pasión adolescente que se les había ido de las manos? ¿Y si no había sido más que una equivocación? Pese a todo, lo que realmente la tenía preocupada era la escalofriante y total ausencia de remordimientos de Kuberan. Apática, se quedó mirando al hombre que vendía brochetas de frutas escabechadas a la puerta del cine. Se preguntó por su vida, si sería feliz, si se sentiría satisfecho. Seguro que tenía hijos y una mujer esperándolo en casa.

Oyó algo a su espalda. Kuberan estaba tranquilamente apoyado contra el marco de la puerta.

—Supongo que querrás hablar conmigo —dijo, dándose impulso para enderezarse y entrando en la estancia con aire despreocupado.

—Sí —contestó ella despacio, volviéndose por completo para enfrentarse a él.

La luz del atardecer bañó la cara del joven y Parvathi comprendió que jamás habría sitio para el arrepentimiento en aquel rostro bello y malcriado. No estaba bien y era un acto ruin, y si hubiera tenido unos años más, aquella acción le habría valido una condena en una cárcel mugrienta, pero Parvathi descubrió que ni siquiera en esos momentos era capaz de dirigirle una palabra airada. Lo miró con lástima. Ignoraba el futuro que le aguardaba a su hijo, pero temía que no sería tan halagüeño como ella había imaginado. Parvathi había albergado grandes esperanzas respecto a él.

—¿Qué diría tu padre si estuviera vivo?

—No creo que precisamente él pudiera decir nada, teniendo en cuenta que era padre de una hija ilegítima.

—¿Cómo te atreves a compararte con él? Has intentado violar a una chica.

El joven se dejó caer en el sofá que había enfrente de ella, suspirando con resignación.

—Para tu información —dijo cansinamente—, ella también quería. ¿Qué crees tú y ese imbécil santurrón que hacía ella en la parte de atrás de la cafetería con la blusa fuera cuando nos interrumpieron de manera tan descortés? Para ser sinceros, todo parecía indicar que estaba disfrutando tanto como yo, bueno, al menos hasta el momento en que quiso que paráramos y yo no. Me temo que no supe comprender su ataque de pudor a aquellas alturas. ¿Qué más da?

—¡Qué más da! ¡Van a expulsarte del colegio, Kuberan!

—Eso que ganan, ¿no? Los colegios están para educar a trabajadores dignos de confianza, y yo no tengo intención de ser uno de ellos. Además, creo que la idea del director sobre lo del tutor privado es bastante sensata. Después podría estudiar derecho en Inglaterra.

—¿Estudiar derecho en Inglaterra? ¿Qué locuras son esas? No podemos permitírnoslo. Al menos, no ahora.

—Podríamos, si utilizáramos las sesenta mil libras de Coutts & Co.

Parvathi recordó la imagen de ellos tres, Rubini, Kuberan y ella, entrando juntos en el despacho y apretándose delante del abogado. Kuberan todavía vestía pantalones cortos, no tendría ni cinco años. Era como si hubiera ocurrido hacía siglos. Recordaba los ojos de su hijo, tan grandes, tan inocentes, mientras miraba muy serio al abogado que leía lo que para ella no era más que la complicada jerga legal en que estaba redactado el testamento de Kasu Marimuthu. Jamás se le había pasado por la cabeza que su hijo no solo hubiera comprendido la información, sino que incluso le hubiera encontrado una utilidad.

—¿Trato hecho?

Parvathi lo miró.

—¿Puedo confiar en que te comportarás durante lo que duren las clases particulares?

Kuberan se echó a reír sin esfuerzo.

—Bueno, llámalo así si quieres.

Lo miró y se preguntó qué era lo que empujaba a su hijo a no sentir respeto por nada y a encontrarle defectos a absolutamente todo. ¿Acaso intentaba averiguar hasta dónde podía llegar?

—Está bien, sí, me… comportaré.

—Ya sabes que tendrás que sacar muy buenas notas para entrar en una universidad británica.

—Es una obviedad, pero… sí.

—No vuelvas a fallarme.

—No te arrepentirás, madre —aseguró, y lanzándose hacia delante como un enorme y patoso cachorro, la abrazó.

La sorprendió tanto aquella muestra espontánea de afecto que, por un instante, las manos de Parvathi quedaron laxas a ambos lados del cuerpo. Hasta que lo rodeó con ellas y notó cuánto había crecido aquel cuerpo, ahora más duro, enjuto, alargado y distinto del que recordaba. Su precioso niño se había convertido en un extraño irreconocible.

El chico se levantó y se dirigió a la puerta.

—En cualquier caso, tienes que admitir que gastarte el dinero en mi educación es más inteligente que permitir que el mentiroso y ratero de mi tío robe lo que queda de nuestra herencia —dejó caer como si nada, cuando estaba a punto de salir, volviendo la cabeza sobre el hombro.

Parvathi regresó junto a la ventana. Por la cola que se había formado a las puertas del cine, supuso que estaba a punto de comenzar una película tamil. Había perdido la noción del tiempo, pero dedujo que debían de estar a 7 o a 21 de mes, los días que los trabajadores recibían su paga y se proyectaban películas tamil. Qué animados parecían, agolpándose a la entrada de las puertas abiertas. Hubo un tiempo en que aquella hora también solía llenarla de magia y expectación. Ahora significaba un lecho vacío y tener que oír los ronquidos de su hermano en la habitación de al lado. Su hijo tenía razón, su hermano era un mentiroso descarado que, desde que había despedido a Apu por incompetente y se había puesto él mismo al frente del negocio, venía asegurando que la tienda no daba beneficios.

—Son los tiempos que corren —se justificaba él, encogiéndose de hombros—, malos tiempos. La gente no tiene dinero.

Con la tienda apenas sacaban para cubrir gastos, pero él enviaba dinero cada mes a su mujer e hijos, aunque ella nunca se preocupó de averiguar cuánto. De hecho, su hermano estaba construyéndose una casa familiar de ladrillo.

Por fin llegó el momento en que se plantó delante de ella para decirle que se volvía con su familia, aunque ella no tenía que preocuparse porque ya habían decidido que el hermano que le seguía en edad vendría para velar por sus intereses. Parvathi asintió con un gesto de cabeza. Después de todo, ¿qué importancia tenía el dinero para ella?

Kuberan cumplió su palabra, se comportó de manera impecable, se aplicó en los estudios con el tutor que su madre contrató y aprobó con buena nota las pruebas requeridas. Partiría con el hijo de Kundi Mami, quien también había sido aceptado en la misma institución en la que Kuberan había solicitado el ingreso.

—Te enviaré una postal cuando llegue —se despidió Kuberan alegremente desde el taxi.

Las llaves del cielo

Junto con la primera carta recibida desde Oxford, Kuberan envió un paquete de galletas recubiertas de chocolate. Parvathi las saboreó despacio, reservándose para el final el centro relleno de mermelada, que dejó que se deshiciera en la boca.

Parvathi se las ofreció a Kundi Mami cuando esta fue a visitarla.

—Ah, esas galletas —comentó la invitada—. Sí, mi hijo dice que en Inglaterra son muy baratas. Es fácil adivinar cuáles son las buenas porque vienen en lata. Como los bombones que me envía. Quality Street. —Parvathi apartó la mirada. ¿Y qué si eran baratas? A ella le gustaban. La intención era lo que contaba—. He hecho una promesa: todos los viernes iré andando descalza al templo hasta que mi hijo apruebe los exámenes —continuó Kundi Mami, dándose importancia.

—Ah —musitó Parvathi, y volvió a ofrecerle la bandeja de galletitas de chocolate. La mujer cogió dos.

—Por lo que veo todavía conservas a esa sirvienta india, ¿verdad?

—Maya es más bien una señora de compañía.

Kundi Mami frunció el ceño.

—¿No había estado trabajando para ti como sirvienta?

—No, no exactamente. En realidad es curandera, y tiene bastante fama. Cada tarde se forma una cola en la puerta de atrás de gente que viene a verla.

—¿Qué? ¡Dejas que utilice tu casa para sus trapicheos! Toda esa gentuza enferma andando por aquí… Qué cara más dura tiene esa mujer, mira que hacerte algo así. Eres demasiado ingenua, cariño. ¿Verdad que no guardarías una escoba en una vitrina?, pues lo mismo con esos indios; hay que poner a esa chusma en su sitio. Solo valen para servir, y aun así tienes que andar siempre detrás de ellos, vigilándolos para que no remoloneen ni te roben.

Parvathi se puso en pie de improviso.

—Has sido muy amable al venir a verme, pero acabo de recordar que le prometí a una amiga que me pasaría por su casa.

Muda de asombro, Kundi Mami se la quedó mirando boquiabierta y levantó las posaderas, que los años hacían cada vez más imponentes, de la silla de su anfitriona. Se dirigió a la puerta ofendida en lo más hondo, temblando de humillación y rabia. Sabía que Parvathi no tenía ninguna cita previa. Todo el mundo decía que nunca salía de casa.

Parvathi bajó a la cocina. La radio estaba encendida y Maya amasaba pan de chapata. Intentó adivinar por su expresión si había oído algo, pero la mujer se limitó a sonreír sin más.

—¿Ya se ha ido tu invitada? —preguntó.

—Sí. —Parvathi repasó la cocina impoluta con la mirada—. He decidido que, a partir de ahora, cocinaremos juntas.

Maya dejó de amasar y se quedó mirando a su patrona.

—Me gusta ser tu sirvienta. Es un placer servirte. Hay gente a quien su orgullo no le permite admitirlo, pero todos estamos aquí para servir. Desde el criado más insignificante hasta el rey más ilustre, de un modo u otro, todos servimos a alguien. Por favor, no permitas que las cosas cambien entre nosotras por lo que haya podido decir esa señora.

—Entonces, la has oído.

—Era imposible no oírla.

—Lo siento mucho. Ella es así, tiene una lengua viperina. Por favor, no te lo tomes a mal.

—¿Por qué habría de sentirme mal? Las mujeres como ella son una bendición: en sus manos están las llaves del cielo. Aunque a primera vista puedan parecer nuestras enemigas, en realidad han asumido la labor de darnos la inestimable oportunidad de demostrar nuestra amabilidad y paciencia. De obrar con amor. Algo que les supone un gran sacrificio: las lágrimas que yo derrame se las secará ella de sus propios ojos. Según la ley universal, cuando tiendes la mano para dar, te das a ti mismo. Si hoy me mira con recelo, mañana, pasado mañana, el año que viene o de aquí a diez años, aunque haya olvidado que una vez hizo lo mismo, descubrirá que alguien le dirige una mirada de soslayo cargada con el mismo desdén, y montará en cólera, indignada.

—Pero es que no puedo soportar que nadie te trate con condescendencia.

—Una vez trabajé en una fábrica de muñecas. Primero hacían el cuerpo blando de tela y luego le unían los pies y las manos de delicada porcelana. Les cosían el pelo una vez que les habían pintado la cara y habían añadido la cabeza al cuerpo. Después las vestían, y listo. Si lo piensas, nosotros somos iguales. Poco a poco vamos retocándonos. Todos nos encontramos en distintos estadios de perfección. ¿Acaso eres mejor que tu amiga porque a ella todavía no le han cosido el pelo y a ti sí? No desprecies nunca a nadie, ni lo juzgues. Es duro ser humano, pero lo bueno que tiene es que nadie se queda en el camino. Todos alcanzaremos la perfección. Dios no me ama más que a ti o que a ella. Todos somos hijos suyos.

Maya volvió a amasar el pan.

—¿En qué estás pensando? —preguntó Parvathi al cabo de un rato.

Maya sonrió de oreja a oreja.

—De hecho, me preguntaba con qué te apetecería acompañar esta noche el pan de chapata, con lentejas o con patatas fritas al curry con guisantes de lata.

—Creo que patatas con guisantes de lata.

—Estoy de acuerdo —contestó Maya, y se sonrieron, y en aquella sonrisa se reflejó un amor inmortal de varios centenares de años.

Al frente de la tienda, el hermano de Parvathi que seguía en edad al mayor estaba sentado junto a la caja registradora, mirando a la calle. Ya se había llevado mucho más de lo que se había atrevido el otro, pero todavía no tenía suficiente. Sabía que estaba exprimiéndola tanto que la llevaría a la ruina, pero no le importaba. Como representante de su padre y con la intención de arreglar el desaguisado, insistió en que Parvathi vendiera la plantación de caucho de Melaka.

Al principio, Parvathi se mostró reacia.

—Es de los niños —dijo.

Poco después, el padre le escribió, ordenándole que la vendiera.

La vendió.

—¿Por qué permites que dilapiden lo que papá nos dejó? —le preguntó Rubini con resentimiento.

Parvathi sacudió la cabeza.

—Lo siento —dijo—, pero no puedo desobedecer a mi padre.

Una semana antes de que el segundo hermano decidiera volver a casa y llegara el siguiente en edad, Parvathi se enteró por terceros de que su hijo se había casado con una mujer blanca. Conmocionada, ya que él jamás se lo había mencionado, le escribió para preguntárselo. El joven respondió en una postal.

«Tu fuente está divulgando noticias antiguas —escribió—. Ya no hay tal esposa. Y de buena nos hemos librado, debo añadir.»

Parvathi fue a buscar a Maya, que removía algo en una caldera negra.

—Ah, estás aquí —dijo la cocinera al verla—. Anda, échame una mano y acércame esas hierbas. Parecía que hoy iba a ser uno de esos días asfixiantes y se me ocurrió preparar esto para beberlo más tarde.

Parvathi echó varios puñados de hierbas en la leche hirviendo.

—Es cierto, Maya, se ha casado y no me ha dicho nada.

—Ya… —murmuró Maya, aunque sus ojos eran dos pozos de compasión infinita.

Kupu

Kupu esperaba, inmóvil, atento a los sonidos de una jungla repentinamente sumida en un silencio sepulcral. De pronto, siete enormes esferas de luz parpadearon en el cielo: eran de color naranja muy brillante, con circunferencias luminosas. Kupu descubrió que se transparentaban, como si estuvieran hechas de vidrio de colores, y que conseguía ver su interior. Se desplazaban con majestuosidad, plácidamente, aunque también con fluidez, como lo hacen los peces de gran tamaño. Al acercarse a Kupu, reparó en que no solo tenía la sensación de que se dirigían hacia él, sino que también sabían que estaba allí.

Oyó que alguien pronunciaba su nombre entre los árboles y, a continuación, algo insólito: voces de niños. De manera inconsciente, y como si lo guiara un antiguo recuerdo almacenado en sus células, cayó de rodillas y se tapó la boca con la mano en un antiguo gesto de aprendizaje y sumisión.

Las esferas respondieron de modo simultáneo: se detuvieron. Durante unos segundos, tanto hombre como esferas permanecieron inmóviles y en silencio, hasta que Kupu parpadeó y, en ese momento, las esferas se apagaron y volvieron a encenderse de manera espontánea. El hombre se echó a reír, le demostraban que tenían sentido del humor. Tras unos instantes, empezaron a alejarse, lenta, solemnemente.

Kupu no quería que se fueran, pero de súbito se sintió tan extenuado que estuvo a punto de caer redondo al suelo. Se recostó y ante él aparecieron unas figuras alargadas, algunas aladas, otras con dos bandas de luz que nacían en sus nucas, pero todas desprendían radiantes colores iridiscentes. Era imposible determinar su sexo. Una tras otra se dirigieron a él, con gran belleza, aunque sin palabras. Intimidado, Kupu escuchó sus órdenes sagradas. Algunas le entregaban los mensajes en forma de esferas de luz blanca que se cernían sobre su coronilla antes de verterse sobre su cuerpo y penetrar su piel para entrar en su carne, su sangre, sus huesos, y bendecirlo, instruirlo y cambiarlo para siempre.

Cuando se fueron, ya era de día y la selva había despertado de nuevo. Kupu se incorporó poco a poco. El corazón le latía de forma irregular, pero no tenía miedo. Le habían pedido que recuperara los cuencos de plata y que volviera a levantar el templo sobre ellos. Kupu frunció el ceño. Con qué propósito, era un misterio para él. Tal vez no se lo habían dicho, o quizá sí y simplemente lo había olvidado. Miró a su alrededor. Todo seguía igual que antes de que las esferas de luz se le hubieran aparecido, y solo recordaba a los seres celestiales como uno recuerda un sueño placentero; sin embargo, al mirar las montañas de escombros, se sorprendió al comprender que sabía dónde había que colocar exactamente cada una de aquellas piedras para volver a levantar el templo. Había que reconstruirlo siguiendo una nueva disposición, teniendo en cuenta que los humanos ya no eran capaces de comprender el modo de proceder antiguo; al menos mientras estaban despiertos. Había que situar una deidad con que los humanos pudieran identificarse en el lugar que había ocupado la piedra de comunicación. En su cabeza, el hombre veía con claridad meridiana la imagen de la deidad.

Kupu sacó la perla de una pequeña bolsita de cuero que llevaba atada a la cintura. Dejó la cuenta de color mantequilla en la palma de la mano, la acarició y pensó de nuevo en la mujer que le había entregado aquel tesoro. En ese momento acudió a su mente aquel día que la había espiado mientras bailaba con el general japonés bajo las deslumbrantes lámparas de araña. Tenía miedo de que lo descubrieran, pero se había acercado a las contraventanas tanto como se había atrevido y desde allí los había observado hipnotizado mientras ellos, completamente absortos el uno en el otro, daban vueltas alrededor del enorme salón de baile.

Por lo general, disfrutaba viviendo de la tierra, utilizando su destreza e instinto para ocuparse de él en su soledad, pero cada vez que la recordaba con el otro, tenía la sensación de haber tomado el ramal equivocado. Jamás había comprendido por qué no la había correspondido aquel día en la selva, cuando todo su ser lo empujaba a hacerlo; se había quedado quieto, ocultando el rostro, y había permitido que se le escurriera entre los dedos. En ese momento sintió la necesidad de llamarla, de oírse diciendo su nombre.

Su susurro se desvaneció hasta desaparecer. Se le escapó una lágrima y rodó por la mejilla. Se la limpió con brusquedad y enderezó la espalda. Cuando las vacas se desmandaban, les daba aceite de algodón. ¿Acaso tendría que administrarse un poco él mismo? ¿Qué era aquella sensación de desespero y derrota que envenenaba su mente? Qué más daba que no hubiera más aventuras con ella y que solo quedaran las pasadas, revividas una y otra y tantas veces que cambiaban y engordaban, con diálogos nuevos y momentos inventados llenos de ternura y pasión.

No arrancaría lo que quedara de ella, por descontado que no, pero debía recortar esas raíces inquietas o acabarían estrangulándolo. Al fin y al cabo, solo se trataba de ecos. Todo era mentira. Un gran engaño. Ahora comprendía que la vida significaba sacrificio, no realización. La renuncia a uno mismo era el único camino.

Un monito cotorreaba a sus pies y lo levantó del suelo.

—*Haimo* —dijo, en la lengua que se había inventado viviendo solo en la selva.

El mono trepó a su hombro y se puso a parlotear alegremente. Kupu estaba indeciso. Tenía que ir a la ciudad, por mucho que odiara la idea de abandonar su hermosa jungla. Hacía años que no salía de allí. Casi había olvidado cómo se conducía, el ruido, la gente, pero tenía un trabajo pendiente, la obra de Dios. Le sopló al monito en la cara y este huyó corriendo y trepó a un árbol. Los dos gallos de cuello leonado que alimentaba a mano y que dormían en el árbol se despertaron y empezaron a cacarear. Encontró una camisa hecha jirones en un tronco viejo, se la echó a la espalda y se puso unos pantalones sobre el taparrabos. Se sentía raro.

—*Haimo* —repitió, y se fue a la ciudad.

Encargó los cuencos de plata a cuenta de la perla. Estuvieron listos en un par de semanas. Siempre había tenido buen criterio, heredado del tiempo que había vivido en la selva siendo el observador antes que el observado, el mismo instinto que le dijo dónde tenía que colocar exactamente los relucientes cuencos. A continuación, volvió a adentrarse en la jungla y se dirigió al lugar, junto al que pasaba un riachuelo, donde los seres de su sueño le habían dicho que cavara. Allí encontró la arcilla y, extrayéndola con sus propias manos, empezó a modelar a su dios.

Trabajó durante horas. Al caer la noche, encendió una lámpara y siguió trabajando sin pausa. Ni el cansancio ni el dolor lo visitaron para entorpecer sus progresos. Ni siquiera se detuvo cuando dejó de sentir las manos, que tenía en carne viva. Se movían por voluntad propia, sin descanso, sin vacilación ni duda. A medida que la imagen ganaba altura, se subió a una piedra y continuó trabajando hasta que esta lo superó en tamaño.

Bajó de la piedra y retrocedió unos pasos para contemplar su obra, con la espalda y los brazos doloridos. Todavía tenía que pintarla. Sabía dónde encontrar los frutos, las hojas, la savia y los insectos que tenía que cazar y machacar para hacer los colores, pero ya iría más tarde a buscarlos.

Cuando se hubo alejado lo suficiente para poder admirar la deidad en todo el esplendor que le concedía la luz de la lámpara, cayó de rodillas y la contempló con asombro. No era un artista, pero ante él se alzaba la visión exacta que le habían revelado los ángeles, deslumbrante y más alta que ningún otro ídolo que hubiera visto. Algo se arrastró entre los arbustos cercanos, pero no le prestó atención. Unió las palmas de las manos, inclinó la cabeza y empezó a rezar con fervor al milagro que tenía ante él.

Bala

Parvathi estudió con curiosidad al joven que tenía sentado enfrente. Bala. Poco agraciado, moreno y pobre, pero el hombre se había presentado allí, esperanzado, para pedir la mano de Rubini. La razón por la cual a alguien como él le hubiera dado por imaginar que podía despertar el más mínimo interés en Rubini era lo que había conseguido que Parvathi se hubiera sentado a escuchar, a pesar de que sabía que la negativa era inminente. Le explicó que estaba enamorado de su hija. Tan profundamente enamorado que la aceptaría aun sin su cuantiosa dote. Tenía pensado mantenerla con su sueldo de profesor.

—Creo que mi hija no está interesada en casarse en estos momentos —lo interrumpió Parvathi con amabilidad.

Sin embargo, aquello no lo desalentó en lo más mínimo. De hecho, el joven le sonrió afablemente, como si estuviera tratando con un niño o con alguien no demasiado inteligente.

—Estoy dispuesto a esperar.

Parvathi guardó silencio unos instantes. A pesar de la sobrada reputación de Rubini de jovencita consentida y exigente, los rumores sobre su belleza y la suculenta dote que le había dejado su padre se habían esparcido a los cuatro vientos y no dejaban de llover propuestas de matrimonio procedentes de todas partes de Malasia. Médicos, abogados, contables, hombres de negocios… No obstante, y como era de esperar, Rubini los había rechazado a todos: demasiado bajo, moreno, gordo, granujiento, feo, calvo, estúpido…

—Bueno, tal vez también deba saber que, hasta la fecha, mi hija ha rechazado a treinta y dos hombres —añadió Parvathi.

Nada perturbó la calma tras aquellas gafas.

—Todo llega a quien sabe esperar —apuntó con buen juicio el pretendiente.

Parvathi lanzó un suspiro.

—Es evidente que puede esperar todo lo que guste, pero debo advertirle que, en cualquier caso, mi hija está decidida a casarse con un médico.

—Madre, he dicho lo que he venido a decir —repuso el joven con delicadeza—. Si en algún momento, por cualquier motivo, ella cambiara de opinión, ¿se acordará usted de mí?

Parvathi se preguntó si no estaría un poco trastornado. No, solo era un ratón de biblioteca, y seguramente también un pelmazo.

—De acuerdo —accedió con el único propósito de deshacerse de él.

El joven se fue, pero cada mes enviaba flores y bombones para Rubini, quien, como era de esperar, no les prestaba ni la más mínima atención. En una ocasión, Parvathi le preguntó a su hija sobre el muchacho. Rubini levantó la barbilla con altivez y, en el tono más arrogante que supo adoptar, aseguró que era un idiota.

—Qué tirria le tengo —dijo—. Como si fuera a casarme con alguien como él. ¡No sé ni cómo se le pasa por la cabeza pedir mi mano!

Mientras tanto, las proposiciones seguían llegando con la misma celeridad que eran rechazadas, y justo cuando Parvathi empezaba a desesperarse, apareció un médico: alto, atractivo, de piel clara y, para redondearlo, unas pestañas tan largas y espesas que parecían descansar sobre las mejillas cuando pestañeaba, lo cual hacía a menudo. En realidad, el pretendiente apenas abrió la boca durante lo que duró la visita, pero a Parvathi le pareció un buen chico con una buena educación. Todavía estaba realizando las prácticas de interno en Johore, pero teniendo en cuenta que las habría acabado antes de la boda, decidieron que la pareja se mudaría a Kuala Lumpur y que viviría en la casa que Kasu Marimuthu le había dejado a Rubini.

Habría resultado poco práctico, y levantado muchos rumores, que Parvathi, viuda, se hubiera quedado en Kuantan, de modo que vendió la tienda y utilizó el dinero para comprar una casa adosada de tres habitaciones en Kuala Lumpur, en una calle aledaña a la bella casa de dos plantas de Rubini, construida por encargo. Los nuevos propietarios de la tienda le habían prometido que le enviarían la correspondencia, pero Parvathi experimentó tal sensación de desesperación cuando cerró la puerta del piso por última vez que le resultó imposible contestar la pregunta que el taxista le dirigió.

Pese a todo, cuando cruzó las puertas plegables de su nuevo hogar, al menos su cuerpo se había calmado y resignado. La casa no estaba mal. El salón daba a la parte delantera y, en medio, había un pozo de ventilación que dejaba pasar la luz; el sitio ideal para que Maya pusiera a secar lo que necesitaba para sus medicinas. Junto al pozo de ventilación había un pasillo que conducía a las tres habitaciones. Parvathi se quedó la más próxima al salón y Maya, la adjunta a la cocina. Las mujeres no tardaron en instalarse e iniciaron los preparativos de la gran boda. Calcularon el momento más auspicioso: el 15 de febrero a las dos de la mañana. Ochocientas personas estaban invitadas a asistir al enlace de la hija de Kasu Marimuthu.

La boda

El sari nupcial, de una belleza y un dispendio excepcionales, había sido confeccionado en la India, desde donde lo habían entregado en mano. Meses de preparación culminaron en un gran salón abarrotado de gente. Rubini esperaba sentada en una diminuta habitación del fondo, rodeada del habitual corrillo de mujeres preocupadas por su atuendo. Era la una y media de la mañana cuando Parvathi entró y pidió a todo el mundo que saliera un momento. Rubini alzó la vista hacia los ojos de su madrastra y algo en su interior se encogió de miedo.

El educado y atractivo joven era un cobarde sin carácter que una hora antes de la boda había decidido confesar que ya estaba casado, en secreto, con una mujer malaya. Se había hecho musulmán y tenía un hijo. Rubini agachó la cabeza y permaneció así largo rato. Cuando volvió a alzarla, era otra persona.

—Ese chico de las flores y los bombones vive por aquí cerca, ¿verdad? —preguntó con voz apática e indiferente, apartándose un rizo de la cara pálida.

—Sí —contestó Parvathi, frunciendo el ceño—. Creo que comparte casa en Brickfields con otros solteros. ¿Por qué lo preguntas?

—Envíale una nota diciendo que si todavía quiere casarse conmigo, puede ocupar el lugar de mi prometido.

—¿Qué? Pero si aborreces a ese hombre. Ni siquiera sabes cómo se llama.

Rubini toqueteó una de las cuentas del vestido.

—¿Cómo se llama?

—Bala, pero es… No hace falta que hagas esto. Ya te encontraremos otro. Eres joven y guapa. Habrá muchos donde elegir.

Rubini levantó los ojos, grandes y apagados, y sacudió la cabeza lenta, inexorablemente. El rizo suelto rebotó contra la curva de la mejilla.

—O me caso con él o no me caso con nadie —dijo con un hilo de voz.

Se miraron en silencio, fijamente. Parvathi dio media vuelta y bajó la escalera.

—¿Hacemos bien? —le preguntó a Maya.

—Debemos respetar las lecciones que ha decidido aprender en esta reencarnación.

El amigo que Parvathi había enviado para informar a Bala de la oferta de Rubini regresó con el joven, quien corrió a postrarse con humildad y la mirada encendida ante los pies de su futura suegra. Parvathi le tocó el hombro con suavidad.

—No es a mí a quien has de agradecérselo. No te habría escogido para mi hija, pero te estaré eternamente agradecida por haber acudido en su ayuda. Ven, vamos a ver si encontramos un traje que te vaya bien en el armario de mi hijo.

—No hace falta —dijo Bala—. Tengo el mío preparado desde hace diez años.

—Ah —musitó Parvathi con tristeza, y salió de la habitación.

Una vez solo, Bala se puso la crema y el tocado con adornos de oro en la cabeza y limpió las gafas con meticulosidad antes de volvérselas a poner. A continuación, se miró en el espejo y se le escapó una risita triunfante. Absorto en su buenaventura y felicidad, no había oído entrar a nadie y dio un respingo cuando de repente vio aparecer otro rostro en el espejo.

Se volvió como el rayo y se topó de frente con una mujer descomunal. Sabía que era la sirvienta de la familia, pero cuando la miró a los ojos, ocurrió de verdad lo que el joven siempre había considerado un tópico, el tiempo se detuvo, y Bala hizo lo que hacen los hombres en presencia de un poder superior: postrarse ante él mientras intentan averiguar cómo pueden hacer suya la fuente de dicho poder.

De pronto, la mujer sonrió y dejó a la vista unos dientes y unas encías teñidas de rojo. Bala soltó un suspiro abochornado; se había equivocado, al final solo era una sirvienta. Sin embargo, al abrir la boca, la mujer dijo algo tan hermoso que el joven viviría el resto de su vida con arreglo a ello.

—Hijo, el camino del matrimonio está lleno de espinas y solo puede andarse con los pies descalzos, pero cada vez que una de esas espinas te atraviese la piel, alégrate, pues le habrá dolido mucho más al pie suave de ella. Un día mirarás al frente y verás que las espinas han desaparecido y que el camino conduce directo a un arco iris. —Bala se la quedó mirando, sin palabras—. Sé bueno con ella. —Bala asintió—. Bien, entonces, ve. —Maya sonrió—. Tu gran sueño te espera.

Bala sonrió de oreja a oreja.

En cuanto el joven entró para ocupar su sitio en la tarima junto al hermano de Rubini, un murmullo se alzó entre los asistentes. En medio de la confusión que siguió, algunos de los presentes, invitados por parte del novio, se levantaron y empezaron a desfilar. A Bala no le importó. Él continuó mirando al frente, orgulloso. Nadie conseguiría deslucir la magia de ese día.

—Vaya, gana el joven de las flores y los bombones —dijo Kuberan a su lado, cansinamente—. ¿No es asombroso la cantidad de gente que se ha tomado la molestia de salir de la cama a estas horas para ver casarse a mi hermana? Seguro que se habrían presentado tres veces más personas de haber sabido que acabarían viendo caer tan bajo a la hija de Kasu Marimuthu.

A Bala le sorprendió tanto el regocijo sarcástico que Kuberan extraía de la caída en desgracia de su hermana que se volvió y lo fulminó con la mirada. Kuberan no solo hizo caso omiso, sino que además siguió adelante con sus comentarios.

—No hay que preocuparse, amigo, se sobrepondrá —añadió alegremente—. En eso estoy de acuerdo con Nietzsche: prometer amor eterno es tratar de engañarse a sí mismo.

En esos momentos Bala comprendió por qué el joven gozaba de tan mala reputación y desprecio en su antiguo colegio, tanto entre profesores como entre alumnos. Recordaba haber oído decir al director que aquel chico era un granuja que no conocía la disciplina. La única diferencia que Kuberan encontraba entre asistir a clase o quedarse en casa radicaba en que almorzaba en el comedor de la escuela en vez de en la mesa de su madre.

—A pesar de ser un gran defensor de la filosofía como alternativa a la religión, a mi entender solo debería citarse a Nietzsche con muchísima precaución —contestó Bala con sequedad—. Su saber se alimentaba de agua salada y tierra amarga.

—Aquí viene la ruborizada novia —se burló Kuberan.

Bala volvió el rostro hacia la entrada de la sala y olvidó al instante a Kuberan y sus comentarios hirientes y malintencionados para contemplar a la novia, sin palabras. Nunca había estado tan hermosa y soberbia. Rubini no apartó los ojos del suelo, con recato, hasta que llegó a la tarima, momento en que los alzó hacia él. Sin embargo, no había timidez ni insinuación en aquella mirada apagada e insondable, y Bala sintió las manos frías y sudorosas.

Rubini ocupó el sitio que su hermano dejó libre y su perfume llegó hasta Bala. Olía a caro. Le recordó a París, aunque no supo por qué ya que nunca había estado allí. Bala no apartó la vista de las manos y los dedos teñidos de henna de Rubini, descansados sin vida en el regazo, hasta que llegó el momento en que tuvo que atarle el *thali* alrededor del cuello.

Una vez más lo desconcertó la mirada apática de Rubini, quien lo contemplaba impertérrita. Le temblaban las manos y se le escurrió uno de los extremos de la cadena. Nervioso, sus ojos se toparon con la mirada inquisitiva de la mujerona que esperaba detrás de ellos. El joven le sonrió, tembloroso. Maya metió la mano en la espalda de la blusa de la novia, encontró el extremo perdido y lo dejó en la mano de Bala. Por fortuna, el joven consiguió unir el *thali* sin más contratiempos. Rubini volvió la mirada, impasible, mientras llovía arroz sobre ellos.

Después, todo se confundió en una maraña de parientes, amigos y vecinos que deseaban darles la enhorabuena. Bala apenas lo recordaba. Luego acompañaron a los recién casados a su nuevo hogar, en Bangsar. Bala se paseó por las habitaciones decoradas al estilo occidental y pensó en la austera habitación que compartía con otro maestro.

Horas después, llamó con suavidad a la puerta del dormitorio principal, junto a la que esperó la invitación a entrar y que acabó abriendo a pesar de no haberla recibido. La novia estaba sentada en el borde de una cama adornada para la ocasión. Se había cambiado y se había puesto un camisón suave, que parecía estar confeccionado solo con pequeñas flores de encaje. Ella lo miraba fijamente, en silencio. Bala le sostuvo la mirada unos instantes, desesperado. No era la joven que conocía. Aquella era fuego y pasión; esta, hielo y piedra. Aun así, se acercó.

—¿Estás bien?

La doncella de hielo asintió con un gesto.

—¿Estás cansada?

Rubini sacudió la cabeza.

—¿Te apetece un poco de fruta o de pastel? —le ofreció, dirigiéndose hacia una bandeja repleta de manjares.

Una nueva negativa glacial.

—¿Estás segura de que estás bien?

La joven asintió.

Bala deslizó la mirada hacia la curva que formaban los pechos bajo la tela de encaje. Rubini observó el movimiento, sin inmutarse. El joven se acercó y apagó la luz de la lamparita de noche. La habitación quedó sumida en la oscuridad. La encendió de nuevo y todos los rincones volvieron a inundarse de luz. Bala la miró a los ojos y ella le devolvió la mirada, inexpresiva.

—Está bien —dijo él con calma, aunque le temblaron las manos con las que torpe y suavemente la empujó hacia atrás.

El cuerpo de Rubini cayó sobre la cama sin oponer resistencia.

Bala tuvo que alzarla un poco para desnudarla y estuvo peleándose largo rato con el cierre del sujetador, con el que no estaba familiarizado. Casi se sorprendió cuando los pechos quedaron libres. El modo en que se balancearon llamó su atención y se detuvo a mirar. A continuación, deslizó los dedos en la cinturilla de las braguitas blancas; de encaje, aunque escogido con todo el amor para otro hombre. Dio un tirón, oyó que se desgarraban y sintió una satisfacción mezquina al destruirlas. Cayeron a un lado, como un trapo.

Estaba desnuda.

Tuvo que detenerse unos minutos a contemplar tanta belleza a la luz de la lamparita de noche. A continuación, alargó la mano hacia las rodillas de Rubini y, tal como ocurría en sus sueños, estas se separaron con facilidad, sin oponer la más mínima resistencia. Bala no quería alzar la vista hacia aquellos ojos que sabía abiertos y expectantes, pero los suyos se volvieron hacia ella por voluntad propia y la sorprendió observándolo con completa calma, peor aún, con indiferencia. Nervioso, intentó penetrarla, pero durante lo que consideró una eternidad se vio derrotado por la tarea tan simple de encontrar un resquicio por donde entrar. Aquello distaba mucho de lo que había imaginado. Y, lo que era peor, empezaba a perder la erección. La flanqueó con las manos, cerró los ojos y volvió a verla caminando por la calle, vestida de manera provocativa. Altiva, consciente de su feminidad, a gusto consigo misma.

Con los ojos cerrados, Bala hizo el amor con el hermoso, indiferente y desmayado cuerpo de Rubini.

Cuando terminó, se retiró y, sin abrir los ojos, saltó hasta los pies de la cama donde se quedó sentado, con la frente entre las manos. Al alcanzar su sueño, lo había hecho añicos. La humillación era completa y la decepción, insoportable. No podría volver a mirarla a la cara. Todo aquel amor no correspondido durante años se había desvanecido en cuestión de minutos. Era cierto: las expectativas deberían definirse como la decepción que aguarda a la vuelta de la esquina.

Nadie podría haber estado a la altura de la ilusión que había alimentado a lo largo de tantos años de solitario anhelo.

Se frotó los ojos, cansado. La culpa era suya por haber accedido a convertirse en el sustituto. ¿Qué iba a hacer ahora con aquella mirada fija y acusadora? Estaba enamorada de otro y lo castigaría siempre por no ser ese hombre. Sintió que el corazón se le endurecía. ¿Cómo podía amar a aquel cobarde? La tenía en mayor estima. Cambió ligeramente de postura y el pie inmóvil de Rubini apareció ante la vista. Se lo quedó mirando. Parecía tan suave y blanco que su corazón volvió a ablandarse y alargó una mano para levantarlo. Lo apretó con suavidad y se lo llevó a la nariz. Sí, desprendía la misma fragancia que el resto del cuerpo. Seguía estando perdidamente enamorado de ella. Se lo pasó con ternura por la mejilla.

Le acarició la sedosa pantorrilla con la otra mano. Los músculos bajo la piel no se tensaron ni reaccionaron de ningún modo. Suspiró. No había salida. Y él tampoco la quería. Bajó la pierna y la dejó con delicadeza sobre el colchón. A continuación, se levantó y rodeó la cama. Rubini no se movió, se limitó a seguirlo con los ojos, áridos, ausentes, indiferentes a lo que habían hecho con su cuerpo. Bala se sentó a su lado y acunó el cuerpo apático de su mujer entre sus brazos.

—Durante muchos años estuve convencido de que hubiera dado cualquier cosa por pasar esta noche contigo, pero ahora sé que, en realidad, lo daría todo por que no hubiera ocurrido —dijo, aguantando el rostro de Rubini cerca del pecho para que su boca quedara sobre el cabello fragante de la joven—. Lo siento mucho. No puedo deshacer lo que está hecho, pero te lo prometo: jamás volveré a tocarte salvo que tú me lo pidas.

Al principio pensó que ni sus palabras ni el lento y rítmico balanceo habían conseguido hacer reaccionar a aquel cuerpo inmóvil, pero entonces sintió el pecho mojado. Una humedad que resbalaba, se extendía y se convertía en una cálida película entre ambas pieles. Rubini lloró en silencio, sin moverse. Bala siguió abrazándola, incluso mucho después de que el cuerpo rendido de su mujer se abandonara al sueño. Le empezaron a doler las manos, pero cada vez que pensaba en dejarla sobre la cama, recordaba que, casi con toda seguridad, aquella sería la última vez y aguantó hasta que empezó a despuntar el alba a través de las rendijas de las cortinas corridas.

Al final, a su pesar, la dejó en la cama y se quedó mirándola, expuesta, vulnerable, lastimada y dolorosamente hermosa. Tenía el corazón tan henchido que casi no podía soportarlo. No podía fallarle. Conseguiría, pues era su obligación, que volviera a ser la criatura reverencial que una vez había logrado arrancar el aplauso espontáneo de toda una calle. Se inclinó y le besó el pelo sin prisas. Ella no se movió. Depositó pequeños y delicados besos en los párpados, en la frente, y con suma ternura, en aquellos labios ligeramente entreabiertos. Ella siguió sin moverse. Él se enderezó. Había pisado la primera espina y era soportable.

—Que duerma bien, señora Bala —dijo, apagó la luz y se fue.

Se vistió rápidamente en otra habitación. Con las prisas de última hora, no había tenido tiempo de encontrar un sustituto, por lo que tenía que ir a trabajar. Abajo, junto al teléfono, dejó una nota breve y, en caso de emergencia, el número de la escuela. Todavía no había amanecido cuando abrió la puerta de la calle y se topó con la señora de la limpieza sentada en los escalones, esperando que alguien la dejara entrar. Reacio a perturbar el silencio matinal, empujó la moto hasta la calzada antes de encender el motor. No podía someter a su mujer a la humillación de ir en volandas en el asiento trasero de una moto. Tenía algunos ahorros. Compraría un coche.

Con la brisa fresca de la mañana azotándole la cara, hizo lo que no había hecho desde que era adolescente: levantó los brazos en alto para que el aire frío recorriera todo su cuerpo, incapaz de reprimir una carcajada con que celebrar la dicha de estar vivo. La vida era algo mágico y maravilloso.

Bala se encontraba a la mitad de la segunda clase del día cuando entró el chico de los recados para decirle que tenía una llamada urgente. Con el corazón en un puño, se dirigió al despacho del director, donde este se volvió al oírlo acercarse. Sin saludarlo siquiera, Bala le arrancó el pesado auricular negro y se sintió tan aliviado al oír la voz de su esposa que todavía tardó un momento en comprender que la emergencia consistía en un plato echado a perder y en una propuesta para salir a comer fuera.

—No te preocupes, me lo comeré aunque sea un completo desastre —dijo, desmoronándose sobre la mesa—. Sí, estoy seguro —insistió, y colgó el teléfono.

—¿Va todo bien? —preguntó el director con una sonrisa maliciosa.

—Bien, bien —contestó él, distraído. Rubini le sirvió y se quedó a su lado, mirándolo.

Bala le sonrió, se llevó un trozo a la boca, lo masticó y se volvió hacia ella, con expresión sorprendida.

—No es un desastre. De hecho, está delicioso.

Rubini lo miró con el ceño fruncido.

—¿En serio? Da igual si no te gusta, no me ofenderé. Es la primera vez que lo hago.

—No, no, te lo digo de verdad. Me encanta —aseguró, entusiasmado, y engulló con avidez el espantoso mejunje compuesto de arroz medio crudo, trozos de pollo en un aguachirle de color amarronado, una verdura blanda que no supo identificar, aunque podría haberse tratado de col, y yogur aguado.

Cuando el plato estuvo limpio, se dio unas palmaditas en la barriga y subió a descansar un poco. Rubini aprovechó para cruzar la calle e ir a hacer una breve visita a su madrastra.

—¿Qué hay para comer? —preguntó, levantando las tapas de los recipientes que había en la mesa y echando un vistazo al interior.

—¿No comes con tu marido?

—Bueno, he intentado cocinar algo: arroz, pollo con curry y eso que Maya hace con berenjena. Pensaba que no me había salido muy bien, pero a Bala ha parecido gustarle de veras. —Se perdió la mirada que intercambiaron Parvathi y Maya mientras ella se servía en un plato—. Ah, por cierto, he decidido trabajar de voluntaria en un centro de acogida de menores. Las condiciones en las que viven son vergonzosas. Hay una niña que me parte el corazón. Es un bebé, pero no creo que nadie quiera adoptarla porque le pasa algo en un pie. No entiendo cómo alguien puede deshacerse de un niño y mucho menos de uno tan adorable como esa criatura.

—¿Por qué no la adoptas tú?

Rubini se acobardó ante la propuesta.

—Oh, no, no, eso implicaría demasiada responsabilidad.

—Ya que vas a estar tan ocupada, ya os prepararé yo la comida —dijo Maya para romper el silencio.

—No, son solo unas horas al día. Creo que puedo apañármelas. Además, a Bala le encanta cómo cocino. Esto está delicioso, Maya.

Sri Nagawati

Llegaron noticias del fallecimiento de Kupu y, junto con
ellas, una carta para Parvathi. La mujer examinó el sobre
mugriento, sin señas, y tocó las huellas de dedos que había im-
presas preguntándose si serían de él. No lo abrió de inmediato,
sino que lo dejó en el altar, y durante todo el día, mientras se
entretenía en sus quehaceres, experimentó una vaga sensación
de placer al pensar en el sobre que la aguardaba. Era como si la
esperara el dulce y benevolente Kupu. Finalmente, cuando
todo el mundo dormía, cerró la mano sobre aquella pena pos-
tergada.

La carta estaba escrita en una página arrancada de un cuaderno y debía de haber utilizado un palito afilado a modo de
pluma. Parvathi examinó la tinta turbia y al fijarse con mayor
detenimiento comprobó que no se trataba de tinta, sino de
sangre. ¿De un animal? ¿Suya? Tardó bastante en descifrar el
contenido —Kupu tenía la caligrafía de un niño, una letra apre-
tada, de trazos finos e inseguros, difícil de desentrañar, y la or-
tografía era pésima—, aunque en realidad lo verdaderamente
asombroso era que el hombre supiera escribir. Jamás lo habría
imaginado. Claro que, con suerte, conocía una sexta parte de él,
si es que llegaba. Había mucho más.

Parvathi:

Mi diosa me reclama. Ya no me quedan fuerzas, pero quería que supieras que mientras yazco aquí, alternando temblores y calenturas, agonizo por sentir tu voz, por oírla una última vez antes de partir. Me pregunto si todavía será como los primeros rayos de sol filtrándose entre las hojas. No te demores en visitar mi templo, pues su construcción no ha de durar. Qué alivio permitir que esta vez venza la fiebre.

KUPU

—¿Qué quiere decir con que el templo no ha de durar?

—No lo sé —contestó Maya, pensativa—, pero sí sé que era un alma muy evolucionada con una misión importante y que si dice que no durará, entonces no durará.

—¿Para qué iba alguien a construir un templo efímero?

—O bien porque para entonces ya habrá cumplido su propósito, o bien porque su destrucción ha de conllevar un cambio vital.

Parvathi había pensado viajar con Maya, pero Rubini fue tajante al respecto: ¿cómo iban a hacer el viaje ellas dos solas?

—Para empezar, ¿alguna de las dos sabe cómo llegar?

Maya sonrió con humildad.

—No, tienes razón. Será mejor que nos lleves tú. Ahora somos un par de viejas.

Al final, las tres viajaron a Batu Tujuh. Era mediodía cuando el mar acerado apareció ante ellas. Parvathi cerró los ojos y por un instante creyó haber regresado al Rolls Royce de Kasu Marimuthu y estar enfilando la entrada de Adari por primera vez, y que cuando abriera los ojos vería una joya resplandeciente bajo el sol.

—¡Oh, vaya! ¡Mirad! —exclamó Rubini, y Parvathi abrió los ojos.

Un reluciente hotel de once plantas.

Rubini le dejó las llaves al aparcacoches y cruzaron las susu-

347

rrantes puertas de cristal para entrar en un vestíbulo impersonal de cromo y mármol pulido.

La habitación contaba con aire acondicionado, dos camas separadas y un plegatín, que Maya se adjudicó. Parvathi salió al balcón. Todo había cambiado, incluso la playa. Habían ganado varios metros al mar para crear una laguna de color cián en forma de U, rodeada de palmeras. No había nadie en la arena, pero las piscinas estaban abarrotadas de niños chapoteando y extranjeros que tomaban el sol en hamacas. Volvió la vista hacia el mar y de pronto retrocedió en el tiempo. Cuántas veces se había detenido en aquel mismo lugar, mirando a lo lejos, a la espera, siempre a la espera de la llegada de su gran amor. Hasta que un día llegó.

Parvathi descubrió el templo de Kupu mientras le echaba un vistazo a un puñado de folletos satinados dispuestos en forma de abanico. A pie de foto había una breve descripción en la que se equiparaba a Kupu con un Tarzán moderno que, por intervención divina en forma de siete brillantes esferas de luz, había reconstruido un antiguo templo que había quedado destruido durante la guerra.

La selva había retrocedido muchos metros y por todas partes había señales que conducían hasta el templo. Estaba cercado por un alto y anodino muro de ladrillo, por eso mismo se quedó tan pasmada al cruzar las puertas. Quién hubiera imaginado que Kupu, un apicultor, un vaquero, habría sido capaz de construir un edificio tan magnífico. ¿Qué habría querido decir con aquello de que no duraría? Tenía un aspecto excepcionalmente sólido y las piedras encajaban con tal perfección para crear la nueva silueta que costaba imaginar que antes hubieran podido formar parte de una estructura distinta.

Parvathi subió los bajos escalones y atravesó un patio abierto en dirección a un vestíbulo interior, donde encontró al dios de Kupu. Una cobra de casi dos metros de alto, erguida sobre el cuerpo enroscado y con un rostro humano encajado en el interior de la capucha desplegada.

—Sri Nagawati. —Rubini leyó en voz alta la inscripción que había sobre la entrada de la antecámara de la diosa serpiente, antes de alejarse paseando hacia el árbol centenario donde había vivido la familia de siamangs.

Sin embargo, ya no había siamangs. Al pie del árbol descansaban las ofrendas —leche, huevos y figurillas— de la gente que rezaba para que le concediera fertilidad.

Parvathi frunció el ceño ante la diosa. Había algo en su rostro que le resultaba familiar, hasta que cayó en la cuenta: era su propia cara, el mismo cuello esbelto, los ojos separados, incluso la piedra azul de la nariz. Escandalizada, se volvió hacia Maya y vio que a ella tampoco se le había escapado el parecido.

—¿Acaso Kupu se ha burlado de todos con una diosa falsa? —preguntó.

—Silencio, niña —la reprendió Maya, y miró con un ademán significativo en dirección a Rubini.

A continuación, le hizo un gesto disimulado con el brazo para que la siguiera hasta una de las muchas columnas que se habían levantado con las piedras blancas de la torre original. Se arrancó un pelo de la cabeza y comprobó que las piedras encajaban con tal perfección que ni siquiera cabía un cabello entre ellas. Lo probó en otro sitio. Y aun en otro. Con el mismo resultado. Se volvió hacia Parvathi.

—¿De verdad crees que Kupu podría haber hecho todo esto él solo? —preguntó. Parvathi negó con la cabeza, despacio—. Pues ahí lo tienes. Todo lo que vio y experimentó, ocurrió, pero recuerda que lo extraordinario debe coexistir con lo cotidiano. Ocurre en todas las religiones creadas por el hombre. Cuando la divinidad cruza la conciencia humana, parte de esta última acaba salpicada de recuerdos, costumbres y creencias terrenales y de los deseos más íntimos de sus fundadores, de manera que acaba convirtiéndose en mitad mito, mitad realidad.

En el paraíso de una religión del desierto habrá árboles, sombras frescas y el rumor cantarín de un arroyo. El paraíso fundado por un príncipe que se lo entrega todo a un mendigo estará incrustado de piedras preciosas, como es lógico. Un pueblo de piel oscura topará con un dios de piel azul, y el de piel blanca hallará al suyo en uno de ojos azules. Es la lacra del egocentrismo lo que hace que todas las religiones tengan un carácter divisorio, pero la esencia sigue siendo la misma. Todas y cada una de esas religiones dicen: soy Dios, existo y este es otro de mis rostros. Esa diosa es hermosa, ¿verdad? Kupu simplemente reconoció a Dios en alguien a quien amaba. Ya te lo dije: no eres la pequeña esclava de Dios. Eres Dios.

Parvathi volvió a mirar a la diosa y recordó a Kupu en la bruma envolvente y con una civeta en el hombro que le chupaba la sal de los dedos.

—Tengo que adentrarme en la selva para ir a buscar una planta que espero que no haya desaparecido, como casi todo lo demás. Nos vemos luego en la habitación —dijo Maya.

Parvathi asintió y Maya se fue. Un hombre delgado de mediana edad se acercó a ella. Era el encargado del lugar.

—Me suena su cara. Estoy seguro de que nos hemos visto antes, pero no consigo recordar dónde —comentó el hombre, con el ceño fruncido—. No será de por aquí, ¿verdad?

—No, vivimos en Kuala Lumpur. Hemos venido a pasar el fin de semana. Kupu era un viejo amigo.

Al oír aquello, el hombre se arrojó al suelo y le tocó los pies con la frente. Abochornada, Parvathi le suplicó que se levantara. El hombre se puso en pie y se limpió las lágrimas de los ojos.

—Fue un hombre tan excepcional que es para mí un honor toparme con alguien que llegó a conocerlo. Debió de conocerlo de joven, ¿cómo era? —preguntó, muy interesado.

—Amable, bueno, honesto y podía comunicarse con cualquier criatura que se cruzara en su camino.

El hombre asintió, aprobando las palabras elogiosas que partían de aquellos labios.

—¿Qué es eso? —preguntó Parvathi, señalando una pared repleta de un sinfín de objetos dispares.

—Son ofrendas que la gente hace cuando sus oraciones han sido escuchadas. Esta diosa es extraordinariamente poderosa y cuanto más famoso se hace el templo, más gente llega de todas partes de Malasia para invocar su favor. Una vez incluso vino una mujer musulmana porque era estéril. Los pendientes de oro que lleva la diosa se los regaló esa mujer cuando su hijo cumplió un año. Esa cadena tan grande, esa es de un chino que pidió un número de lotería y ganó el segundo premio.

—¿Le importaría hablarme un poco más sobre Kupu y el templo?

—Bueno, evidentemente sabrá que, salvo el muro circundante, que levantó el hotel, Kupu construyó todo esto en siete días con sus manos desnudas, sin detenerse para comer ni descansar.

—Pero ¿por qué un hotel tan magnífico iba a molestarse en levantar ese muro, anunciar el templo en sus folletos y guiar a sus clientes hasta aquí construyendo un camino pavimentado e iluminándolo? No es que sea una atracción turística precisamente.

—Al principio, al dueño del hotel, un chino, se lo llevaban los demonios porque no conseguía comprar a Kupu para que se fuera de aquí, a pesar de haber aumentado el precio diez veces respecto a la oferta inicial. Creo que tenían planeado construir un campo de golf y esto estaba justo en medio. Como la gente del lugar no se atrevía a tocar ni una piedra del templo, creo que se trajo obreros de Johore y que estos empezaron a talar los árboles. Kupu les advirtió que no cortaran ese —dijo, señalando el antiguo hogar de los siamangs—, pues decía que en él habitaba un espíritu sagrado. Aun así, vinieron de noche, aprovechando que Kupu había ido a bañarse al riachuelo. Sin embargo, al primer hachazo empezó a manar sangre del tronco y los trabajadores huyeron despavoridos. Al día siguiente, el mandamás en persona vino hasta aquí para hablar con Kupu, quien le dijo que el hotel sería muy próspero si se olvidaban del templo. Ya sabe cómo son los chinos: prométales que sacarán algo de provecho y harán lo que les pida. El hombre se apresuró a levantar este muro circundante como muestra de apoyo y arrepentimiento. El negocio, creo, va bastante bien.

La explicación del ateo

De acuerdo, empecemos por lo más sencillo: las figuras de las antorchas —dijo Bala animado, yendo al grano—. Tal como Maya y usted han dicho, toda la zona era un entramado de corrientes de energía, y un fenómeno bien conocido, en que varias líneas convergen en un mismo punto, es la captura de imágenes de una o más personas, objetos o sucesos, como un holograma que se repite de manera automática. En el caso que nos concierne, la reunión litúrgica de los primeros constructores o usuarios del templo de la torre.

»La otra explicación es tan simple como una experiencia visual alucinatoria. Por lo visto, los lugares donde se dan anomalías geomagnéticas emiten frecuencias de radio o microondas que penetran hasta el cerebro profundo e interactúan con las neuronas, lo que produce imágenes alucinatorias muy verosímiles. Oír voces es uno de los efectos subclínicos más comunes cuando el cerebro recibe impulsos eléctricos. Tanto la música como el sonido, sobre todo si es constante y rítmico, como el goteo del agua en una cueva o un eco constante en una cavidad vacía, poseen esa capacidad. Tengan en cuenta que Kupu había estado escuchando el viento en los pozos de ventilación. ¿No lo oían ustedes también durante los vendavales?

Parvathi asintió despacio.

—Bien. Ahora pasemos al asunto de que Kupu vio su cuerpo dormido en el lecho de piedra. A eso se le llama estado ecsomático o, hablando llanamente, experiencia extracorporal, practicada de manera habitual por monjes y chamanes, pero que a veces puede experimentar la gente normal como ustedes o yo justo antes de dormirse o nada más despertarse. En el caso de Kupu resulta bastante plausible, teniendo en cuenta que pasó mucho tiempo en un campo magnético donde unas corrientes envolventes de gran potencia habrían estado estimulando su lóbulo parietal de modo constante.

»¿Qué más? Las siete esferas de luz brillante que se le aparecieron. En realidad, este tipo de luces son un fenómeno natural. Se han observado en el continente americano, en algunos lugares de Inglaterra y Escocia, y en China. Aunque las visiones parezcan poseer conciencia o interactuar con los seres humanos, no dejan de ser simples espirales de energía terrestre o manantiales ciegos que se originan por los escapes de tensión sísmica en ciertas condiciones electromagnéticas.

»El tema de los ángeles es algo más complicado, pero también tiene su explicación. Existen ciclos universales que proporcionan energía y vida a todos los organismos de la Tierra: la respiración de toda criatura viviente, el latido de un corazón, las mareas, las ondas sonoras, las de luz. Todo, desde la partícula más pequeña, es un ciclo que se repite. El ciclo es una constante y todos formamos parte de esta resonancia. Nuestro planeta también posee su propio tono, el *fa* sostenido de la escala musical. Hay lugares especiales en la Tierra donde abunda más que en otros. Aunque se halla en frecuencias inapreciables para el oído humano, nuestros antepasados sabían de su existencia y de sus efectos, y en consecuencia levantaron monumentos megalíticos, pirámides, lugares de oración y santuarios de peregrinación sobre esos lugares. A través de la meditación, el ayuno, el aislamiento, el dolor, el sonido del tambor y el uso de drogas que alteran la percepción, el hombre entrena la mente para alcanzar un estado elevado de consciencia, similar al de la Tierra, que lo aproxime a aquello que cree que es Dios.

»El efecto que tiene sobre la persona es una sensación de "iluminación" que le lleva a creer que está en contacto con Dios o con seres divinos. Aquí es donde entra en juego esa facultad especial que el hombre tiene desde que nace para reconocer una cara en un recortable. La capacidad de reconocer representaciones de uno mismo permite que uno pueda descubrirse en la arena, el agua, las rocas, el humo… Incluso en las nubes. Y como sabemos que aquello que vemos no es humano, deducimos que solo puede tratarse de Dios. A este fenómeno se lo conoce por el nombre de antropomorfismo. En el caso de Kupu, le atribuyó características humanas a una serpiente y la calificó de "diosa". Hacer de la fábula un rito y convertirla en una religión creíble es algo que lleva haciéndose desde hace siglos.

—Pero… —quiso objetar Parvathi.

Bala levantó una mano para interrumpirla.

—Permítame terminar primero. En cuanto a las piedras tan bien encajadas que ni siquiera un pelo de Maya cabía entre ellas, ¿acaso no fue usted misma quien dijo que Kupu era el mejor imitador que había conocido y que su capacidad de observación no tenía parangón? Teniendo en cuenta que fue la persona que estuvo a cargo de la excavación del templo y conocía el lugar como la palma de su mano, les invito a que consideren la posibilidad de que tan solo se limitara a recolocar las piedras tal como estaban en un primer momento.

Parvathi habría replicado que el nuevo templo tenía una planta completamente distinta, pero Bala estaba metido de lleno en su explicación y no quiso interrumpir su gran discurso.

—Estoy convencido de que si Maya y usted hubieran comprobado todos los resquicios del templo con ese pelo, habrían encontrado muchas rendijas por las que habría pasado de sobra. Respecto a que culminara el trabajo en siete días, se tiene constancia de que hay mujeres capaces de levantar automóviles varias veces más pesados que ellas cuando sus hijos quedan atrapados debajo. Las personas somos capaces de llevar a cabo hazañas de fuerza y resistencia sobrehumanas cuando nos encontramos en un estado de conciencia alterado o estamos convencidos de que la razón está de nuestra parte. —Bala no se detuvo ni para recuperar el aliento—. Luego venía lo del árbol que sangraba. Desde luego no es el primero, existen numerosos testimonios de este tipo de árboles. Creo que si la gente se detuviera a examinarlos sin tanto histerismo, descubriría que el prodigio podría tratarse de simple sabia. La sabia oscura a la luz de una lámpara y de noche no solo tiene el mismo color de la sangre, sino también la consistencia.

»Para finalizar, abordemos su propia experiencia en ese emplazamiento tan antiguo. Todas las pruebas apuntan a que hay una falla en ese lugar. Las líneas de falla, tanto las antiguas como las activas, pueden provocar fisuras en los estratos rocosos por donde a su vez podrían escapar gases como el ácido sulfhídrico, el etileno y el metano, que hasta ese momento habían permanecido atrapados. Estos gases producen dificultades respiratorias, desorientación, alucinaciones, afectan al comportamiento emocional, disminuyen o aumentan el ritmo cardíaco, provocan picor en manos y pies, sudoración repentina, hambre voraz, la aparición de sangrado menstrual, ataques de pánico, alivian el dolor y son causa de pequeñas amnesias. Es lo que los griegos llamaban *atmos entheos* o "estar poseído por Dios". El exponente más famoso de este caso es el oráculo del templo de Delfos. Está bien, ya he acabado. ¿Qué era lo que quería decir?

Parvathi abrió la boca y volvió a cerrarla. A veces, la mejor respuesta era el silencio.

Independencia

31 de agosto de 1957

El momento de mayor gloria de la historia de la nación estaba teniendo lugar en el estadio deportivo de reciente construcción: se había arriado la bandera británica y por primera vez se izaba la malasia, con la luna, la estrella y las barras. *Tunku* Abdul Rahman, el primer ministro de Malasia, alzó una mano y por siete veces consecutivas proclamó: «*Merdeka!*». Independencia.

Nadie se fijó en Parvathi, caminando por la calle, con su sari blanco de borde azul, medio oculta bajo una sombrilla negra. Desde luego, nadie que se hubiera fijado en su paso firme y relajado habría imaginado lo nerviosa que estaba ni lo sudorosa que tenía la mano con que sujetaba la sombrilla. Debía de haber acabado alguno de los desfiles de celebración, porque la gente empezó a salir del estadio y a invadir las calles, ondeando banderas y riendo alborozadamente. Parecían ebrios de alegría. Era un gran día.

Era casi mediodía cuando Parvathi entró en el fresco interior de la estación de tren. Cuántas veces había estado allí, reviviendo aquella escena una y otra vez en su imaginación. El andén en el que habían acordado verse estaba desierto, salvo por un hombre sentado de espaldas a ella, que descansaba la frente en una mano. Algo en aquel gesto… Parvathi echó a andar hacia él, al principio de manera vacilante, luego cada vez más rápido. Hasta que se detuvo en seco.

Aquel hombre, ahora caía en la cuenta, era demasiado joven. Tenía que buscar a alguien un poco mayor. En ese momento lo supo sin ningún género de dudas: no volvería a verlo. A pesar de que él nunca le había escrito, Parvathi había encontrado miles de excusas y se había negado a considerar la posibilidad de que hubiera olvidado su promesa. ¿De verdad no era más que una de las muchas mujeres abandonadas de aquella época?

Cerca de allí había un banco de madera en el que se sentó, sin fuerzas.

Por megafonía seguían anunciándose los destinos, andenes y horarios de los trenes mientras ella contemplaba un trocito de cielo con la mirada perdida. Unas nubes esponjosas invadieron su pedacito de cielo y volvieron a abandonarlo flotando. Pausadamente, empezó a notar que alguien la observaba. Con intensidad. Y se volvió, tranquila. Una muñeca de porcelana, perfecta en todos los sentidos, mantenía el equilibrio sobre unos zuecos de madera sin apartar la vista de ella. La reconoció al instante: era la mujer de Hattori. Se sostuvieron la mirada.

Parvathi se puso en pie y la mujer avanzó con pasos delicados. Parvathi se secó el sudor de la frente, sintiéndose enorme y torpe al lado de aquella serena muñequita. Seguro que debía de estar preguntándose qué le pasaría a su marido por la cabeza para liarse con alguien así. Y en ese momento cayó en la cuenta de algo que le partió el corazón: si había venido ella, entonces...

—Por favor, siéntese —la invitó la mujer con voz cantarina. Qué otra voz iba a tener.

Parvathi se dejó caer como un saco de patatas y la mujer se sentó delicadamente a su lado. Guardaron silencio unos segundos.

—Enfermó en el campamento al que lo enviaron. Solo le dejaron volver a casa a dos meses del final. Antes de morir, me pidió un último favor. Había perdido su dirección y no había podido ponerse en contacto con usted. Me pidió que acudiera a este encuentro.

«Tú en mí y yo en ti.» Y, ahora, «¿la muerte en ti?». Parvathi se volvió para enfrentarse a la cara empolvada.

—¿Por qué le pidió que viniera? —consiguió decir con voz forzada.

—Para entregarle esto. —La mujer le tendió una caja rectangular. Al verla, el corazón empezó a latirle dolorosamente en el pecho. Volvía a ella una vez más. El regalo cambió de manos sin que estas llegaran a tocarse—. Me pidió que le dijera que estaba equivocada. No lo robó. Le costó el salario de tres meses.

Parvathi no pudo contenerse. Se echó a llorar allí mismo, delante de la hermosa y rígida mujer, quien ni siquiera hizo el ademán de consolarla, sino que permaneció sentada, en silencio, una presencia fría y severa, una adversaria después de todo aquel tiempo. Sin embargo, ¿acaso podía reprochárselo? Parecía soportarlo bien, pero debía resultar una humillación intolerable estar junto a la «mujer de consuelo» de su esposo. ¿Por qué había ido hasta allí aquella muñeca? Tal vez, para aquello. Para presenciar el dolor que le causaría.

—Al principio, iba a tirarla. Odiaba a Hattori por lo que había hecho, pero no había manera de olvidarlo todo sin más. Por otra parte, cuanto más tiempo estuviera esa caja en el armario, más me obsesionaría. Quería verla, quería ver a la mujer que le había hecho aquello. Ahora puedo volver en paz.

Dicho lo cual, se puso en pie y se fue, acompañada por el repiqueteo triste y apagado de los zapatos de madera.

Fuera, un calor caliginoso se alzó del asfalto y golpeó a Parvathi en la cara. Echó a andar sin rumbo hasta que le llamó la atención un hombre que bebía whisky barato de una botella, en una parada de autobús. La gente hacía cola un poco apartada y lo miraba con aprensión, pero a él no parecía importarle. Parvathi se preguntó qué lo empujaría a beber al mediodía. Tal vez había recibido un revés. Igual que ella. Observó aquel rostro sonrojado y reluciente y pensó en Hattori y en todas las cosas que no se habían dicho.

Entonces, igual que ahora, deseó que todo hubiera sido más sencillo, que generaciones de silencio no hubieran impedido que Hattori mostrara sus emociones o su vulnerabilidad. Solo recurría a la botella cuando le resultaba imposible reprimirlas. Incluso el amor, obligado a colarse por las puertas de hierro de su alma cuando estaba ebrio.

La mirada perdida y desenfocada del hombre se cruzó con la de Parvathi. Había dolor en aquellos ojos. Se dirigió a ella, musitando algo embrollado, pero Parvathi desvió la mirada y apretó el paso.

Al llegar a Bangsar, entró en un bar. Estaba en penumbra. Solo había una persona, un viejo indio sentado en un rincón, leyendo un periódico. El camarero, un joven chino con el pelo de punta, la miró inquisitivamente, asumiendo que había entrado para preguntarle unas señas. ¿Qué otra cosa iba a hacer una mujer como aquella en un bar?

Parvathi pidió un whisky.

El muchacho se lo sirvió sin mudar la expresión. Parvathi miró el trago que le había puesto con un medidor y de entre sus recuerdos recuperó el de una mano menos amarilla y más cremosa sirviéndose sin medida, con generosidad. De pronto se sintió vieja y sola. Él ya no está, pensó. Todos aquellos momentos no volverán a repetirse.

—Un poco más, por favor —murmuró.

El joven ni siquiera pestañeó. Le llenó el vaso sin necesidad de dedal. Parvathi miró a los ojos a aquel joven de pelo de punta que nada sabía de su dolor y le sonrió agradecida. No tenían nada en común, pero esa tarde, mientras el jefe no miraba, el muchacho suscribió lo que Maya le había dicho una vez: «Todos estamos conectados. Cuando te topes con la desdicha ajena, considérala propia, pues todos somos células del mismo cuerpo. Piensa que ni una sola de ellas puede morir sin el permiso expreso de todas las demás».

Esa tarde, el chico era una parte del cuerpo sano ante una célula agonizante. Y aunque le había dado permiso, sufría por su destrucción.

No había nadie cuando llegó a casa. Se dirigió a su habitación y apoyó la frente contra la puerta unos instantes, después de cerrarla. Se puso el collar delante del espejo. Estaba mellado por el impacto contra la pared. Se echó a llorar en silencio, aferrándose al borde del tocador con tanta fuerza que los nudillos se le volvieron blancos.

A miles de kilómetros de allí, su hijo se despertaba en la cama de una extraña. A excepción del recargado espejo veneciano que colgaba sobre la chimenea, la habitación apenas estaba amueblada. La luz del sol entraba a raudales a través de los altos ventanales y se proyectaba sobre el suelo de madera. Le dolía la cabeza, pero eso era de esperar. Lo que le preocupaba era aquel dolor agudo en la zona del estómago. Sabía que le pasaba algo grave. La piel incluso estaba volviéndosele cenicienta. Tenía que dejar de beber o moriría como su padre.

Se levantó de la cama con cuidado, procurando no despertar a la mujer, y se vistió a toda prisa. Su primera intención había sido dirigirse hacia la puerta, pero se descubrió acercándose al espejo dorado, atraído hacia él como por una fuerza misteriosa. Hacía años que no se miraba en el espejo, de manera significativa, y ahora podía decirse que tenía miedo a lo que pudiera encontrar. Miró fijamente el cristal moteado y parpadeó. Aquel hombre rollizo de vida disoluta y mirada desesperada que revelaba graves problemas económicos y tratos con prestamistas a quienes no había podido satisfacer, aquel desfalcador de fondos empresariales, aquel seguro que no podía ser él.

Un delincuente.

Un grito espantoso e imprevisto surgió desde lo más hondo de sus entrañas y, tras alcanzar el atizador de hierro que colgaba junto a la chimenea, Kuberan golpeó el espejo con violencia. La mujer se vio tan bruscamente arrancada de su sueño que se incorporó dando un respingo y miró aterrada a su alrededor. Al comprender qué había ocurrido, saltó fuera de la cama y se abalanzó sobre él con ojos furibundos y enrojecidos, sin dejar de insultarlo a voz en grito. En dos pasos llegó junto a él.

Sin pensarlo, él levantó el atizador y lo descargó con fuerza sobre la cabeza de la mujer, quien cayó al suelo, sentada, y permaneció en esa postura unos segundos antes de ladearse y caer hacia un lado. No hubo sangre. Se quedó mirando el cuerpo desmadejado y desnudo con leve sorpresa. Todavía tenía los ojos abiertos. Con qué naturalidad lo había hecho. La otra y única vez que le había ocurrido había sido con el polluelo del nido, y solo porque sabía que su padre estaba observándole.

Se miró en el espejo fragmentado. Un asesino. Con calma, se abrochó un botón de la camisa que se le había soltado y salió de allí. No vio a nadie en el vestíbulo, ni en la calle privada y adoquinada que daba a la principal. Caminó durante horas hasta que se topó con el Odeon Cinema y de pronto recordó el cine que había frente a la tienda de comestibles. Se sentó en los escalones, con las manos en la barriga, que cada vez le dolía más, y sintió que las lágrimas le rodaban por las mejillas. La fiesta había terminado. No le quedaba más opción.

El regreso del hijo pródigo

1967

S abes que vuelve para morir, ¿verdad, Da? —preguntó Maya
con delicadeza.

—¿Por qué no lo curas?

—Puedo mantener la enfermedad a raya un tiempo, pero el
cáncer es energía. Está vivo y consciente. Si pudieras verlo, com-
probarías que una mortaja gris cubre a esa persona por completo mientras absorbe su energía. Le ocurre a la gente que, en un
momento u otro, rechaza la vida a un nivel fundamental. Además, no dejará de ser algo recurrente hasta que esa persona
aprenda a abrazar la vida por completo y regrese al estado de
espíritu, de dicha absoluta. La dicha, debo añadir, no es la felicidad. La felicidad depende de factores externos mientras que
la dicha procede del interior de cada uno, sin que nada la pro-
voque.

En ese momento, el coche de Bala atravesó las verjas abiertas de la casa y Parvathi fue a la puerta para ver cómo ayudaban
a su hijo, tan cambiado que casi no lo reconocía, a apearse del
vehículo, como si fuera un anciano. Al verlo apoyarse exhausto
contra el coche, corrió a su habitación y sacó el viejo bastón de
plata de su marido. Kuberan lo aceptó y sacudió la cabeza, sorprendido.

—Lo has guardado todos estos años.

Parvathi no se atrevió a hablar.

Kuberan intentó enderezarse, tosió, se recostó contra el coche y volvió a enderezarse. Se apoyó en el bastón y sonrió.

—Y de mi talla —observó.

Parvathi se sintió súbitamente abrumada por el dolor. Era él. Después de todo, era su hijo. Aunque atrapado en el cuerpo de aquel extraño consumido.

Kuberan caminó poco a poco hasta las rejas y golpeó el bastón contra el fino dibujo arabesco, con suavidad. El sonido la sobresaltó. Él se volvió para mirarla.

—Te transporta al pasado, ¿verdad?

Parvathi asintió. Hacía mucho tiempo. Kasu Marimuthu yendo de un lado a otro mientras el bastón golpeaba la barra de metal de la parte trasera de la silla de ruedas.

Kuberan pasó esa noche en el dormitorio que había junto al pozo de ventilación, pero al día siguiente ingresó en el hospital.

Una enfermera entró en la habitación y se presentó. Se llamaba Mary.

—Cristiana —observó Kuberan.

—Sí —admitió ella alegremente.

—¿Todavía no has oído que tu dios murió en una cruz? —se burló Kuberan.

Al principio se quedó parada unos instantes, pero luego enderezó la espalda y lo miró con frialdad.

—Soy cristiana renacida. No le rezamos a la figura de la cruz. La enfermera del turno de noche, la hermana Madeleine, es católica. Dígaselo a ella, si quiere.

—Desde luego que lo haré —prometió Kuberan, y la enfermera se fue, muy seria.

—¿Por qué tienes que fastidiarlas? —preguntó Parvathi—. Están aquí para ayudarte.

—Es bueno para su alma —contestó él con despreocupación y, sin prestar atención a Parvathi, se puso a mirar por la ventana con aire taciturno.

Rubini asomó la cabeza por la cortina de Kuberan a la hora de comer.

—Hola —lo saludó—, ¿puedo pasar?

—Ya que estás aquí.

—Te he traído algo.

Extrajo del bolso un soldado de plomo vestido con chaqueta roja y gorro militar de piel, que enarbolaba un sable.

—Por todos los cielos, ¿dónde lo has encontrado? —preguntó Kuberan, aceptando el juguete y volviendo a sentir aquel peso tan familiar en la palma de la mano.

—En tu antiguo cuarto, cuando nos mudamos. Sabía que era tu juguete preferido. Papá lo trajo de uno de sus viajes a Estados Unidos. Directo del escaparate de la Quinta Avenida, ¿no? Recuerdo que papá solía mirar mientras tú los colocabas en filas para la gran batalla, los Caballeros de Agincourt contra los gallardos húsares.

Kuberan dejó el soldadito en el pequeño armario que había junto a la cama.

—Aunque a ti te quería más. De hecho, siempre tuve celos de ti. Incluso puede que te odiara.

—Ya lo sé, pero tú tenías a tus dos padres.

—No lo entiendes, no es biológico. Yo adoraba a papá. Lo quería más de lo que nunca he querido a nadie. —Guardó silencio unos instantes—. Bueno, salvo a esa otra persona a quien quiero más que a mi vida.

Rubini enarcó las cejas.

—Y ¿quién es esa persona?

Kuberan la miró dubitativo antes de girarse y sacar la cartera del cajón del armarito. Extrajo una fotografía del bolsillo lateral y se la entregó. Rubini ahogó un grito y lo miró.

—¿Dónde está…?

—No digas nada —la interrumpió él, levantando una mano—. No quiero hablar de ella.

Rubini volvió a mirar la fotografía y esta vez la acarició ligeramente con un dedo. Cuando se la devolvió, Kuberan la arrojó con descuido al interior del cajón, a lo que siguió un incómodo silencio. Un anciano dos camas más allá tuvo un fuerte e insistente ataque de tos y unos niños reían y jugaban en el pasillo. Kuberan volvió la cabeza y se quedó mirando a una viuda abandonada, con la triste mirada perdida al otro lado de la ventana.

—¿Recuerdas cuando tenías cinco años y papá te compró un Jaguar nuevecito para tu cumpleaños? —preguntó Rubini.

—Sí, lo recuerdo —contestó Kuberan—. ¿Qué ha sido de él?

—Lo requisaron los japoneses.

—¿Cómo no? Nunca olvidaré el día que esos animales irrumpieron en casa. Si ese general no hubiera aparecido cuando lo hizo…

—Es extraño, pero yo no estaba asustada. Tal vez era demasiado inocente para comprender en toda su dimensión lo que tenían en mente o quizá fuera Maya. Intercambiamos una mirada, me sonrió y entonces supe que todo iría bien.

—En cualquier caso, menudo cabrón el tipo ese, ¿no? ¿Sabes por casualidad lo que le dijo a Ama? Hubo un momento en que dio la impresión de que alguien le hubiera dado un puñetazo en el estómago.

Rubini se encogió de hombros.

—Nunca se lo he preguntado. —A lo que añadió con curiosidad—: ¿De verdad crees que el tipo ese era tan desagradable?

—Por supuesto. ¿Por qué? ¿Tú no?

—No. Una vez soñé con él. Estábamos todos en una fiesta en Adari. Papá estaba junto al escenario, donde siempre, con un vaso de whisky, cuando el general me dio la mano y le dijo a papá: «¿Conoce usted a mi hija?». Luego me desperté.

—Siempre fuiste rarita. ¿Qué crees que le ocurrió?

—No lo sé, pero espero que le vaya bien, dondequiera que esté —dijo en voz baja, con una expresión ausente en la mirada.

—Qué ironía, impagable, ¿no crees?, que te regalen un Jaguar a los cinco años para tu aniversario y que acabes en un hospital de mala muerte a los treinta y cinco.

Rubini apretó los labios.

—No deberías decir esas cosas. Tu madre vendió su casa para pagar tus deudas y las facturas del médico en Inglaterra, Kuberan. No le queda nada.

—De todas formas, sigue siendo irónico, ¿no crees? Da igual, dejemos de hablar de mí. ¿Qué me dices de ti? ¿Eres feliz?

—Sí, supongo que sí.

—¿Cómo vas a ser feliz? Te casaste con un hombre que lee a Flaubert.

A Rubini se le escapó una risita.

—Déjalo, o me veré obligada a defenderlo.

—Pero si es indefendible. —Rubini dejó de reír—. Oye, Rubes, no me digas que estás enamorada de ese hombre —dijo Kuberan, sacudiendo la cabeza, sorprendido.

—No seas tonto. Ya sabes en qué circunstancias me casé.

—Ni que lo digas. —Suspiró hondamente y entornó la mirada hacia el cielo—. Caray, qué aburrimiento.

—¿Te molesto? ¿Quieres que me vaya?

—Tú, no. Siempre has huido de los conflictos.

Después de que Rubini se fuera, Kuberan cerró los ojos y recordó una vez que entró en un club nocturno de Londres. Focos azules y blancos en el techo, huellas de dedos en las paredes forradas de espejos y, en la barra, una rubia con un vestido plateado y… lo que más le gustaba: las piernas al aire. Míralo, avanzando con paso arrogante hacia ella. Qué estilo. Qué clase. Ella disimulando que no lo ha visto. Para ser sincero, la chica no tenía ninguna posibilidad.

—Vaya, menudas piernas —comenta él, con picardía.

Ella se ríe, nerviosa (ay, tontita), y lo mira de soslayo.

—Seguro que querrías saber dónde acaban, ¿verdad?

El tono no es halagüeño, entre áspero y descarado, pero los acentos nunca le han interesado, al menos no siempre.

—Ya lo creo.

—Entonces, invítate a algo.

—¿Qué bebes?

—Vodka con naranja. Doble.

—¡Guau, nena!

Kuberan levanta una mano en dirección al camarero y un famoso verso le viene a la cabeza: «Dadme mujeres, vino y tabaco hasta que grite: "¡Basta, es suficiente!"». Lo que tú digas, para ti será el día de la Resurrección, amigo, pero para mí ni siquiera entonces, piensa él. Más tarde, en la parte de atrás de su descapotable verde oscuro…

Oyó un traqueteo sobre su cabeza, molesto, inoportuno… Pero si no había gritado: «¡Basta, es suficiente!». Abrió los ojos de mala gana. Junto a la cama esperaba una enfermera enorme con un vasito de plástico transparente, que contenía su medicación. Lo miraba impasible. Aquella actitud de superioridad moral le fastidió y le entraron ganas de escandalizarla, incluso de ofenderla.

—¿Sabe una cosa, hermana?, no se imagina cuánto echo de menos a esas putas blancas. Sobre todo a las que solían morder la almohada mientras me las follaba.

La hermana Madeleine no alteró su expresión, por lo que Kuberan suspiró y levantó una mano derrotada. La enfermera volcó las pastillas en la palma y esperó, mirándolo con asco, hasta que se las tragó.

En la cocina de Parvathi, Maya hablaba con una mujer a quien los médicos le habían dicho que tenían que quitarle el bazo.

—El bazo distribuye *prana*, fuerza vital, a todo el cuerpo. Si dejas que te lo quiten, se verá afectada tu inmunidad y tendrás propensión a coger muchas enfermedades. Se me ocurre algo mucho mejor para tu bazo…

Miedo

Kuberan salió del hospital tres semanas después sin mejoría aparente. Al día siguiente de su vuelta a casa, Maya no estaba, de modo que Parvathi preparó el desayuno y esperó a que su hijo se despertara; sin embargo, a media mañana seguía sin oírse nada en la habitación de Kuberan. Parvathi empezó a pasearse intranquila por el pasillo, junto a las ventanas del dormitorio, hasta que ya no pudo más y echó un vistazo a la habitación en penumbra a través de una de las cortinas medio descorridas. Solo alcanzaba a ver de las rodillas para abajo. Lo llamó. Las piernas no se movieron lo más mínimo.

Llamó suavemente a la puerta e intentó girar el pomo, pero estaba cerrada por dentro. Sacudió el picaporte, golpeó la puerta con fuerza y lo llamó en voz alta, pero al volver a mirar a través del resquicio de la cortina, él seguía sin moverse. Presa del pánico, casi tropieza con el borde de la alfombra del vestíbulo al ir a abalanzarse sobre el teléfono. Le temblaban tanto las manos que apenas consiguió acertar a marcar el número de su hija.

Contestó Bala.

—Estoy convencido de que no es nada, pero voy ahora mismo —dijo este, conservando la calma.

Parvathi regresó junto al dormitorio de su hijo y volvió a llamarlo, aunque su voz le sonó aterrada y débil. Nerviosa, volvió a pasearse por el pasillo. Ojalá Maya estuviera allí.

—Ay, dios, ay, dios —musitaba. Con el corazón encogido en un puño, salió a la puerta de la calle para ver si venía Bala y al verlo acercarse a la carrera estuvo a punto de gritar de alivio—. ¡Rápido, rápido! —lo urgió—. Creo que está inconsciente.

Bala se desgañitó llamando a Kuberan junto a la puerta, pero al otro lado todo siguió en silenciosa penumbra.

—Apártese —le pidió a Parvathi, y cargó con el hombro contra la puerta.

Era de las baratas y se abrió de golpe a la primera embestida, por lo que con el impulso Bala entró lanzado en el dormitorio y aterrizó de espaldas sobre la cama. Al volver la cabeza, vio que el cuerpo de Kuberan se sacudía sin control. Las carcajadas lo obligaban a doblarse sobre sí mismo. ¡Había fingido que estaba muerto! Bala se puso en pie y se quedó mirando a su cuñado, incrédulo.

—Tu amado Nietzsche dijo que cuando un hombre ríe a carcajadas, supera a todas las bestias en vulgaridad —dijo Bala, sereno, cuando Kuberan consiguió parar de reír—. Nunca había estado de acuerdo con él, pues para mí era evidente que se trataba justo de lo contrario: cuando un hombre ríe, se alza por encima de todos los animales en humanidad. Sin embargo, mirándote, comprendo a qué se refería.

—Oh, por el amor de Dios —protestó Kuberan, secándose las lágrimas y volteando las piernas fuera de la cama—. Tampoco hace falta ponerse a pontificar. Solo quería saber cómo reaccionaría la gente si me muriera. ¿No tenéis curiosidad por saberlo? —preguntó, aferrándose al colchón con ambas manos.

Bala, haciendo caso omiso de Kuberan, se acercó a Parvathi, quien no se había movido ni abierto la boca, y le sonrió con ternura.

—El infeliz que nada puede hará uso del único poder que le queda, el de hacer daño, y ese será su entretenimiento. No le contaré a Rubini nada de todo esto. Esta noche nos pasaremos a verla. ¿Está usted bien?

Parvathi asintió con la cabeza y él la besó en la frente y se marchó.

Parvathi seguía mirando a su hijo.

—¿Lo habrías hecho si Maya hubiera estado aquí?

—No —admitió él.

—¿Por qué no?

—Porque sé qué hará cuando muera. —Parvathi lo miró fijamente y él le devolvió la mirada, muy serio—. Hará lo mismo que hizo con papá. Se sentará en el suelo y se quedará mirando al infinito hasta que abandone este mundo y entre en el de los muertos. Una vez allí, me guiará con las palabras: «Estás confuso y tienes miedo, pero no hay nada que temer. Ve hacia la luz. Mora en la luz. Que la luz seas tú. Que tú seas luz».

Kuberan se estiró en la cama y se quedó mirando el techo. En ese momento, Parvathi comprendió que su hijo no había vuelto para pasar sus últimos días con ella, sino con Maya. La fachada burlona solo era eso, una fachada. No era más que un niño asustado.

Como había hecho tantas veces cuando era pequeño, Parvathi se acercó a la cama y él volvió la cabeza para mirarla, suplicante, pidiéndole algo, aunque ella ignoraba el qué. La mujer se arrodilló junto a él y le acarició con ternura el brazo que le colgaba sin fuerzas. Con un movimiento convulso de pura desesperación, Kuberan cayó sobre la mano que lo reconfortaba y sollozó como un niño que se ha perdido.

—Una vez le oí decir a Kamala que cuando la gente que ha sido mala está a punto de morir, empieza a ver gatos negros. Ya he visto tres solo esta semana.

—Eso son bobadas. Toda esta zona está plagada de gatos callejeros y la mayoría de ellos son negros. Creo que he debido de ver cinco en los últimos dos días. De todos modos, Kamala siempre tenía ideas raras. Cuando llegué a este país por primera vez, intentó convencerme de que las fresas crecían en los árboles.

El atisbo de una sonrisa revoloteó en los labios de Kuberan.

—¿De verdad? Era una figura.

Esa noche, Kuberan esperó tumbado en la cama con la luz apagada, observando el resplandor que se colaba por debajo de la puerta del dormitorio de su madre. Aun después de que se hubiera hecho la oscuridad al otro lado de la puerta, siguió tumbado en silencio y esperó otros diez minutos. A continuación, se levantó poco a poco para que la cama no crujiera y fue de puntillas a la cocina, donde encontró a Maya sentada en el suelo, sola, embotellando sus mejunjes. La mujer levantó la vista cuando el joven entró y lo saludó con un gesto de cabeza.

Kuberan cogió una silla y se sentó, pero no le pareció bien estar más alto que ella, de modo que se acercó a la nevera y se sentó en el suelo, con la espalda apoyada contra la puerta del frigorífico. Estiró las piernas enclenques delante de él y enseguida las retiró respetuosamente para que no apuntaran hacia ella.

—¿Cómo te encuentras hoy? —preguntó Maya, apartando la vista unos segundos de su tarea.

—Hoy, bien.

—Me alegra oírlo.

—Maya.

—¿Sí?

—¿Por qué yo?

—Pregúntatelo a ti mismo. Tú eres el artífice de todo lo que la vida te ha dado.

—No es cierto. Yo nunca pedí esto.

—Según una ley universal, solo se conoce algo a través de su reflejo. Por tanto, siempre estamos creándonos reflejos. Las personas que conforman nuestra vida y las enfermedades que padecemos son parte de ello. Nuestra percepción limitada nos hace considerar la enfermedad y los agravios de manera negativa, aunque, en realidad, no dejan de ser meros reflejos de la percepción que tenemos de nosotros mismos. Por ejemplo, si alguien cree que nadie lo apoya, puede acabar padeciendo la enfermedad de los huesos de cristal; sentirse no querido conllevará dolencias relacionadas con el corazón; la falta de autoestima podría manifestarse en desagradables enfermedades cutáneas. La enfermedad es autoconocimiento y un momento de gran crecimiento espiritual. Piensa, hijo, ¿qué te consume?

—Nada —se apresuró a contestar Kuberan—. No me arrepiento en lo más mínimo de nada de lo que he hecho en la vida, pero, ya que hablamos de ello, me gustaría saber tu opinión sobre qué tipo de castigo me espera.

Maya colocó un tapón en una botella y lo enroscó con fuerza.

—No te espera ningún castigo. Nadie te envió aquí, a un planeta en medio de la nada. Todos somos destellos de luz pura que deciden ganar densidad, no solo para experimentar sino también para trascender la tercera dimensión y para comprender que uno no es solo sus propios pensamientos, emociones y cuerpo, sino conciencia pura: omnisciente, eterna, infinita. Solo entonces se detendrá la rueda del renacimiento. Teniendo en cuenta que eres el arquitecto de tu propio despertar, serás tú quien elija regresar a la misma situación, una y otra vez, hasta que la enmiendes.

Kuberan enarcó las cejas.

—¡Perfecto! Regreso a más o menos el mismo tipo de vida que esta y, si no consigo mejorar, sencillamente voy teniendo una oportunidad tras otra.

—¿Lo que te complace es la idea de regresar como el hijo privilegiado de un hombre rico? Recuerda: tal vez la situación sea la misma, pero las circunstancias podrían ser diametralmente opuestas. Por ejemplo, si una de las lecciones que tu alma había asumido aprender en esta vida era la de resistir la tentación del dinero fácil, podrías regresar investido una vez más con grandes cantidades de dinero, pero si lo robases, esta vez te cogerían y sufrirías indeciblemente en la cárcel. Verás, las consecuencias de no aprender empeoran con cada repetición. —Kuberan se quedó mirando el fregadero, taciturno—. Tal vez resultaría más sencillo si consideraras el tiempo pasado en la tierra como un acto sagrado y humilde de amor —añadió, con delicadeza—. Si asumieras las restricciones limitativas de la forma física para aprender a transmutar en amor lo negativo de la condición humana, como las carencias, el dolor, la rabia, la codicia, el odio y la confusión. Hemos venido a cumplir una misión y la principal de todas es amarnos a nosotros mismos, aunque no de modo narcisista, sino de manera compasiva, incondicional.

—Es posible que mi alma esté irremediablemente cubierta de polvo y pecado —dijo Kuberan, abatido.

Había transcurrido mucho tiempo desde la última vez que había soñado con aquellos ojos castaños abiertos con la mirada fija. Había logrado evadir la responsabilidad de un asesinato.

—No te sientas especialmente culpable. Primero de todo, la idea de que alguien pueda evadir sus responsabilidades es una ilusión. La ley es justa y toda acción tiene una consecuencia. Si no es en esta vida, será en la siguiente, pero todos acabaremos pagando por nuestros pecados. Además, todos tenemos luces y sombras. Creo que hasta Jesús tuvo que pasar cuarenta días solo en el desierto enfrentándose a sus demonios, ¿no es así? —Miró a Kuberan, quien asintió con un gesto de confirmación—. Es indudable que has pecado, y aunque las explicaciones y las excusas sobran, la expiación es esencial.

—¿Cómo se expía uno?

—Hay miles de formas de postrarse. Incluso existe una entrada especial al cielo oculta en la planta de los pies de una madre. Resarce así el daño que has infligido.

—Oh, no —se quejó, lastimero, apoyando la cabeza contra la nevera—. Eso no.

—En esta tierra, el amor de una madre es lo que más se aproxima a la divinidad. Deja que te explique una historia sobre la esencia de ese amor. Vivía una vez en la India una madre que amaba profundamente a su hijo, a pesar de que él era un criminal abominable. Un día, el hijo la mató por una apuesta, por una pequeña cantidad de oro, y le arrancó el corazón, pero cuando iba a cruzar la puerta con este en la mano tropezó en el umbral y estuvo a punto de caer. Por fortuna, consiguió asirse al dintel; sin embargo, el corazón, ciego, solo había sentido la sacudida, por lo que gritó: «Hijo de mi vida, no te habrás hecho daño, ¿verdad?».

Kuberan miró a Maya con una sonrisa burlona.

—Creo que también existe una historia sobre otro dechado de virtudes que amaba tanto a su hijo que jamás le imponía disciplina, ni aun sabiendo que se había convertido en una mala persona. Un día lo cogieron y lo condenaron a la horca, y su última voluntad fue hablar con ella. Cuando la mujer llegó, él le pidió que se acercara para poder susurrarle sus últimas palabras al oído. Llorosa y sollozante, la mujer se aproximó y él le arrancó la oreja de un mordisco, diciendo: «Si me hubieras querido lo suficiente para castigarme, ahora no estaría a punto de subir a la horca».

Maya se rió entre dientes.

—Hijo, tus palabras siempre han tenido alas, y cuando no las tenían, bastaban para hacer que los peces en salazón volvieran a nadar. Cuando eras pequeño, podía decir que no estabas maduro, pero ahora no eres más que un bufón. Dios siempre sitúa al menos un alma sensata cerca de una joven. Esa persona es la puerta hacia una vida mejor y solo un tonto desoiría sus consejos hasta en el último momento. Cierto, tu madre podría haber sido más severa, pero te enseñó a distinguir entre el bien y el mal.

—¿Qué puedo decir? Me quiso tanto que se convirtió en otro de esos detalles fastidiosos de la vida que no queda más remedio que soportar.

—El corazón de una madre se derrite de amor y el del hijo es duro como una piedra. Crees que las emociones de la gente normal y corriente son intrascendentes y que estás por encima de ellas. Desde donde estoy sentada, no te diferencias en nada de todos esos de los que deseas alejarte; incluso ahora que casi ha llegado el momento de volver y rendir cuentas, tú, como la mayoría de la humanidad, pospondrás para la próxima vez hacer un esfuerzo tan sencillo como demostrar un poco de humildad.

Guardaron silencio unos instantes.

—¿Cómo es Dios? —preguntó Kuberan al cabo de un rato, sin rastro de sarcasmo en la voz.

—¿Alguna vez has amado tanto a alguien, sin reservas, que amabas más a esa persona que a ti mismo?

Kuberan volvió a pensar en aquel corazón de amor inocente y una expresión de dolor cruzó su rostro. Era cierto lo que había leído: hasta el asesino más desalmado podía desmoronarse y echarse a llorar de amor por una mascota agonizante. Aquel corazón inocente era su herida abierta.

—Sí —contestó en un susurro.

—Entonces ya conoces a Dios. Dios no es una fuerza superior, sino un aliado del que formas parte. Siempre que actúes impulsado por amor, no te asemejas a Dios, eres Dios. Deja de tener miedo. Aunque la mesa diga que el carpintero no es su creador, el carpintero siempre la considerará su adorada creación. Solo regresas a casa, donde comprenderás tu verdadera dimensión, lo inmenso, eterno y poderoso que eres y lo pequeño que has de hacerte para entrar en este cuerpo humano. Aférrate a la certeza de que estás hecho de bondad, fuerza y belleza infinita y, tan seguro como que ahora estoy aquí sentada, volverás a ellas.

Maya siguió embotellando sus mejunjes con toda tranquilidad y, al cabo de un rato, Kuberan se levantó. El hombre se volvió junto a la puerta.

—Cuando muera, ¿encenderás la lámpara naranja y rezarás por mí?

—Hijo, no habrá luces naranjas para ti —contestó Maya—, pero recuerda que no soy yo quien decide dónde vas. Vamos a lugares que corresponden a nuestra vibración terrestre en el momento de nuestra partida. Si te vas sumido en la oscuridad y el caos, permanecerás en la oscuridad y el caos.

Kuberan descubrió que los ojos se le anegaban de lágrimas y se volvió, a ciegas. Hacía mucho tiempo que había muerto. Ahora lo sabía.

Lo instalaron en la última cama de la planta.

Dos días después, Parvathi lo encontró aferrado al bastón de su padre con tanta fuerza que tenía los nudillos blancos.

—¿No ha venido Maya? —preguntó Kuberan muy tenso. Le costaba respirar.

Parvathi cubrió aquellas manos frías y céreas con las suyas y rezó.

—Dios, llévate a tu hijo. Doy gracias por el tiempo que he pasado con él. Fue un buen hijo y lo amé. Protégelo hasta que volvamos a encontrarnos. Teme a la oscuridad. Enciende una luz si reina la oscuridad allí donde te lo lleves. Permítele ser luz. Que sea luz.

La resistencia desaparecía a medida que rezaba y vio que la cara de su hijo se relajaba y se iluminaba con una luz tenue.

Las enfermeras reunidas alrededor del mostrador se rieron de algún chiste. Parvathi recordó cómo mugían las vacas cuando Kuberan nació, y ahora que su hijo se moría lo que se oían eran risas. Kuberan sonrió de pronto y Parvathi recordó que Maya decía que el oído era el último sentido en desaparecer y que, privado de los demás, este se volvía tan fino que era capaz de oír a larga distancia. Kuberan estaba compartiendo la broma de las enfermeras. La sonrisa se desvaneció lentamente, los párpados fueron cerrándosele hasta quedar entornados. En paz. Parvathi no comprobó si todavía respiraba ni llamó a las enfermeras. Alguna acabaría apareciendo en un momento u otro.

Lo que hizo fue sentarse en la silla que había junto a la cama y quedarse mirándolo, sumido en aquel sueño profundo. Si Dios te envía hijos y luego se los lleva cuando le place, ¿por qué llorar por ello?, se dijo. ¿Le había pertenecido en algún momento? ¿Era siquiera su hijo aquel cuerpo consumido?

Una enfermera no tardó en aparecer.

—Hola, Tía. ¿Duerme? —preguntó, alegremente.

—Sí —contestó Parvathi.

La enfermera miró a su paciente inmóvil y luego, rápido, le echó un ojo de soslayo a la mujer sentada en silencio en la silla. Parvathi le devolvió la mirada, impasible. Con un gesto expeditivo, la enfermera corrió las cortinas que rodeaban la cama y los anillos emitieron un susurro al correr sobre la barra metálica. A continuación, cogió la muñeca del paciente entre los dedos de manera profesional.

—Lo siento, Tía, pero su hijo ha fallecido.

Parvathi asintió y la enfermera estiró la sábana sobre la cabeza serena. Eso fue todo.

Parvati se detuvo en la entrada del hospital. El sol tenía color de *ghee*. Una nutrida bandada de palomas alzó el vuelo sobre su cabeza. Observó sus alas agitadas, grises, negras, marrones y blancas, y pensó que parecían muy alegres. Puso un pie en la calzada y un coche se detuvo de un frenazo. El corazón le dio un vuelco. Se volvió hacia el rostro sonrojado del hombre chino que le gritaba.

—*Loo mau mati kah* —le espetó el hombre con grosería.

O lo que en malayo comercial sería: «¿Es que quiere morir?».

Al llegar a casa, evitó a Maya, quien estaba con sus pacientes de la tarde, y entró sin que la vieran en la habitación en penumbra de su hijo. Sentada en la cama, repasó sus pertenencias. Apenas había acumulado nada a lo largo de la vida. Ningún libro, cuatro piezas de ropa, un encendedor de plástico, un peine, accesorios de afeitado, cosas sueltas y una cartera. Se quedó mirando la vieja cartera. Aplastada, conservando la forma de su cuerpo, aquel objeto le devolvió a Kuberan. Con tiento, alargó la mano, primero para tocarla y luego para acariciarla. La cogió y la apretó contra la piel desnuda de la barriga. Al final, la abrió.

Había una fotografía: Kuberan, cuya vida disipada empezaba a dejarse notar alrededor de la barbilla y la boca, aunque conservando su atractivo, sostenía en brazos a una niña de pelo oscuro de unos cuatro o cinco años.

Era imposible reconocer a Kuberan en aquella niña tan blanca, descarada y extranjera, y aun así supo sin atisbo de duda que se trataba de su nieta. Le dio la vuelta a la fotografía, pero no había nada escrito. Tampoco había dejado pistas entre el resto de sus cosas.

No obstante, había quedado tan fascinada al descubrir que su hijo había dejado aquella prueba de su vida secreta, que podría haber destruido con tanta facilidad, para que ella la encontrara (mientras que ella había enterrado todo lo pudiera estar relacionado con su propio pasado furtivo), que no se sintió ofendida porque hubiera decidido no hacerla partícipe de la dichosa existencia de una nieta. Kuberan sabía cuánto le hubiera alegrado saber lo de la niña. Había pocas posibilidades de que llegara a conocerla, pero en algún lugar su sangre pervivía y por eso mismo le perdonó aquella última traición.

—*Mami*, ya sé que su hijo ha muerto, pero no ha de preocuparse de quién encenderá su pira funeraria. Yo mismo la enviaré junto a su Dios —dijo su yerno.

—¿Sabes, Rubini?, yo también tuve problemas para engendrar hijos hasta que Maya me llenó el cuerpo de hierbas medicinales y me hizo fértil. ¿Querrías que te ayudara a ti también?

—le dijo la mujer a su hija cuando esta se acercó y le tocó ligeramente el hombro.

Las preciosas mejillas de Rubini se volvieron carmesí.

—No, no, todo se arreglará por sí solo —contestó esta, apartando la vista.

13 de mayo de 1969

Bala entró en la casa de las mujeres como una exhalación, llevando un saco abultado a la espalda.

—Han empezado las peleas —anunció casi sin resuello, dejando la carga en el suelo—. Los malayos están matando chinos a machetazos en las calles de Kampung Baru. Ha habido muchas muertes y se espera que haya muchas más. Les han prendido fuego a las tiendas y a las casas y los antidisturbios y el ejército... —De pronto se interrumpió—. ¿Dónde está Maya? —preguntó.

Parvathi estaba tan aturdida que tardó unos segundos en recobrarse y contestar.

—Está fuera, ahí atrás.

—Gracias a Dios. Temía que hubiera salido a algún sitio a buscar hierbajos o raíces. Rubini está a salvo en casa, pero he venido un momento a traerles esto. —Señaló el saco con un breve gesto de cabeza—. Provisiones. Quién sabe cuánto durarán los disturbios y los asesinatos.

—¿Cómo ha pasado todo tan de repente? —preguntó Parvathi.

—Nadie se lo explica todavía. Mañana intentaré averiguar algo más. Por ahora, quédense en casa y no le abran la puerta a nadie —le advirtió antes de irse.

Ese mismo día, hacia las ocho de la tarde, el toque de queda se había hecho extensible a todo el estado de Selangor, pero

Bala, vestido de negro de la cabeza a los pies, lo violaba cada noche para lanzarse calle abajo, amparándose detrás de coches aparcados y setos, para poner a las mujeres al día de los incidentes de los que no se informaba, de los cuales él se enteraba a través del boca a boca. Historias atroces sobre ametralladoras que abrían fuego contra la población civil, cuerpos que flotaban en los ríos, niños asesinados y morgues tan abarrotadas de cadáveres que no les quedaba más remedio que meter en bolsas de plástico a los últimos que les llegaban y colgarlos de ganchos en el techo.

El 15 de mayo, el rey proclamó el estado de emergencia nacional. Se suspendió el Parlamento y el ejército salió a las calles con todos sus efectivos. Parvathi y Maya se atrincheraron en casa delante de la radio y escucharon que el primer ministro achacaba los altercados a los terroristas comunistas.

Dos días después, las noches seguían iluminadas por las casas y los coches en llamas cuando Bala llegó para informarles de que el problema, en realidad, no tenía nada que ver con los comunistas, sino con los resultados electorales. El partido en el poder había perdido muchos votos a favor de la oposición y aquel era su modo de defenderse.

—Por toda Malasia, los jóvenes malayos llevan brazaletes blancos para demostrar su alianza con la muerte y blanden afiladas lanzas de bambú para avisar de su intención de aniquilar a los chinos o, para el caso, a cualquiera que intente arrebatarles el poder político.

—No, aquí pasa algo raro —dijo Maya—. Están dibujando a los amables malayos como un atajo de incontrolables, pero el verdadero malayo es un hombre cumplidor de la ley, que detesta el vandalismo. Cierto, puede comportarse como un loco cuando se deja arrastrar por la pasión, pero esta cuidada organización de bandas de matones con brazaletes que actúan al mismo tiempo en distintas partes del país tiene más pinta de intriga política. Aquí hay alguien que mueve los hilos. El partido del gobierno está utilizando a la población malaya para recuperar su posición política dominante y, al mismo tiempo, para echar al *Tunku* del poder. —Guardó silencio unos instantes—. Busca quién acabará concentrando todo el poder y encontrarás al responsable de esta masacre.

El estado de sitio se levantó dos horas al día para que la gente pudiera ocuparse de sus asuntos, momento que Bala aprovechaba para llevarles más provisiones y la anécdota del día, como que un pollo había causado el pánico en el Mercado Central al escaparse de una cesta y la gente había echado a correr en todas direcciones, o la noticia de que los líderes seguían culpando a los comunistas a pesar de que casi todos los muertos eran chinos.

A los pocos días, Bala le dio la razón a Maya: se trataba de un golpe de Estado. El primer ministro, Razak, había utilizado el estado de emergencia no solo para imponerse como líder indiscutible, sino también para legalizar el gobierno malayo.

—Parece ser que estamos perdidos. Ahora pueden usar sus dos tercios de mayoría para modificar la Constitución a voluntad y dictaminar políticas racistas y discriminatorias con que acallar a quienes no sean malayos y dar predominancia al dominio de su etnia —dijo Bala.

Maya sonrió, tranquila.

—La hegemonía malaya no tiene nada de malo. Después de todo, estaban aquí antes que los chinos y los indios.

—En realidad, los primeros fueron los aborígenes —le recordó Bala, malhumorado.

—Hijo, ¿dónde has visto tú que un pueblo indígena que vista sarongs de corteza de árbol acabe siendo dueño de su tierra? A pesar de la conexión que los une, no poseen el más mínimo deseo de administrarla. Da gracias de que sean los malayos los que dominen este país y no los chinos. Es una cuestión de tolerancia. Los malayos no encuentran nada desdeñoso en la piel oscura, la llaman *hitam manis*, dulce negro, es casi una expresión cariñosa. Los chinos, quienes reverencian la blancura, ven a alguien de piel oscura y lo llaman *hak sek*, negro, un color que relacionan con la suciedad, la oscuridad y la humildad.

Sin embargo, Bala llegó al día siguiente visiblemente preocupado. Le había llegado el rumor de que unos indios habían aceptado dinero para llevar a cabo un acto tan despreciable como arrojar excrementos a una mezquita.

—¿Cómo pueden ser esos indios tan idiotas y hacer el trabajo sucio de los chinos? Seguro que se han vendido por un poco de alcohol barato —se lamentó, hecho una furia—. ¿Es que no tienen amor propio? ¿Es que no ven que no solo se deshonran a ellos mismos, sino a toda la comunidad? Ni siquiera es nuestra guerra, pero ahora los indios de este país sufrirán las consecuencias del acto vergonzoso de unos pocos. Idiotas. Malditos idiotas.

—Sí, hoy es un día aciago para los indios —admitió Maya—, nunca se los habrá considerado más despreciables que ahora. De hecho, si ya antes carecían de poder político o económico, ahora incluso carecen de dignidad. Aun así, no olvides que han llegado a este punto porque, de tantas veces que se les ha repetido que no valían para nada, han llegado a creerlo. Por eso mismo seguirán siendo barberos mientras los chinos se establecen como peluqueros que ganan diez veces más. Y si no les da por las tijeras, se contentarán con trabajos de baja categoría como el de barrendero, mantenedor de lavabos públicos o jardinero. Pasarán décadas y todo seguirá igual. Incluso el líder escogido para representar y proteger los derechos de los indios oprimirá y robará a los más pobres. En los estados del caucho habrá comunidades de indios marginados que vivirán en la miseria, como ratas, a los que se les negará hasta el derecho más elemental.

»La situación de los indios llegará a ser tan lamentable que nacer dentro de dicha comunidad en este país equivaldrá a vivir lleno de vergüenza y odio hacia uno mismo. Todo el mundo los mirará por encima del hombro: morenos, sucios, ignorantes, pobres; en suma, pordioseros. Convencidos de su demérito, considerarán que los demás pueblos son superiores y siempre preferirán servirlos a ellos antes que a los suyos.

»Sé que lanzar excrementos contra un lugar de culto es ruin e inexcusable, y tienes todo el derecho a estar enojado por la vergüenza con que te han cubierto, pero espera y llegará el día en que esos mismos indios aprenderán que el color de la piel no los convierte en inferiores y que todos aquellos que han intentado hacerles creer lo contrario, mediante palabras u hechos, se equivocan. Ese día aprenderán a templar su naturaleza apasionada (pues los indios reciben especias a través de la leche materna) y la utilizarán con inteligencia y astucia para alzarse de nuevo. En el fondo, los indios son luchadores natos.

Pese a todo, Parvathi mantuvo la mirada en el suelo para que nadie sospechara su desacuerdo. Ni por un momento había dudado de las palabras de Ponambalam Mama y creía que hubo un tiempo en que los indios eran hombres dignos de admiración; no obstante, no conseguía imaginar cómo iban a volver a emerger de la sima en la que habían caído.

La resplandeciente

Parvathi molió los ingredientes en un mortero, los envolvió con cuidado en una hoja de betel, se lo metió a Maya en la boca y miró cómo lo masticaba lentamente.

—Cuando mi alma me llame a su lado, no debes llorar —dijo Maya, de pronto.

—Lo intentaré —contestó Parvathi, acariciando con ternura la cabeza gris que descansaba en su regazo.

—No, tienes que prometerme que no llorarás.

Los ojos de Maya eran dos pozos de agua cristalina.

—De acuerdo, te lo prometo.

Oscureció y la luz del televisor se volvió azulada.

—Será mejor que vaya a encender la lámpara del altar —dijo Parvathi, poniendo un cojín debajo de los pies de Maya y tapándola con una manta.

Una vez la hubo encendido, volvió a la cocina para preparar huevos revueltos. Cuando la mantequilla comenzó a chisporrotear, arrojó los huevos batidos en la sartén.

A continuación, calentó un poco de leche en un puchero. Empezó a llover y le vinieron recuerdos de los cocoteros de la playa, agitados por el viento huracanado. Todo ocurría durante la estación de las lluvias. En el salón, daban las noticias. Vertió la leche en una taza, con cuidado, y la puso en la bandeja, junto a los huevos.

Siempre había tenido un oído muy fino, pero ese día creyó

que estallaba un trueno cuando la lámpara de latón golpeó el suelo. Acudió corriendo a su dormitorio. Maya estaba postrada a los pies de la cama, hacia el altar, con las manos extendidas sobre la cabeza. Podría haberse encontrado rezando de no haber sido por el aceite de la lámpara derribada que rápidamente se extendía por sus ropas. Parvathi se arrodilló junto a ella, movió uno de aquellos brazos enormes y la cabeza de Maya se venció hacia el suelo. Con suma delicadeza, sujetó la cara inerte con una mano y volvió a dejarla como estaba.

Sin embargo, cuando intentó moverle las piernas, descubrió que pesaban demasiado. Fue a buscar toallitas de papel y consiguió limpiar casi todo el aceite. Luego se dirigió al salón. La verja ya estaba cerrada, de modo que corrió las puertas deslizantes de madera y echó la llave. Apagó las luces, fue al armario de la ropa de cama y sacó varias mantas que extendió junto a Maya, para hacerse una cama. Tocó los dedos de la mujer muerta, manchados de tinta de las hojas de nim, y sacudió la cabeza.

—Te has ido tan pronto… —susurró, y se acurrucó junto a su mejor aliada por última vez—. ¿Ves?, no he llorado. Ahora dormiré un poco. Bala se ocupará de todo por la mañana. Es un buen hombre.

—*Mami*, no puede vivir aquí sola —dijo Bala cuando fue a hablar con ella después del funeral—. No es seguro y Rubini no pega ojo. Ya sabe cómo se pone con todo lo que tenga que ver con usted. En cualquier caso, ya lo hemos hablado y cuando se terminen los treinta y un días de oraciones, queremos que venga a vivir con nosotros. Al fin y al cabo, tenemos cuatro dormitorios libres. —Bala sonrió—. Además, será un verdadero placer tenerla viviendo con nosotros.

Parvathi lo miró a aquellos ojos bondadosos. Su yerno era como una roca: tenía una fuerza, paciencia y determinación inquebrantables. Se sintió invadida por una cálida y reconfortante gratitud. Además, sabía muy bien qué podía hacer por él: se mudaría a su casa y le cocinaría. El hombre llevaba veinte años fingiendo que adoraba los platos incomibles de su mujer. Ya era hora de que le dijera la verdad a su esposa y de que aquel pobre hombre comiera algo digno para variar.

—Creo que preferiría instalarme en la despensa que tenéis debajo de la escalera y, si pudiera ser, me gustaría llevarme el escaño de Maya.

—¿En la despensa?

—No creo que pudiera subir y bajar todos esos escalones a diario, Bala —dijo.

—No, claro. ¡Por favor, cómo no va a poderse traer el escaño de Maya!, pero no voy a permitir que duerma en la despensa.

Treinta y un días después se fue a vivir a la despensa de Bala y Rubini. El escaño de Maya cabía a la perfección. Después de haber visto con qué tranquilidad se había ido Maya, ya no temía a la muerte.

Sin Maya

Mientras Rubini estaba en el orfanato, Parvathi cocinaba, y cuando Bala regresaba al mediodía, después de impartir clases particulares, comían juntos. A Bala parecía hacerle ilusión el poder compartir aquella hora con ella. Tenían una relación fluida, muy distinta al campo de minas en que se había convertido el matrimonio del hombre. Con el paso de los meses, Parvathi se percató de que nunca se tocaban, aunque era muy evidente que Bala estaba profundamente enamorado de su esposa y que esta se preocupaba por él mucho más de lo que estaba dispuesta a admitir. Cuando Rubini estaba en casa, siempre se respiraba una ligera tensión en el ambiente, una opresión que se derivaba de los conflictos emocionales no resueltos. Si por lo menos Rubini bajara la guardia en algún momento, el pobre Bala no tendría que convertirse en una sombra y deambular por la casa sin hacer ruido.

Sin embargo, durante la hora de la comida, Bala era una fuente de información. Las anécdotas a veces eran divertidas; otras, tan confusas que Parvathi se preguntaba cómo y cuándo habían llegado hasta él, y aún otras tan importantes que le sorprendía que no lo supiera más gente. Tras las largas sobremesas, Bala regresaba a sus clases particulares y ella empezaba a preparar el té, que luego se tomaba con su hija. Un momento fugaz y silencioso, en comparación con las charlas con Bala, aunque no incómodo. Después, Rubini desaparecía escalera arriba para trabajar. Le gustaba llevarse a casa lo que ella llamaba proyectos: sus planes para los huérfanos. Parvathi se entretenía un rato trabajando en el jardín antes de empezar a preparar la frugal cena familiar, que casi siempre despachaban en silencio. Si hablaban, era para intercambiar algún que otro comentario sobre asuntos cotidianos, pero jamás tocaban ningún tema de importancia. De cuando en cuando, Bala encendía el televisor y un completo silencio se instalaba en el pequeño grupo. Después, Rubini fregaba los platos y Parvathi dejaba sola a la pareja lo que quedaba de velada y se retiraba a su habitación.

La despensa era muy pequeña y estaba escasamente amueblada, pero así era como le gustaba. Había algo eterno e inmutable en aquella paz penumbrosa. Como los rostros de los pescadores de cualquier parte del mundo, curtidos por los elementos. El tiempo no importaba. La luz de la farola se colaba a través de la alta ventana e incidía directamente sobre la estatua de la serpiente, que desprendía una bondad protectora. Parvathi se sentó en la cama y recordó la impaciencia que la invadía de joven cuando se detenía junto a la ventana y observaba las idas y venidas de la gente que iba al cine. Ahora que su cuerpo había dejado de ser joven, el pelo se le había vuelto cano y su impulso sexual había ido refinándose hasta la inexistencia, había aprendido a disfrutar de la soledad y el vacío de su vida. Al final, los barrotes que retienen al reo acaban resultándole indispensables.

Cada noche, Parvathi regresaba impaciente a aquellas horas crepusculares. Sola, en aquel silencio sosegado y semioscuro, solo tenía que cerrar los ojos y un mundo resplandeciente e irrecuperable afluía a ella de nuevo. Su madre peinándola. Maya llamándola. Kupu bajo la luz suave de la mañana, rodeado de pájaros de colores. Hattori, en el balcón, temiendo la llegada del alba. Y esas figuras fantasmagóricas no solo se volvían para sonreírle, no, también se movían, a veces incluso corrían hacia ella, con el rostro iluminado. Cuando los tenía al alcance, los atrapaba entre sus brazos enclenques y los sujetaba con fuerza con la intención de retenerlos para siempre, junto a su corazón. De aquel modo pretendía pasar el resto de sus días, en su mundo secreto y nebuloso, olvidando que una vez le había preguntado a Maya cuál era su misión, dado que todos veníamos al mundo con una. No había hecho nada. En sus últimos minutos de vida, ¿de qué iba a sentirse orgullosa? Y que esta le había contestado: «Da, llegará el día en que inspirarás a alguien para que haga algo por los indios de este país. Devolver el orgullo a un pueblo hecho añicos es un largo proceso».

Treinta y cinco años después

Hindraf

Kuala Lumpur, diciembre de 2007

Han traído a una niña nueva, uno de esos niños mongólicos —estaba comentando la cocinera cuando Rubini entró por la puerta—. No deja de asombrarme lo cruel que puede llegar a ser la gente. Después de que la madre de la pobre criatura muriera hace cuatro años, su tío la tuvo encadenada a un poste como si fuera un perro para reclamarle dinero a la abuela, pero la anciana murió la semana pasada y el tío ha abandonado aquí a la niña esta misma mañana. Pobrecita. Creo que ha debido de pegarle tanto que la ha dejado sorda de un oído.

Rubini recorrió el estrecho pasillo donde los niños depositaban las carteras y los zapatos. La vio junto a la puerta del despacho de la madre Moses, apenas una criatura, agachada de cuclillas en el suelo a pesar de las sillas vacías que tenía detrás. Llevaba el pelo enmarañado y un vestido lleno de lamparones. Tenía los brazos y las piernas llagados. La niña volvió la cabeza con un gesto extraño al oír los pasos, pero cuando vio a Rubini, abrió los ojos oscuros de par en par, atónita, y una enorme e intrigante sonrisa se dibujó en la cara redonda y sucia.

—¡Abuela! —gritó, radiante.

Ay, corazón, ¿qué voy a hacer contigo?, pensó Rubini. Se agachó a su lado. La niña olía mal. De pronto, aquella pobre infeliz que se había pasado cuatro años encadenada a un poste lanzó sus bracitos al cuello de Rubini y preguntó:

—¿Has venido para llevarme a casa?

Rubini le soltó los brazos y sacudió la cabeza lentamente. La niña la miró sin comprender y la mujer acercó la boca al oído malo de la criatura.

—No puedo. Siempre pierdo las cosas que amo y sé muy bien que no podría soportar perder algo como tú —le susurró.

La niña se apartó de ella, aún más desconcertada que antes. Sin venir a cuento, sonrió de oreja a oreja, abrió la mano y le enseñó una abeja muerta. Rubini sintió una oleada de emoción desconocida, tan irreprimible que la impactó. Se incorporó y cruzó el pasillo con paso apresurado para salir al porche bañado de luz. Atravesó la verja y siguió calle abajo, sin detenerse.

Sería muy complicado cuidar de ella. «No, no es cierto», dijo una voz en su cabeza. Pero ¿y todo el trabajo que conlleva?, sería injusto para una madre adoptiva. La vocecita se mofó: «¿Por qué? Obviamente, cuidarías de ella cuando estuvieras en casa y te la llevarías contigo al trabajo». Podría perturbar la paz y el silencio de Bala. «Mentirosa, embustera, sabes de sobra que quedará prendado de la niña. Adora a los niños.»

Rubini se detuvo en seco.

—No —sentenció, con tanta contundencia que la voz supo que la discusión había quedado zanjada.

Dio media vuelta y regresó al orfanato.

Parvathi estaba en el fregadero, escurriendo el exceso de agua de una olla de arroz hervido, cuando Bala entró en la cocina.

—¿Quiere que la ayude? —preguntó, acercándose a ella, pero Parvathi sacudió la cabeza y, medio volviéndose hacia él, vio que el hombre estaba tan emocionado por algo que apenas era capaz de contenerse.

Dejó la olla caliente en el fregadero y apoyó la espalda contra el escurridero.

—¿Qué ocurre?

Bala se dejó caer en la silla más próxima, distraídamente.

—¿Recuerda que hace mucho tiempo, durante los altercados del 13 de mayo, Maya dijo que los indios de este país resurgirían de nuevo? —Parvathi asintió con la cabeza—. Pues bien, aunque entonces no dije nada, tenía mis dudas, muchas, pero ¿sabe qué? Creo que Maya podría tener razón.

—Ah —musitó Parvathi, sentándose a su lado.

—Al principio, no relacioné los distintos acontecimientos que han venido teniendo lugar con lo que dijo. Una organización llamada Hindraf ha presentado una acción popular en nombre de los indios malasios frente al Tribunal Real de Justicia de Londres para demandar al gobierno británico por cuatro trillones de dólares estadounidenses, es decir, un millón por cada indio malasio, por llevar a Malaca indios como mano de obra contratada a largo plazo de cumplimiento forzoso, por explotarlos y, tras la concesión de la independencia, por no proteger sus derechos en la Constitución Federal.

»Tenían pensado presentar una petición ante la reina de Inglaterra para que mediara en la designación de un abogado de prestigio que defendiera el caso. Habían organizado una enorme concentración pacífica para ir a presentar la petición ante la embajada británica, pero la policía les denegó el permiso. A pesar de las amenazas del gobierno, publicadas en todos los periódicos, se presentaron más de veinte mil indios venidos de todos los rincones de Malasia. Llevaban imágenes de Mahatma Gandhi para demostrar el carácter pacífico de la manifestación, pero cinco mil antidisturbios les lanzaron gas lacrimógeno y les dispararon con cañones de agua con productos químicos. Se han llevado a cabo muchos arrestos y el primer ministro ha firmado personalmente las órdenes para encarcelar a los cabecillas, pero he decidido unirme a su causa.

Esa noche, cuando Rubini llegó a casa, escuchó embelesada mientras Bala repetía rápidamente lo que le había contado a Parvathi, hasta que oyó que su marido quería unirse al movimiento y desfilar con ellos.

—No lo dirás en serio, ¿verdad?

—¿Por qué no? Cuando Maya decía aquellas cosas sobre los indios y su autoodio, yo siempre pensaba: «Sí, cómo no va a ser así, si hasta yo he visto cómo los miran a veces los demás», y he intentado distanciarme diciendo que en realidad no soy indio, sino ceilandés. Sin embargo, Maya tenía razón, solo hay que escarbar un poco para descubrir que escondes a un humilde indio en tu interior. Sí, yo también creo que los chinos son mejores que nosotros. Siempre he admirado lo disciplinados que son, su industria, su determinación, su capacidad para postergar el placer en la consecución de sus objetivos y, aunque odio admitirlo, la blancura de su piel. Cuando se nace en un país bañado por un sol abrasador, se está condenado a perseguir aquello que suele ser excepcional: la blancura.

»Pero el pasado jueves iba conduciendo por Abdullah Street cuando vi a una niña india en el jardín delantero de su casa, arrancando flores para su altar. En una mano llevaba una bandeja metálica y en la otra una sombrilla, seguro que para no ponerse más morena, de modo que solo alcanzaba a verle las manos y las piernas. No era de esas personas cuya piel varía de tonalidad, no, era sencilla y uniformemente morena y, no miento, el moreno más homogéneo que haya visto nunca. De pronto descubrí que en el cáliz envenenado está el vino consagrado. Por primera vez en mi vida pensé: "Dios mío, el moreno es bello".

Bala se inclinó hacia delante llevado por la pasión.

—Siempre me ha gustado que tuvieras la piel tan clara y, evidentemente, no te cambiaría en lo más mínimo, pero ahora sé que estaba equivocado. La piel oscura puede ser la cosa más hermosa del mundo porque habla de un corazón que, a pesar de los prejuicios, supo dulcificarse y volverse compasivo. Habla de una persona que todavía desprecia el color de su piel, de alguien que, ante una alternativa, ha de aprender a escoger el moreno por voluntad propia, porque no es inferior a ningún otro color. Imagina que eres la persona encargada de enseñárselo. Imagina qué cara pondrá cuando lo descubra.

»Verás, ahora sé que los demás no tienen la culpa de que nosotros no levantemos cabeza, la culpa la tiene el creernos mentalmente inferiores. En los demás se refleja lo que, en nuestro interior, pensamos de nosotros mismos. Una madre cree que ayuda a medrar a su hijo cuando le dice que se fije en los chinos y en su prosperidad, que intente ser como ellos. Esa madre no comprende que, en realidad, lo que su hijo oye es: "No eres como ellos. Finge lo que no eres, porque lo que eres no sirve para nada".

»Pese a todo, como dijo Maya, había de llegar el día en que los indios despertarían, y ese día ya está aquí. Los indios salen en masa a las calles conscientes de que pueden acabar arrestados, heridos o muertos.

»El gobierno ha estado promoviendo el odio racial ex profeso con su política de divide y vencerás, pero durante la manifestación, los magullados y los heridos corrieron a las casas que tenían más cerca. Estaban en un barrio malayo y todos les ayudaron. Los malayos no son nuestros enemigos. Podemos hacerlo si nos mantenemos unidos.

Rubini se tapó la boca y se dio media vuelta.

—No me des la espalda, Rubini. No lo hago solo por los indios oprimidos, también lo hago por mí. Necesito formar parte de este cambio. ¿Recuerdas que Maya decía que todos habíamos venido a este mundo para cumplir una misión específica, una misión que solo nosotros podíamos llevar a cabo a nuestra manera, única y personal? Pues para esto estoy aquí. Llevo toda la vida preparándome para esto, para enseñar a los demás a cambiar la manera de pensar. También lo hago por los niños del orfanato. Por su futuro. ¿No querrías que las cosas cambiaran para ellos?

Rubini cerró los ojos con fuerza y no respondió.

—No, claro, ¿cómo vas a entenderlo? No sabes qué es odiarse a uno mismo. Siempre has tenido la piel clara y has sido guapa. Allí donde ibas, los hombres te admiraban por tu belleza y las mujeres escudriñaban de soslayo la ropa, los bolsos y los zapatos que llevabas. Puede que parezcas más euroasiática que india, Rubini, pero esa gente es tu gente.

—¡Un momento! —lo interrumpió Rubini, con vehemencia—. No me avergüenzo de mis raíces, pero ¿acaso no acabas de decir que el gobierno está utilizando gas lacrimógeno y disparando cañones de agua con productos químicos contra los manifestantes? ¿Y que si no mueren en los enfrentamientos, acaban en prisión acusados de ser terroristas? ¿Es que no te importa lo que pueda pasarte? ¿Y si te pasara algo? Entonces, ¿qué?

Bala sacudió la cabeza, frustrado.

—Rubini, tú eres mi día, mi noche, mi bien y mi mal. Tan cierto como que me tienes delante, tú lo eres todo para mí y siempre lo has sido, pero solo te pido que por lo menos intentes comprender que debo hacerlo. No soy más que un hombre, pero si puedo cambiar a mi gente, estoy dispuesto a dar mi vida por ello. Es una buena causa. Ellos me necesitan; tú, no —añadió con tristeza.

Rubini se levantó de manera tan brusca que la silla cayó hacia atrás. Estaba pálida. Abrió la boca, pero no consiguió articular ningún sonido. En realidad, daba la impresión de que le faltara el aliento. Cuando las palabras por fin acudieron a sus labios, las pronunció en un tono áspero y estridente muy poco habitual en ella.

—Crees que eres el único que lo sabe todo sobre el odio hacia uno mismo. Crees que a mí no me afecta. Abre los cajones de mi tocador y los encontrarás llenos de cremas blanqueadoras. Todos, absolutamente todos los indios están obsesionados con el tono de su piel. Somos capaces de distinguir hasta la más mínima diferencia de matiz, y todas ellas importan. Un entretenimiento cruel que lastima, porque es una hoja de doble filo, porque siempre habrá alguien más blanco que tú, y aun así nos entregamos a ello y de manera regular. Esperamos y caemos sobre aquellos de piel más oscura que la nuestra para volver a sentirnos mejor mientras fingimos haber olvidado que, para los demás pueblos, siempre seremos negros.

Parvathi recordó que una vez se había arrodillado delante de una imagen de Krishna y le había implorado: «Tienes la piel oscura y todo el mundo te ama. Yo soy morena, pero incluso mi marido me desprecia. ¿Por qué, señor, por qué no habré nacido blanca?».

Bala estaba tan sorprendido que se quedó mirando atónito los ojos encendidos de su mujer. Sin previo aviso, las lágrimas comenzaron a rodar por las tensas mejillas de Rubini. Su marido no lloraba. Ni siquiera en los funerales. Bala parpadeó. Rubini lo era todo para él. No podía soportar sus lágrimas.

—De acuerdo —musitó en un susurro—. No llores, por favor, no llores. No me uniré a ellos, ni iré a las manifestaciones.

Al oír aquello, a Rubini se le descompuso el rostro.

—Siento mucho pedirte algo así, pero no podría soportar que…

Incapaz de terminar la frase, permaneció inmóvil en medio de la habitación, triste y desolada. Bala hizo el ademán de acercarse a ella para abrazarla y consolarla, pero Rubini dio un respingo y corrió escalera arriba. La oyó encerrarse en el baño y abrir los grifos. Con pasos lentos, propios del anciano que era, Bala salió al jardín trasero. Parvathi estaba en el balancín. El hombre se acercó y se sentó a su lado, con la mirada perdida. Con delicadeza, Parvathi depositó una mano en el brazo de su yerno.

—Ya sabes cómo es.

Él asintió con la cabeza, sin atreverse a contestar, pues sospechaba que si abría la boca, se vendría abajo.

—Todavía puedes ayudar al movimiento. Estoy segura de que necesitan asistencia financiera o gente con conocimientos administrativos en sus oficinas. Con tu preparación, estoy convencida de que serás de mayor ayuda tras un escritorio.

Él volvió a asentir con la cabeza.

—Hay otra razón por la que quiero unirme al movimiento —admitió Bala al cabo de un largo rato en que ambos habían guardado silencio—. Ya sabe que no creo en árboles que sangran y cosas por el estilo, pero sí en que la religión es un derecho. Quería unirme al movimiento para sacar a la luz la política encubierta de destrucción de templos que el gobierno está llevando a cabo. —Hizo una pausa tan larga que Parvathi se volvió para mirarlo—. Las excavadoras entraron ayer en el templo de Kupu —dijo al fin.

—¿Qué? ¡Cómo han podido! Esa tierra era mía y yo se la legué a Kupu. No tenían derecho.

—Dijeron que había sido adquirida de manera ilícita. Por lo visto, los papeles no estaban en regla.

—Las escrituras originales se quemaron en el incendio, pero ya me encargué de eso hace años.

—Sí, pero por lo visto no queda muy claro si se encontraba dentro de los límites de la propiedad de Kasu Marimuthu.

—Estoy segurísima de ello. Nadie le tomaba el pelo a mi marido. Si él dijo que estaba en sus tierras, estaba en sus tierras.

—De todas formas, se justifican diciendo que tan pronto como quedó probado que la propiedad acogía un hallazgo de importancia nacional, las autoridades pertinentes deberían haber sido avisadas. Una excusa como otra cualquiera. No es el primero. Miles de templos han aparecido pintarrajeados, se han incendiado misteriosamente o los han destruido con excusas rocambolescas. Demolieron uno de ciento veinte años de antigüedad para construir una comisaría y, diecisiete años después, el terreno sigue siendo un solar sin edificar. Desmantelaron otro y lo reubicaron junto a una planta de tratamiento de aguas residuales. La falta de respeto ha alcanzado cotas intolerables.

Parvathi apartó la mano del brazo de Bala.

—Maya dijo una vez que un pueblo necesitaba de sus mitos y sus tradiciones para prosperar. Necesita saber que por sus venas corre la inteligencia y la fuerza de sus antepasados, una herencia que le proporciona la plataforma desde la que lanzarse al mundo. Tanto chinos como indios pueden presumir de una larga e ilustre historia nutrida de antepasados descubridores de grandes inventos, fundadores de nuevas religiones y conquistadores de tierras extrañas. Los malayos, no. El único modo en que un malayo puede sentirse superior a otros pueblos es considerándolos impíos.

»El hinduismo está presente en todos los aspectos de la cultura malaya. Solo hay que mirar una boda tradicional malaya para descubrir hasta qué punto la influencia india ha quedado asimilada en sus tradiciones y costumbres. Es difícil cambiar una cultura, es mucho más fácil destruir un templo antiguo que sugiera un pasado infiel. Desde su punto de vista, no cometen ningún crimen al destruirlos. ¿Acaso no ordenó el profeta que todo buen musulmán tenía el deber de reducir a polvo cualquier ídolo que se alzara en su camino?

Bala tenía un aire pensativo.

—Ya me conoce, no soy mucho de templos ni religiones, pero hace tiempo que vengo notando que las autoridades han empezado a reescribir la historia a través de los libros de texto escolares y a vaciar el museo nacional de «obras ajenas al patrimonio cultural nacional», y la demolición del templo de Kupu me afectó profundamente.

—Sí. Maya decía que la destrucción del templo traería un gran cambio y Kupu siempre supo que su edificio no duraría, su misión no era la de fundar una religión nueva, sino otra, más alta. Tal vez la destrucción del templo estuviera destinada a infundir en el alma india la certeza de que posee una cultura y una idiosincrasia que merecen ser conservadas. Quizá, en vez de envidiar a los demás pueblos, por fin aprenderemos a apreciar y a valorar nuestra trascendencia. Se nos ha enseñado a despreciar el color de nuestra piel, pero valemos mucho. Esto solo será el principio.

Cuando oscureció, Bala se levantó y le tendió la mano a su suegra. Parvathi la aceptó y, juntos, entraron en la casa sumida en penumbra.

Fin

Parvathi contemplaba el cielo azul a través del ventanuco de su habitación cuando Rubini llamó a la puerta con suavidad y entró. Muy rígida, como si tuviera las articulaciones de madera, se acercó al camastro y observó la figura enroscada alrededor de una bolsa de agua. Había sido una noche muy fría. Tendría que haberle dado otra manta. Ahora ya era demasiado tarde. No la tocó, ni lloró, se quedó de pie, con la espalda recta, junto a la cama. Junto a la ventana, Parvathi admiró a su hija una vez más, maravillada de la capacidad que tenía para parecer imponente y majestuosa aun cuando se le partía el alma.

Al cabo de un rato, Rubini se dirigió al escondite de Parvathi, ese que la anciana creía que nadie conocía, y sacó el paquete envuelto en papel. Lo dejó sobre la cama y empezó a desvestir a su madrastra. Con cuidado y ternura, fue enderezando el cuerpo frío. Huesos, apenas era un saco de huesos. Unas lágrimas —¡vaya!, estaba llorando— cayeron sobre el cadáver de la mujer y, fingiendo que las secaba, acarició el cuerpecillo enclenque, demorando la mano en la única parte que el tiempo no podía ajar. Parvathi oyó decir a su primer marido: «Enséñame los talones».

Al pie del escaño, su hija deshizo el nudo de los cordones con que venía envuelto el paquete. Con delicadeza, con suma delicadeza, como si se tratara de una frágil hoja de papel de seda, extrajo el quimono de su madrastra. Parvathi encontró gran consuelo en que, de todos ellos, fuera su hija quien supiera el secreto. Rubini hizo lo que pudo para vestir a la muerta. Alguien tendría que haberle dicho que el quimono requiere la mano firme de una matrona o de un hombre. No obstante, hasta ella sabía que no podría con el *obi* y ni siquiera intentó ponérselo. Lo dobló y lo dejó sobre la barriga de su madre. Así quedaba bonito. Apoyó la cabeza sobre el pecho de la mujer muerta y por primera vez en su vida la llamó «madre».

—Oh, Ama —sollozaba una y otra vez, como si así pudiera recuperar todos esos años que había estado a punto de decirlo y se había echado atrás por puro empecinamiento.

Parvathi sintió deseos de consolarla, pero carecía de un cuerpo con que hablar o tocar, de modo que permaneció suspendida junto a la ventana, indecisa, hasta que una voz querida y conocida dijo: «Dirige tus pensamientos afectuosos hacia sus sienes». Y así lo hizo. Te quiero, le dijo, y Rubini se enderezó de pronto y miró a su alrededor. A continuación, se llevó la mano al pecho, sobre el corazón, y sus labios esbozaron una leve sonrisa.

Una luz intensa brillaba a uno de los lados de Parvathi, pero Rubini no podía verla, y se volvió hacia el rostro de su madrastra. Parvathi miró directamente la luz cegadora. Estaba allí. Hattori. Callado, sonriente. Había regresado a por ella. Solo era un sueño. Pero había sido un sueño maravilloso.

Al empezar a acercarse a él, vio a los demás esperándola detrás y supo que Maya siempre había tenido razón. «De la dicha los seres nacen, de dicha se sustentan y cuando mueren a la dicha regresan.» Nada se perdía para siempre. Ni maridos, ni hijos, ni amantes. Los llevas contigo. Solo el amor existe más allá de la muerte. Ahora lo sabía. El amor es la única razón de la creación y la existencia.

Bala entró en la habitación y Rubini se lanzó a sus brazos con un gran sollozo. Él la abrazó con fuerza.

—Te quiero —le confesó su mujer con voz entrecortada—. Llevo amándote media vida, pero no sabía cómo decírtelo. Siento que no hayamos vuelto a hacer el amor desde aquella noche. Tenía miedo de volver a perder algo tan valioso para mí, de que me hirieran.

Desconcertado, Bala la besó en la cabeza. Olía a English Roses.

—No te preocupes —dijo—. Lo que he recibido de ti ha sido más que suficiente para mí.

Rubini se apartó de él y miró angustiada aquel rostro tan amado y ajado.

—Siento en el alma que no hayamos tenido hijos, pero si no es demasiada molestia para ti querría traer a casa a una niñita. Se llama Leela. Su tío la tuvo atada a un poste cuatro años.

Bala sonrió de oreja a oreja.

—Creo que a esta casa no le vendría mal una Leela por aquí corriendo.

—Gracias, amor mío. No volveré a interponerme en tu camino nunca más. Adelante, haz de este planeta un mundo mejor. De hecho, puede que incluso te acompañe —dijo, y le sonrió con los ojos llorosos.

Bala la atrajo hacia él. Se había arrancado la última espina del pie. El camino que tenía por delante era llano y de una belleza imponente.

Parvathi se volvió y miró el casete. Por un momento se sintió confundida. No recordaba haber grabado ninguna cinta, pero debía de haberlo hecho puesto que todas estaban usadas y fuera de las cajas de plástico. Entonces lo comprendió: todos habían acabado en Adari por una razón. Maya era la curandera, Kupu era el profeta y ella era la escriba, la encargada de conservar los recuerdos. Había llevado a cabo su cometido y lo había hecho bien. Sonrió.

La luz blanca era cada vez más brillante. En el aire iluminado, Parvathi vio que la forma de la doble hélice que su yerno llamaba ADN era, de hecho, energía serpentina. La base de toda vida. Después de todo, la religión era una ciencia exacta. Menuda sorpresa. Penetró en sus secretos. Eso que llamaban ADN basura no existía. Deseó poder hablarle a Bala sobre la conciencia fecunda y prodigiosa que vivía en el interior del ADN, de los millones y millones de años de recuerdos que contenía cada pequeño y diminuto átomo. Por esa razón, la proteína de una judía podía hacerse humana a través de un cambio en la secuencia del código y amar, odiar, rezar, pecar, destruir, crear, reír, ser feliz, sentir pena, rabia, envidia, placer, desesperación y luchar por lo que era justo. Todo: la enfermedad, la amenaza y los instintos se conservaban para siempre. El destino no era algo cruel y despiadado. Después de todo, los humanos no eran seres frágiles.

Somos seres de luz. Brotamos en vidas donde vivimos por un tiempo cegados a nuestra propia luz, sin saber que todos volveremos a encontrarnos en nuestros regresos, antes de irnos una y otra vez, siempre envueltos en un júbilo inimaginable. Pues nuestra luz es hermosa e infinita.

Colmada de dicha, Parvathi se dirigió hacia los seres luminosos que la esperaban.

Uroboros.
Todo final no es más que un nuevo principio.

Glosario

Abhishekam: baño hindú de ídolos sagrados.

Ama: madre, señora.

Apa: padre.

Apam: crepe dulce hecha con harina de arroz.

Arathi: rito por el cual se hace girar delante de una deidad o una persona un recipiente con alcanfor encendido, en el sentido de las agujas del reloj.

Asura: demonio.

Bhagavad Gita: la Canción del Señor; escritura sagrada hindú, parte del poema épico *Mahabharatha*.

Dei: modo grosero de dirigirse a un niño o a un hombre.

Devas: semidioses celestiales.

Dhobi: lavandero.

Dothi: prenda blanca drapeada que suelen utilizar los hombres sobre el cuello y los hombros.

Faquir: asceta que vive de limosnas.

Ghee: mantequilla clarificada.

Hantu: fantasma, demonio.

Jambu: fruto local.

Kajal: kohl, perfilador de ojos.

Karma: deber. También efecto de las acciones de una persona en vidas anteriores.

Kasu: dinero.

Kempetai: policía secreta japonesa.

Kolumbu: curry.

Ladhu: bolas dulces de colores hechas con harina de lenteja y almíbar fritos.

Laksmi: diosa de la belleza y de la buena suerte.

Lidi: escoba hecha con las espinas de las hojas de cocotero.

Mama: tío.

Mami: mujer casada, tía o tratamiento respetuoso que se aplica a las mujeres de cierta edad.

Muram: bandeja plana trenzada, generalmente redonda, que utilizan las mujeres para separar los granos de arroz de las piedras y las cascarillas.

Muruku: fritura a base de harina de arroz.

Panchangam: almanaque.

Pandals: pabellones temporales y otras estructuras adecuadamente decoradas.

Paneer: queso fresco utilizado en la cocina hindú.

Pottu: punto que se dibuja en la frente.

Pulliar: nombre alternativo de Ganesha, el dios elefante.

Rishi: alma realizada que ha renunciado al mundo material.

Rongeng: alegre danza malaya popular en las ferias, donde las bailarinas profesionales se sientan en el escenario y esperan a que los hombres las saquen a bailar.

Sambar: guiso de lentejas con verduras.

Santhanam: pasta de sándalo.

Sivarathri: noche dedicada al culto de Shiva, que se considera sagrada.

Swaha: «te ofrezco este sacrificio para que permitas que mi luz se una a la tuya».

Tantra: una de las ciencias de culto tal como disponen los *Vedas*.

Thali: colgante sagrado lucido por las mujeres como símbolo de su condición de casada.

Thulasi: planta sagrada de la familia de la albahaca.

Toddy: especie de cerveza que se obtiene de la fermentación del agua de coco.

Vadai: especie de rosquilla hecha con lentejas rojas.

Vahana: vehículo celestial.

Varuval: curry muy denso, de consistencia similar a una pasta.

Veshti: prenda de vestir usada por hombres, sujeta a la cintura como si fuera un sarong.

Vibuthi: ceniza bendecida.

Vipala: medida de tiempo.

Yagna: ofrenda expiatoria de fuego.

Yemen: el heraldo de la muerte.